读客文化

30岁万岁

易难 著

江苏凤凰文艺出版社
JIANGSU PHOENIX LITERATURE AND
ART PUBLISHING

图书在版编目（CIP）数据

30 岁万岁 / 易难著 . -- 南京 : 江苏凤凰文艺出版
社 , 2023.8
ISBN 978-7-5594-7596-1

Ⅰ . ① 3… Ⅱ . ① 易… Ⅲ . ① 长篇小说 - 中国 - 当代
Ⅳ . ① I247.5

中国国家版本馆 CIP 数据核字 (2023) 第 037903 号

30 岁万岁

易难　著

责任编辑	丁小卉	
特约编辑	景柯庆　　陆雨晴　　黄雅慧	
封面设计	刘小梅	
责任印制	刘　巍	
出版发行	江苏凤凰文艺出版社	
	南京市中央路 165 号，邮编：210009	
网　　址	http://www.jswenyi.com	
印　　刷	三河市龙大印装有限公司	
开　　本	890 毫米 ×1270 毫米　1/32	
印　　张	12.25	
字　　数	318 千字	
版　　次	2023 年 8 月第 1 版	
印　　次	2023 年 8 月第 1 次印刷	
标准书号	ISBN 978-7-5594-7596-1	
定　　价	59.90 元	

目 录

一个女孩想一路顺遂地走到今天，需要有多幸运？这个问题，十八岁之前的许珍贵从来没有想过，在她心里，毋庸置疑地，自己本来就是世界上最幸运的女孩。

后来，她的人生，和很多人的人生，都逐渐改变了走向。失去了所有曾漫长到恣意挥霍的快乐，生活露出狰狞而残酷的真相，她才逐渐明白，她所经历的至暗时刻却是别人眼中奢想的温暖，她所追求的小小理想已是别人终生无法抵达的彼岸。往后那漫长的一生里，不会再有人为她的幸运保驾护航了。

童年时的那扇窗早已不复存在，但她可以用双手给自己重新造一扇窗，窗里是治愈她一生的角落，窗外是她永远寄予期望的世界，包容她所有天马行空的想象，自以为是的善意，希望与热情，亏欠与悔恨，勇气与爱。

她就是她自己的幸运，也愿意把她的幸运，变成每一个她们的幸运。

第一章　窗

"窗外有什么？"

"窗外什么都有。"

"窗再大点就好了。"

许珍贵心里这样想，就下意识脱口而出。带她看房的中介小伙不解地看了她一眼，又指了指窗外。"姐，"他说，"这位置，你要那么大的窗看什么啊？"

许珍贵也往外看。二楼，窗外正对着街角，一边是菜市场，一边是居民区后身的垃圾处理站，怎么看都没什么可看的。

她就摇摇头。

"姐，你这个预算是挑不出来了，要不你再考虑考虑，多点预算？大上海回来的有钱人，哪还差这点？咱们十八线小地方租金已经不高了，何况你要求还多啊？这又要地段，又要环境，又要面积，还嫌窗户不够大……"

许珍贵没再说什么就往外走。不记得这已经是中介小伙带她来看的第几套房子了，本来就不大的东北小城，又赶上临近年关，能满足她要求的房源寥寥无几。

"姐，你都在上海了，回咱这小地方租房子干啥用啊？"小伙没话找话地问。许珍贵看了他一眼，觉得他掩饰住了"这女的哪里想不开"的表情。

下楼的时候，小伙已经麻利地在手机上又找出了几套房源发给她。"姐，你再看看，小区房没有的话，咱们一会儿去中央大街西边那片，有些老楼，商住两用的，也在招租，价格还能谈。"

"要不今天就看到这儿吧，"她说，"我改天再找你。"

"抓紧啊姐，马上过年了价格谈得下来，等过完年房租要涨了。走过去就十分钟，又不远。这两天预报有雪，下了雪路就不好走了。"

"……那走吧。"许珍贵说。

走到楼外，她站在菜市场和垃圾处理站中间，又回头往楼上看了看，也分辨不出到底哪扇窗属于刚才看的那间房子，索性叹了一口气，转身离开。

"你要那么大的窗看什么啊？"

一个星期之前，在上海他们的"婚房"里，王祺就是这么吼她的："你有什么可挑的？这是我爸妈给咱们结婚的房子，你嫌弃老破小，嫌弃一个多小时通勤，我都没说什么，就一个窗户你也嫌弃？你矫情什么？"

天地良心，许珍贵记得她并没有开口说过半句有关"老破小"和一个多小时通勤这种话。她按他吩咐提前过来打扫准备搬家，他打视频电话过来时，她正在擦窗台，随口嘟囔了一句"窗再大点就好了"。

她在上海读的大学，王祺是她同学，但两个人毕业之后才通过朋友认识。他是本地人，在本校读研，她考研没考上就工作了，两个人在一起差不多有两年，正商量着等他研究生毕业就结婚。他爸妈早年留给他的一处"老破小"，自然就成了他们的婚房。从头到尾，许珍贵都并没有抱怨过，不过也不重要了，不仅没有感谢他父母赠房之恩，还嫌弃人家窗户太小，也足够让他怒气冲天了。

"因为什么分手啊？婚不结了？"

果然，一进家门，她妈第一句问的就是这个。

因为什么呢？因为一扇窗？也不完全是。去给他打扫卫生那天，她刚没了工作，不是她的问题，是公司解散了。老板人倒不坏，跟她说的时候还挺过意不去的，钱也发了。前同事们都走得干脆，毕竟走不走都已经是快被熬死的"社畜"了。

那边王祺吼得怒气冲天，许珍贵心里想着要不要说，自己工作没了，也无所谓通勤时间。但还没等她说，他那边就挂断了视频电话。

她索性扔了抹布，一屁股坐在窗台上，隔着防盗栏杆往外望去，除了对面一家家的防盗栏杆，什么也看不到。

"……因为我嫌窗户太小。"许珍贵说。

她妈愣了一下，眼圈红了，转身自顾自到沙发上坐下，良久，什么也没说。许珍贵也过来，在她身边坐下。

"你啊，现在老大不小了。"斟酌了很久，她妈才缓缓开口，"你看看你这些年，考研考研考不上，工作工作老换，男朋友也没有一个长久的，好不容易打算结婚了，又因为这么一点矛盾就闹分手……"

她妈看了她一眼："……三十岁了，不是小孩了。"

许珍贵一声不吭地听着她妈数落。

"……你嫁了人，就是人家的人。嫌这嫌那，那也是你以后的家。你现在说跑回来就跑回来了，给人家留下什么印象？以后怎么相处？你要懂点事，不能再像小时候那么矫情，那么任性了。"

是从什么时候起，她在这里没有了家，要把还没有结婚的别人的家，当作自己以后的家？是从什么时候起，她只能把所有的不顺利都归咎于自己的矫情和任性，习惯了所有的好运气都和自己无关？小到一个"再来一瓶"，大到学业事业恋爱生活，什么好事在她身上都不会实现。

以前不是这样的。

以前她可一直是世界上最幸运的小孩。

一个小孩会这样认为，自然是归功于她的爸爸妈妈。从小她就听他们这样说，就坚定不移地相信，因为他们永远不会欺骗她。

他们是这个世界上最爱她的两个人，也是这个世界上最相爱的两个人。她爸比她妈大十二岁，她妈二十出头生了她，就调侃她爸是老来得女，她爸也就笑呵呵地应着。虽然爷爷奶奶并不高兴，叨叨着没抱上的孙子，她爸还是力排众议给宝贝女儿取了一个无比"珍贵"的名字。念小学一年级的时候，许珍贵觉得自己的名字土，因为班里正好有个男同学叫陈富贵，大家就老拿他俩开玩笑。她回家哭闹，但爸爸妈妈很认真地跟她说，他们笑她是他们不懂事，她的名字代表了爸爸妈妈对她最珍视最贵重的爱。

"他们说我俩名字叫着像一家人。"她哭着说，"让我当他媳妇。我不要当媳妇。"

"好，不当，"她爸忍着笑安慰她，"我闺女谁的媳妇也不当。"

"……他说他有大房子。"许珍贵没头没脑地说。

那个时候，他们家住在姥爷和姥姥留下的房子里，房子是当年姥爷厂子分下的，筒子楼顶楼，还是个东边户，面积又小，日照又短。直到读高中之前，她都一直和爸爸妈妈挤在同一个小房间里，只有在书和画册里，她才能见到漂亮的房子。

"……他说，他家里有大房子。"许珍贵委屈道，"有好多个房间的好大的房子。"

"他们家有他们家的房子，咱们住咱们家的。"她妈在一边摇头道，"小孩子家就攀比这个？"

她爸看许珍贵要哭鼻子，就笑了笑，逗她："他们家的房子再好，也比不上你的魔法小屋，对不对？"

许珍贵一愣，紧皱的小眉头舒展开来，立刻恍然大悟："啊！"

有一天晚上睡觉前，许珍贵看了一本画册，里面的公主被坏人追赶，走投无路逃进了森林，遇到了一座有魔法的小木屋。木屋的阁楼上，有一扇圆形的玻璃窗，望出去就是魔法的世界，她的好朋友们都在那里等着她。

那晚她做了一个梦，梦见自己家里也有这样一扇窗，圆形的，发着光，她兴奋地爬上去想要往外看，却脚一滑，掉了下来，一下子就醒了。

"是真的！"她激动得连早饭都不想吃，跟爸妈讲了这个梦，用了一个几岁小孩会说的所有语言，尽可能详细地描述了那扇圆形的窗户，"……咱们家也有一个窗，就在阁楼上！"

她们家是顶楼，借着承重梁和稍微高出一点空间的层高，也搭了一个像阁楼一样的架子，因为顶楼漏水，所以只有冬天时用来存放食品和杂物，拿的时候爬梯子上去。梯子是老木头，日久朽损，爸妈平日里不让她爬。但许珍贵不顾阻拦，手脚并用地爬上去，果然也看到了一扇窗，只不过那是一扇被杂物堆满根本打不开的窗，窗框和玻璃老旧发乌，还糊着层层的旧报纸防寒。

在她妈的劝说下，她困惑地爬下来，揉了揉眼睛，一边想着为什么跟梦里的不一样，一边吃了她妈做的早饭，然后上学去了。

小孩的好奇心转移得快，过了几天，许珍贵没在睡前看画册，就也渐渐地不再提那个梦了。

直到那天傍晚她放学回家，一进门，就觉得家里哪儿变得不一样了。巴掌大的地方，她一眼就看到，以前用来爬上阁楼的旧梯子不见了，取而代之的是一架看起来就很结实的新梯子。她冲过去往上爬，刚爬了一半，就发现整个架子被翻新过了，房梁上搭起了一个崭新的小阁楼。

爬上梯子，她就看到了她梦里的那扇窗。圆形的，玻璃的，清晰透明的。她小心翼翼地走近，伸出双手就接住了外面照进来落在自己身上的傍晚的阳光，比梦里还美，美得她屏住了呼吸，不知道要以怎样的虔诚态度来迎接梦境变成的现实。

长大之后她有一次问起，她妈漫不经心地说，要不是因为快拆迁了没人管，这种改变建筑外立面的操作照理说是会被罚或者禁止的，但都快拆迁了，谁还像傻子一样给自己家修房顶换窗户呢？

小时候许珍贵坐的摇摇车和学步椅，都是她爸做的，衣服鞋帽也有很多是她妈做的。逢年过节或是生日，可能家里也吃不上什么比平时好的美味佳肴，但她爸妈总能在饭桌上像变魔术一样弄点稀奇古怪的玩意儿出来，充满仪式感地送给她当作礼物。旧毛线织的娃娃，废纸壳做的笔盒笔筒，种在罐头瓶里的野花野草，用布块和沙子缝起来可以一家三口一起玩的沙包，一分钱不花就可以让她开心好几天。

趁她上学的时候，两人搞来材料，自己研究，因为圆形的玻璃不好找，也不好做，她爸跑了好多二手建材市场才搞到。夫妇俩一起动手，一点一点地改造了年久失修的老房子，无非是想要实现一个异想天开的小女孩突如其来的梦罢了。

那是她一生中最珍贵的礼物。

从那天起，阁楼就成了她童年最喜欢的角落，不管遇到什么难过的事，只要她爬上来，在窗边坐那么半天，就什么事都过去了。

在她幼小的心里，有没有住过大房子，大抵没有什么区别，但相不相信魔法存在，可比什么都重要。

"他们下次再说你，你就告诉他们，你有一个秘密基地，只有相信魔法的小朋友才可以看到，有再大的房子都没有用。"她爸笑着说。

于是许珍贵的委屈一扫而空，心里洋溢着满足的快乐。她爬上去坐在窗边写作业，写着写着就望着窗外，晃着腿，发着呆，妈妈在下面叫她吃饭都没听见。

"又听不见了，天天坐那儿出神。"她妈笑，"窗外有什么？"

"窗外什么都有。"她笑嘻嘻地回答。

很久之后她才知道，那天她爸下岗了。在她酣睡的很多个夜里，他们彻夜不眠，又不敢吵醒她，两个人低声絮絮地商量了很多很多。

到底商量了什么，她后来仍然无从知晓，小孩子每一天都很开心，所有生活的乐趣从不曾少过一分一毫。

而陈富贵也再没有嘲笑过她，但大家都很好奇她的秘密基地到底是什么，在哪里，魔法是什么样子的，要怎样才能看到。

"要成为我的好朋友才可以。"许珍贵脖子一梗，无比骄傲地回答。

"同学都羡慕我，"回家之后，她跟爸爸妈妈说，"因为我告诉他们，魔法小屋是爸爸妈妈送给我的礼物，他们说我有世界上最好的爸爸妈妈。现在，他们都抢着当我的好朋友呢。"

"那当然。"她爸说，"我们宝贝是世界上最幸运的小孩。"

"真的吗？"许珍贵问。

"真的。"她爸永远是笑呵呵地回应她所有的问题，"爸爸说的话就一定是真的。"

"那最幸运的小孩以后会怎么样呢？"许珍贵又问。

"最幸运的小孩，她心里想的事情以后都会实现。"她爸回答。

"……你啊，从小就是这样。想一出是一出。两个人相处，意见不合很正常，哪有吵一吵就分手的？"她妈还在叨叨，"你以为还是小孩呢，家里人都惯着你？以后你成了家，那就要承担责任，不能今天这样明天又那样，要踏踏实实过日子……"

许珍贵终于忍不住，打断了她妈说话。"妈，"她说，"我租了个房子。"

"啥？"她妈一时间没反应过来，"你上次不是说，王祺他们家有房子吗？租什么房子？"

"……不是。"许珍贵说，"……我刚才，租了个房子。就在中央大街西边那片。"她往外指了指。

知道不能矫情任性，不能想一出是一出，但她就是改不了这头脑一热就乱下决定的臭毛病。房子缺点一大堆，说是在商圈其实要从路口拐进去，还要绕过旁边一家巨大的洗浴中心和写字楼后身的一排乱七八糟的底商。房子在一栋看起来利用率不是很高的老旧二层小楼上，上楼需要通过楼下烧烤和铁锅炖两家店后厨共用的走廊，整个二楼都是空着的，贴着招租的告示。中介说他前后也带人来看过，倒是有有意向的，但还没人租。

许珍贵心里算了算钱，就把定金付了，怕自己再一犹豫，就下不了这个决心了。

那间房子以前好像是别人租来做足疗店的，地方不小但是空置太久了，又脏又破，需要重装。她唯一看上的就是整面通透的巨大落地窗，虽然二楼不高，但好在没有正对着写字楼，南向采光，视野很好。

"为什么啊？"她妈差点惊掉下巴，"你疯了？你工作呢？你不回上海了？"

许珍贵正在斟酌要怎么回答，门铃响了。

"淑娟，回来啦。"

许珍贵从沙发上站起来。

"刘叔叔。"她招呼道。

进门的是拖着买菜小车的中年男人，他身后迅速地蹿出一个穿校服的小男孩，嗖地从买菜小车上蹦了过去。

"换鞋！刘一念！"许珍贵她妈瞪眼喊。

男孩又迅速地蹿回来，两下踹掉了鞋，几步蹿进了自己房间里。

"珍贵，你妈今天说要在家给你做好吃的，让我去接弟弟。"刘叔叔一边笑着说，一边拿菜进厨房，"你可得多吃点，一年到头都没机会在家里吃饭，你妈可心疼了，这几天可得给你补补，要不又要走了。"

许珍贵重又坐回沙发上，没说话。

爸爸去世之后，妈妈和刘叔叔结婚了，又有了弟弟，她除了过年，就真的很少回来了。他们家大了很多，冬天暖气烧得也很足，但有时候她还是会忍不住怀念小时候三口人挤了好多年的小房间，还有那扇圆形的窗。

晚饭的时候，许珍贵说了自己的决定："我暂时不回上海了。"她省略着说了工作和王祺的事。

"淑娟，你也别操心，姑娘家自己有打算，咱们做家长的，支持就行。"刘叔叔给她碗里夹了两筷子菜，说，"这儿就是你家，想待多久就待多久，工作累了咱就歇一歇，别太拼。"

洗碗的时候许珍贵接到中介给她打来的电话，告诉她明天去跟房东交接，她就从厨房出去接。打完电话，正听到厨房里妈妈和刘叔叔在小声商量。

"……之前不是说在上海就不回来了吗？房子也是人家出，你连陪嫁都不出。"

"那不是吹了吗？"

"现在呢？待在咱们家不走了，以后怎么办？要只是来住一阵，我没意见，但她年纪也不小了，上海的工作不干，婚事也吹了，回来住家里吃家里的，还不打算走，这传出去谁不得笑话咱家？"

"……也不能一直住，她还得工作吧？"

"谁知道呢，反正我的钱是给刘一念的。她要是回来啃老，啃的也是你的老。"

"……"

许珍贵装作没听见，转身坐回沙发上，看手机里的租赁合同。但心里已经听见了，她知道这个家里本不该有她，他们三个才是一家人，她是个外人。

家早就没有了，只有她还停留在童年的怀念里。仿佛睁开眼睛，就还能透过童年的那扇窗，看到以为可以奢享终生的快乐和幸福。

第二章　光环

"咱家孩子不会是个傻子吧？"

"……傻人有傻福。"

1

医院附近，郑家悦转了两圈，直到确定她妈给她的那个地址并不在医院里，而是两条街道之隔的一家连牌子都没有、只贴了一个箭头写着"往楼下走"的黑诊所，便转头就走了。没走两步她就看到一个中年妇女拉着另一个跟她一样在四处张望的年轻女孩，不断说着这个医生看得有多好，去看的都怀上了。

"她是骗子。"郑家悦大声地说，一边顺手把那个女孩拉开，"我在北京各大医院全都看过，你不要被这些黑诊所骗了。大城市那么多有钱人疯狂砸钱都治不好不孕不育，咱这鸟不拉屎的破地方还能出神医？那根本就是神棍！"

眼看着那中年妇女要破口大骂，郑家悦拉着那个女孩扭头就跑，把女孩都给跑丢了，一路跑了好几条街，跑到了繁华的商圈，这才停下来呛着寒风喘口气。

拿出手机，一条她妈发来的信息："去看了吗？医生怎么说？"

今年是郑家悦结婚的第三年。前两年，她和老公李楷都是先回他家，从除夕待到大年初三，再回娘家待到初六，今年是她第一次还没到除夕就一个人回了娘家。

　　家里人还是她每次回来时看到的老样子。她爸妈也没问她为什么没跟李楷回家过年，但她知道她妈心里清楚。趁她在厨房帮着择菜，她妈在一边装作不经意地说，有个老朋友家的儿媳妇，结婚好多年了都没有孩子，找了一个特别有名的老中医，调理了半年多就怀上了，现在孙子都会爬了。

　　郑家悦手里择着菜没停，也没说话。

　　"都去试一试，总没有坏处。你们要去大医院做试管，又花钱又遭罪。这是别人亲口说灵的，怎么说试一试总行吧……"她妈倒没有急迫的语气，像是在说毫不相干的事，但每一句话都敲打在她心上。其实这两年她和李楷已经去医院看过无数次了，如果真的要做试管，时间、身体、钱，都是摆在面前无法逾越的鸿沟。但问题是，他们也没有病，就是怀不上。年前也是因为和李楷吵了架，他农村老家的弟弟已经抱了俩，回去他爸妈肯定又要念叨，索性两个人分头回家过年，各自清静一下。

　　"……你啊，从小要强，什么都爱争。"她妈说。

　　她什么都爱争，偏偏这玩意儿她争不来。她和她大学室友毕业后同一天结的婚，一起备孕，一起体检，一起吃叶酸，约好孩子也要从小做好朋友，为此她放弃了需要总出差的岗位，放弃了加班，问就是在备孕，数着日子严阵以待。她室友根本没她这么重视，工作第二年就跳槽加薪了，加班时没日没夜加班，攒了年假出来跟老公去海岛补了一次蜜月，结果就怀上了，今年孩子都一岁了。她却还在跑医院看这根本不知道在哪儿的病。

　　她妈把联系方式给她发了过来，转天就明里暗里催她出门。现在她也不能立刻回去，但大冷天的，又不知道去哪里消磨时间，就进了以前常陪她妈来买菜的大超市，盯着别人家热热闹闹地买年货，漫无目的地逛，打算时间到了再回去。

从禽肉生鲜区转到水果区，她突然注意到一个意料之外的熟悉身影，推着满满当当的购物车，正专心地摘砂糖橘上的叶子。

她一开始没敢认，但是越看越像，正在犹豫要不要转头走开，对面的人也抬起头，两人隔着一堆水果对视了。

"许珍贵。"郑家悦只好叫出她的名字。

许珍贵也愣了一下，两个人都没想到在这样的时间地点遇到。

"……你怎么回来过年了？"郑家悦问。

"……你怎么也回来过年了？"许珍贵问。

"你不是要留在上海结婚了吗？"郑家悦问。

"你不是在北京生小孩呢吗？"许珍贵问。

两个人一时间都有点尴尬，只好笑了笑。许珍贵推着购物车绕过水果走过来，打量着她，笑着说："你瘦啦！"

郑家悦也笑了笑："有多少年没见了？"

有关对方的现状，她俩都是在朋友圈和同学群里看到的，实际上她俩从高中毕业以后，十来年再也没见过面。在郑家悦的印象里，许珍贵在上海读大学、工作，朋友圈里全都是加班打卡，一副兢兢业业打工人的勤奋模样，最近还打算结婚了。在许珍贵的印象里，郑家悦读了北京的名校，嫁了同为学霸的老公，早就应该是相夫教子的幸福主妇了。

朋友圈的照片只是别人眼中按下了快进的浮光掠影。在许珍贵的记忆里，郑家悦还是小时候那个有点胖胖的、戴着厚眼镜、成绩好但不爱说话、自尊心特别强的"书呆子"；在郑家悦的记忆里，许珍贵还是小时候那个咋咋呼呼缺心眼，却总能交到最多好朋友的"自来熟"。

她俩住在同一个片区，从小学起就同班，郑家悦没什么朋友，许珍贵朋友一大堆。那几年许珍贵爸爸刚下岗，本就不宽裕的生活过得更加紧巴巴，但再苦也没苦着孩子。许珍贵的整个小学时光都是没心没肺地玩着吃着闹着过来的，她爱说爱笑也没有坏心眼，老师和同学也都挺喜欢她的。她也非常慷慨，好吃的、好玩的，都快乐地拿到学校跟小伙伴分享。爸妈舍不得吃的水果和点心，妥帖地给她攒在小饭盒里带去学校午间休息的时候吃，她每次都分得自己一口没吃上。新买的漂亮橡皮，同桌喜欢，她就答应跟人家换，把人家啃剩下的奇形怪状的橡皮拿回家自己抠抠搜搜地用。她妈发现了，哄归哄，表扬归表扬，回头就跟她爸嘀咕："咱家孩子不会是个傻子吧？当咱家不差钱呢？"

她爸也有点头疼，但看她呼朋唤友挺开心，又不太忍心说她，只能说："难得她人缘好，咱们省点就省点吧，以后长大点就懂了。"

"咱们在牙缝里省，她倒在外面穷大方，这傻孩子，将来长大了会吃亏的。"

"……傻人有傻福。吃点小亏给自个儿积德。"

吃亏她是不太懂，她只知道大家愿意和她交朋友，除了郑家悦以外。郑家悦成绩好，内向又听话，永远都是戴着厚厚的眼镜坐在自己座位上，从来不闹腾。一个只要能写作业就不出去玩，一个只要能出去玩就不写作业，两个人几乎从没说过话。

那是一个难得的不用上课的下午，因为要排练学校的文艺会演，大合唱集体节目，大家都要参加。但郑家悦在彩排时不小心被推搡了一下，眼镜掉在地上摔坏了，老师便以此为由，让她不要上台了。其实郑家悦知道是因为自己胖，她站在队形里的时候，后面俩同学不高兴地跟老师说，她把他们挡住了，一个人占了两个人的位置。

即使教室里一个人都没有，她还是乖乖地坐在自己的座位上，动都不动。手里的眼镜坏了，换个新的又要花钱，妈又要说她破坏东西，不知道心疼家里的钱。

再破坏能有弟弟破坏得多吗？表面乖巧的郑家悦，心里却难免委屈地想。弟弟比她小三岁，不知道从什么时候起，老师说他有多动症，出门是个坎儿就要蹦，是个杆儿就要爬，在家里更是一刻都停不下来，能破坏的东西一定破坏，不能破坏的想办法努力破坏。不过她的东西除外，弟弟怕她，有时连妈说他都说不听，她说管用。因为每天只有她能管他吃饱。她爸在运输公司，常年跑长途不在家；她妈开个小卖部，除了看店的时间都在跟人打麻将。他饿的时候，只能求助于姐姐。

想着妈宁可打麻将把钱输给别人都不一定给她花钱换眼镜，她觉得有点委屈，左思右想，拿了桌上的胶带，开始试着研究能不能把坏了的眼镜腿缠起来。

"这样粘不住。"头上突然响起一个声音。

郑家悦吓了一大跳，猛地抬头，看到许珍贵不知道什么时候进了教室，正站在她桌前观察她缠眼镜腿。

"你不是在排练吗？"郑家悦奇道。除了她，班里其他同学都在排练，她记得许珍贵还站在第一排，摇头晃脑，笑容满面，唱得挺起劲。

许珍贵就是什么都想掺和的一个小孩，虽然什么天赋都没有，但她看到新奇好玩的，就总想上手试试。刚上小学的时候，她看到班里最漂亮的女孩子会跳舞，很喜欢，闹着也要去学，后来坚持到三年级，哭着说太辛苦不干了，倒是让她妈暗地里松了一口气，因为继续学下去钱可就花得越来越多了。所以现在人家漂亮的女孩子有一个人的独舞节目，她只能跟着大合唱。结果她话太多，彩排的时候总跟旁边的小孩讲笑话，在大家鸦雀无声听指导老师讲话的时候，她想到好笑的地方，一个没忍住，笑出了鼻涕泡。

"老师批评我，说我老影响纪律。"许珍贵笑嘻嘻地说，"不让我参加了。"

"那你还笑。"郑家悦奇怪道。

许珍贵不以为意地摇摇头。"彩排那么多遍，不好玩，一首歌翻来覆去地唱，我都唱腻了。"她又指了指郑家悦手里的眼镜，"你那样粘不住。"她伸手活动了一下眼镜腿："你看，这样你戴的时候，还是会掉的，螺丝丢了。"

"……"郑家悦试了一下，觉得确实如此，不由得叹了一口气。

"我爸爸会修，"许珍贵说，"他什么都会修。你要是愿意的话，我拿回家去，明天修好给你拿回来。"

"真的吗？"郑家悦高兴起来，又有些不好意思，毕竟她们俩之前都没怎么说过话。

许珍贵以为她不信，就说："你要是不信，你跟我一起回家呗，修好了你拿走。"

郑家悦摇摇头："我不行，我要回家给我弟弟做饭。"

"你有弟弟？"许珍贵有些惊奇，那时候他们那边政策执行得严，基本都怕罚款，周围的小孩都是独生子女。

郑家悦愣了愣，没说话。

"我也问过我爸妈我有没有弟弟妹妹，"许珍贵说，"他们说有我一个就够了。要是有弟弟妹妹，我可不让着他们，他们要是抢我吃的，我就抢回来。"

郑家悦看她若有所思的样子，忍不住笑笑。

"我知道了，是不是你妈不让你去别人家？我妈就不让我放学去别的地方，晚回家十分钟她都要着急，"许珍贵又说，"没关系，很快的，修完眼镜，我让我爸骑自行车送你回家。"

后来郑家悦问她，为什么诚挚地邀请她去家里还帮她修眼镜，许珍贵就很奇怪："这不是很正常吗？我跟谁都这样。"

对郑家悦来说这确实有些不习惯，她甚至也没去过任何一个同学家里。但莫名其妙地，她就成了第一个参观许珍贵的秘密基地的小伙伴。在等待许爸爸修眼镜的时候，她跟着许珍贵爬上梯子，在狭窄的阁楼上靠窗坐下，不敢把屁股坐实，一边担心自己会不会太胖了把阁楼压塌，一边听许珍贵滔滔不绝地说着平时在阁楼上都会玩什么。

"你看，"许珍贵指着斑驳的木板地面，"放学回来之后，这里有特别好看的阳光。"

郑家悦靠墙挪了挪，面前就出现了圆形窗户映在地上的一个温暖的光环。两个人头碰头，影子映在光环中间，动来动去，有点好笑。

许珍贵有点不好意思地说："可能……你也不觉得好玩，但是我觉得挺好玩的。"

"好玩。"郑家悦点点头。

两个小孩相视而笑。

"……我怕回家我妈说我弄坏眼镜，不给我换新的。"郑家悦突然小声地岔开话题。

许珍贵顺口说："修也能修好啊，为什么要换新的？不要浪费。"

"但是我没有钱给叔叔。"郑家悦说。

许珍贵摆手。"不用的。"她说，"你是我的好朋友，好朋友就互相帮忙嘛！"

"啊。"郑家悦一愣，想着"好朋友"这个词，一时间还不知道要接什么话。

"你成绩那么好，作业本天天被老师展览，我可羡慕你了。"许珍贵说，"其实我想跟你做朋友。"

郑家悦又愣住了，憋了半天，才说："……你朋友那么多，我才羡慕你。其实我才想跟你做朋友。"

两个人尴尬了一会儿，忍不住笑了。许爸爸叫她们下来拿眼镜，两个人七手八脚地爬下去，嘻嘻哈哈的，完全不像是今天下午之前还没怎么说过话的样子了。

2

刚工作的那两年，许珍贵没有在天黑之前下过班。她们公司在二十一层，工位正对着繁华江景，但她几乎没有花心思欣赏过，每天忙忙叨叨，下班的时候都在想晚上吃什么比较快或者太晚了地铁没了要不要花这个打车钱。

工作的压力让她忽略了所有其他事情，也没有注意到自己再也不会按时吃饭，头发掉得越来越多，胖了二十斤。直到某次又熬了一个通宵之后，她发现她没有办法正常睡觉了。不管白天还是晚上，心脏都怦怦怦地跳得像要从胸膛里冲出来一样。她做PPT，心就在键盘上跳；她接电话，心就在手机上跳；她坐地铁，心就在轨道上跳；她回家躺在床上，心就在枕头上跳。怦怦怦，从天黑跳到天亮，从上班跳到下班，在耳朵边跳，在眼皮上跳，在脉搏里跳，就是不让她睡个好觉。

她跟王祺说，自己是不是得心脏病了啊。王祺不以为意，说她没事找事。"你少喝点咖啡，比什么都强，我也天天熬夜做实验，我怎么没怦怦跳？"他说。

她又说，自己要是这样加班下去，就不会好了。"那你就早点下班，工作拿回家做。"他说。但工作怎么可能拿回家做呢？那必须要在老板眼皮底下做才能人尽皆知自己有多努力，即使这样，老板还是在她述职的时候冷不丁地问："你今年要结婚了？也是，三十来岁了。打算什么时候要小孩？"

她跟她妈抱怨两句辛苦，她妈又会说："等结婚了就好了，生了小孩在家休息，就不用上班了。"

"要是生了小孩，不是不用上班了，是再也不用上班了。"她悲观地说。老板已经很委婉地跟她表达，要是她结了婚去生小孩，那本来就不养闲人的公司基本也就没她的位置了。她想摆出《劳动法》来跟老板说道说道，但心跳得吊着一口气，也辩解不出什么结果来。

她不敢跟她妈说睡不着觉，她妈肯定又要劝她，不要那么辛苦，差不多就得了。她偷偷地请了假去医院，心脏超声什么的都做了，王祺回家看到她背着二十四小时心电图，嘲笑她大惊小怪，花几百上千块做检查，不还是什么毛病都查不出来，白白花钱。

只能继续提心吊胆地怦怦跳着加班。那天好不容易她下班早了点，还能赶上和王祺一起吃个夜宵，他们俩已经各忙各的好几个星期没踏踏实实约会吃饭了。

在下班的时候，她发现电梯的触屏黑着，按也没有反应，她就打电话给楼下门卫。门卫说电梯故障，在维修，让她再等一会儿，要不就走楼梯下去。挂断电话，她脑子里一时间一片迷茫，就像做惯了复杂任务之后，面对一个二选一的抉择，不知道要做什么了，又心慌得难受，又累得不想迈开脚步下楼梯，在狭小的电梯厅里，手握着像是偷出来的几分钟空白，毫无头绪。

她烦躁地原地转了几圈，发现电梯厅另一边，她每天进公司的反方向，有一扇窗，就走过去想透透气。

平时都是匆匆忙忙冲出来坐电梯，她竟然从来都没有走到这扇窗前看过，这一侧没有繁华江景，正对着的是另一幢很高的写字楼，对面也是灯火通明，好多公司都没有下班。她呆滞地眨了眨酸痛的眼睛，目光扫过一层层苍白的办公室还有和她一样忙碌的身影，突然定住了。

透过对面的某扇落地窗，她看到一个女孩的身影正在一个从空中坠下的圆形吊环上翩翩起舞，形体舒展而有力量，随着吊环的不断旋转而变换动作。灯光从她头顶上洒下，就像是引领着破茧的蝴蝶从变幻的光影中展翅飞出。

即使站在远远的对面，许珍贵也被这个场景牢牢地吸引住了。像被催眠了一样，她盯着那个旋转的身影专心地看了很久，突然觉得，自己已经好久没有这么平静、这么专心地做一件工作以外的"无聊"的事情了。

　　她走二十一层楼梯下了楼，直接去了对面。发现写字楼需要门卡才能进，她就在手机某个点评App上搜了一下，发现那是一间独立舞蹈工作室，就直接打了电话。很快有人接了，女孩子很热情，立刻邀请她上楼来看看。

　　"我……我是在对面上班的，"许珍贵有点不好意思地笑着说，"我看到了你跳舞，真好看，转圈圈的样子像发着光一样。"

　　"这是空中吊环。"女孩子笑着说，"你要上来看看吗？"

　　可能是心里那根弦绷太久了，也可能是对新奇事物的好奇心不知为何被唤醒了，许珍贵鬼使神差地点了头。

　　长期久坐加班的胳膊腿，连伸直都费劲，看起来像蝴蝶一样优雅轻盈的动作，没想到需要强大的柔韧度、协调性和核心力量。上完一节体验课，她手掌心都磨红了，腰酸背痛脖子疼，小腿差点抽筋，出了一身透汗，感觉心率直逼一百八。

　　神奇的是，那天她回家之后，没搭理王祺控诉她放自己鸽子，自顾自洗完澡倒头就睡，一觉睡到了第二天迟到。醒来的时候，心境平和，岁月静好，没有声音在她耳朵边怦怦跳。

　　接触了空中吊环之后，她又报了瑜伽课和软开课，一点点捡起了小时候学得马马虎虎的基本功，平时也开始跑步了，吃的饭也多了，晚上睁着眼睛到天亮的时候越来越少了。

　　"最近不加班？"王祺有一天突然发现，问她。

　　"我不是跟你说了吗，我换了工作。"许珍贵有些不满，"你不记得了？"

　　"哦。钱多了？"王祺关心道。

　　"少了。"许珍贵说，"但是时间多了，不能两头都要吧。"

　　"那你怎么周末也天天往外跑？"王祺说。

"我报了一个教培考级。"许珍贵说，把手机拿给他看。

"这是什么？"王祺拿过来看了几秒钟，又往前划，划到了许珍贵上课的时候录的视频，饶有兴致地多看了一会儿，然后恍然大悟道，"啊！我知道这是什么了，马戏团里面耍的那个！前阵子有个电影《马戏之王》，里面那个美女就挂在上面飞来飞去的。你怎么迷上这玩意儿了？"

"……对。"许珍贵倒也没办法反驳，就点头道。

手机里播放着视频，中介小伙和房东大婶都凑在屏幕上，煞有介事地看了半天，然后一起抬头，困惑地看着许珍贵。

"这啥玩意儿？杂耍？"房东大婶半信半疑地问。

"……这叫空中吊环，是舞蹈的一种。"许珍贵解释道，"……有国际舞蹈家协会认证的，国外也很流行，我在上海考的资格证。有一些瑜伽馆和舞蹈工作室，都会开这门课，在一线城市还挺普及的，很多白领和学生愿意学。"

"回咱这儿来开店？"房东大婶问，上下打量了她好几眼，"小姑娘想得还挺美。现在年轻人创业，创啥的都有，真是钱多不怕烧的哈。有这工夫，楼下广场上扭个秧歌不比这强？"

许珍贵只好尴尬地引回正题。"……阿姨，咱们这儿到时候我就简单翻修，除了洗手间别的硬装我都尽量不动，有什么事我随时跟您沟通。"许珍贵连忙说，"执照和门头审批什么的我都在弄了，咱都是走正规流程的，不会有任何问题。"

看得出来房东和中介都觉得她是个人傻钱多的冤大头，不过不租白不租，手续办得也算是顺利。只不过她妈和刘叔叔是肉眼可见地不支持，觉得她疯了。

她其实也觉得自己疯了。

刚决定跟王祺分手的时候，她搬出来不知道住哪儿，就去了她学教培时认识的亦师亦友的闺密杨婷家。杨婷比她大八岁，已经在上海待了十几年，也是从毫不相干的行业辞职白手创业，好不容易在上海站稳脚跟，因为家里老人身体不好，也决定要离开上海回老家了。两个人晚上趴在被窝里各算各的，一点一点地琢磨，到底值不值得回老家开店，怎么算都是不值得。

"年轻人都出来了，留在老家的，很少有人会喜欢这些新奇的东西。"杨婷说，"又不像是网红奶茶、网红咖啡，可以靠跟风蹭流量变现。而且也很难找到帮你忙的人，一个人又要做课，又要管店，做不起来的。老家的朋友同学都有自己的事业家庭，找人帮忙都找不着。"

听说了许珍贵的打算，郑家悦没有表示支持，也没有表示不支持，只是错开目光，轻轻地叹了一口气。

"那你呢，因为什么回来的？"许珍贵问。

郑家悦搪塞过去，没有正面回答。

偶遇了老朋友之后，许珍贵继续逛超市，买了好多东西回家，莫名地心情没有那么沉重了。毕竟是除夕，她希望新的一年有个好兆头。

准备年夜饭的时候，她妈又试探地问起王祺："真不可能了？你不回上海了？"

"我暂时不回了。"许珍贵再一次郑重表示，"我房子都租了，就算赔钱，你也让我赔一回试试嘛。"

这话让她妈不高兴了："你这孩子，从小就没个心眼，怎么三十岁了还不懂事呢？明明知道是赔钱的事，好端端的犯什么傻？上海好好的工作给你你不干，好好的房子给你你不结婚，你回家来折腾什么呢？还创业，你这不是丢西瓜捡芝麻吗？图啥啊？"

许珍贵也生气了："妈，我用我自己的积蓄，赔了赚了怎么折腾我可以自己扛。这是我喜欢的事情，这是我从小长大的地方，在我长大的地方试着做我喜欢的事情，怎么就碍着你了呢？"

"你也知道这是你从小长大的地方，这不是你们大上海！"她妈说，"进进出出的，谁不知道你工作没了回家啃老来了？人多嘴杂的，你知道人家背地里怎么说？"

　　"管他们怎么说，过自己日子不就行了吗？又没吃他们家的大米。"许珍贵不满道，"你要是嫌我啃老，你们三口人过你们的日子，我不会花你们一分钱还不行吗？"

　　"啊，在这儿等着掉我呢。"她妈才反应过来，把盆一摔，"现在跟我生分了，嫌我当妈的不给你钱。"

　　"不是我跟你生分，是你跟我生分。"许珍贵说，"你早就有你的家了，但是爸走了之后，我再也没有家了。"

　　说完，她转身走出厨房，裹上羽绒服出了门。

　　出来才发现雪不知道什么时候已经下起来了，除夕夜里能去哪儿呢？天太冷了，她索性直接去了刚租的房子，正好还能研究一下怎么改装。厕所的水电全得重新弄。挑高的房梁太旧太丑了，地板也老化了，得想办法。墙面改不改颜色呢？更衣室要不要多留出几个？

　　郑家悦发来信息："在家吃年夜饭呢吗？"

　　"没有，研究怎么赔钱呢。"许珍贵回。

　　郑家悦又发："给个定位。"

　　许珍贵正蹲在漆黑的楼梯口，琢磨怎样才能最大限度地减轻楼下烧烤店和铁锅炖店的后厨对走廊的影响，就听到窸窸窣窣的走路声、跺脚声，然后就是郑家悦的抱怨："也没个灯，下雪这地太滑了。味儿也太大了吧，从人家后厨穿过来可还行？真要杂技呢。"

　　她站起来，把迎面上楼的郑家悦吓了一跳，她才看到郑家悦后面还跟着个陌生的男生。

　　"这是？"

　　"你不认识我啦？"男生笑。

　　"我弟，郑前程，你不记得了吧？"郑家悦笑着说，"小时候去你家吃过包子来着，他记了好几年。"

走廊里暗，许珍贵就拿手机去照，男生个子高，手机撑到他下巴，他笑着躲了一下。

"是你啊，"许珍贵虽然还是没看清，但也笑起来，"个子长这么高，小时候没白吃。"

小时候和郑家悦成为好朋友之后，许珍贵才知道她家常年没人做饭，丢两个孩子在家随便糊弄，有一年寒假时她就叫郑家悦来家里吃饭。郑家悦不敢告诉她妈，怕她妈骂她去别人家要饭，但弟弟又吵着饿，就偷偷带他来了许珍贵家。弟弟刚到上学的年纪，瘦得跟猴一样，胃口却不小，许妈妈做的酸菜粉丝馅儿的大包子喷香，他吃了五个，把大人都吓着了。

"后来我姐骂了我好几年，想起来就骂。"郑前程笑，"说我丢人。人家一家人都把我当笑话呢。"

"你不丢人谁丢人？"郑家悦白他一眼，"吃太多真的养不起，后来我妈一气之下，把他送到武校去练了几年武术，因为那边吃饭管够，上房揭瓦还有人负责揍。"

姐弟俩带了两个保温桶，打开是热腾腾的饺子。屋里都是破烂，只能用纸壳箱当桌子，三个人蹲在旁边吃。

"这个年过的，"许珍贵一边吃，一边看着窗外漫天的雪，自嘲道，"感觉不是什么好兆头。"

郑家悦在一旁轻声说："挺好的。今年，你回来了，她出来了，可能真的会是很好的一年吧。"

"谁？"她弟在一边不解地问。

许珍贵听了，沉默半晌，没有接话。

郑家悦也很快转移了话题，指着门口光秃秃的墙，问："你的这家店，叫什么名字啊？"

"光环。"许珍贵说。

第三章　家人

"在你们家，好像什么时候都有笑声似的。"

1

"真好看啊。你看她那裙子，带亮片的，一闪一闪，多漂亮。"

会演的当天，郑家悦和许珍贵两个人并排坐在观众席上，看着同班的小伙伴们都在台上光鲜亮丽地唱歌跳舞。许珍贵虽然说着唱歌唱腻了，但仍然直勾勾地盯着台上，肉眼可见的羡慕。

"……是吧？"许珍贵用胳膊肘撑撑郑家悦，说。

台上跳舞的是唯一一个拥有自己单独节目的女生，叫祝安安，是她们班最漂亮的女孩，跳起芭蕾来像只优雅的小天鹅。她还代表学校在市里演出过，据说她爸爸妈妈在电视台工作，听起来就很神气。不过她性格跋扈，总是一副别人都欠她的颐指气使的模样，同学们其实不怎么待见她。

"……怎么她那胳膊腿就那么听话呢？我跟你讲，我之前学舞蹈，老师踩着我下叉，疼得我嗷嗷叫。"许珍贵还在叽叽不停，"我死也不要再学了，太疼了。你看人家，腿一抬就上头顶。我要是有她那腿，我成天举在头顶上走，都不带放下来的。"

郑家悦默默点头。她从来不评价别人，也从来不会像许珍贵那样直白地表达对别人的羡慕。当许珍贵表现出对她成绩好的羡慕时，她幼小的虚荣心在得到了满足的同时，也难免感到些许的心虚。

"为什么你每次都考第一，但你从来不高兴？"

有一次走在放学回家的路上，许珍贵终于没有按捺住自己的困惑，奇怪地问她。

"我要是考一次第一，肯定乐上天。回家告诉我爸妈，他们会跟我一起乐上天。"许珍贵说，"我跟你说一个秘密啊，我一直都想偷偷考一次第一，让我爸妈真正高兴一次。虽然每次他们都跟我说考第几不重要，但是谁不想考第一呢？"

郑家悦沉默地走了一会儿，没回答。

许珍贵接不上话茬儿，有些失望地说："你看，咱俩说话都是我在说说说，你都不怎么搭话，我都跟你说我的秘密了，你也跟我说一个秘密呗，比如，你到底是怎么每次都考第一的。"

郑家悦愣了一下，笑了笑。

每次考第一对那时的郑家悦来讲并不是什么难事，但从小到大，也没有什么其他的事情可以使她高兴。如果说有的话，那可能就是在她还没有办法去具体设想的未来，她希望这些看得见摸得着的第一名，可以为她的未来多增加一分确定性。

郑家悦的妈妈其实是她的小姨。在她很小的时候，父母在外打工遇到意外身亡，姥爷和姥姥又走得早，新婚不久的小姨可怜她无家可归，不顾婆家的反对收养了她。

后来他们又有了弟弟。郑家悦从小就知道，虽然她跟弟弟一样叫爸妈，但本质上是不一样的，弟弟的长大是天经地义，她的长大是捡了一条命。妈脾气不好，打麻将输钱她就发火，弟弟捣蛋她也发火，家里有点什么事但是爸不在她也发火。爸脾气也不好，常年跑长途本来就疲惫暴躁，回家就一躺然后嫌这嫌那，跟她妈发火一撞上，那就是雷公遇上电母，全家遭殃。但他们脾气再不好，也是给了她一个家的恩人，她没有任何资格抱怨。

只不过每当爸妈因为家里缺钱或者孩子不争气之类的事情吵起来时，她总会默默在心里想，这些话是不是说给她听的，本不属于这个家的人的存在，才是一切争吵和抱怨的起源。

弟弟可以闹，甚至可以因为捣蛋被爸妈直接送去武校。但即使他回来后成绩跟不上留了级，即使他一直调皮，心思从来没有放在学习上，同样教过他们姐弟俩的小学老师说他比不上姐姐的一星半点优秀，他也不可能担心被这个家抛弃。而她，从小就在想，如果将来有一天自己不再属于这个家，她该去哪里，她还能去哪里？

这些都是没心没肺的许珍贵无法理解的。当郑家悦真的把她当朋友，语气平常地分享了自己的秘密之后，许珍贵却真情实感地哭了一鼻子，让郑家悦不免尴尬起来，只好生硬地说："你哭什么，又不是你。"

那也是许珍贵人生中第一次明白，有人无法像她这样无忧无虑地长大，也有人得了第一名也不一定高兴，还有人连自己亲生父母长什么样子都不再记得。在她幼小的心里，那个快乐得像童话一样的魔法世界，第一次向她揭开了不是那么美满的一角。

许珍贵替郑家悦保住了这个秘密，从来没有和任何人讲起，也经常有意无意地叫她去家里吃饭，虽然大多数时候叫不动。

"我不饿，不想吃。"郑家悦总是说，"我怕胖。"

许珍贵明白，郑家悦即使从来不说，也是会在意他人的眼光的。不管什么时候，只要全班同学照大合照，郑家悦永远躲在最后一排的角落，努力缩肩膀，生怕挡到旁边的同学。有一次春游合影，大家乱七八糟，无意中把她挤到了前面，她吓得连忙往后钻，不小心撞到站在第一排最中间的祝安安，还踩了她一脚。

祝安安当时就不高兴了，说："你踩一脚也太重了吧！我脚都要骨折了，我每天还要练功的。"

郑家悦道了歉，她还不依不饶，旁边的许珍贵看不过去了，直接撑了一句："不是道歉了吗？天天练功了不起啊？你那脚又不是金子做的。"

这下戳疼了祝安安小公主骄傲的自尊心，她狠狠地白了她们俩一眼，一甩衣角就走了。许珍贵正好大摇大摆挤到第一排最中间，还要把郑家悦拉过来一起站，但郑家悦还是灰溜溜地躲开了。

结果上了初中，还是同一个片区，她俩竟然还跟祝安安同班。祝安安还是一贯的小公主做派，老师让大家自我介绍，她说她的特长是跳舞，然后没等老师邀请，就自个儿站上讲台跳了一段。讲台老旧不结实，她脚尖一立，一下子卡地板缝里，半天没拔出来，还把脚给崴了。

回家路上许珍贵跟郑家悦抱怨："我都没笑话她，还第一个冲上去帮她拔鞋，她连谢谢都不跟我说！你说这个人是不是不知好歹？"

"是。"郑家悦难得地发表了鲜明的评价。

2

自从许珍贵她妈看出她真的不打算走了，就也没再劝她。

"等你自己撞了南墙再回头。"她妈说。

"这话倒跟爸以前说的一样。"许珍贵说，"什么事是对还是错，我自己放手去试不就得了，你不用操心。"

她妈什么都没说，也表现得像她根本没在这个家里待着一样。许珍贵天天忙到天黑以后才回家，有一次正准备关灯，走到落地窗前，突然看到她妈在楼下路口不远的地方站着，正往她亮着灯的窗里张望，看到她走过来，她妈立刻裹紧羽绒服快步走了。

她后来也没问过她妈。

年后许珍贵就开始了她的改造工程，开工前她特意去楼下的烧烤和铁锅炖两家店里打了招呼，也说了尽量不会影响到他们营业，不过装修师傅出出进进来回搬运材料都难免在他们门前卸货整理，多少还是会影响。两家生意还都挺不错，到了下午晚上就食客盈门，烧烤店老板是一对老夫妇，见她一个人里外忙活，没说什么。铁锅炖店老板是个四十来岁的大姐，浓妆艳抹穿着貂，踩着高跟皮靴就噔噔噔上二楼来，巡视似的转了几圈，似乎是想看看这个新店是干什么的，显然也暂时看不出眉目，就问："是不是跟之前那做足疗的差不多？同行？"

"……"许珍贵也懒得解释。

还好硬装需要改造的地方不多，主要是把洗手间拆除了重装，做成干湿分离的浴室厕所和洗手池。砸完的建筑垃圾拖出去之后，从店里到外面走廊全都乱七八糟的，只能自己上手。还没打扫出个模样，她妈就打电话让她帮忙去接一下她弟，说自己在老年班学跳舞，没有时间。

她弟上小学四年级，前两年体质不好，总生病，又因为娇生惯养，运动能力较差。医生说小孩长身体要多锻炼，她妈就给他报了一个周末的体能训练，在一家私人的少儿体适能机构，效果还不错，现在终于跟别的正常小孩一样皮了。

她到的时候还没下课，就看一个小小的训练场上四五个半大孩子跟着老师青蛙跳，有男孩有女孩，蹦得一身大汗，也看不出什么名堂。结果那老师转过身来，她奇道："郑前程？"

"刘一念是你弟弟？"郑前程也挺意外。

"你是刘一念的老师？"许珍贵问。

下了课等刘一念磨蹭的时候，许珍贵听郑前程说，他后来走体育特长生考了师范，还保了研，今年刚毕业，因为没进学校编制，暂时在一家私人的少儿体适能机构当老师。

"不会吧？你姐当初还说你脑袋笨不学习，现在多出息啊，"轮到许珍贵愤愤不平了，"我考研都没考上，太扎心了。"

郑前程就笑。"我还出息呢？我爸妈天天在家数落我没前途，说我一个大小伙子，不考公，不考编，研究生白念了，成天带一帮小孩蹦蹦跳跳，没出息。"他岔开话题，"你的店怎么样？我姐说你有什么要帮忙的就喊我，一个人弄这弄那，多双手省点事。"

"……真的吗？"许珍贵眼前一亮。

她把刘一念送回家，已经天黑了，回去的时候看到郑前程早就来了，还按她的要求把她没打扫完的垃圾全收拾出去了，差点喜极而泣。

"太靠谱了，"她感激地冲过去接过扫帚，"孩子长大了，知道帮姐姐分担家务了，我一定要在你姐面前好好表扬你，不枉她从小到大对你的教导。刘一念能学到你一星半点，我妈都该烧高香。"这倒是她的心里话。

"走吧，目前姐姐劳务费确实有点出不起，但还是可以请你吃饭。"

两个人都饿，也懒得走路，就下楼顺便照顾了铁锅炖大姐的生意。吃饭的时候，许珍贵收到了杨婷发来的图片，是她帮忙设计的logo，简单又流畅的几笔线条，勾勒出女孩在吊环上起舞的身影。

"要是晚上可以亮起来就更好看了哦！"杨婷发来一个期待的表情。

许珍贵发回一个大哭的表情说谢谢。

"好看吗？"她把手机递给郑前程看。

他的表情有些困惑，显然这样的审美风格对他来说过于抽象，仔细地审视了片刻，说："虽然我也不知道这是个啥，但你的店你说了算，你觉得好看就好看。"

许珍贵并不在意地点点头，继续吃饭。

"所以，你小时候被你爸妈送去武校，很苦吧？"她问。

"嗯，差点没折那儿。"郑前程说，"浑身青一块紫一块的没一个好地方。后来我还留级了，学习都跟不上。我妈天天骂我，到现在了都没个正形，多大的人了，走路非得挑马路牙子走，路边捡个棍儿都能耍一天。"

"我记得，"许珍贵突然像是想到什么有趣的事情，笑起来，"你那时候成天追着女孩跑，把人吓得嗷嗷哭。"

郑前程脸一下子红起来："那不是小时候不懂吗？"

"你现在长大了，正好教熊孩子，以熊治熊，冤冤相报，负负得正。"许珍贵评价道。

"我也没有那么熊。"郑前程委屈辩解，"就是从小到大，我姐太优秀了，衬得我像个傻子，我爸妈就越看越来气。我这辈子都活在我姐的阴影底下了。"他想了想，又说："不过，我还是挺感激我姐的。很小我就知道她其实是我表姐，但本来就都是一家人啊。"

想到郑家悦从小的自卑和忧虑，许珍贵笑了笑，又不免觉得有些心酸。郑家悦拼了命地对弟弟好，也不过是害怕这个家里终将没有自己的位置。

"你姐在北京，过得好吗？我其实跟她很久都没聊过了。"她说。

郑前程摇摇头。

虽然郑家悦不说，但她和李楷的嫌隙，她家人都看在眼里。从小到大的决定，都是她自己做的，她靠自己的努力，考上了北京的名牌大学。李楷是和她一样的学霸，他们都是千辛万苦从小地方来到大城市打拼的孩子，也都想靠自己的努力堂堂正正地留下来，虽然很难，但也坚持下来了。不过不像她，李楷的父母明智地早在他们本科毕业结婚那年就倾家荡产四处凑借给他们在北京付了首付，这对他们一个农村家庭来说无疑是几乎倾其所有。为了报答，两个人扛起他父母的期望，在六十平方米的小两居里，使尽浑身解数想把这个计划中的孩子实现。

"爸妈总说，人是她自己选的，选了就要好好过日子。"郑前程说，"但我总觉得，我姐那么着急结婚，是想要逃离这个家。"

他说出这句话让许珍贵有些意外。

"我姐说，她从小就羡慕你。虽然我小时候就去过你家那么一次，我也羡慕你。在你们家，好像什么时候都有笑声似的。"郑前程说，"在我们家，我爸不在的时候，就是我妈在不停地抱怨。我爸在的时候，就是他俩在吵架，永远没有停的时候。他们永远在说，为了我俩，他们有多难，有多穷，付出有多少。我小时候不懂，但我姐肯定早就懂了。她在这个家里长大，看着我爸妈眼色还要管我这个熊孩子，换我也会想早点离开这个家，至于结婚嘛，跟谁都差不多吧。"

"你这些话，跟她说过吗？"许珍贵不由得问。

"怎么可能？"郑前程笑，"现在她可懒得管我了。我听我妈说，她想要小孩想得都快魔怔了，今年就因为这事跟姐夫吵了架才一个人回来的。"

一时间许珍贵也不知该说什么，怔住半晌才叹了口气。

快吃完时郑前程接了个电话，听起来应该是和他带的小孩家长沟通上课请假的事。

"……那这周就先别过来了，先休息好，一切还是以学校老师的要求为准。尤其是祝宁宁自己不愿意，咱们就听她自己的，循序渐进。"他说。

这个名字引起了许珍贵的注意。

"祝宁宁？"等他打完电话，她好奇地问了一句。

"啊，我带的一个小孩，怎么了？"郑前程说。

"她名字特别像我一个老同学的……家人。"许珍贵说，"我同学叫祝安安，你姐也认识。"

郑前程在手机里划了一会儿，找到一张有点模糊的合影，里面有一堆小孩。

"这个。"他指着站在最旁边的一个女孩,"这个是祝宁宁。"

许珍贵探头看去,那尖尖的瓜子脸和上挑的眉眼,简直和十几年前的祝安安一个模子刻出来的。

3

许珍贵和郑家悦都没想到,连拔鞋之恩都不愿道谢的心高气傲的祝安安竟然会主动跟她们求助,求助的困难竟然是一道轻而易举就能解答的数学题。

"……别人都不愿意给我讲。"祝安安连求助的语气都带着高傲的拧巴,"你不是入学考试就是第一吗?"她看着郑家悦。

郑家悦不太会拒绝,就给她讲了。她没听懂。又讲了一遍,她还是没听懂。许珍贵凑过来,这道题她考试也没做出来,郑家悦又讲了一遍,许珍贵懂了,祝安安还是没听懂。

郑家悦也不知道怎么办,正要硬着头皮再讲一遍,就看祝安安眼圈一红,嘴角一撇,眼泪啪嗒一下掉了出来,把俩人吓了一跳。

"哭什么?"许珍贵奇道,"我考不及格的时候都没哭呢。"

祝安安摔了笔,一把扯回自己的卷子就要走,被许珍贵拉住:"你别走啊,别搞得我们欺负你一样,说了给你讲明白,就得讲明白,回来回来。"

讲到放学,还真的给讲明白了,郑家悦又找来两道举一反三的题,确认是真明白了。"这不挺好的吗?哭什么?我爸就老说我,遇事别老想着先哭鼻子,要哭也是解决了再哭。"许珍贵表扬道。

祝安安眼睛还红着,憋了半天,终于说:"谢谢。"

"她给你讲题你就谢她,我那天帮你拔鞋你咋不谢我?"许珍贵开始抬杠。

祝安安一口气噎住,脸通红,翻了个白眼。"你就是巴不得看我出丑。"她哼了一声说。

许珍贵也哼了一声,算是承认了。

祝安安沉默了一会儿,小声说:"我爸妈说,上了初中之后,只要有一科不及格,就不让我再跳舞了。"

许珍贵和郑家悦都不是很懂这中间的因果关系,困惑着没接话。

祝安安的父母一心希望女儿成绩好,将来考名牌大学,但祝安安从小就喜欢跳舞,在学习上却偏偏缺了那么一根筋。她父母不甘心,更怕她初中就开始掉队,以后更没办法拿一个漂亮的学历了,就给她下了死命令。无奈她不开窍,不让她跳舞,她成绩也照样提不上来。

她撩起裤管给她们看大腿内侧红紫的掐痕。"我考不及格,我爸妈掐的,比我练舞蹈还疼。但是掐我也及不了格。"她说着,又开始抽泣。

许珍贵看着都觉得疼,也想跟着掉眼泪。郑家悦有点好笑地看了她一眼,心想刚才还在笑话人家,这会儿又开始陪哭了。

"我以后想一直跳舞。"祝安安说,那一刻她的眼里没有小公主的骄傲跋扈,却有着难得一见的真诚和坚定,"我想去特别大的舞台上跳舞,想去世界各地演出,想当最伟大的舞蹈家。"

"但舞蹈家也得念书啊。"郑家悦点醒她,"你至少要及格嘛,这样你还可以跳舞,你爸妈也不会老打你了。"

"……可是太难了。"祝安安委屈道。

"你跟郑家悦道个歉,看她愿不愿意帮你。"许珍贵一本正经地说。

郑家悦连忙摆手:"你瞎说什么呢?"

"我没瞎说。"许珍贵认真地说,"你不给人道歉,就交不到朋友,也没人愿意帮你。你想想为什么他们都不愿意给你讲题?"

祝安安不吭声，半晌，说："对不起。"

"好嘛。"许珍贵拍拍手，"她帮不帮你也不关我事，我要回家了，我妈说今天要包包子。"

有时想想，女孩们的亲疏远近很微妙，但又绝非完全无迹可寻。那时的祝安安，如果放下了她任性的架子，其实并不让人讨厌，但又或许是许珍贵天生的善意，让她愿意以最真诚的心去揣度任何另一颗心。

回到家里，她翻箱倒柜地找出了小时候陈旧的合影。泛黄的照片里，有站在第一排趾高气扬的自己，有躲在最角落的表情模糊的郑家悦，还有即使不站在最中心也耀眼得无法忽略的祝安安，笑得骄傲又张扬。今天郑前程手机里那个小女孩，虽然长得和祝安安极像，脸上却没有丝毫笑容，像一株晒不到太阳的花。

郑前程说，祝宁宁比刘一念小一岁，和同龄的小孩相比又瘦又矮，医生建议家长带她多锻炼多参加户外活动，她才来的。

"一会儿宁宁有同学来。"

随着话音，房间门嗒嗒嗒响了三下。

祝安安转过头，眼神从电脑屏幕上移开，没有焦点地落向窗外，长出了一口气。

祝宁宁的同学或老师是家里唯一可能来的客人，每次只要有客人来，她妈就会先敲她的门告诉她，她就安静地待在自己房间里，不动，也不出声。

没多长时间，她就听见外面家门响了，先是祝宁宁的声音喊妈，然后是同学脆生生地喊阿姨好，再然后就是孩子们叽叽喳喳听不清楚的吵闹。

"宁宁，你们玩，我去给你们切点水果。"她妈说着进了厨房。

祝宁宁和两个要好的女同学进了自己的小房间。进屋之前，一个女孩留意到家里另一个房间紧闭的门，门上贴着大幅的电影海报。

"那是谁的屋呀？"女孩好奇地问。

"嘘。"祝宁宁做了个噤声的手势，把她们让进屋，然后把门关上。

"那是我姐的房间。"她小声说，"别让她听见，她不喜欢别人说她。我姐脾气不好，在我们家，她发脾气的时候，我是不可以笑的，出声都不行。"

"你有姐姐？"另一个女孩好奇地问，"我们都没见过哎。"

"她不出门的。"祝宁宁说。

"啊？为什么啊？"女孩奇怪地问。

"……反正，她就是不出门。我妈说，她如果一辈子不出门，那就一辈子不出门。以后我妈老了，就换成我陪着她。"祝宁宁的语气像个小大人。

"我妈说，我的出生，就是为了我姐有个伴。"

祝安安的目光重又落在面前的电脑上。屏幕上是已经结束的直播页面，后面是补光灯，旁边是声卡、耳机、转换头之类乱七八糟的设备。房间很小，四周的墙上都贴满了各式各样的电影海报，身后一张单人床，摄像头的角度巧妙地避开了床头另一侧沿墙安装的扶手，以及角落里一辆用旧了的轮椅。

第四章　喜欢

"喜欢的人和喜欢的事，都是喜欢。喜欢得短暂和喜欢得长久，都是喜欢。"

1

室内训练场上，郑前程正指挥着几个孩子排队跳箱子。许珍贵站在门口远远地看着。祝宁宁跟别的小伙伴没有什么交流，老师说什么倒也跟着做，组间休息的时候就一个人不作声地站在一边。

看到许珍贵又来了，刘一念倒是有点意外，结束之后他一边继续磨蹭地收拾东西一边问："我妈怎么又叫你来接我？"

许珍贵看了他一眼，故意加重语气说："我妈说她有事，你以为我愿意来接你？"

刘一念喊了一声，不理她。

"她是谁来接的？"许珍贵指了一下远处独自喝水穿衣服的祝宁宁，问郑前程。

"通常都是她妈妈。"郑前程说，"我好像没见过别人。"

没过片刻，许珍贵果然见到祝宁宁妈妈急匆匆地走了进来，一边说她汗没擦干出门要感冒，一边简单粗暴地给她擦了把脸，裹上羽绒服，母女二人就风风火火地走了。

祝宁宁妈妈，或者说祝安安妈妈，比她印象中苍老疲惫了许多。

在她们几个十几岁的时候，她一直觉得祝安安妈妈很有气质，可能因为以前在电视台工作，看上去文质彬彬，一副知识分子气质的样子。

许珍贵的爸爸妈妈都没读过什么书，下了岗之后也只能靠打零工生活。但她觉得她也不比别的小孩缺少什么，反而在见到自己从没见识过的人和事时，更愿意以新奇和探究的态度去接纳。郑家悦说她妈是开小卖部的，许珍贵觉得也很好，并好奇她是不是什么时候都可以无限制地吃零食。

"都说爸妈聪明小孩就聪明。"祝安安表示，"我觉得是瞎话。我爸妈都是大学生，但是我根本就不想考大学。郑家悦那么聪明，将来也不会像她妈一样开小卖部，对吧？"

许珍贵担心郑家悦听了这话生气，郑家悦倒没在意。只不过偶尔给祝安安讲题实在是耗费了她极大的耐心，她自己也要学习，也要写作业，一遍遍讲还讲不懂，两个人都感到很挫败。祝安安不是蛮不讲理的人，也觉得自己欠人家的，就盛情邀请她们去家里玩。

祝安安妈妈听说她们俩成绩都比祝安安好，就很热情，不断地说让她们三个做好朋友，好好带一带祝安安。但祝安安只一心想着带她俩躲进自己的小房间，给她们看她床边贴了一墙的明星海报和桌上码得整整齐齐的一排磁带。

"我妈真的太精了，她不没收我磁带，光把随身听收走了。"祝安安看了门外一眼，小声抱怨道，"看得见听不着，气死我了。她说中考前让我收心，考上高中了才还我。"她眼巴巴地摸着她心爱的宝贝们。

那一排磁带，五花八门的歌手和音乐，郑家悦听都没听说过，也没有随身听。许珍贵也只是在和同学闲聊的时候知道一点，她家里只有一个老式的收音机，仅有的两盘磁带还是英语老师让大家买的。

祝安安的桌上摆着一个相框，里面是她七岁第一次登台演出的照片。她穿着小天鹅的裙子，化着看不清眼睛嘴巴的妆，高高地扬起细长的脖子，腿绷得直直的，神气极了。

"……她根本就不懂。"祝安安还在抱怨她妈不理解她，"真正喜欢的东西，是没有办法放弃的，所有人都让我放弃也不行。"她声音虽轻，却掷地有声。"你们没有喜欢的东西吗？有的话你们就明白我的意思了，对不对？你们将来想做什么？"

郑家悦愣了一下，还没回答，祝安安就理所当然地点头说："你当然要考名牌大学啦，将来说不定可以当个状元。"

许珍贵也愣住了，她想，她喜欢什么呢？将来想做什么呢？这个问题对祝安安和郑家悦来说，都是那么坚定和轻而易举就有了的答案，但她好像从来没有想过。她不由得在心里笑话起自己来，爸妈说她天天躲在小阁楼上发呆，天马行空地想了那么多，怎么这么重要的问题从来没有想过呢？

或许长大就知道了吧。她给自己找了个借口。

可是时间一晃过去了十几年。在这十几年里，她读了不知道喜不喜欢以为读了就会喜欢的专业，谈了刚开始喜欢但后来不喜欢了的恋爱，找了以为自己会喜欢但是越做越不喜欢的工作，过着累到没有脑子去想喜不喜欢的生活，却依旧没有给这个问题找到一个能够说服自己的答案。

她一度把这样的态度归因于自己的懒惰和懦弱，就像小时候学舞蹈一样，压腿压得哭，膝盖摔得瘀青，她就嫌苦嫌累，本来喜欢的也不想学了。

直到后来她第一次坐上那个吊环，吊环加速旋转起来的时候，周遭都模糊到失焦，所有的感知都集中在自己身上，一切的杂念倏忽消失。她觉得自己轻飘飘的，既像要飞起来，又像要被离心力推出去，那感觉神奇又美妙。

然后下来她就趴在地上吐了，晕得天旋地转，脚软到站都站不起来。

老师笑着安慰她说没关系，吐着吐着就适应了，适应了就好了。

后来她的手指根磨出过水疱，水疱破了后又长了茧，握上去也不再疼了。腰后侧和膝盖窝一开始总是因为过于紧张使力而青一块紫一块，后来也渐渐地皮厚了筋软了，没那么容易留下瘀青了。最重要的是，她终于怎么转都不吐了，可以摒弃一切外界的影响，专心在每一个动作上。

一路下来有好多人问她，这个有什么意义吗？这是干什么用的呢？学了这个去马戏团应聘会要你吗？为什么这个还有考级啊？考了教师资格证去教谁啊？

说实话，她都不知道。她唯一知道的就是，这是一件好玩的事情，是一件拯救了她枯燥焦虑生活的事情，也是她难得喜欢了很久，并且应该还会继续喜欢下去的事情。有的人几岁就知道自己喜欢的事情，她不过是晚了十几年才知道，但也有资格坚持下去吧。

十几岁时的她们，多强烈的喜欢也拧不过生活的安排。她们这儿虽然是小地方，但也有一所不错的重点高中，每年能出清北的那种，可惜择校费贵，郑家悦和许珍贵都选择了另一所普通的高中。祝安安走了狗屎运，中考考得还凑合，也报了同一所，三个小伙伴幸运地又读了同一所高中，并且极其幸运地还能随机分到同一个班。虽然高二就要文理分科分班了，但还能再多同班一年，三个人都觉得很开心。

只是那时她们不知道，等待着她们的，是足以改变她们学生生涯命运走向的一位班主任。

"反正到时我就去艺考班。"祝安安满不在意地说。高一的班是随机分的，但高二文理分班后，就按成绩归为实验班和普通班，而成绩差的和准备走艺考或特长生路子的就会被分到一个所谓的"艺考班"，其实也就是后进班，大家私下里都叫混子班。

"一年呢。"郑家悦说，"听说这个老师是著名的魔鬼。"

"那她为什么不去一中？来咱们这儿有什么用啊？"祝安安说。一中就是那所唯一能培养出清北生的重点高中。

"可能一中的魔鬼太多了吧，据说咱们六中校长指望她给咱们也培养出一个清北生呢。"郑家悦说。

许珍贵盯着眼前的分班名单，反常地没有接话。

入学第一天，祝安安进教室的时候突然脖领子被一只冰冷的大手薅住，一拖，胸口挂的一个漂亮的小链子就被扯了下来，扯得她脖子生疼。

面前站着一位面无表情的中年妇女，身形瘦削，两鬓斑白，目如鹰隼，不怒自威。

"我是你们的班主任。我姓严，叫严瑾。"她站在讲台上，盯着台下几十双陌生的眼睛，语速极快地说，手一甩，那根项链飞出去砸到了教室门上，落地四分五裂，"以后不要再让我看到这样的东西。"

"……我最喜欢那个项链了。"祝安安忍不住悄声跟旁边的郑家悦说。

她耳朵尖得可怕，眼睛没有看祝安安一眼，嘴里却说："在我这里，没有喜欢不喜欢，和学习无关的，统统都是垃圾。"

2

年后郑家悦还没有回北京，李楷竟然来了，这让她觉得非常意外。他工作忙，前两年过年能陪她待到初六已经是超长假期。郑家悦本打算多待几天，把自己攒的假用掉，他不在的时候，她就没那么焦虑，连呼吸都放松了许多。

说到底，周围的人压根儿就不明白她为什么焦虑，明明她一路顺遂，连像样的挫折都没有经历过。说实话，她亲生父母在天上看到了，也会觉得她已经过上了想都不敢想的好生活。在北京的名牌大学读完研，在大公司做人资，干净体面，有踏实能赚钱的老公，有婆家给买的婚房，已经算是战胜了99%的北漂一族，唯一没有按照她预想发展的就是这个久久没有到来的孩子。李楷喜欢小孩，每年回家都逗着他弟弟家的孩子不撒手，也经常陪着她设想将来怎么做好爸爸好妈妈，怀孕还八字没一撇的时候，早教书就已经买了一大堆。同事善意地要把家里没用上几乎全新的婴儿车和冲奶机送他，他不要，非要给自己小孩买新的，说爸爸可不差这两个钱，爸爸愿意花。

　　李楷越是这样，郑家悦越觉得压力都在自己身上。近半年她经常跑医院，有点魔怔，不断请假，领导和同事一开始还理解她要备孕，后来也渐渐地没什么好话好脸色了。今年如果她还这样，工作也是岌岌可危。

　　也有旁人劝她放松点，人生还长，对怀孕生子这件事不要这么执着，但她从来就没有，也不配有一个放松的人生。对她而言，从前按部就班的每一步，都是为了以后还能按部就班走每一步，这样就不会出错，不会有波折，不会失去好不容易攥在手里的一切。结婚是因为合适，生孩子是因为到了年龄，每个阶段都有每个阶段要解决的问题和标准答案，她当惯了考出好成绩的听话的学生，不敢掉队，也不敢想象一旦交不出满意的答卷，等待着她的会是什么。如今面临着三十岁这道坎儿，眼看就要错过所谓的最佳生育年龄，她越发焦虑，不知道自己为什么已经这么认真地答题了，还是得不到理想的答案。妻子和母亲的身份就是一切问题的理想答案吗？她也不知道。

　　但婚姻是两个人的，生孩子也不是她一个人的事。李楷嘴上也说着不急，看她状态不好，最近孩子的话题也少提了。但他的宽容却带着置身事外的意味，似乎她自己的压力只能自己消化。他越不提她越焦虑，每天回家看着他就像看着每次检查的化验单，恨不得从他脑门上诊断出来到底是什么原因怀不上。

明明他们刚在一起的时候也不是这样的。当年郑家悦陪着她室友去相亲，就像古早桥段一样，李楷和室友互相没看上，却跟郑家悦对上了眼。她其实有点奇怪，室友比她瘦，比她漂亮，爱打扮，是大城市长大的女孩，活泼开朗，聊起来天南海北什么梗都能接上，走到哪里都不缺人喜欢。但李楷后来说，觉得郑家悦更适合他。

"我觉得……你挺宜室宜家的。"李楷后来说。说完他怕郑家悦觉得这个评价不尊重她，立刻找补道："我是说，我也挺宜室宜家的，咱们两个挺适合。"

要说喜欢有多少，她自己也不知道，可能他也不知道。但李楷说的是实话，抛开喜欢不谈，如果想和一个人一起在北京拥有一个自己的家，那她是适合的，他显然也是。对一个真正属于自己的家的渴望，是郑家悦二十多年以来的梦。

但这个家真的属于她吗？如果以后也没有孩子，这个家还会属于她吗？她担心的到底是有没有这个孩子，还是这孩子还没来就引发的一切充斥在这个家里的暗流涌动的冲突和矛盾，还是一旦他们的婚姻因此产生危机，覆巢之下家也不复为家的恐惧？

李楷就像什么事都没发生过似的，和往年一样带了给郑家悦家人的礼物。郑前程一直跟他不对付，打了个招呼就出门了。她爸妈都在家，郑家悦找不到机会跟他单独说话。好不容易到了晚上睡觉前，她才试探着问："你不是没假了吗？也不告诉我，怎么突然来了？"

"没假我就不能来了吗？"李楷答得自然，但郑家悦觉得不自然。他可不是为了千里迢迢跑到娘家来接她回北京不惜牺牲自己上班时间的人，她又不是没手没脚不会坐高铁坐飞机。北京通勤两小时，他从来没接过她下班。他俩当年婚假期间公司临时需要加班他都能迅速赶回去，纪念日、节日也从来没影响过他工作。

"老婆，我想跟你说个事。"李楷拉着她的手，郑重其事地说。

不知道为什么，她心里莫名打起了鼓。"你别说。"她突然说。

"啊？"李楷一愣。

这一瞬间，她脑子里滚过很多个离谱的想法，甚至在想，如果李楷跟她说"咱们离婚吧"，她要怎么办？

不是没有想过这个最坏的结局，在他们第一次去医院检查，等待结果的时候，她就在想，如果真的是她有什么毛病怀不上，会不会离婚？但实际上他俩都没查出来什么问题，两年过去了，她还是没怀上，这把剑就一直悬在她头顶上，从来没放下过。

"你想什么呢？"李楷不解地问。

她只好摇摇头。

"……你说吧。"她往被窝里挪了挪，缩起脖子闭上眼，像是在等待那把剑落下。

李楷似是没注意到她的动作，仍然拉着她的手，说："我这几天，想了很多事。这段时间咱们俩压力都太大了，尤其是你。我不想再看到你这样了。今天妈跟我说，她让你去看你们这边的中医来着。我跟你讲，人在急的时候，最容易乱投医，你千万别听别人说啥你信啥。我不是说妈有错，我是说，咱们别再到处瞎猫碰死耗子了，放过自己吧。"

郑家悦睁开眼睛，有点困惑地看了李楷一眼。

"以后咱别去看医生了。"李楷说，"你不生就不生了吧，咱认了。"

她在被窝里僵住了一瞬，然后生硬地坐起来："然后呢？"

"什么然后？"李楷问。

"不生了，然后呢？"郑家悦问。

"没有然后。"李楷说，拍了拍她的手背，像是示意她把心放回肚子里，"不生就是不生了。你放松一下，转移转移注意力，不要在这个事上再钻牛角尖了。"

郑家悦僵硬地点了点头，叹了一口气，却又觉得头顶那把剑并没有真的落下。

舟车劳顿，李楷第二天早上睡了个懒觉，郑家悦起来陪她妈做早饭的时候都没起。郑家悦想来想去，就跟她妈说了。

没想到她妈既没表示意外，又没表示赞同，而是沉默了半晌，然后问出了一个郑家悦昨晚失眠半夜都没想过的问题。

"他是不是外面有人了？"

"不会。"郑家悦下意识就否认了。李楷一直是非常典型的顾家型老公，赚的钱有零有整，恨不得一分钱掰两半花，以前开玩笑的时候他俩还说，他要是出轨，小三都会嫌他抠。"我可舍不得把钱花在别的女人身上，那都是留给咱家孩子的。给孩子的钱，随便花。"他说。

"妈，你为什么会这么想？"郑家悦忐忑地问。

她妈看了她一眼，轻描淡写地说："他那么想要孩子，怎么就突然想开了，不折腾了？他要是真没毛病，可不会甘心的。你要是不放心，找个机会，看看他手机啥的，没事最好。"

这种事郑家悦可没干过，她总觉得夫妻间信任是最基本的。"两口子掏不掏心窝子，也得看这人值不值得。"她妈意味深长地说。

她回到屋里，李楷还睡得死沉，手机就放在旁边。他手机的密码是工号后三位和生日后三位的倒序，她早就知道，只是从来没试过。

"你啊，书读得多了容易犯傻。"她妈刚才说的话举重若轻，却像是扎了根刺在她心里，怎么拔都拔不出来。

下午郑家悦往许珍贵的手机上连打了几个电话她都没有接到。她本来今天要去订材料，半路上物业给她打电话，说店里漏水了，把楼下两家店全都渗了。她火急火燎赶回来，发现是前两天做的卫生间防水没做好，叫来师傅检查了之后，说只能重做，刚贴的砖又要全部拆掉。

楼下大姐又裹着貂噔噔噔上来了，拉着许珍贵就下楼去看她店里被渗的墙，张口就要五千块赔偿。

"……我刷全屋的漆都没用五千。我那漆还没用完，反正都是大白墙，到时候直接拿下来让师傅给你补上就行了。"

"那不行，颜色都不一样。"

"都是大白墙，颜色哪儿不一样了？"

"……那不管，就是不一样。我还信不及你那师傅呢，我自己找人刷，你把钱赔给我就行。"

还是烧烤店的老夫妇好说话，他们的墙也渗了，大家一起商量，让师傅补漆的时候都给刷了，大姐看人家答应得痛快，虽然脸色不好看，但终究没再无理取闹。大姐走了之后，许珍贵跟在师傅后面收拾漏水漏得一塌糊涂的洗手间。老夫妇看她忙了一天饭都没吃，还在店里给她打包了吃的拿上来。

"姑娘，你是本地人啊？"阿姨问她。

许珍贵点点头。

"那怎么一个人在外忙活呢，家里人呢？"

"……"

家里人就在步行二十分钟便到了的家里。许珍贵很想说实话，但这样显得她很孤独，就把话咽下去了。毕竟是她自己说的，那不是她的家。

好不容易吃上一天的第一顿饭，她才得空去看手机，郑家悦竟然给她打了好几个电话，她就拨回去了。

"你找我？"许珍贵问。

电话那边郑家悦的语气很平静，不过有点奇怪。"嗯。"她说，"……我也不知道，该跟谁说了。你忙吗？"

"……忙。"许珍贵看了看周遭一片狼藉，说。

3

晚上回家吃饭，许珍贵她妈看到她把沾了泥灰的羽绒服脱下来扔在门口，也没问什么。许珍贵累了一整天困得要命，闭着眼睛去洗漱的时候，看到她妈在洗手间里，试着用沾了洗涤剂的刷子刷她羽绒服上的泥。

"……别刷了。"许珍贵说，"这是墙灰，还有漆，刷不掉。我特意回来把这件旧的找出来穿着干活，就是想万一弄太脏了，就不要了。"

她妈看到她进来，头也没抬，说："我试试呗，说这个洗涤剂好用，专门洗羽绒服的。要是洗不出来，我可以平时买菜穿。"

"……那我一会儿再来洗漱。"许珍贵说完就转头出去。

"你那边顺利不？"她妈问。

"顺利。"许珍贵嘴硬道。

"那个……"她妈像是突然想起什么似的，说，"我们老年班跳舞的老姐妹，她们弄了一个什么号，每天都发跳舞的视频。"

"啊？"许珍贵一头雾水，不知道这跟自己有什么关系。

"……我就是说，你弄那玩意儿，也弄个号，发一发你的视频，现在不都说什么流量吗？说是有人看就叫流量？你也整点，省得到时候店开起来了，没有人来，白瞎了。"她妈说。

许珍贵愣了一下，就笑了，心里的郁结忽然之间少了很多。

"我知道了。"她说，"妈你真聪明，我怎么没想到？"

她也是这么打算的，号也做上了，只是暂时还没时间打理，本来打算等开起来再打理，但是转念一想，反正忙着也是忙着，不如就拍下来所有筹备的过程，有空就剪剪发上去，也算是白手起家的纪念。

"妈有时候吧，没注意你的感受，你别往心里去。"她妈犹豫了一下，还是说，"这一天天的，鸡毛蒜皮的破事太多，刘一念又作。

你不是长大了吗？别计较。"

许珍贵心里有些发酸，摇了摇头。"我没有。"她说，"妈，你们过得好，我挺高兴的。"

说起来，爸刚去世那两年，还是许珍贵劝她妈走出来的。那时她在上海读大学，爸又不在了，她妈独守家里，难免郁郁寡欢。许珍贵那时和她大学里的第一个男朋友刚分手，以此来开导她妈。

"妈，我发现我有一个毛病。"她说，"我吧，从来没有喜欢一个人很久过。不管我喜欢他的时候有多喜欢，突然有一天，我发现我就一点都不喜欢他了。"

"……这不是毛病。"她妈还以为许珍贵需要她开导，"以后你会遇到别的喜欢的人。"

"是吧？"许珍贵说，"说明还是你们教育我教育得好，我从小就想得特别开。人一辈子那么长，怎么可能只喜欢一个人？我要喜欢很多很多个，不着急，先排着号，一个一个来。"

听她开玩笑不着调，她妈就被逗笑了。

"我二十岁，还有很多时间。"她说，"你四十岁，也还有很多时间，说不定，也会有别的人可以陪你走下半辈子。"

那时越是知道爸爸的离开对她们影响有多大，她越是真心希望她妈能走出来。不过后来当她妈真的遇到了刘叔叔，不仅很快再婚，还生了刘一念时，她又只能当作是自己开导的结果，心里难免有点拧巴，不是滋味。

说话间，她妈已经把羽绒服拿出了洗手间："洗不出来，你别穿了，我晾晾穿吧。你去洗漱。"

"妈，"许珍贵想了想，又说了一句，"那天我说的气话，你也别往心里去。"她说："你们仨有你们仨的家，这个家里有没有我，其实我无所谓的。"

她笑了笑，说："我有小时候的那个家，就挺知足了。"

晚上睡觉前，她看到床头放着她妈给洗好叠好的衣服，是她平日里练习穿的，磨得有点起球，还被处理过了。

前几年她心里还暗自吃醋，因为看到她妈给刘一念织的毛衣被他嫌弃丑不想穿。如果现在她妈还能亲手织毛衣给她，那可是无价之宝，但她妈的眼神现在不好了，戴着老花眼镜辛辛苦苦盯着毛线无数个小时，她不忍心，宁可不要。

从小那些穿破了穿烂了都舍不得扔的衣服，对她来说也是最珍贵的回忆。不过她其实不太注重审美这种东西，否则也不会觉得她妈织的真的比人家花钱买的好看一百倍。但她妈总会放很多小心思在里面，她喜欢雪花，她妈就会织雪花图案在毛衣上；她喜欢橙色，每年冬天的帽子和手套总有一套是橙色的，戴着去学校，就是比别人独树一帜。

对青春期的女孩们来说，相对意义上的独树一帜，甚至比绝对意义上的好看不好看更重要。但上了高中，班里争奇斗艳的花花草草都在严老师的魔鬼管理下被掐了尖剪了叶，支棱不起来了。严老师最讨厌花枝招展的女学生。有人偷偷烫了头，白天扎成丸子头以为没人发现，严老师看到了，拿着把剪刀追到宿舍齐着耳朵给剪了。有人化妆，严老师看到了，放盆水在教室前面当场把脸按进去洗，正是刚学会爱美的年纪，大家都怕得要命。

许珍贵不太爱美，于是也没那么在意。但祝安安那种视美丽为天理的女孩，却总有暗戳戳在老师看不到的地方取悦自己的办法。被摔坏了心爱的项链之后，她偷偷把配套的手链戴在手腕上，只要不挽起袖子就看不到。她跟其他班爱美的女孩学来的，偷偷把肥大的校服裤腰收紧，裤脚也扦起来一截，显得腰和腿更细更好看，还能露出脚踝和跟鞋精心搭配的袜子。

但这些怎么可能逃得过严老师的眼睛？刚做了两天早操，严老师就看出来她的裤子跟别人不一样，直接打电话给她家里，让她花钱重新订了一身校服。由于不是同一批次买的，断了码，祝安安穿着XXL码的拖过脚面的裤子出去上早操，裤腰太松了怕掉，许珍贵把自己的鞋带抽出来给她系裤腰上，她气得回来哭了一整天。

"开学已经这么多天了，如果还有同学对我的管理方式不太熟悉，那就没道理了。"严老师在放学前最后一节晚自习上说，"我再说最后一遍：记住，你们所有人都是一样的，不要搞任何特殊，不要搞你们那些小动作，不要让我看到任何的标新立异，除非你把清北的录取通知书放在我面前。"

她冷冷地看了仍然红着眼睛的祝安安一眼："除了学习，你们没有资格考虑其他任何事情，天塌了都不行。如果不愿意，现在就调换班级，我的班级不欢迎不专注于学习的人。"

"她有什么了不起？"祝安安放学之后跟许珍贵哭诉，"……调换班级就调换班级，谁稀罕啊？"

"……你爸妈不会同意的吧。"许珍贵犹豫着说。知道祝安安进了严老师的班后，她爸妈乐得就跟祝安安考上了清北一样，因为严老师的魔鬼称号确实名声在外。

"……一年呢，高二才分班呢。"祝安安哭道，"我一天都忍不下去。要不是因为……"她警觉地打住了话头，看了看周围，就像怕别人偷听一样。

许珍贵知道她没说的话。祝安安喜欢班里的一个男生，这是许珍贵和郑家悦答应了要帮她保守的秘密。

男生叫贺尧，据说他中考成绩是这届最高的，高到大家并不理解他为什么不去一中而到这里来。他长得很秀气，戴着眼镜，温文尔雅的，说话讲题思路又快又清晰，在以成绩论英雄的严老师班里也并没有因为自己优越就高人一等，性格脾气也很好。

一物降一物，祝安安这种跳舞厉害脑子简单的人，就是会被这种智商高又没架子的优等生吸引。但贺尧平时喜欢独来独往，开学一阵子了，祝安安硬是没发现他跟哪个同学近距离说过非必要的话，连他有没有要好的哥们儿都没观察出来。别的男生趁十分钟课间冲到操场上去打篮球的时候，他安静地坐在靠窗的座位独自做题，头不抬眼不眨。

"这就是学霸的个性吗？啧啧啧。"祝安安一边远远地观察，一边揪郑家悦的胳膊。郑家悦坐的位置离贺尧更近，祝安安一下课就过来蹭。

"……你之前还说我下课不出去玩就是书呆子。"郑家悦一边低头整理卷子，一边冷冷地拆穿。

"……"祝安安眼也不眨地盯着贺尧，懒得反驳。

4

直播前祝安安都要花两个多小时化妆，化妆前很有仪式感地放上自己爱听的音乐，把补光灯调到适合的强度，摄像头摆在适合的位置。她平时也在平台上发自己的化妆视频，最喜欢捣鼓的是电影角色仿妆，她有一个《爱乐之城》女主角的仿妆教程和一个《花木兰》仿妆教程很火，先后被推到了首页，给她带来不少浏览量和新粉丝。每次看到大量涌入的留言夸她，她心里就很高兴，下次化妆就更认真了。

音乐声音放得不大，她一边娴熟地一根根粘假睫毛，一边听客厅里她妈在训斥祝宁宁。原因是她妈发现了祝宁宁藏在书包里的班里小男生写给她的情书。

"我是不是说过，你收到这样的东西要第一时间告诉妈妈？你为什么不说？"

"这是他偷偷放我书包里的,我根本就不知道!"

"你撒谎?"

"我没撒谎,你不信!"

"我为什么不信?还不是因为你上学期就收小纸条不告诉我?现在又撒谎?"

"上次是上次,你爱信不信!"

"你什么态度?祝宁宁我告诉你,你学习学成这个样我可以不说你,但是你想在我眼皮子底下悄没声儿搞早恋,门儿都没有!"

"我又没搞,是他写给我的,又不是我写给他的!你不是说我姐二年级就开始收情书了吗?我怎么就不能收了?"

"……"

门外短暂地安静了片刻,似乎两个人都在侧耳听祝安安的房间里有没有动静。音乐徐徐放着,祝安安手也没抖继续粘睫毛,装作没听见。

她直播的时候家里没有人来打扰她。平日里其实他们也不会来打扰她。祝宁宁从懂事起就知道未经允许不能进姐姐的房间,姐姐上厕所洗漱不叫她帮忙的时候她绝对不会靠近,姐姐心情不好的时候不去惹她,姐姐发脾气的时候不出声。自从她再也不出门了,这个家里一直都以她为主,所有人都看着她的脸色生活,就这样过了十年。

只有在直播的时候她会不停地说话,眼里也带了一点笑意。前几年,她爸妈不太懂她在搞什么,后来看她也就是在电脑屏幕前说说话录录视频,也竟然有了点小进账,偶尔还能接软广,就由她去了。

"总比待在家里什么都不干强吧?"她有一次偷听到她爸跟她妈小声说,"咱们陪不了她一辈子。"

这是她一成不变的生活中唯一的趣味,直播的时候她看着留言和弹幕聊天,有人给她刷礼物,就特别高兴。有人问小姐姐是在上班还是在上学,看起来年轻又漂亮,她就笑一笑,说:"既不上班,也不上学，我是一个废人。"

"哇，不上班也不上学，简直是我梦想的生活了。"留言说。

她眼神僵一下，装作没看见，继续聊闲篇。

也算是积攒了一批比较稳定的粉丝，每次直播都能看到眼熟的ID，发新的视频他们也总会第一时间留言。有一个总给她刷礼物刷到榜首的人，花了不少钱，但几乎没留过言，连抽奖抽中了都没有回应过，ID都是一串乱码似的字符，像网上买的虚拟水军。但她点进去看过，这人会在自己主页发一些话和生活图片，除了她也关注了其他博主，各行各业都有，也会给别人的视频转发和点赞，感觉是个活人的账号。

换作以前，她肯定觉得又是一个仰慕她暗恋她的忠实追随者。不过现在，她只会感谢这世界上还有那么一些钱多人傻的冤大头为她这一亩三分地豪掷千金，希望这样的人越多越好。

祝宁宁长得跟她像，但性格完全不一样。可能是从出生起家里氛围就因为祝安安变得压抑，祝宁宁内向又安静，倔起来又像头牛，性格有点古怪。不过她学习也不好，这点跟祝安安倒是亲姐妹没跑了。

有时祝安安也挺羡慕妹妹，除了抓早恋这点跟当年抓她一样之外，爸妈对妹妹的期望终于接了地气，再也没有过任何培养她成才的好高骛远的心思，就希望她安安稳稳地把书念完，安安稳稳地过一辈子，也算是吸取了祝安安的教训。

以前爸妈一直立志要把祝安安培养成成绩好又聪明的小孩，但聪不聪明这件事是天生的，后天怎么培养跟人家都不是同一条起跑线。她小时候，爸妈在电视台工作，有个生活栏目采访了一个他们当地的小神童，两岁会背《唐诗三百首》和《小九九》，三岁就能读小学语文课本，上小学就连跳两级，外省某大学的少年班打电话到他家里去想破格录取他，当地的报纸和杂志都写过。爸妈就像发现了新大陆，跟着买了一堆书,回来斗志满满打算照着样子培养自家孩子,连奖惩措施都跟人家学。人家家长说背不出来的时候就不给吃饭,他们也学着不给吃饭;人家说要常带孩子去动物园观察动物,他们也带孩子去动物园观察动物。

其他的细节,祝安安长大以后记不太清了。不过她实在是资质过于平庸,她爸妈坚持了没多久就放弃了,上小学前爸妈对她的期望是拿诺贝尔奖,上高中后对她的期望是考上本科。

可能是天性使然,也可能是耳濡目染,她确实从小就对成绩好又聪明的小孩格外有好感。直到她上高中,她突然发现,那个小时候就听爸妈念叨过的名字,跟眼前这个独来独往的学霸对上了号。

"你说,他为什么没去少年班呢?再不济也去一中啊!他可从小就是神童哎,在咱们这儿多屈才。"午休的时候,女孩们坐在操场看台上晒太阳吹风,祝安安就跟许珍贵和郑家悦胡扯,"难道说,他有喜欢的女生在咱们学校?不会在咱们班吧?"

"……你不如就直接说,不会就是你吧!"对这样的话题,连寡言的郑家悦都忍不住想泼一盆冷水浇浇她。

"不会就是我吧?"浇也浇不醒,脸皮极厚的祝安安顺杆儿就上,"我差什么?我也是从小到大收情书收到手软的,不就是学习不好吗?本公主有太多优点了,需要一个缺点来点缀一下,否则过于完美。"

许珍贵在一边没说话,郑家悦注意到了,就说:"我发现每次她八卦贺尧的时候你都不接茬儿哎,为什么?"

祝安安敏锐地看了许珍贵一眼,突然一个箭步跨过郑家悦坐到许珍贵身边。"真的,"她说,"我也发现了,平时小嘴叭叭的,每次我说贺尧你都不接茬儿。怎么,你对他有什么意见?"

她咄咄逼人地盯着许珍贵的眼睛:"还是说,你不会也喜欢他吧?"

相处久了，三个小姐妹之间有一些不成文的约定。比如，有什么需要做但是做不到的事情，要说出来大家一起商量怎么解决；被父母批评了心情不好，要说出来大家一起发泄就不会闷在心里难受；等等。还有非常重要的一条，要是喜欢了某个人，一定不可以瞒着姐妹们。这一条对祝安安来说形同虚设，毕竟她根本守不住秘密，她喜欢贺尧的事，几乎全班都知道，可能只有贺尧不知道。

"太不公平了，我命令你们俩也要说，要不我吃亏。"祝安安当时还反应过来了，立刻反击。

"说什么？"

"说喜欢谁啊。"

"……我喜欢英语。"郑家悦说。

"我喜欢巧克力。"许珍贵打岔。

"你俩烦死了！"祝安安气得翻白眼，"别跟我扯这些。"

"这怎么是扯了？"许珍贵笑着逗她，"这不也是喜欢吗？我今天喜欢巧克力，明天喜欢牛轧糖，都很正常嘛，就像你现在喜欢贺尧，初中的时候喜欢谁来着……"

"这怎么能一样？"祝安安说。

"喜欢的人和喜欢的事，都是喜欢。喜欢得短暂和喜欢得长久，都是喜欢。"许珍贵一本正经地说。

"别发呆，正面回答我的问题。"祝安安不依不饶，"你不会也喜欢他吧？据我所知，咱班可有不少女孩都挺喜欢他。"

"……我不喜欢他，我喜欢他干什么？"许珍贵说，"入学到现在我都没跟他说过话。"

"那我怎么觉得你不对劲呢？"祝安安只是脑子笨，并不傻，许珍贵也不是一个擅长撒谎的人。

"……反正吧，"许珍贵斟酌着说，"我觉得贺尧这个人，他满脑子只有学习，你还是别去惹他比较好，你也不了解他。"

"了解了解不就了解了吗？"祝安安不以为然，"好像你了解他似的。"

　　许珍贵没再接话。

　　她确实了解他，至少在这个班级里，除了贺尧之外，她可能是最了解他的人之一。

第五章　生命力

"我知道不该这么活着，但我不知道该怎么活着。"

1

郑家悦来的时候已经天黑，正看到许珍贵站在楼下，驻足欣赏自己崭新的招牌。按她想要的样子，晚上亮起灯后，柔和的橙黄色光环发着光，跟楼下朴实的烧烤和铁锅炖的大字招牌放在一起，感觉有点格格不入，也有点好笑。

"你这个，在外面根本看不出是干吗的。"郑家悦说，"在咱们这种简单朴实的地方，搞这种格调，就怕酒香但是巷子深啊。"

"没事。"许珍贵指了指招牌上面的窗，那里也亮着柔和的灯光，正对着落地窗的位置高高地悬挂着吊环，"看那儿也行。"

为了示好，以及给自己的生意铺路，许珍贵自掏腰包修缮了楼下连着人家后厨的走廊，现在虽然上楼还是要经过，但至少宽敞了许多，灯光也足够亮，不至于踩到墙角的污水或者撞到楼梯间的垃圾桶，油烟味和嘈杂声也改善了不少。连一直不太友善的铁锅炖大姐都对她有所改观，甚至答应让自家小工干活的时候尽量走侧门，不需要经过走廊。

郑家悦一路走进来，看到焕然一新的开阔室内，不由得赞叹：

"不错嘛！"

"哎，不能跟我以前上课的地方比，但因地制宜，我觉得也很好了。"许珍贵说，拿出手机给她看自己发的视频。视频记录了她筹备的过程，带了地点定位和店名，已经有不错的转发和评论量。

"这么多人呢！"郑家悦好奇道。

"……都是以前考教培时的老师和同学帮忙转发的。"许珍贵说，"大家也只是动动手指帮助一下，实际都在异地，还不知道有什么用。"

房间基本都收拾得差不多了，软装还会再添置些，但大致已经初见模样。素净的地板和铺满整面墙的镜子，简洁明亮的洗手间和更衣室，整排储物柜和休息长椅，架子上规整地摆着用来拉伸和松解的瑜伽垫泡沫轴，旁边还有一个长衣架，她把自己平时练习用的衣服鞋袜和其他小玩意儿都带了过来放在这边。原本更衣室后面隔出了一个小房间，是以前留下来的，装修的时候她没拆，换了门和锁，里面就用来存放她自己的东西。

郑家悦好奇地走上前去把玩已经悬挂在那里的吊环和绸带。

"要不要学？"许珍贵笑嘻嘻地说，"作为新店内测的第一个学员，免费体验哦。"

郑家悦连忙把手缩回来。"我才不要。"她说，"我太胖了，你这刚挂上，要是被我压坏了，我还得赔你。"

许珍贵笑道："你现在都瘦了这么多，哪里胖了？再说了这环的承重怎么也得一百公斤吧，还能随便让你压坏了？"

郑家悦还是摇头，转了一圈到衣架旁，翻着上面的衣服。有几件是许珍贵之前练习的时候为了拍视频效果好买的，很漂亮的裙子。"这件！"郑家悦拈起一件红色缎面的，"我记得你拍视频穿过这件，好好看。"

"这你都记得！"许珍贵有点意外，"我的视频你都看过？"

"那当然。"郑家悦有点不好意思，"……还不是因为你老发。"

许珍贵故意说："那我以后会发更多，每天完成臭美KPI，你必须按时观看。"

郑家悦看着漂亮的裙子，沉默了一会儿，突然没头没脑地感慨了一句："没想到，现在喜欢臭美喜欢跳舞的反倒是你。"

许珍贵一下子反应过来，也沉默了。郑家悦立刻意识到自己扫了兴，连忙道歉："我没有别的意思。我只是……"

许珍贵却又笑起来："哎，我说真的，你要不要试一下？不难的。"

不由分说，她过去拉了旁边的软垫放在地板上，就把郑家悦拉到吊环前面。在她的帮助下，郑家悦小心翼翼地用两只手抓住吊环，先搭上一条腿，然后使力把另一条腿也跨过去，就稳稳地坐在了吊环上，两脚悬在空中，晃一晃，就像小时候坐秋千似的。

"简单吧？我说了不难。"许珍贵笑着说，但手却突然轻轻一推，吊环带着郑家悦旋转起来。她吓得尖叫。

"别害怕，抓紧了，可以闭眼睛。"许珍贵笑道。

眼前天旋地转，郑家悦紧张得要命，毕竟她从来视任何需要四肢的运动为人生第一仇敌，能躺着绝对不坐着，能坐着绝对不站着，连小时候游乐园的旋转木马都没坐过。

停下来的时候，她小心地睁开眼，面前是落地窗外灯火通明的夜景，而自己双脚悬空以从未有过的视角俯视着这个世界，突然觉得有些陌生。

"晕吗？"许珍贵问，"我第一次转的时候都吐了，后来第二次去，我在肚脐眼上偷摸贴了一个晕车贴，被老师发现了，笑了我一天。"

郑家悦跳下吊环，明明只有几十厘米的高度，腿却有点软，她在软垫上趔趄了一下，被许珍贵扶住。

"真晕啦？对不起对不起，我不该跟你闹的，我去给你倒杯水。"许珍贵让她在旁边坐下来，连忙跑过去倒水。

郑家悦头晕晕的，一句话不说，接过水喝了一口。

"你没事吧？"许珍贵说，"我跟你说，要多锻炼，增强体质，你看你弟弟，人高马大的多抗造，对吧？你呀，就是心思太重了，我觉得你要是精神状态放轻松，说不定想要小孩就……"

郑家悦抬头看了她一眼，她知趣地止住了话头。

想来想去，郑家悦还是没有跟许珍贵诉苦，人家已经够忙的了，自己的这点破事没有资格浪费别人时间，她们早就不是小时候勾勾手就你好我好的小伙伴了。

那天在李楷的手机里，她并没有翻到她妈危言耸听的言论，却看到他在今年回老家过年的那几天里，分两次给他弟弟转了十万块钱，间隔一天。

李楷的弟弟和父母还在农村生活，他上大学都是父母供出来的，房子也是全家到处借钱买的，到今天她印象里他还没有给他父母打过大额的钱。他弟弟没有学历，赚得不多，他每年除了给侄子们发红包，也没再贴补过他弟弟。她心里有疑问，但毕竟他也没出轨，她又偷看他手机理亏在先，正斟酌着怎么问出口，李楷倒是先承认了。

"我这次特意回来陪你呢，其实想跟你说，"他说，"小勇他们今年要盖新房子了，钱实在不够。他们两口子，俩孩子，加爸妈，六口人，不能一直挤在老房子里。我想了一下，就打算帮他们一把，毕竟这些年他们供我出来，也不容易。"

她点头："嗯，但你不会先跟我说一声吗？咱们俩都是一起赚钱一起还房贷的，你来这么一下，咱俩今年的财政计划要重新打算了。"

"反正，孩子的计划暂时搁置了，本来也要重新打算的。"李楷说。

郑家悦叹了口气，直接拿出自己的手机点开给他看。

"我工作没了。"她淡淡地说。

她从毕业起就入职，几年以来当着掌握公司生杀大权的傀儡，见证了无数同事入职的第一面和离职的最后一面，没想到轮到自己的时候，竟是如此轻飘飘毫无真实感，甚至连最后一面都不见，直接下了最后通牒。她这两年因为焦虑生孩子的事工作不太上心，或许成了公司抛弃她的最后也是最重要的原因。年后她也不用去上班了，她的东西都给快递到家里了。

李楷来之前，她还在打猎头的电话和联系可能的机会，毕竟也是有资历的，已经有其他公司来问她意向。在提到家庭计划时，她又下意识说，"计划今年准备要孩子"，话出口就后悔了，但人家再也没来询问过。

"虽然我赚得没你多，但也算数吧。怎么说，你也要先跟我商量一下的。"她倒是比较平静。

"……所以我来跟你承认错误了，"李楷说，"回去总有办法的，这点钱先借他们应急，等房子建好了，小勇会还的。"

"他不会还的。"她说，"他不是一向嫉妒你爸妈的钱都给你了吗？"

李楷有点烦躁，想尽快结束这个话题。"行了，"他说，"咱们明天就回北京。"

"我不想回。"她说，"我从来没休过这么多天假，现在我失业了，我要再休几天。"

"我还要上班呢。"李楷说，"钱不是大风刮来的。"

"你也知道钱不是大风刮来的？"郑家悦问，"那你还给他们建房子，咱们的房贷怎么算？"

"行了！"李楷不耐烦道，"这是我的钱，我自己说了算！你工作都没了，在这儿跟我掰扯这些有什么用？"

同样是没了工作，郑家悦现在坐在许珍贵简单又温馨的舞蹈室里，看着她一点一点从无到有打造起新的生活。就像小时候第一次去许珍贵的秘密基地时一样，许珍贵人虽缩在摇摇欲坠的阁楼上，却手舞足蹈绘声绘色地规划着大大的未来，盲目乐观，却有着顽强的生命力和不惧失败的决心。可她呢，躲在以为是铜墙铁壁的生活里，发现自己早已枯萎成了一摊烂泥。

郑家悦怔怔地想着自己的事，连许珍贵在一旁跟她说话都没听见。

"……你听没听见我说话啊？我是说，我们要不要，一起去看看她。"许珍贵说，"她虽然不出门，但我们可以去看她啊。"

2

"你们是不是吵架了？"

李楷早早动身回北京，郑家悦还没有走的意思，爸妈和她弟都觉得不对劲。李楷倒是表现得一切正常，还替郑家悦掩饰，说她年假多，自己没有假，要按时回去。李楷走后，她妈就问她看他手机没有，到底有没有猫腻。

郑家悦摇摇头。

但其实她心里觉得不对。李楷走后她给公公婆婆打了电话，表面上是告诉他们一声李楷回京了，没什么事，捎带着问了一句："房子弄得怎么样了？我们远在北京，也帮不上什么忙。"

"房子？房子不着急，宅基地那审批还没下来呢，今年还不知道能不能动工。"

她心里就犯起了嘀咕。这不是房子还八字没一撇呢吗？怎么钱就先借出去了？

"……暂时不要就不要吧，你还能安下心来好好工作。"她妈在说要孩子的事，"我看你啊，从小就要强，要真让你啥也不干天天在家里围着娃转，你还不一定能受那个罪。"

"受什么罪？"娘俩在厨房里叨咕，外面的郑前程听了个话尾，问道，"你跟姐夫吵架了？"

"怎么你们都觉得我俩吵架了。"郑家悦叹了口气，"真没吵，我就是想在家里多待几天。"

"你以前都不怎么愿意待家里。"郑前程漫不经心地说，"每年都是过完年就走了。"他一边说着，一边收拾东西出门。

"你有课吗？我跟你一起出去。"郑家悦转身去拿外套。

"你教的那个叫祝宁宁的女孩，有她家长电话吗？"出了门，郑家悦问他。

"你怎么也问？"郑前程奇怪，"照理说，不该把家长联系方式随便给人。"

"你还挺谨慎。"郑家悦说。

"那当然，就你们还把我当小屁孩。"郑前程说。他想了一下："要不你下午下班前去找我吧，她妈会去接她。"

祝宁宁妈妈来接她的时候，没有注意到等在那儿的许珍贵和郑家悦，直接走过，像是完全没认出来她们。许珍贵叫了一声阿姨，她这才转过身来，困惑地打量了她俩片刻，这才变了脸色，嘴角动了动，说："……有事？"

两个人对视了一眼。

"阿姨，我们好多年没见面了。"许珍贵说，"……想见见她。"

祝宁宁跑过来，她妈一边给她穿外套，一边冷淡地说："她不出门。"

"……我们可以去看她。"

"她不见人。"

"……不见的话我们立刻就走。"许珍贵说。

听见门声的时候祝安安没有动，抱着她的小音箱在听歌。她喜欢她的小音箱，因为在听歌的时候，音箱会随着节拍震动，鼓点一下一下，就像里面的音符在跳舞一样，她抱上去，就可以用身体感受节奏的生命力。音乐声音有点大，她听见客厅里似乎有陌生人在说话，可能是祝宁宁又有同学来了，她把音乐声又调小了些。

房间门嗒嗒嗒响了三下。

"安安，"她妈在门外说，"有客人来。"

她没有动，以为意思是外面有客人，让她不要出去。

"是你的同学。"她妈说。

屋里的音乐声一下停了，门里门外都安静下来。

"是我。"

"……是我，好久没见了。"

两个非常熟悉的声音。

祝安安僵住了一瞬，仿佛全身都像她的腿一样不能动了似的。反应过来之后，她下意识的第一个动作竟然是伸手拿过了桌面放着的小镜子，照了照自己。今天没化妆，太丑了。

门又响了两声。

"……你要是不想见面，也没关系。我就是想跟你说，我今年回来了，暂时不走了。我在中央大街那边租了一个店面，平时都在那边待着……"

郑家悦悄悄拽了拽许珍贵的袖子，示意她不用说太多。

"我们没有别的意思，就是想来看看你。"郑家悦说，"今年……"

许珍贵又反过来拽了她的袖子，摇摇头。

里面还是安静得没有声音。

许珍贵正想说话，突然屋里啪的一声，什么东西被砸到了门上，两个人下意识往后退了一步。

"滚！"屋里传来祝安安的吼叫。

"我不需要你们来提醒我！"她用尖锐的声音嘶喊道，"我不想见到你们！滚出去！"

接二连三地传来东西砸到门上的声音，两个人只好连连后退，逃出了祝安安的家。

"我说了她是这样，你俩非要来。"祝妈妈仍然是一副冷淡的样子，说完就砰地关上了门。

听到外面门关上的声音，家里归于寂静，祝安安挪着轮椅到门边，捡起了被她摔在门上的小音箱，拿回桌上，重新连上电脑。小音箱好像是被她摔坏了，放音乐的时候传出刺啦刺啦的杂音，她沮丧地用手拍了一下小音箱，杂音更严重了。她终于忍不住号啕大哭。

小时候大家家里的收音机必有杂音，磁带还总绞在里面，要拿出来找根笔卷着缠回去才行。但祝安安上高中后就换了很高级的CD机，小小圆圆的一个，银色的，很漂亮。她的耳机也是许珍贵和郑家悦都没见过的，看起来就很贵重的样子，音质也好。因为要练英语听力，她爸妈没理由再没收了。祝安安就用它来听音乐。虽然许珍贵和郑家悦都不太熟悉她嘴里说的那些港台明星和娱乐八卦，摇滚和民谣她们也不懂，听祝安安说一张周杰伦的新专辑竟然要好几十块钱，她俩都觉得好贵。

祝安安第一次受邀参观许珍贵的秘密基地，是在快开春的一个周末。三个女孩坐在阁楼上一边聊天一边听歌，六只耳朵只有两个耳机，怎么都不够分，只能你俩听一遍我俩听一遍。祝安安觉得，虽然许珍贵家地方又小又挤，阁楼上还残留着冬天存储食物留下的味道，梯子也摇摇欲坠，三个人坐在上面像坐着船，总觉得脚下不实，但在这里，可以不写作业，不想学习，天南海北地聊天，那就是很好的地方。

许珍贵说，她家要拆迁了，以后她心爱的小阁楼就再也没有了。

"我才来了一次，你家就要没了？"祝安安说，"那你搬去哪里？"

"学校说高二以后离家远的必须住校，"许珍贵说，"我爸妈怕我住校辛苦，想住得近一点。"

"住校辛苦？"祝安安惊道，"我爸妈逼着我住校就因为可以十点半才下晚自习！要是在家，我不到十点就睡死过去了。你爸妈还觉得你辛苦！"

"……住校多辛苦，走读七点半就放学了，八点之前到校，我能多睡好几个小时呢，还能在家吃饭。住校十一点半才熄灯，早上六点就起来，太困了。"

祝安安看了郑家悦一眼："那还没算某些同学，熄了灯在被窝里打手电学习呢。"

郑家悦笑笑，也不反驳。

"我也想住一次校，"许珍贵说，"感觉还挺好玩的，我都没住过宿舍呢。"

"有什么好玩的。"祝安安翻了个白眼，看了看郑家悦，"你说是吧？舍友里要是有惹祸的，就只能认倒霉。"祝安安和郑家悦一个宿舍，八个女生都是她们班的。

许珍贵听了就笑笑："谁还比你更能惹祸？"

"你不要歧视啊，"祝安安瞪起眼睛，"我什么时候惹祸了？"

"你昨天是不是又被严老师抓着了？"许珍贵说，"下午活动课的时候你从她办公室回来的，我都看见了。"

祝安安瘪了瘪嘴，整个人靠着墙蔫下来："嗯。"

那天下午有活动课，别的同学都趁久违的机会出去放风了，祝安安看到贺尧还坐在座位上，就拿了张物理卷子凑到他边上。贺尧是物理课代表，她想，这总不算太生硬吧。

"哎，课代表。你看我这最后一道大题，是不是判错了啊？"她指着卷子问。

贺尧似乎对她突然凑过来有点意外，冷静地挪了一下，才看向她指的题。

"……怎么？"

"我写公式了啊，照理说就算没做出来，写了公式也有分吧？怎么一分没给我？"

贺尧看了看题，又看了看她。

"那你去问物理老师吧。"

"我哪敢啊？那老魔头，我这种从来没及格过的，大气都不敢出，我还敢去问她？"

"你管物理老师叫老魔头？"

"不然呢？反正我是肯定分班就解脱了，谁在她手里谁遭罪，也就你成绩好，有免死金牌。你看咱班还有谁不恨她？"

贺尧似笑非笑地又看了她一眼，并不想继续这个话题："你公式写错了。"

"……是吗？"祝安安脸皮厚，处变不惊，"那应该是哪个啊？你给我写一下呗。"

贺尧没说话，拿起笔就给她在空白处写上。

祝安安正在心里窃喜，就听到一个熟悉而恐怖的声音从身后传来，叫了她的名字。一回头，老魔头就站在她背后。

"到我办公室来一下。"

虽然心颤腿抖，祝安安还是去了，还不忘拿着道具卷子。

"以后有物理题不会，直接来问我。"严老师面无表情地盯着站在面前的祝安安说。

"我怕您忙。"祝安安小声嗫嚅，"我问课代表也……也一样。"

"课代表也忙，"严老师冷冷地打断她，"人家的效率比你们高得多，不要耽误别人的宝贵时间。"

"……我就是，想跟他取取经，想知道人家学霸是怎么效率那么高的。"祝安安说，"老师，你不知道，他小时候是咱们这儿的神童，上过电视的。我爸妈都想知道怎么教育孩子才能像他这样，但是我太不成器了。我就想替我爸妈问问他，他是怎么教育出来的。"

严老师的眼角微不可察地抖了抖。

"那你也可以来问我。"

听到这里许珍贵终于坐不住了。"然后你就回来了？"她问祝安安。

"啊？对啊，她问我还有没有别的事，我哪还敢问那道题啊？就回来了。"看到许珍贵脸色古怪，祝安安奇道，"怎么了？"

许珍贵憋了半天，说："你有没有想过，她说那句话，是什么意思？"

"哪句话？"

"你说你想问他是怎么教育出来的，严老师说你也可以问她。"

"啊？"

郑家悦也闻声摘下耳机，不解地看着许珍贵。

许珍贵叹口气，说："严老师就是贺尧的妈妈。"

3

对于严老师，学生时期的许珍贵总怀着一种既尊敬又畏惧的感情。这和她的同班同学们还不太一样，在他们眼中，严老师是高一开学就给了他们一个下马威的班主任，也是能够一手把他们送进重点大学的保障。所有人都怕她，成绩不好的怕她，担心文理分科后被分到差班；成绩好的也怕她，担心成绩还不够好分班后进不了她的班。他们把她的认可当成了向重点大学迈出的第一步，一旦得不到她的认可，就会产生自卑和畏难的情绪，甚至直接影响学习成绩。

许珍贵不一样，她从小就认识严老师了，那时候，她还是爸爸妈妈口中的严阿姨。当然她也从小就认识贺尧了，那时候，他已经是电视上的小神童了。

许珍贵的爸爸许庆延和贺尧的爸爸贺峰是老乡，当年一起进厂，后来又前后脚下了岗。许庆延揭不开锅的时候，贺峰勒紧裤腰带也二话不说借钱给他；贺峰曾经出过工伤，断了好几根肋骨，差点没命，住院的时候，许庆延也毫无怨言地帮衬照顾，两人也算是过命的兄弟。

年轻的时候，两个人都还没娶媳妇，就曾互相开过玩笑，盼着将来有了小孩，要么拜把子，要么结亲家。后来许庆延遇到了蒋淑娟，也就是许珍贵的妈妈，岳父岳母嫌他年纪大，家又穷，但没办法两人就是想要在一起，结婚之后条件好了很多，许珍贵出生之后的那几年，算是家里最安逸顺遂的日子。而贺峰后来找了比他条件好很多的大学生严瑾，别人都以为严瑾看不上他，但严瑾家里着急给她弟弟娶亲，彩礼一谈拢就上赶着把她嫁了。后来贺峰逃债的时候总是说，从东拼西凑凑上的彩礼开始，他背了一辈子的债就没还完过。

严瑾心气高，恨丈夫不成器，就憋着一口气，全身心地扑在养育孩子上。贺尧也真的争气，还不会说话的时候就显得比一般小孩要聪明。许珍贵比贺尧大两岁，但他俩生日相近，都在夏初五月末，小时候两家人常来往，每年的生日都一起过。一岁时他就会数好多数，两岁会背《唐诗三百首》和《小九九》。贺尧的妈妈喜欢把他在幼儿园的小伙伴和家长都请来一起过生日，并依次展示贺尧超出同龄人的智力和才华。而许珍贵呢，三岁了，连一首完整的儿歌都背不住，教的算数，学了就忘，每次算个数恨不得脱了袜子拿脚指头数。

大家围过去观赏着贺尧啧啧称奇，许珍贵的爸妈也在其中。许珍贵只会趁大家都没注意，偷一袋雪饼然后爬到角落里撕开，咔嚓咔嚓地啃，毕竟雪饼是她在家里很少吃到的零食，只有过生日的时候才有机会吃。

后来贺尧会的越来越多，三岁半就能做小学的数学题，读小学的语文课本，听说他妈带他去学前班的时候，老师给他做了测试，说他小学三年级之前都不用学了，学了也是浪费时间。再后来她就在电视和报纸上看到贺尧的采访和照片，照片里他梳着整洁的头发，穿着小礼服，像小大人一样，乖巧地端坐在书架前，手里抱着和他幼小的身躯不太相衬的巨大书本，眼神专注而沉静。

两个妈妈以前私底下也开过玩笑，说等他们长大了，就可以结亲家了。但许珍贵并不懂得亲家是什么，在吃饱喝足的间隙，她只觉得这个看书的时候叫他都听不见的小男孩很有意思，仿佛他所处的世界和她不一样。

"你困不困啊？

"要不要吃雪饼？

"你不饿吗？"

他越不回应，许珍贵越觉得好玩，开始在他家里四处找能够吸引他注意的东西。但贺尧看书的时候，对周遭的一切没有任何反应，就像聋了一样。

许珍贵的爸妈尴尬地看着他们家女儿，面面相觑。

"……你觉得，娃娃亲这种事，能当真吗？"她爸小声问她妈。

"……我也不知道。"她妈犹豫着摇了摇头，"……就算咱当真，人家严瑾也没当真吧？"

"……估计是吧。"

两个孩子一起过生日的传统延续到许珍贵小学四年级。那年贺尧跳了两级，跟她同级。那次生日时，许珍贵听到严阿姨私下里跟另一个孩子家长说："……他们又没什么文化，能教育出什么样的孩子来？你看那姑娘，比我们家贺尧大两岁，还干啥啥不行……我们家贺尧，将来是要考清华北大的，要找的姑娘就算不门当户对，那才华也要旗鼓相当吧？"

回家后许珍贵跟她妈说了，虽然她自己并没有觉得怎样，但那时候她已经十岁，懂了很多事，也知道了大人总开的娃娃亲的玩笑是什么意思。

"严阿姨是不是嫌弃我？"她努力严肃却也难掩稚嫩地问她妈，"门当户对是什么意思？"

"……不是嫌弃你，"她妈温和地给她解释，"是严阿姨有她自己的标准。她用她自己的标准来衡量贺尧，也衡量别的小孩。但是没有关系，她的标准不是所有人的标准，你也不需要符合她的标准。"

"那我的标准是什么？"许珍贵问，"在严阿姨的标准里，贺尧那么厉害，我的标准就没那么厉害了，是吗？"

她妈就笑了："你的标准就是爸爸妈妈爱你，你也爱你自己，每天开开心心地生活，将来长大了也做一个很好的人，不也很厉害吗？"

"这就厉害了吗？"许珍贵有些疑惑。每天开开心心地生活，那不是太容易了吗？她们老师每天都说她没心没肺乐得跟二傻子似的，这样一点都不厉害。

不过从那以后，两家人再也没一起过过生日。上高中时再见面，严阿姨已经成了全班惧怕的魔鬼班主任，再没给过她一个多余的眼神。贺尧也像忘了小时候认识过的事一样，没再跟她说过话。

"不可能，"祝安安从巨大的震惊中缓和过来，说，"你们那么小就认识了，你至少知道得比我们多吧，比如他喜欢什么，平时除了学习还干什么。我可不要那些电视报纸上讲的空话，我要细节，生活里的细节。"她手舞足蹈地比画着："这都半年多了，我连他爱吃什么都不知道！马上要暑假了，要分班了，我机会不多了！"

许珍贵想了良久，说道："他喜欢的……可能全部都是他妈让他喜欢的吧。"

小时候不懂，她只知道贺尧乖巧听话又聪明，是所有家长都会喜欢的小孩。现在看来，她觉得贺尧更像是严老师倾其所有精心培育出来的一个完美机器人，不会疲倦，没有好恶，不知喜怒，让他做什么都做得很好，却没有人知道他心里究竟在想什么。或许他在想什么从来都不重要，只要他的成长能给严老师一个她所期待的未来。

4

得知了贺尧和严老师的关系之后祝安安消停了好多天。许珍贵说得没错，如果她再去招惹贺尧，不用等到分班被踢出去，严老师就能亲手把她大卸八块。

似乎是为了印证她的猜测，那天下午的活动课，她听到后座两个同学说，严老师正在走廊里骂人。

"好像是贺尧跟她说话，说了好久，被严老师抓回来了。"

"说了好久？在哪儿？"

"从操场上抓回来的，看台后面。"

"真的假的？俩人？"

"那不，还在走廊呢，就她一个，贺尧不知道哪儿去了。"

操场看台后面是早恋的小朋友们最爱去也是教导主任一抓一个准的地方。看台背后有面墙，到处都是用粉笔和石子写上去的违纪的恋爱语录，据说教导主任经常拿着拖把和抹布去义务扫除。祝安安不禁觉得离谱，贺尧是何等人物，哪能跟她们这般俗人一样跑到看台后面去偷偷说小话？就算有也得跟她，不能跟别人。

这么想着，她就忍不住溜出教室去上厕所，顺便看一眼到底是何方神圣。

不看不要紧，一看她就觉得更离谱了。站在走廊被严老师训的女生叫余多，是他们班著名的问题学生，成绩吊车尾，纪律从不遵守，总逃晚自习去网吧，违反宿舍纪律半夜私自出校门夜不归宿，才半年多已经被学校通报批评了好几次。至于她为什么还能留在这里，据说因为她爸是当地有点名气的企业家，给了学校一笔不菲的赞助费。

余多长得黑瘦黑瘦的，剪一头比男生还短的短发，平日里散漫邋遢，完全不像家里条件很好的样子。班里没人跟她做朋友，但也没人惹她，倒也是平日里独来独往的状态，连老师都不怎么在意她，好像知道她是被塞进来的，索性放弃管理。这样的一个人，和次次考试拿第一名、下课都不出去玩的贺尧，明显是八竿子打不着的两种人。祝安安想，就算现在按着这两人脑袋说他俩早恋，都没有老师和同学会相信。

余多其实也是她们宿舍的，但跟祝安安不对付，俩人从没说过话。祝安安娇气又爱美，即使天气还不够暖和，早晨也要提前十五分钟起来去水房洗头，有时会看到余多也早起，但互相并不在意对方去做什么。那天早上祝安安没忍住好奇，其实是对贺尧的好奇，就在水房里把余多叫住了。

"哎。"她湿着头发，手里拿着倒了一半的暖水瓶，问，"你那天真跟贺尧去操场看台了？"

余多转过身，似乎对祝安安毫无礼貌地突然发问有点意外，旋即点了点头，表情显得稀松平常，满不在意。

祝安安疑惑地换了一个问法："贺尧？跟你？去操场看台了？"

余多奇怪地看了她一眼，又点了点头，然后转身就走了。

起床铃已经响了，大批同学涌入水房洗漱，但祝安安还沉浸在她的困惑里。余多是胡说八道的吧？怎么可能呢？明明贺尧是两耳不闻窗外事的优等生，他妈又是严老师，全天下的女孩都配不上他吧，他会跟别人去看台打情骂俏？别人也就算了，怎么会是余多呢？

她不甘心，紧紧地盯了贺尧好几天，连他第几节课课间去厕所都摸出规律来了，终于发现有天午休的时候贺尧和余多都不在教室。控制不住自己莫名的嫉妒心理，她去了操场。她没有绕过看台去背面，而是直接跨上看台，走到最顶端，这样从栏杆上俯身下去，看台背面的墙后一览无余。

然后就看到了令她印象深刻的一幕。贺尧和余多一起坐在墙根底下，头碰头肩并肩，小声笑着说着什么，俯视下去，只能看到俩人的小脑袋靠在一块，笑得缩起了肩膀。就和那些会在墙上写恋爱语录的小朋友们没什么两样。

但他可是贺尧啊，怎么能跟那些人没什么两样呢？祝安安觉得自己荡漾的春心里瞬间被投进了一块千斤重的石头，砸得什么美梦都碎成了渣。

后来那些美梦在她的生活里消失殆尽，再也没有出现过，而她也从少女时期跋扈到让人讨厌的"小公主"，变成了现在这个闭门不出的废人。

十年了，她不需要老同学的提醒，也知道今年已经十年了。高中时学校的整体氛围格外压抑，毕业之后，大家迫不及待地散去，没有同学要求留下联系方式，也没有人再提过相聚，似乎所有人都心照不宣地想要快速忘记这段时光。在他们模糊的记忆里，她和余多没什么两样，都是上了社会新闻的丑角。

事到如今，能想起来看她的，也就只有许珍贵和郑家悦。

她默不作声地打开房门，她妈在厨房里忙碌，祝宁宁坐在客厅沙发上看手机。见到她出来，祝宁宁先是谨慎地观察了一下她的表情，觉得她情绪很平静，就指了指她屋里被她砸坏的东西，小声说："姐，我收拾一下？"

她摇摇头，挪到沙发旁边。看她拒绝，祝宁宁就没站起来，低头看了一会儿手机，突然抬起手，把屏幕转向祝安安。

"这是刚才来家里的那个姐姐。"祝宁宁说。

祝安安低头去看，祝宁宁打开的是郑前程的朋友圈，发了九宫格的图，说朋友的新店即将开业，欢迎大家到访。

她点开放大了看，觉得许珍贵和以前不太一样了，但又有些东西仿佛没有变过。可能是没心没肺的傻样。她扯了扯嘴角，扯出一个自己觉得有点陌生的笑容。

"你刚才为什么不让我说？"出来的路上，许珍贵问郑家悦。

"你也没让我说啊。"郑家悦说，"我是觉得她情绪不好，等以后再跟她说你开店的事。"

"她情绪不好也不全是因为我吧，"许珍贵说，"她肯定也记着的。今年，余多要出来了。"

"时间过得太快了。"郑家悦说。

"对她来说，过得太慢了。"许珍贵说。

两个人一起信步走回去。站在楼下往上看，窗里的吊环安静地挂在原处。

"我也没有想过，十年以后我会活成现在这个样子。小时候那些茁壮成长的生命力，怎么长着长着，就没了呢？"郑家悦仰着头看着，自嘲地笑了一声，说，"我知道不该这么活着，但我不知道该怎么活着。她们也这么想吧。现在想来，你果然还是我们中间最幸运的那一个。"

许珍贵没有接话。

"哪一天开业？"郑家悦问。

"下周一。"许珍贵说，"本来我不信那些，我妈找人算了，非要我选这个好日子。她说，希望我能和小时候一样幸运。"

郑家悦在心里算了一下，说："开业那天也是余多出狱的日子，确实是幸运的一天。"

第六章　勇敢

"也不知道你是因为勇敢所以幸运，还是因为幸运所以勇敢。"

1

"……你别看我身材有点走样了，但是我已经恢复得挺快啦！我去医院做的腹直肌分离修复，医生都说能有这样意识的年轻妈妈就很难得，大部分人都在家带孩子根本没空去。"

许珍贵招来的第一位老师，是孩子刚断奶的年轻妈妈，以前做过瑜伽老师。她打算在吊环课之外另开一门软开课，可以在上吊环之前先辅助初次学习者练习柔韧度和平衡感。女孩叫康芸，只有二十四岁，比她还小好几岁，舞蹈中专毕业的，是平台上刷同城看到就找过来的人之一，许珍贵觉得自己花得肉痛的推广费也算没白花。

"我住得很近，就在花园里小学那边，平时可以骑电动车过来。"康芸认真地说，"好不容易孩子断奶了，我就想着可以出来工作了，这几个月一直在家里恢复，感觉还不错。"她说了不少怎么在断奶之后恢复身材的经验，并信誓旦旦地表示应该还会再瘦些，这样上课的时候学员观感也会更好，但她其实看起来并不胖。

"那倒不用，"许珍贵说，"咱们又不是减肥训练营。你刚断奶，也别一下子强度太高，对身体不好吧。"

"不会不会，"她笑着摇头，"我心里有数。再不动弹，我腰酸背痛的，胳膊腿都要抬不起来了，我也想尽快正常工作。"

"家里人都支持吧？孩子怎么照看？"许珍贵问。

"孩子我婆婆白天可以带，我老公也支持我。他在事业单位，下班早，可以换着带孩子。"

"咱们的课基本排在工作日的中午和晚上，还有周末白天，你可以吧？"

"可以的。"

郑家悦姐弟俩很捧场，送了两个巨大的开业花篮摆在楼下，很是气派。别的人没招来，许珍贵自己既当前台又做运营和上课，还在担心能不能忙得过来，结果开课第一天，预约的两位学员一个都没来。"你太实诚了。"杨婷在电话里跟她说，"你应该多找几个托儿来上个假课的，至少能拍拍视频发平台，先把开业这天的面子混过去。"

客人没来也就罢了，康芸也没来。许珍贵打了一下午电话她硬是不接。许珍贵心里不满，她脾气好是因为理解讨生活的不易，而不是没有原则地容忍别人不守信用。她翻出康芸前几天刚填过的个人信息表格，直接就去了她家。

她家确实不远，从中央大街打车过去只要不到十分钟。按照她留下的地址，许珍贵直接上楼，还没敲门就听到里面传来呜嗷喊叫的孩子哭声和争吵声。她站在门口愣了一会儿，辨别了一下，隐约听得出应该是康芸和她老公在吵架，原因似乎是婆婆喂奶的时候给孩子烫到了，中间夹杂着婆婆的辩解和孩子的哭闹，即使隔着门也震耳欲聋。

犹豫了半晌，她还是没敲门，转身离开。

打车回了店里，天已经黑了，她一个人坐在灯火通明的窗前发呆，看着自己辛辛苦苦布置的为了漂漂亮亮开业做的小装饰小摆设，还有楼下那夸张的大花篮，不免沮丧起来。

不过沮丧只持续了十分钟，她抬头看了看孤零零的吊环，觉得与其在这里躺着等，不如干点正事，反正教的和学的都不来。她架好手机和三脚架，换了衣服，准备练习自己打算录的一个新串联。刚活动开手脚，手机就响了。那边是康芸哭哑了的声音。

"对不起，我今天真的不是故意的……"康芸抽泣着说，"我老公他没带过孩子，今天婆婆不小心把孩子烫到了，他也不会处理，我得带孩子去医院，一折腾就晚了……你这边怎么处理的？"

"……不用处理。"许珍贵干笑了一声，说，"预约的俩人都没来。幸好没来，来了我只能把人家约的软开课改成吊环课。"

"……我以后不会这样了。"康芸连忙说，"但是，我工作日中午没办法排课，我老公中午在单位回不来，婆婆要回家给公公做饭。"

"……那我看看怎么排吧。"许珍贵只得说。

挂了电话，她心情也并没有任何好转，把手机安回三脚架上，继续默不作声地上吊环练习。练了一会儿，她在转圈时眼角余光瞟到门口有个人影，吓得猛地刹住，差点从吊环上掉下来，这才看清门口是郑前程。

"你不知道打招呼啊？大晚上站在那儿吓唬谁呢？"许珍贵被气笑了，几步过去按停了录着视频的手机，"你怎么来了？"

郑前程举了举手里的袋子："楼下打包了烤串，吃吗？"

许珍贵去换了衣服，两人就在窗前地板上坐下来开吃。"我姐其实一起来了，"郑前程说，"你没看到我打包了这么多吗？三个人也够吃了。"

"她人呢？"许珍贵也在奇怪，郑家悦答应她今天会来捧个人场的，还好没来，来了也没人可捧，更加尴尬。

"走到半道回去了。"郑前程说，"她说来你这儿上课的肯定都是又瘦又美的年轻小姑娘，她胖嘛，说丢人，怕别人笑话，就跑了。"

许珍贵摇摇头，没接话。

"……你今天，为什么没上课啊？"郑前程问。

"没人呗。"许珍贵说得满不在意，"以后也是一样的，没人约课就取消课时，很正常。"

"那你要不要多发广告？"郑前程问，"我们那边，都专门雇人每天在商圈待着发广告的，我看你这儿出去就是中央大街，门口也挺多吃饭的地方，感觉发发广告人会多点。"

许珍贵想了想，被逗笑了："你觉得去对面搓澡的人会来吗？会的话我就到他们洗浴中心门口发广告去。"

郑前程也笑了："我帮你发。我发男宾，你发女宾。"

"不用了，"许珍贵说，"还是线上推广吧，线下太费时费力了，我单打独斗的，耗不起。"

吃饱喝足之后，人似乎也没那么沮丧了。许珍贵要把饭钱转给郑前程，他不要。

"那我不能欠你的。要不，抵一节体验课的钱？我教你吊环？"

郑前程一脸惊恐："我不要！这玩意儿是女孩跳的。"

"不一定，男孩也可以，不要低估你的潜力。"许珍贵大笑道。

郑前程太高了，手长脚长，坐在吊环上脑袋直接抵到顶，看起来像被架在上面，很是搞笑。

"你盯着我看什么？有什么问题吗？"他疑惑地回头看许珍贵。

"嗯……你知道路口那家卖烧鸡的店吗？"许珍贵委婉地说。烧鸡店每天都排大长队，橱窗里永远有只烧鸡挂在那儿转圈展示，油亮油亮的，让人可有食欲了。

郑前程垮着脸从吊环上跳下来，许珍贵笑道："对不起，我不应该笑话你，是吧？如果你姐除了她自己，没人笑话她，她就也不会再笑话自己了，你说呢？"

关了门，两个人踏着料峭夜色先后回家。路上郑前程跟她说："我姐一直很羡慕你。"

"啊，"许珍贵了然道，"我小时候不要脸，总觉得我很幸运，她就说我缺心眼。"

郑前程摇摇头："她羡慕你很勇敢。她说，也不知道你是因为勇敢所以幸运，还是因为幸运所以勇敢。"

许珍贵想了想，自己也没有答案，或许二者兼而有之吧。

"我也很想像你们一样，做想做的事。"郑前程说，"我毕业的时候其实有一个offer在深圳，我爸妈说太远了，硬是把我扯了回来。"他叹口气："在对我的态度上，他们总是很矛盾，一边说我废物，离开家什么也做不成，让我孝顺，姐已经远嫁了，我不能再远走他乡，就好像远走了就不回来了似的。但我现在真回来了，他们又嫌弃我没有追求，只能窝在这里天天跟小孩打交道。"

许珍贵看了看他。"要是真想做的事，肯定有办法平衡对父母的孝心和自己的决心的。不过……"她顿了顿，"我也没什么经验给你。我是反过来，回是回来了，我妈看我心烦，恨不得我开张就倒闭，好赶紧打包走人。"

回到家，许珍贵她妈竟也没问她第一天上课感觉如何。她总觉得她妈肯定知道，就也不再解释，给郑家悦发了个信息："下次来上课啊，不要跟别人一样放我鸽子，好不好？"

接下来的几天，总算是把课正经上起来了。郑家悦果然来了，穿着宽松得看不出来她胖瘦的长衣长裤。许珍贵在中间休息的时候小声问她："不是跟你说了吗？宽松的衣服不适合，你穿紧身的也会好看的。"

"我不。"郑家悦瞪了她一眼，"我尴尬。"

许珍贵也就只能由她去。

刚开始的这些日子，来的都是在平台上团购了一次性体验课的路人，有的是和姐妹一起因为好玩来体验的学生党，有的是抽奖抽到霸王餐的平台用户，还有一个女孩在对面写字楼工作，午休的时间进来问能不能上体验课。

"我就在对面上班，"女孩指了指对面的楼，"在窗户看到你们跳了，好好玩，零基础可以来玩吗？"

许珍贵忙不迭地说可以可以。想起自己第一次在楼上看到对面女孩跳舞的情景，莫名的满足感油然而生。

在许珍贵的鼓励下，郑家悦也胆大了很多，上软开课的时候康芸说她柔韧性很好，她就也自嘲是个柔软的胖子。但第二天她再来的时候，就按康芸说的，换了修身的瑜伽裤。

"为什么我说你就不听，人家说你就听？"许珍贵不满道，"你觉得我在假装恭维你？"

郑家悦还是嘴硬："你不行。你跟我太熟了，我不信任你。"

也不知道是彻底扔下了生孩子的包袱，还是因为失业断了对未来的规划，郑家悦难得地把所有的压力和焦虑都暂时抛诸脑后，这个让她多少年来恨不得逃得远远的地方，因为有了新的乐趣和同好，而变得不那么难以忍受了。她甚至不再为了减肥而不吃晚饭，也好多天没称过体重了，但反而觉得整个人轻了很多，在吊环上转圈圈的时候没那么笨重了。

许珍贵很认真，每一节课她都会把每个人做的串联用手机录下来，课后把视频传给她们回去研究动作。每节课的最后，她就坐在三脚架后面，挨个儿录视频。这天郑家悦最后一个做，她第一次穿了紧身的衣服，仰着头伸着手的动作自信了很多。许珍贵正看着手机屏幕，突然一个人影从镜头里晃了过去，她一抬头，觉得奇怪，这个女人不是学员，不知道什么时候进来的。

刚喂了一声，这人冲着郑家悦就去了。郑家悦还在吊环上转着，这人一把把她拽了下来，迎面就是一个响亮的耳光。

2

看到手机里先后跳出两条好友申请的时候，祝安安条件反射似的关掉了页面。她手机里的联系方式很少，以前的熟人更是几乎没有了，平日里除了直播也完全不聊天。为了转移注意力，她挪到窗边，趴着窗台往楼下看。她的房间有一个很矮的小飘窗，正好够她坐着轮椅可以看到楼下的高度。楼下是祝宁宁放学回来的必经之路，她看到祝宁宁和两个女孩一起，蹦跳说笑着走过来，到楼附近那两个女孩继续往前走了，祝宁宁一个人往楼门走，瞬间就没了精气神，弓背耸肩无精打采地往家里走。

祝安安从窗外收回目光，再拿起手机，那红点就还在页面醒目的位置，想忽略也忽略不掉，想直接点删除，还是做不到，手一滑就给通过了。郑家悦毫不意外地是一条灰色直线，许珍贵也毫不意外地五光十色热闹非凡，朋友圈、视频号、公众号，全都是她兢兢业业创业的视频。

空中吊环这种东西，祝安安从来没有听说过，这些年，她也刻意地不再去看跳舞啊运动啊这类的东西，在家看影视剧的时候遇到类似的桥段就拉进度条跳过。她妈敲门叫她出来吃饭，她立刻把许珍贵连同页面一起迅速地全部关掉了。

祝宁宁今天看起来心情挺不错，比平日里多吃了半碗饭。她妈随口问了一句怎么今天挺能吃，祝宁宁说今天体育课被老师罚跑圈，累着了。

"被罚了我看你心情还挺好的。"她爸笑着说。

"嗯。"祝宁宁说，"以前被罚跑圈，我一圈都跑不下来就喘得不行了，我今天跑了八百米呢，我比另一个男同学跑得快！"

她妈看了祝安安一眼，祝宁宁立刻反应过来又说错话了，但又不知道怎么找补，只好低下头默不作声扒饭。

祝安安慢条斯理吃饭，脸色并没有变化。祝宁宁偷瞄了她姐一眼，有点意外。

"看我干什么？"祝安安平静地说，"搞得你们天天说话都一惊一乍的，你爱说什么说什么，不用顾忌我，在家里又不是坐牢。"

这话她是能说，但是家里人可不能当真。早些年祝安安还没有从噩梦中走出来那会儿，一个字，一个眼色，任何一件事都可能会成为她情绪失控的导火索。祝宁宁小的时候不懂，童言无忌，没少承受姐姐在家里突如其来的发火。

瞬间祝宁宁的心情就不敢好了，大家默不作声地吃完了饭，祝宁宁贴墙边想溜回自己的小房间写作业，被姐姐叫住了。她爸妈本来正想站起来，也坐下了，三个人都看着她。

"……别我一说话就搞得这么严重。"祝安安故作轻松地往后挪了挪轮椅，"我现在没那么经常发火了。"

……你前几天刚发火来着。祝宁宁在心里想，但她当然没敢说。

"……宁宁又不是小孩了，她以后爱说什么说什么，爸，妈，你俩也不用小心翼翼的。不累吗？我也控制一下我的脾气，你们也轻松一点，省得宁宁在家里整天蔫头耷脑，将来她该恨我了。"

祝宁宁愣了一下，说："姐，我没恨你。"

她爸妈对视了一眼，起身收拾碗筷，没接话。

"……我不恨你。爸妈说了，以后他们不在了，我要照顾你的。"祝宁宁郑重其事地说，也并没有怨怼的语气，稀松平常得就像是在聊期末考试成绩。

祝安安的脸色变了又变，苦笑了一下，轻声说："那是他们的决定。但是你可以有你的人生，没有必要一辈子跟我绑在一起。"

"……但是要不是因为你，我也不会出生。"祝宁宁又说。

她妈冲过来把祝宁宁拉起来："回你屋写作业去，别说了。"

"是。要不是因为我残废了，你也不会出生。"祝安安说，"那你不觉得不公平吗？你决定不了要不要出生，也决定不了要不要跟这个残废绑在一起一辈子，你不觉得亏吗？"

"你说什么啊？"祝安安她爸过来打圆场，"宁宁是小孩，你别跟她讲这些，她听不懂。你心里不舒服，跟爸爸妈妈说，爸爸妈妈什么时候亏欠过你？"

"就是因为你们没亏欠过我，我才觉得我在这个家里是罪魁祸首！"祝安安哭道，"我这么作，又爱发脾气，你们不管我不就行了吗？让我自生自灭不好吗？爸你退休了还要返聘去工作，妈又把宁宁从小辛苦带大，还要安排宁宁将来照顾我，她凭什么要照顾我啊？我一个人，拖死一家四口，我何德何能啊？"

她妈终于忍不住，过来抱着她大哭。

"安安，妈知道你发脾气是因为自己心里难受，也不想给我们添乱，妈不觉得你添乱，你能好好生活，咱们一家人齐齐整整地好好生活，妈就觉得很好了……"

以前她也因此和父母争吵过，尤其是妹妹刚出生的那段日子。但祝宁宁以前小，根本不明白，如今已经是十来岁的大孩子了，什么事都懂了。晚上睡前，她小心地敲了姐姐的屋门，送进来一杯热牛奶。

祝安安坐在床头敷哭肿了的眼睛，她今天取消了直播，因为眼睛实在肿得没法看。

"自己喝了吗？还给我拿。"她抬头看见妹妹进来，哑着嗓子说。

祝宁宁点点头，在床边坐下。

"姐，你别难过了。"她小心看着姐姐的脸色，说，"我听同学说，做直播挺挣钱的，你好好直播，好好挣钱。将来万一我考不上大学，找不着工作，你就得养我了。"

祝安安眼泪都还没擦干，就被她气笑了。

看到姐姐难得露出了笑容，祝宁宁的表情也轻松起来，小孩子的情绪来去总比成年人快得多。"姐，那天来的那个姐姐，真的是你同学吗？我看到她的视频，她在教跳舞哎，在一个环上，转圈圈。那天另一个姐姐也在。"她拿出手机，找到点评平台上店家主页的课程照片，里面有好几个女孩，祝安安拿过来看，果然郑家悦也在。

"姐，如果你想，我陪你出去玩吧。"祝宁宁说，"……或者，不玩，就出去溜达溜达，转悠转悠。春天快来了，天气要暖和了。"

祝安安看着照片，良久没说话，抹了抹眼睛："早点去睡吧你。"

房间里剩下自己一人，她点开许珍贵的朋友圈，看到每一条底下都有郑家悦跟她插科打诨的互动，还有两个人的自拍，许珍贵还是老样子，郑家悦看起来比以前开朗了许多。她又点开视频看了一会儿她们上课时的片段。

"瘦了呢。"她小声说，"好看了。"

郑家悦本来穿了新的练功服，头一回觉得镜子里的自己即使没掉秤，看起来也很美了，从来没这么自信过，连转圈的时候都有力了很多，正陶醉着，猝不及防就被人从吊环上拽了下来，晕头转向得看不清来人，就被结实地抽了一个耳光。

她眼冒金星，天旋地转，许珍贵冲过来第一时间扶住了她，没让她脑袋磕在落地窗上。

"你有病啊？"

"你谁啊？"

几个学员也一头雾水，纷纷围过来。

许珍贵指着那个冲进来的陌生女人，把郑家悦拦在身后："你干什么的？我们在上课，你就这么冲进来，还乱打人，信不信我报警啊？"

女人穿着朴实，还背着一个行李包，看起来像是风尘仆仆从哪儿来的。一开口是她们不熟悉的口音。"你问她我是谁。"她指着郑家悦。

郑家悦这时才缓过来，睁开眼睛，眩晕停止后，她诧异地看着面前的人，不解地问："秀菲？你怎么……到这儿来了？"

这下轮到许珍贵诧异了："你们认识？！"

郑家悦点点头，捂住脸："这是王秀菲，是我弟妹。"

"那你打她干什么？！"许珍贵更诧异了。

"你打我干什么？"郑家悦也很诧异。这位弟妹，和李楷的弟弟一样，基本没有离开过老家，每年也就过年的时候会见到。她千里迢迢地来到她从未来过的郑家悦的家乡，就为了莫名其妙扇这一巴掌？

"你装什么傻？"王秀菲虽然看起来朴实，做起事来却是果决泼辣不忍不让，"你老公说你全都知道，你们两口子想的那些勾当，现在不敢承认了？"

3

没有什么可怕的，生活就是这样，不进则退。每当容易畏缩不前的时候，郑家悦都会暗暗给自己打气。因为如果没了前路，她也没有退路。可能别人家的小孩勤奋努力是为了父母的骄傲、老师的褒奖、同伴的艳羡，但她从小就知道她的努力全是为了她自己，也正因此，她比很多还需要赶着催着往前走的小孩，更早更清楚地明确自己的方向。

在从来顾不上什么个性化教学的小城学校里，她这样的小孩从小就格外讨老师喜欢，成绩稳定中上，从不惹事，举手发言，安静自习，简直是依着模子长的好学生。但她从来没骄傲过，反而知道即使这样也还远远不够。

上了高中之后，她入学第一次月考物理考了八十多分，满分一百二十，勉强及格。严老师知道他们每个人中考考进来的成绩，郑家悦中考物理是满分。在总结成绩的时候，严老师颇有深意地盯了她一眼。

"上了高中你会发现，以前的成绩什么都说明不了，后劲不足的人，很快就会被落在后面，尤其是理科，尤其是女生。明年分了文理我不管你，但是只要你在我的班一天，就给我打起精神来，你考得差劲不嫌丢人，我还嫌你拖后腿呢。"

严老师那一眼就像一个紧箍咒扣在了郑家悦的物理成绩上，自那时起她每次考试都没能上一百分，跟她其他科拔尖的成绩比起来，物理果然越来越拖后腿。

大家都说严老师擅长"鞭笞教育"。不好的她骂，好的她更骂。刚开始的半学期，好多同学不适应，有些女生躲在宿舍哭，第二天被她看出来，又是一顿好骂，更不用说祝安安这种为了遮盖肿眼睛偷偷化妆，好几次被揪着头发当场洗脸的活靶子了。私下里抱怨的时候许珍贵总是说，她们仨就是严老师最喜欢抓的三个典型。郑家悦成绩好但不够好，属于拉一把能进尖子生梯队的潜力发挥不出来型；许珍贵成绩平平态度又不积极，属于赶一步走一步的随大流懒惰型；祝安安成绩差心思又不在学习上，属于老师恨不得她早点从自己班分出去的破罐子破摔型。

不过严老师给许珍贵的影响就没有给郑家悦和祝安安的那么大。郑家悦变得焦虑，整天战战兢兢，一考不好就恐慌；祝安安越挫越勇，把严老师当成了人生劲敌，为了不被她抓到成天打游击战。但许珍贵无所谓。她物理也不好，偶尔碰碰及格线，大部分时候都不及格，每次严老师话里话外夹枪带棒地批评她们之后，私下里她看郑家悦郁郁寡欢，就会漫不经心地说："……她不是觉得你差劲，她是觉得女生都差劲，女生学不会理科。这不就是偏见吗？你不用当真。"

"可是成绩摆在明面上。"郑家悦说，"成绩不好就是不好。跟男生女生没有关系。"

"对啊，跟男生女生没有关系，"许珍贵说，"所以她这就是偏见。"想了想，又说："也不完全对，她是觉得除了贺尧，其他的人都差劲吧。"

班上有几个成绩很好的同学，包括贺尧在内，他们私下里能搞到一中每一次考试的理科卷子做，也算是跟人家重点高中同步了，更能清楚地看到自己跟人家的差距。郑家悦很想知道他们是怎么搞到的，她很怕文理分科后她物理瘸腿，差距会越拉越大。

午休的时候她跟许珍贵和祝安安俩人一说，祝安安故意阴阳怪气："你可不要去问贺尧哦，跟他说一个字，小心老魔头把你嘴撕了。"

"严老师没那么可怕。"许珍贵在一旁接道，"她就是抓成绩而已，别的只要你不碰红线，她也不能拿你怎么样。"

"红线是什么？是她家贺尧的手指头还是头发丝？有人天天碰呢。"祝安安说。

"谁啊？"许珍贵好奇道。

祝安安翻了个白眼走开了："我已经不喜欢贺尧了，有关他的事不要再来问我。"

"……好像谁问她了似的，都是她自己说的。"许珍贵笑。

郑家悦并没有在意她俩说什么，还是一心想着卷子的事。

许珍贵看她发愁，就说："还能是怎么搞到的？肯定是严老师搞的啊。"

"……那我就更没可能搞到了。"郑家悦沮丧道，"严老师本来就觉得我差劲。"

一边说，她一边看着贺尧目不斜视地走进教室，他手里抱着一小叠卷子，回到自己座位上坐下。许珍贵脑子里突然冒出一个念头。

"你去过严老师的办公室吗？我跟程欣去拿过两次作业。"许珍贵说。程欣是她同桌，也是数学课代表，数学老师和严老师的办公桌就隔了一个走道。"程欣说严老师桌上就有历届各省市重点的真题。"

"那是历届的，又不是最新的。"郑家悦说。

"那肯定也放在一起啊！"许珍贵说，"你敢不敢找个机会去翻一下？"

"啊？"胆小的郑家悦愣住，"那怎么可能？被抓住会被开除的吧？"

"不至于吧？"许珍贵琢磨道，"每天晚自习之前，办公室不是空的吗？那时候本来老师就都不在，也有课代表去拿作业送作业什么的，不是很正常吗？"

"……我不敢。"郑家悦连连摇头。

许珍贵就说："那好吧，我就是随便说说，反正又不是我需要，我的物理啊，打死也及不了格了，就等着赶紧分文理把我踢出去了。"

郑家悦没吭声，直到晚自习之前，她眼看着严老师拎着包走了，鬼使神差地溜到了办公室门口。当了这么多年好学生，她从来没起过这种坏心思，她太害怕了，心虚得要命。正在忐忑，背上被人拍了一下，她吓得差点喊出来。

许珍贵连忙做了个嘘的手势："喊什么？赶紧去啊。我就知道你胆小，舍命来陪你。"

两个人佯装是来拿作业的课代表，虽然她俩并不是，故作平静地走进办公室，里面一个人都没有。严老师的书桌上分门别类码着厚厚的卷子和文件，都规整地贴着细小的蓝色手写标签，她俩只能伸手拨开一个个寻找。

时间一分一秒流逝，在一无所获的时候，突然有个声音响起。

"你俩找什么？"

两人一下子直起身，贺尧背着书包站在她们面前，面无表情地盯着她们。

"……"光想着严老师，没有意识到贺尧竟也会来，郑家悦一时间不知道要扯什么谎，她本来也不会扯谎。许珍贵倒是自然地说："我今天的物理卷子第二张丢了，她陪我来翻翻是不是落在这儿了。"

贺尧沉默了几秒钟，上前一步，拉开了严老师的抽屉，从里面拿出了一串家门钥匙，转身就走。两个人对视一眼，这才松了口气。

晚自习很快开始了，并没有收获的两个人只能怏怏离开。但是第二天早上，郑家悦在自己座位上发现了一小叠压在书底下的卷子，打开一看，正是今年一中最新的物理卷子。

"谁？难不成是贺尧？"许珍贵奇道，"他怎么会知道你想找一中的卷子呢？你谁也没说吧？"

郑家悦摇摇头。这要是换作祝安安，一定把尾巴翘到天上，以为贺尧绝对是暗恋自己什么的。但郑家悦只会觉得离谱。

一中的真题自然也不是万能药，但在高一下半年，她的物理成绩终于稍微提上来些，不算太拖后腿了。后来有次她去严老师那里找卷子，严老师难得地多赐了她几句话。

"最近有进步，"严老师说，"想考清北吗？"

郑家悦吓得卷子都掉了。

"问你话呢，害怕什么？"严老师不满地瞪了她一眼，"不想考清北还巴巴地找什么真题？"

郑家悦脑子里嗡的一声，连严老师说什么都不敢听了。

怎么不想考清北？她做梦都想，就是不敢堂堂正正地说出自己想。她又不是贺尧，人家是真的可能考上清北；她也不是祝安安，考学这种事能逃则逃。不敢说，是因为怕自己举轻若重拼尽了全力然后输得颜面无存。

"卷子做了吗？不做就白拿给你了。"严老师说。

她战战兢兢点头。

"下次大大方方过来跟我说，卷子我给你留一份。"严老师说，"有野心是好事，但高考是一个不允许你有任何失误的考试，你首先要客观地评估自己的能力，再踮脚去够你的野心。"

郑家悦沉默着没吭声。话里话外，严老师的意思就是觉得自己不是那块料，有那心，没那能力。

"……早点看清自己的位置，踏踏实实地，选一个够得着的目标。"严老师说，"别好高骛远，爬得高，摔得重。输得起就敢爬高，输不起就别爬高，老老实实地，也能走个不错的学校，稳妥点，对自己，对家长，都是好的交代。"

话是没错的。但那一瞬间，郑家悦不知道哪里来的胆量，顶了一句嘴。

"我也敢爬高。"她颤着声音说，"输不起，我也敢。"

严老师微微愣了一下，似乎没有想到她会这样回答，意味不明地笑了一下。

"我不会输。"郑家悦说。

她不记得后来她怎么从办公室出来的，回到座位上之后，她就在书桌上偷偷划下"清北"两个字。直到高考前，她都一直不相信，这两个字会那么遥不可及，爬高了也不一定够得着。

但她那时从来没想过，然后呢？最后她够着了，或是没够着，然后呢？

她花了一整段大学时间去探索这个问题，一边骄傲着自己终于挣脱了那个小城里不属于自己的家，一边兴奋着自己实现了来北京读书的愿望，一边恐慌着发现在人才济济的大学里自己难以想象地孤陋寡闻、愚蠢闭塞，一边焦虑着四处寻找自己到底该做什么来填补既忙碌又空虚的生活。

什么都想争，却再也争不到。她再也没有小时候那样，为了一个很小却很具体的目标拼尽全力的勇气了。

4

　　除了郑家悦那样成绩好些的同学，其他大部分人在严老师班里的时间只有短短一年，但对每个人来说，都是学生时期最不可忽视的一年。有的同学在这一年里被严老师打击得一无是处，要么认了被贬去普通班，要么决定学文；有的同学起早贪黑给自己加码，企图弯道超车在下一次考试能离贺尧的分数再近一点，但徒劳无功。几乎没有受到严老师打击式教育影响的同学或许存在但也是极少数的。

　　以前初中的时候许珍贵她们班的班主任喜欢罚站和罚抄一百遍诸如此类的办法，高中之后学习压力大，老师大都不会再采取这种费时费力的惩罚了，只有严老师还乐此不疲。她宁可罚抄罚站，也看不得学生浪费学习时间在宿舍磨蹭，或者课间跑出去玩，或者自习课上不好好自习交头接耳，这些都是她最厌恶的行为，谁若做了就只能在教室后面站一上午或是一下午。郑家悦本是好学生，这些事从来没她的份，但碍不住她跟许珍贵和祝安安关系好，女孩子凑在一起说说话，被严老师抓到好几次，每每自习课上，她们就得跟打完篮球一身臭汗的男生们一起在教室后面罚站。郑家悦心疼时间，罚站也不忘挑合适的卷子，趴在教室墙上做。许珍贵和祝安安拿着书或者练习册，听着听着就走神了。

　　"下次你俩能不能别害我了？"放学后郑家悦拖着沉重的双腿回座位，一边不满地抱怨，"站着做卷子很影响我的效率。"

　　祝安安撑她："你这样就不够朋友了吧，人家不也帮你偷过题吗？罚个站还委屈你了？"

　　郑家悦吓得连忙环顾四周，还好没人听见。

　　"那不是没偷到吗？"她瞪了祝安安一眼，"你别瞎说。"

　　祝安安看她这一副胆小如鼠的模样很是不屑，扭头跟许珍贵说："咱们以后不带她玩。就她那样，严老师跟她衣食父母似的，说不定哪天就彻底叛变了。"

"怎么叫叛变？想留在尖子班我有错吗？"郑家悦说，"你想留还留不下呢。"

"你看她！"祝安安惊道，"郑家悦我告诉你啊，你以后会后悔的，得了成绩没了朋友。"

嘴上吵归吵，晚上回宿舍的时候，郑家悦看到，祝安安还是早早替她打好了一暖瓶热水放在她床边，还白了她一眼："就知道你回来晚打不着热水。学霸也得洗脸刷牙吧。"

祝安安看起来牙尖嘴利不饶人，但郑家悦心里清楚，她说得都对，那些年埋头苦读的日子，真的把自己变成了一个得了成绩没了朋友的人，回头看那时的自己，显得格外懦弱又没良心。

成绩多重要啊，成绩是打开名校大门的钥匙，是开启以后无限坦途的第一步。为了给自己洗脑，每个在被窝里点灯学习学到头昏的夜里，她闭上眼，看到的都是自己未来的美好生活。那生活里有什么呢？自然是有能够彰显她优秀、成功、独立自主、事业有成、幸福美满的一切。

而不是像现在这样，因为丢了工作躲在老家逃避现实，又被突然出现的几乎不来往的陌生亲戚当众掌掴。

许珍贵解散了下课的学员，店里只剩下她、郑家悦，还有这个陌生的弟妹王秀菲。"你确定不要报警吗？"许珍贵问了郑家悦好几遍，"如果你愿意我们就报警，我可不认识你的什么弟妹，她扰乱我课堂，我可以报警的。"平日里许珍贵笑呵呵的好说话，但其实很有原则和底线。

郑家悦摇了摇头。她知道王秀菲找来，一定和李楷家里有关。"你先给我把事情说清楚，不要血口喷人。"她盯着王秀菲说，脸颊还在火辣辣作痛。

王秀菲审视地打量着她的表情："你什么都不知道？"

"知道什么？"郑家悦反问。

"李楷今年过年回去，给李勇转了十万块钱。"王秀菲说。她没读过多少书，也没见过多少世面，但并不妨碍她从别人转瞬即逝的脸色中辨别情绪。郑家悦的嘴角不自觉地抽动了一下。王秀菲说："你知道。"

"……我偷看他手机看到了。"郑家悦说，"他说是给你们今年盖房子用的。"

王秀菲仍然盯着她："李楷是这么跟你说的？"

"对。"

王秀菲的脸色变了又变，说不清是尴尬还是愤怒。良久，她的声音才低了下去，似是确定了郑家悦被蒙在鼓里，对她没有那么大的恨意了。

"……今年你没回来，李楷、李勇、爸妈，在家里开了个会。"王秀菲说，"因为你不生孩子，爸妈……想了一个办法。"

李勇和王秀菲结婚好几年了，生了两个儿子。李楷的妈私下里问王秀菲，能不能把老大过继给李楷他们，反正王秀菲还能再生。

"带你家老大去北京呢，不比你俩一辈子在农村好？"

"我还没死呢，干什么要把我家老大给他们？"王秀菲脾气暴，当场就怒了，"他们生不出来关我家孩子什么事？"

"那要不，等你生老三的时候？"

被王秀菲大闹一通之后，全家开了个会，讨论解决方案。最好的当然是离婚再娶，但李楷没有同意。去做试管，又花费太贵。后来瞒着王秀菲，全家又想出了一个办法。王秀菲觉得不对劲，他们瞒着她，她就偷偷扒门缝听。

"那怎么行？"李勇说，"那是我老婆！"

"那是你亲哥，不也是咱们李家的种？"他爸说，"小楷，你给小勇的钱，一分都不能少，算是补偿他的。"

"那……万一家悦不同意……"他妈小声说。

"不能，她都同意了，不同意就不能让小楷今年自己回来，她心眼多着呢，就是她自己不想生孩子，一直拖。咱们自家解决这个事，她巴不得这样呢。"他爸说，"生米煮成熟饭再说。"

王秀菲总算听明白了，在自己缺席的这个家庭会议上，他们商量着把还能继续生孩子的她，从弟弟手里卖给了哥哥。卖一次生一个十万块钱，够他们家盖房子的了。她以为自己的丈夫不会同意，但没过几天，她就偷偷在他手机里看到了转账。

"你不知道，我也不知道，他们瞒着我们就转了钱。我不能生，就买你给他生，反正都姓李。这个意思我理解得对吗？"郑家悦生硬地消化着王秀菲说的话，突然很想看一看今年到底是哪个世纪什么时代，或者是自己突然穿越到某个打击犯罪的纪录片里了。她走了这么多路，读了那么多书，在大城市挣了一份稳定生活；王秀菲没出过远门，没有学历，没有工作，只知道辛苦带大两个孩子。她们完全不一样，却又因为嫁给了这两个亲兄弟，而一样成为这个似乎活在封建时代的家庭共谋的完美解决方案的牺牲品。

简直荒唐！她不敢相信和她生活了这么久的李楷会是这样的人，但已经绝望得不再想去求证。所幸王秀菲性格刚烈，在这个让人作呕的共谋实施之前，就气急败坏地不远千里来找她当面对质，否则她还被蒙在鼓里。

"你来找我有什么用？这件事我知道不知道有什么区别？！"郑家悦努力压住自己愤怒到颤抖的声音，"谋划的是他们家，转钱的是他们，交易的是他们，我和你一样是受害者，你打我有什么用？！你爱生几个你去生，我不生就是不生，跟他们家有什么关系？！他们凭什么？！他们还是人吗？这是畜生，他们都是畜生！"

第七章　身份

"别忘了你的身份。"

1

"您好，请问您这边在招工是吗？"

"对。"

"需要什么……吗？"

"需要什么？啊，需要你身份证。"

"……别的呢？"

"别的不需要了。"

大街上人好多，她仿佛这辈子都没见过这么多人。每个人都有自己的事情做，逛街的、吃饭的、卖货的、开车的，有的着急忙慌，有的清闲溜达，没人注意到她的不同，只有她自己知道，她从时间被凝固的缝隙中穿过，重新回到了这个本应很熟悉的地方。

这座小城市变化其实不大，唯一一条最繁华的商业街，他们这一代小孩从小就熟悉，现在还是仿佛的模样，只是周围的楼不一样了，多了很多高楼，也拆了很多老楼。不过，她又和他们这一代小孩不一样，他们从小可以跟着爸爸妈妈去街上买新衣服，去公园坐旋转木马，去少年宫补习，但这些东西都是她后来听同学说的，自己从未经历过。所以，这条繁华的街道对她来说还是很陌生。

"你没有手机支付？……连银行卡都没有？那你先去银行开个户啊。"小饭馆的老板娘惊异地上下打量了她很久，"这姑娘看着年纪不小，人也挺正常的，怎么跟外星来的一样？"

一晃，年纪就不小了。

以前她多想长大啊，想得要命，因为姐姐从小就告诉她，很多事只有大人才能做，小孩做不了。但时间过得太慢了，在她眼中，吃饭、睡觉、读书、上学，这些事跟长大没有丝毫关系，只能算是消磨时间。每天早上醒来她都气馁地想，为什么自己还没有长大，于是就心灰意冷不想去上学，但姐姐从来都丝毫不留情面地把她赶去学校。

"你必须读书，至少读到十八岁。"这是姐姐最常说的一句话，"否则对不起妈妈。"

她没见过妈妈。姐姐说妈妈在她很小的时候就走了，只有姐姐一直照顾她长大。爸爸在家里也从来不会提起妈妈。她委屈哭闹的时候，姐姐没办法，就说："多多，你再闹，以后就不带你去找妈妈了。"她就不敢闹了。

姐姐没读什么书，如果不是姐姐坚持让她读，爸爸也不会同意。她不想读，高中还要花住校的钱，爸爸说，花了他的钱就要听他的话。她也不愿意和姐姐分开，但姐姐说什么也不同意，像之前每次一样，二话不说赶她去了学校。

那是她第一次和好多个陌生女孩住在同一间宿舍里，她不适应，甚至极其恐慌，一开始好多个晚上都睡不着，缩在床头竖起耳朵听房间里外的每一个微小的声音，觉得宿舍的铁架床像铁笼子一样。虽然那时她并不知道，后来她人生中本应最美好的十年，都会在真正的铁笼里度过。

高中跟她以前读的小学和初中随便混没人管的样子不一样，光是宿舍里就有几个晚上熄了灯在被窝里打手电或是跑到水房和厕所借灯光学习的，比如郑家悦。当然也有祝安安那样早上提前起来洗头化妆的极少数。她从来没有跟她们讲过话，她们也当她是空气，虽然共处一室，但几乎可以互相隐身。

但她知道她们私下里怎么说自己。

"是她爸靠赞助塞进来的。"

"拉低本科率的，放心吧，这种拖后腿的在高三后期会被直接劝退，影响不到咱们。"

本科率是什么她不关心，劝退什么的，要不是因为怕姐姐会生气，她不用劝早就自己退了。她讨厌被锁在学校宿舍里的感觉，总想抓住一切机会逃出去。这机会可能是宿舍看门阿姨打盹儿，也可能是学校栏杆某处可以翻，反正她只要有机会就往外面跑。

她跑不远，因为第一，她没有钱；第二，姐姐还在家。但只要溜出来，就算多走一步，心里也是畅快的。寂静无声的黑夜里，只有她一个人的脚步踩在地面上，格外沉重却又格外轻盈，仿佛这偷来的咫尺距离的几步就能带她去心里向往却又从来没去过的远方。

在方寸之间禁锢了那么久，她再也没有去过任何远方，无论心里还是脚下。如今她自由了，却似乎不知道如何迈步了。

"别以为出去了就过去了。"在里面的时候，一位大姐带着过来人的语气告诉她，"过不去的，这个身份，跟着你一辈子了。"

她带着恐惧与好奇远远地打量身边路过的每一个行人，试图从他们掠过的目光里辨认他们是否觉察了她的身份和他们不一样。但他们丝毫没有注意她，说笑着就走过去了。春暖花开的空气里飘荡着路边摊食物的香甜，汽车尾气的味道，和各种她说不出来的东西混杂在一起，让她与自由的重逢像是一场不真实的梦境，幸福到脚底发轻。她漫无目的地沿着大街行走，穿过路口，又差点被写字楼里突然涌出来的吃午饭的白领人群裹挟。

好不容易站定脚步，她无意间一抬头，看到街对面二楼的落地窗里，有几个女孩挂在吊环上转圈跳舞。

看来我真的与世隔绝太久了。她心里想着，摇摇头，迈着虚空的步伐继续往前走。目之所及，全都是她看不懂的东西了。

许珍贵下课之后给郑家悦打电话，她已经两天没有消息了，电话也没接。见到康芸过来有话要说，许珍贵就先把电话挂断了。

"你那天说再招一个老师，找到了吗？"康芸问。

许珍贵摇头："还在找，怎么了？"

康芸脸上溢满愧疚之色："我真的很不好意思，但是……我没办法继续来教课了。"

"为什么啊？"许珍贵惊道，"我已经没给你排工作日的课了。"

"……家里时间实在协调不开。"康芸说，"自从我出来上课之后，周末两天从中午到晚上都不能在家，每天家里都是鸡飞狗跳的，我婆婆特别不高兴，我老公不想让我出来上课了。"

"你不是说他们支持你吗？"许珍贵说，"一周就两天，也不行吗？"

康芸脸涨得通红，一个劲道歉："我知道你排课已经尽量照顾我了，你人也很好，我也真的很想多带课，想赚点钱，但是……我真的协调不了。每周末上两天课回家还要打两场仗，太累了。"

"……你的小孩总要长大的，你总要出来，总要有你自己的工作。"许珍贵机械地劝说道，虽然听起来也并没有什么说服力，"自己赚的钱，花着不香吗？"

康芸咬了咬嘴唇，没吭声。她不想告诉许珍贵，她老公问了她课时费，直接把钱拍在桌上，豪气地说："我给双倍，算我买你的周末，够不够？费那劲出去教别人，在家带咱们自己孩子不好吗？"

婆婆也在一旁扇风："就是，不管怎么说，咱还是当妈的人，要时刻记得咱们的身份，对吧？"

<h1 style="text-align:center">2</h1>

郑家悦要把王秀菲叫家里来吃饭，她爸妈都觉得她被气糊涂了，脑筋不正常了。

"我没糊涂，"她冷静地一边进厨房开冰箱，一边说，"我可能从来都没这么清醒过。"

回到家里她先是打电话咨询了律师，然后一个晚上没有睡，拟出了离婚协议。拟完之后天已经大亮，她给没起床的爸妈和弟弟做了早饭。

离开家以前，经常是她来做饭。自己和弟弟上学前要吃饱，爸深夜回家要吃夜宵，妈打麻将输了回来发火不做饭，都是她在厨房忙活，她也习惯了，不觉得有什么。她去上大学了，她弟才学着自己做饭。她弟也去上大学了，她爸也不跑长途了，她妈才开始在家做饭，做得也一般，过年回家经常还是她来掌厨。

第一次跟李楷回老家那年，全家上上下下对她这个北京来的高学历媳妇视如珍宝，做饭也不让她进厨房。"怎么能让新媳妇下厨房呢？"婆婆笑容满面地说，"新媳妇那是要拿来疼的，可不是娶来做饭的！"

当场把她感动得心里发酸，晚上睡觉前跟李楷反复说了好几遍，又哭了一鼻子。现在想想，确实他们家的新媳妇不是用来做饭的，毕竟生孩子这事可比做饭重要多了，做饭免费，谁都能做，但找个生孩子的替代品都得花十万块钱呢。

"婆婆说，可惜了，原本以为你跟李楷都会读书，聪明，生出来的小孩肯定聪明。她还跟李楷说，换成我，十万块钱多了。"王秀菲说得平静。郑家悦听得心头火起，恨不得把她扇自己的那巴掌加倍奉还，拼命忍住了。

在吃早饭的时候郑家悦宣布了她准备离婚的事情以及原因。

"我知道，我打算结婚的时候没有问过你们的意见，现在打算离婚也没问，但是，你们是我的亲人，我想来想去，还是要跟你们讲清楚原因比较好。"她情绪稳定地说。以前她一直觉得跟家里人讲有关自己婚姻的事情很羞耻，但当这场婚姻以这么荒唐的原因收场时，似乎再怎么说都不会觉得羞耻了。

三个人一时间都没说话，过了好久她妈才抖着手摔了筷子，骂道："这家人怎么能这么畜生？！"

"姐，你要是离婚了，以后还住在北京吗？"郑前程问。

"……不知道。"郑家悦说。

郑前程看了他妈一眼，说："不管你还回不回北京，家里……"

"……家里你想待多久就待多久。"他妈打断了他的话，对郑家悦说，"悦，你现在越大，越跟我们见外了。咱家一直都是咱家，你也一直都是咱家人。"

对于郑家悦的事，她爸从来很少发表言论，但也开口道："这种人，离了就离了吧，咱不稀罕。"

郑前程继续宽慰道："姐，你别担心你工作的事，我可以出去换个赚钱的工作啊，我养你。"

他妈立刻瞪了他一眼："你别掺和。你出哪儿去？老老实实给我在家待着。"

得知王秀菲来找她之后，李楷给郑家悦打了几十个电话，她都没接，直接把协议发到了他邮箱。她知道他这几天忙，应该不会抛下工作亲自跑回来，先借那份协议让他冷静一下也好。王秀菲没出过远门，人生第一次扔下两个孩子在老家。郑家悦看不过去，甚至给她订了一个酒店。郑家悦她妈连连埋怨，说她是当冤大头当上瘾了。

晚上王秀菲上门，只有郑家悦一个人做好了晚饭等着她。郑前程有课，她爸妈早早出门打麻将去了。

"他们都不在，"郑家悦笑道，"他们说我糊涂，不跟你撕打个九九八十一回合，反而自己先服软。"

王秀菲其实有些困惑，也就直说了："你为什么这样？"

"哪样？"

"现在这样。"王秀菲说，"你不应该恨我吗？我是来……"

"你是来跟我撕的，不管他们李家人做了什么，咱俩都得撕一场，好像挺有道理的，是不是？"郑家悦说，"你想知道我为什么不跟你打架，还要招待你吗？"

王秀菲点点头。

两个人在桌前相对而坐。"都是家常菜，我家的家常。招待不周，不要嫌弃。小时候我家条件不怎么好，买肉我妈嫌贵，基本都给我弟吃了。想要把菜做得香，就只能用油。所以我放油手重，后来为了减肥不敢吃油了，但下手可能还是偏重。你尝尝。"

"……挺好的。"王秀菲尝了一口，"你们城里人，做饭讲究多，我吃什么都好。"

郑家悦轻叹了一口气，说："我和李楷会协议离婚的。这件事，超出了我的道德底线，我永远不会原谅他，也不想再跟他们家任何人有任何关系。但我为什么没有怪你迁怒我？因为在这件事上，你和我都没有决策权，我们都是受害者。看起来这个孩子是你生或者我生，但实际上，能决定生不生的，不是你，也不是我。"

王秀菲想了很久，问："协议离婚？怎么协议？"

郑家悦愣了一下，没想到自己说了一大串，王秀菲只记住了"协议"这俩字，只好说："就是签署一份离婚协议，两个人都同意财产分割什么的，就可以离婚了。我俩的薪水分得很清楚，房子本来也没我的份。说白了，我不过就是靠结婚借住他家给他生孩子的人而已，现在孩子不生了，和平解除婚姻是最理想的办法。"

"这协议就管分财产的吗？管不管他打我？或者我带孩子回娘家，他要是把我抓回来，怎么算？协议里有吗？"王秀菲问。

"……"这把郑家悦问住了，"每份婚姻解除协议都很复杂，这要看家庭的实际情况。我第一次离婚，也不太熟悉，以后离成了，你如果需要我帮忙的话，我可以帮你。"

可能这些信息太多太陌生，对王秀菲来说有些难以消化，她认真地思索了一会儿，说："我明白你的意思了。我回去以后，会让李勇把那十万块钱还给李楷。我们不会收这个钱，也不会做这样的事。"

"那是你们之间的事了，跟我没有关系。"郑家悦道。

"那你以后呢？"王秀菲问，"离婚了，怎么办？"

"怎么办？"郑家悦抬头看了她一眼，一天之前，她也在混沌之中问自己：离婚了，怎么办？

但是现在，她已经不需要再问了，还反问道："那你想过吗？"

"什么？"王秀菲一愣。

"如果没有你的婚姻，没有老公、孩子，没有现在的这个家庭，你会是谁？"郑家悦若有所思地说，"虽然只是如果，但你有空的话，也可以想一想的。"

她给王秀菲买了回去的票，还补了今年过年没给的两个孩子的红包。临走的时候，王秀菲说："挺可惜的。以后你不是李家的人了，咱俩也见不到面了。"

"我本来也不是。"郑家悦说，"你也不是。"

"干什么对她那么好啊？又给钱又管饭？你又不欠她的，是他们李家欠你俩的！"她妈直到晚上都还在念叨。

"对啊，所以我俩是一样的，那还计较那么多干吗？"郑家悦说，"反正离了婚，我和他们所有人都永远不会再见到了。我只是挺可惜的，她还要养大她的两个孩子，也不容易。"

下定决心之后，反倒一切都轻松了。她再也不用去焦虑那个怎么也怀不上的孩子了，睡了很久以来最踏实的一觉，直到天亮。她妈在她起来之前做了早饭，看到她进厨房一脸惊异，就说："怎么，你不在家里就没人做饭吗？我还没老呢。"

一边吃着早饭，她一边点开手机打算今天去许珍贵那边活动活动筋骨。许珍贵给她打了电话和语音她都没接，看她突然冒出来选了一节课，立刻把电话打过来。

"你没事吧？她没再打你吧？"许珍贵上来就问。

"没有，谁动不动就打人了，又不是郑前程。"郑家悦说，"一会儿见了面再说。"

"你到了自己待会儿，我晚点过去。"许珍贵说。

康芸辞职虽然许珍贵也没什么责任，但看到康芸为难，她也有点不好受。收拾东西的时候她发现了康芸没来得及拿走的一些换洗衣服和物件，就打算送过去，路上她转到商业街，给康芸的小孩买了些玩具。

敲开门，康芸看到她来，神情还是很惊喜的，许珍贵暗暗放下心，生怕康芸嫌她不请自来会尴尬。

因为是周末，她婆婆和她老公都在，小孩刚吃完东西，正是一大早精神的时候，在屋里咿咿呀呀乱叫。康芸热情地让她坐，婆婆在里屋带小孩，她老公点了个头，就坐在一边玩手机。

"东西我给你放这儿了。"许珍贵说，"反正也住得近，以后有什么事需要帮忙，你叫我就行。"

"没事没事，我挺好的。"康芸连忙说。

"等小孩大一点了，如果……那时候我这儿还开着，我还欢迎你来。"许珍贵笑着说。"反正，我也不知道开到什么时候，能做一天是一天。哦对，"她拿出手机，"还有最后一期的课酬我没给你。"

康芸起身进屋拿手机，她老公这时候抬起头来，自然地伸出手机："转账吗？转给我就行。"

许珍贵被气笑了："转给你？凭什么啊？"

她老公也笑了："凭什么？就凭我是她老公啊，我有能力让她舒舒服服在家带孩子，不需要出去风吹日晒抛头露面挣这两个钱啊。"

"这两个钱，是她合理合法的劳动报酬，是她创造的社会价值，跟你上班赚钱是一样的，没有任何区别，你领导给你发工资发到别人账户里你愿意吗？"许珍贵问，"她在家带孩子挣多少钱？有劳动合同吗？升职加薪吗？你每个月定时打钱到她账户里吗？"

"……怎么了，怎么了？小许姐，我老公说话直，你别介意。"康芸从里屋出来，连忙拉住许珍贵，又对她老公说，"小许姐人很好的，她也是为了我好，别人知道我的情况都不愿意招我，就她愿意招我。"

"你也知道？所以你的情况就适合在家带带孩子，出去闹腾什么，挣那么两个钱。"她老公看她出来了，毫不在意地收回手机，进里屋去了。

许珍贵和康芸面面相觑。

"不好意思，我说话直了点。"许珍贵说，"对不起。"

康芸摇了摇头："没事。"

"我转给你。"许珍贵拿起手机，给她转了账。

康芸听着手机叮一声响，沉默了一会儿，又看了看里屋。

"小许姐，你先抓紧招别的老师，我还是再想想办法。"她低头看着手机屏幕，"我自己的账户里，总要有属于我自己的报酬吧。"

许珍贵就笑笑："那我等你。"

3

"你说，她出来以后会去哪儿呢？"

清闲的午后，许珍贵把一张矮桌挪到窗边，拣两个软垫，又煮了茶端到桌上，和郑家悦两个人席地而坐，一边打开电脑看教学视频，一边闲聊。

"我从来没像现在这么不想离开家。"郑家悦感慨道，"怎么办？要不你雇我吧。"

许珍贵摇头笑："我才不雇你，你在北京挣那么多钱，我哪雇得起你？我就要赚你的学费。"郑家悦白了她一眼，也笑了。

"还记得你第一次去我家的时候是几岁吗？"许珍贵问，"第一次爬我家阁楼的时候。"

"当然记得。"郑家悦说，"没想到过了十多年，现在咱俩还能坐在窗边聊天，就像小时候一样。"

两个人一齐看着窗外，不约而同地沉默了一会儿。

"你说，她出来以后会去哪儿呢？"许珍贵说。

"如果我是她的话，可能不会想留在这儿吧，走得越远越好。"郑家悦说。

许珍贵点点头："听说当年她出事没多久，她姐姐就走了，再也没回来。我觉得，她可能会去找她姐姐吧。"

余多这个人，她们从小就看不懂。这个年龄的孩子，大部分都把心情写在脸上，即使脸上看不出，心里也绕不了几个弯。只有余多好像活在另外一个世界里，老师批评她，罚她，她也是那么一副表情；同学议论她，嘲笑她，她还是那么一副表情，好像听见了，又好像什么都没听见。她家里条件不差，但从来没有人来开过家长会，那个传说中花赞助费塞她进来读书的爸也没人见过。

除了别有居心的祝安安，更没有人知道她是什么时候跟闲人勿近的贺尧走得那么近的。

严老师在学校支开贺尧警告了余多之后，当天就给他把住校办回了走读："宿舍没有家里住得舒服，你这三年非常重要，在妈妈身边，妈妈更方便照顾你。"

贺尧没有回答。他坐在自己的书桌前，墙上贴满了大大小小属于他的奖状、证书、采访，事无巨细地记载了让妈妈骄傲的每一份荣誉。桌上整齐摆放着他复习需要的书本资料，手边是妈妈每晚准备好的夜宵、水果、维生素。一杯温度正好的水递到他手上，还有两粒不知道是什么的药。

"这个是补血补气的，你住校睡不好，每天按时吃两粒，能帮你好好休息。"

"你怎么知道我住校睡不好？"贺尧面无表情地问。

他妈表情愣了一下，立刻笑道："住校多吵啊，那帮半大小子，万一有人打呼噜什么的，你怎么可能睡得好？还是家里安静。"他的卧室是重新装过的隔音门，窗帘也极其厚重遮光，门窗都关严的时候，如果不开灯，这里就是一个丝毫不透光的黑暗空间。他睡觉的时候喜欢无光无声，在宿舍的时候他确实睡不太好。

但除了睡不太好，其他都太好了。没有他妈每天小心翼翼地观察他吃得怎么样睡得怎么样，题做得怎么样心情怎么样，他觉得舍友的呼噜声都悦耳得像是交响音乐会。

班里那些见到严老师吓得屁滚尿流的同学，一定想不到她在家里是一个怎样的妈妈。从小到大，他总觉得他妈脸上有两张面具，当他表现很好，又听话，又优秀，给她挣足了面子的时候，她就会露出心满意足的笑容，然后给他她认为的"奖励"：用心良苦做的饭菜，完美的学习环境，和她小心翼翼无微不至的照顾。当他表现不好的时候，比如对她的做法提出反对，比如没有按时回家，比如在学校里跟别的女生单独近距离讲话超过一分钟，那他回到家后等着他的就会是另一张面具，铁青着脸，歇斯底里的表情，刻薄而恶毒的诅咒。

但那些诅咒不是咒他，是咒她自己。

“你是妈妈所有的希望，你是妈妈的命。”她说，“如果你也这么不听话，那妈妈还不如去死。”

“你爸那么浑蛋，只有妈妈拼了命给你一个平静的生活，让你安心在这里学习。他唯一的好就是让我有了你。要是没有你，妈妈十几年前就去死了。要是没有你，我和你爸可以同归于尽。

“妈妈这辈子唯一的念想，就是能看到你功成名就，你这么优秀，这么聪明，你可以做很多很多别人做不到的事情，将来你想做什么都能做到。”

“……我想做什么都能做到？”贺尧记得当他妈说出这句话的时候，他轻轻地反问了一句。

“……将来，”他妈说，“将来，等你考上了最好的大学，等你功成名就，妈妈就是这个世界上最骄傲的人，到那个时候，你想做什么，妈妈都不会再管你了。”

“真的吗？”他又轻轻地问了一句。

“……我说了你在学校不要和余多那种人说话！你不要给我扯别的！妈妈是为你好，还有两年就高考了！你怎么就不明白呢？！”

贺尧就闭上嘴，不说话了。

这两张面具无缝衔接，在毫无章法的节奏下随意交替陪伴着他度过了十六年。他不知道他的妈妈在这两张面具底下，究竟是一张怎样的脸，也不想去知道，他只觉得恐惧，想要逃离，即使坐在没有一丝光亮透进来的漆黑房间里，他也觉得躲得不够深。

“那就跑啊。跑得远远的。”

坐在操场看台后面的墙根下，余多漫不经心地说。她拣一个别人在表白墙画完后扔下的小粉笔头，在地上随意地画着。

“跑去哪里？”贺尧问。

“你问我？”余多斜着眼看他，“你要去哪里我怎么会知道？”

十六年的人生，他的想象匮乏到即使要做一件最最最叛逆的事来惹他妈生气，他都想不出来。他妈不让他跟她最讨厌的女生余多说话，他就非要跟她说话，这已经是他能想到的最叛逆的事了。他以前从来没敢想过，能跑得远远的。如果他消失了，这个世界上再没有他这个人了，他妈会怎么样？

看他不说话，余多就笑笑，伸出脚把画的粉笔印抹乱。

"你不敢呗。"

"不敢什么？"贺尧问。

"不敢跑。"余多说。

"谁说我不敢？"他嘴硬道。

余多又斜了他一眼。

她晚上偷偷从宿舍跑出去是常事，回来也不过被记一次通报批评。同宿舍的女生们本来也不在意她，晚上熄了灯，见她的床上没人。

"又出去泡网吧了吧。"她上铺的女生一边拿着手电筒钻进被窝，一边小声说。

郑家悦坐在对面的上铺，合上了手里的书，没接话。祝安安在她斜对面上铺，正专心梳头，看都没看一眼。

查寝老师敲门的时候已是深夜，连躲水房看书的郑家悦都已经回来睡熟了，大家被老师叫起来，都是迷迷糊糊的。

"余多在不在？"查寝老师问。

余多的床上仍然只有一团被子。

第二天早上大家从宿舍去教室，才听到班里都在说，昨天晚上贺尧和余多两个人私奔了。这在他们虽然算不得森严但也是枯燥乏味至极的学校里可是超级劲爆的大新闻，一下子在这潭死水里炸开了轩然大波。

那天的物理课，严老师第一次缺课，临时叫了化学老师来盯着他们做卷子。但大家都没有心思做题，就连平时捧着书不放下的好学生

110

们都忍不住八卦的心思，不断交头接耳。教室里空得扎眼的那两个座位，成了每个人心里最好奇的焦点。

4

在一个有浑蛋父亲的家里，钱一定不会放在人能找得到的地方。偶尔贺尧他爸回家，趁他妈在忙，转圈趑趄摸着跟他要钱，他说没有，他爸就让他跟他妈要。但他妈就是学校老师，学校收什么钱花什么钱每一分她都清楚，他也要不来。贺尧要什么她都给，但必须是她亲手送到他手里，并不需要他自己去买，他没有钱包，没有手机，几乎不会离开他妈视线半步，根本没有花钱的机会。

"我妈说，有也不会给你，你拿去赌，不管多少钱，一晚上就没了。"贺尧说。

他爸脸色就沉下来，骂骂咧咧地出去了。他妈看到他爸进他房间就会发火，然后就是习以为常的争吵。他关上门，什么都听不见。

钱是他从他妈办公桌抽屉里拿的，就两张，两百块。余多看到后说，不够买车票的。

"去哪儿的车票？"贺尧问。

余多没有回答。夜晚的风有点凉，吹得两个人都有点打寒战，距离他该回家的时间，已经过去了很久。他没有想过，跑出来之后，到底要去哪里，也不敢想象他妈现在是什么心情。

在他平日回家的时间过去十分钟之后，严瑾就给学校打了电话。一开始她一直以为是贺尧因为什么事在学校或者路上耽搁了，但是时间越来越晚，她一路找到学校，住校的学生都已经下晚自习回宿舍了，贺尧还是没有回家，这才意识到事情的严重性。

她跑到派出所报警，派出所的人一听她儿子高一，就没怎么在意，说十六七的半大小子了，肯定是跟同学出去玩了，你给同学家打一圈电话就能问出来。这句话一下子点燃了她的怒火，她号啕大哭，怒吼道："不可能！我的儿子从来不会跟同学出去玩！他从来没有去过同学家！……"

但这句话也点醒了她。她打电话给女生宿舍的宿管，让她看一下余多是不是没在。在得到确认之后，她所有的力气仿佛在一瞬间就被抽空了，整个人瘫坐在地上，心拧成一团，哭也哭不动了。不记得是怎么从派出所挪回家的，她掏出钥匙开门，手抖得撑了好几下都没对准。就在这个时候，她突然听到家里电话在响。

心又开始突突跳，她有预感这个电话是儿子打来的，但越着急越对不准，慌里慌张地打开门进屋，她一个箭步扑到电话上。

"喂？"

"……妈。"

两个人进了一家网吧，两百块虽然不够买余多说的车票，但在网吧消费还是绰绰有余，甚至包夜都够。贺尧不知道包夜是什么，就看余多已经熟练地交了钱过去开了机子，还给他买了两桶泡面。网吧里烟雾缭绕，气味难忍，他坐了没有五分钟，就跟余多说他要出去透透气。在网吧门口的公共电话那里，他拨通了家里的号码。

回去的时候余多看都没有看他一眼，仍然专心盯着屏幕，只是轻声笑了一下。

"哪儿都没有家里好吧？乖宝宝。"她仍然用一贯的满不在乎的语气说，"什么都不敢，就承认自己是个懦夫，回家去吧，叛逆个什么劲。"

严瑾没费多长时间就找到这家网吧，跟她一起来的还有学校保卫处的两个老师。贺尧和余多两个人被她一手拎一个拖出门口扔到了街上。

"谁给你的胆子？"她双眼通红，嘴唇煞白，凶狠地盯着余多，像是下一秒就要将她生吞活剥，"小小年纪，你怎么这么不要脸？是没爹生还是没妈养？"

余多坐在地上，一声不吭，又被她揪着领子提起来。"你告诉我，你是怎么跟我儿子说的，他怎么就这么听你的话？你说什么是什么，你让他偷钱他就偷钱，你让他跟你走他就跟你走？你怎么说的？你告诉我？！"

如果换作别的同学半夜去网吧，学校大抵会按逃学或旷课处理，但严老师咬死了"私奔"这个词，认定这一切都是余多的教唆，贺尧是因为跟余多走得近所以才学坏的，并要求学校把余多开除。校领导打电话叫了余多的家长，不过来的并不是她那个传说中的爸，而是她的姐姐。

她姐姐比她大十多岁，长得很漂亮，化着夸张的大浓妆，一股浓烈刺鼻的香水味儿呛得所有人都想打喷嚏。她已经在电话里听说了事情的原委，一进门就看到了躲在角落里不吱声的余多，但她并没有再看妹妹一眼，而是直接走到校领导和严老师的面前，跪下了。

"我替她向您认错。"她说，"余多不懂事，是我这个姐姐没有做好。我求求您，通告批评也好，处分也好，您别开除她，您可以把她放到别的班，哪个班都行，她不会再打扰别人了，只是别开除她，我求求你们。"

严老师铁青着脸，过了很久才说："她家长不来？你算什么？"

"……妈妈不在身边，从小我们姐妹俩一起长大的。"她说，"她爸爸……忙，没有时间教育她，对不起，给老师和同学添麻烦了。"她抬头看着余多："过来，道歉。"

余多靠在墙角不动。她姐起来，几步过去把她拧了过来："道歉。"

"……对不起。"余多梗着脖子小声说。

严老师盯着她："你是怎么跟贺尧说的？怎么让他同意的？"

贺尧正靠在另一个墙角。在他短暂的学生生涯中，得到的都是褒奖和赞赏，还从来没有经历过这样的场面，一屋子领导和老师的目光都盯着他，审判他，他觉得既耻辱又兴奋。

余多的声音很小，却字字清晰，每个字都像一记重锤砸在严老师的心上。"……他就说，只要能气他妈，干什么都行。"话音刚落，一屋子人的目光都从角落里的贺尧转向了严老师。她的嘴角狠狠抖了几抖，终于绷不住，脸色苍白跌坐在椅子上，闭上了眼睛，泪水滚滚而下。

从那天起，贺尧的生活陷入了更加隐秘的恐惧。他妈绝口不再提这件事，更没有质问过他为什么"只要能气他妈，干什么都行"，仍然和以前一样无微不至地关心他，只要他成绩第一，就笑脸相迎。但他的恐慌却一天天加深，他不想看到桌上摆得整齐的水果和药，不想听到他妈敲门叫他起床吃早饭上学，不想当着全班同学的面看着他妈拿着他高分的试卷表扬，他只想躲在他的黑暗里，永远不要再出来。只有和黑暗融为一体，他才可以失去所有的身份，不是他妈优秀的儿子，不是考第一的学霸，不是余多口中的懦夫。

他爸又一次偷跑回家找钱时，他妈还没回来，他听到他爸跟要债的人打电话，不断地请求他们多给点宽限的时间。

"你到底欠了多少钱？"他问他爸，"妈要是知道了怎么办？"

他爸看了他一眼："她不知道，你不说就行。"

"……我不说可以。"贺尧说，"那你给我点钱。"

他爸一下子警觉起来，有点诧异地盯着他，伸手使劲拍了拍他后背。"行啊小子，还长出息了。"他爸压低声音说，"你等几天，爸下次回来的时候就有钱了，给你包个大的红包，你别告诉你妈。"

学校没有开除余多，只是把她调去了别的班，不过她宿舍没换。有天晚上在水房，祝安安没忍住叫了她。"你真的喜欢贺尧吗？"祝安安问。

余多有些莫名其妙地看着她。"什么？"她反问，"你听谁说的？"

祝安安一时也语塞。"没有听谁说。"以祝安安的理解，一个男生，一个女生，在看台后面偷偷约会，还一起逃学去网吧被家长抓回来，这不是喜欢，还有什么是喜欢？

"所以你喜欢他？"余多反问。

祝安安又不知道怎么回答了，她的喜欢，似乎只是一层最浅显的皮毛，上不了台面。

"……随便吧。"余多似是懒得跟她讨论这个话题，转身就走。

"哎，"没有得到以为的答案，祝安安没忍住叫住了她，"那他喜欢你吗？"

"我怎么知道？"余多的回答总是匪夷所思。

"你不知道？"祝安安简直要生气了，"那你俩天天在看台后面干什么？"

这本是一句戗人的话，余多却思考了一下，说："……就，讨论一些问题。"

"讨论问题？你难不成跟他讨论物理题？"但还没等祝安安再问，余多已经走了。

既然她也不知道贺尧喜不喜欢她，那说明自己还是有希望的吧。祝安安想。严老师说贺尧肯定是要考去北京的，她如果也能考去北京，那就还是有戏，毕竟余多成绩比她还差。

"你为什么招惹学校里那个男生？"后来余多的姐姐问她，"我跟你说过了，你好好把书念完，别的什么都不要想。"

她什么也想不了，也什么都做不了，无论是当年还是现在。

出来没多久之后就是清明，春雨过后，墓园里一夜之间多了很多新鲜的花。余多带着一束花一路走过来，远远见到了一个熟悉却不太敢相认的人。

"许珍贵。"

　　许珍贵正在清理墓碑上的浮灰，听见她的声音，起身回过头。余多手足无措地站在那里，她的样子和十年前相比没怎么变，神情也比她们更像当年模样。

　　"我就知道。"许珍贵笑了笑，神色中没有意外，"前几天，我们还说起你，郑家悦说，怕你走了，我们连面都见不上。我说我不信，这不，被我遇到了。"

第八章　姐姐

"因为有了你，姐姐才变成了姐姐。"

1

许珍贵她妈和刘叔叔在厨房做饭，许珍贵看着刘一念在客厅沙发上做作业，一道简单的数学题他咬坏了两根笔都算不出来。许珍贵敲了两下桌子，他就喊："妈！姐打我！"

"我才懒得打你。"许珍贵说，"打你这种皮厚的，得付钱才行。下次让你妈多给郑老师付点钱，让他把你打老实。"

刘一念叫唤："我今天不去上郑老师的体育课，爸妈答应带我出去玩了。"

"今天不能去玩，"许珍贵说，"今天我有事。"

"你有什么事？"

"……我和我妈要去给我爸扫墓。"许珍贵说。

"我要出去玩。"刘一念说，"我爸我妈答应的。"

"我妈没答应。"许珍贵毫不纵容。

"你爸早就死了，我爸又没死。"刘一念说。

许珍贵一下子哽住了，气得一瞬间不知道说什么。

"我都听爸妈说了，你爸死了，还有钱留给你呢。我爸说，你现在开店就是用那个钱，妈偷偷留着给你的。"刘一念说。

许珍贵腾地起身，狠狠地打了刘一念一巴掌，刘一念奋起反击也打了她一拳。两人拳脚相向，正巧被端盘子进来的她妈看见了。

"你干什么呀？"她妈惊叫，"别打弟弟啊！"

刘一念放声号哭。

"你看你，好端端的一家人吃饭，你跟小孩一般见识干吗呀？闹得鸡飞狗跳的。"她妈一边摆桌子，一边埋怨道。

刘叔叔也闻声进来，没听见他们吵什么，只能随口打圆场："刘一念，你又惹你姐生气了，再闹你别吃饭了。"

"那不行！"刘一念嗖地蹿到桌边。

许珍贵站在原地没吭声。

"行啦行啦，快来吃饭。"她妈说。

许珍贵还是没动。她深吸了一口气，说："有些事可能我妈说得不清楚，或者刘叔叔你不信，那我今天再说一遍。我爸没有钱留给我们，我妈也没有钱帮我开店。当年我们家房子没了，拆迁费也没了，我爸身后什么都没留下。如果您觉得现在留我住在家里是扶贫，那我今天就搬出去。"

她转身出门，又撂下一句："……我今天自己去扫墓，妈你随便。"

不是每年的清明她都能回来给她爸扫墓，前几年工作忙，只有过年回来，清明和忌日都是她妈代劳的。本来她想着今年她一直在家，母女俩可以借着日子，一起去跟爸说说话，现在也没了心情。事实上，从刘一念出生之后，这些年她们母女俩也很少有机会说知心话了。

刘一念从小就霸道，自从他会叫爸妈会说话之后，许珍贵放假回来，一叫妈，他就哭，准得像个定时闹铃。小孩子敏锐得很，知道这个陌生人跟他分享同一个妈，拳打脚踢把她从自己的妈身边挡开。她妈笑得眼睛都眯起来，说这小子最近抽条了，长手长脚的，还挺有劲。

　　后来他妈教他喊姐姐。许珍贵不让，一遍遍教他喊自己的名字。"名字多难念，他一个小孩。你让他喊姐姐多容易。"她妈说。许珍贵还是教他喊名字。

　　小时候郑家悦就曾经跟她说过不喜欢当姐姐。因为只要郑前程一叫姐姐，就意味着他饿了、渴了、拉了、尿了、闯祸了、受伤了，也就意味着郑家悦不管在做什么，在写作业还是上厕所，在吃饭还是睡觉，只要她听见了这一声姐姐，就要第一时间过去收拾弟弟的烂摊子。

　　"我必须当这个姐姐，而且我特别感谢我爸妈，让我当了这个姐姐。"郑家悦在她面前说实话，"但我真的很讨厌当姐姐。"那个时候无忧无虑的许珍贵其实并不能共情郑家悦的心情，当她自己也当了所谓的姐姐之后，跟郑家悦不一样，她完全置身事外，并不觉得这个成天捣蛋脏兮兮的熊孩子跟自己有半点关系，他只不过跟她妈有关而已。

　　不过她也难免在很多个睡不着的晚上回想起曾经给了她美好童年的家，想着如果不是因为爸爸早逝，他们一家人就还是一家人，她自然也不需要当这个姐姐了。

　　那时爸妈说，打算换一处离她学校更近的房子，这样她就可以不住校了。但这个老旧的家给了她太多快乐的回忆，她不想走，更不想看着这片楼都被拆掉铲平。不过她不想并没有什么用，搬家的日子越来越近，新的房子要等拆迁费下来才能买得起，她只能跟爸妈暂时搬到租的房子里去。她心爱的东西都是自己打包的，一点点装到箱子里、编织袋里，小小的家渐渐变空，本来堆满杂物的阁楼都清了出来，不剩什么东西了。

　　但她最喜欢的东西带不走。那扇圆圆的玻璃窗，那些在阁楼上无所事事度过的那些午后和傍晚，还有和最好的朋友围坐在一起肆无忌惮地畅谈说笑的回忆，都带不走。

看到她一个人赖在阁楼上不下来，她爸就爬上半截楼梯，探出手拍她脑袋，笑道："都大姑娘了，还在这儿委屈哭鼻子呢？"爸爸这么一说，她就更委屈了。

"搬过去的房子没有圆圆的窗户了是不是？"她问爸爸。

爸爸点点头："房子是暂时租的，当然不能要求那么多。等以后，爸爸答应你，咱们家以后还会有自己的房子的，喜欢的东西，以后都会有。你喜欢的窗户，爸爸还给你装。还有阳台，给你妈种她喜欢的花。然后再弄一个鱼缸，爸可想弄一个鱼缸了。"

搬走前的那个晚上她是在阁楼上睡的，做了很多梦，也梦到了爸爸说的，以后他们三口人的新家。但梦里的她想走近些，却怎么也看不清楚。

如今妈妈的阳台上种了喜欢的花，但家却也不是她的家了。

她一个人来给爸爸扫墓，原本有很多想说的话，却突然也没心情说了。

转身看到余多的一瞬间，她仿佛陷入了倒流的时空，就像小时候梦里窗外的魔法世界一样。在那个时空里，她还是十六七岁的小女孩，父母和朋友都是当年的模样，这十年的岁月只是被施了魔法的梦。

"你还是以前的模样。"她对余多说。

余多显得有些手足无措，欲言又止，看得出她对这意外的见面有惊喜也有尴尬。

两个人都不知道再说什么，就这样沉默了许久。这倒有些像她们小时候的样子，许珍贵虽然自来熟，但和看起来冷漠的余多原本并无交集，也没有任何共同话题可谈，甚至在祝安安的添油加醋下，余多在她印象里完全是一个行事诡异、性格古怪的神经病。

分班前的暑假，三个女孩知道一定会分开了，都有些伤感。但马上放假了各回各家，连话都说不上，她们便突发奇想，打算满足许珍贵的愿望：让她住一次宿舍。

那天下了晚自习之后，许珍贵跟在祝安安和郑家悦身后，随着住校生的人群一起混进了宿舍楼。她觉得很有趣，郑家悦拿自己的暖水瓶倒水给她洗头，祝安安把自己的洗发水、洗面奶挤给她用，三个人在水房闹到快熄灯才跑进宿舍。

"哎？许珍贵？你怎么混进来了？你不是走读吗？"一个女生奇道。剩下几个女生纷纷看过来，祝安安连忙嘘道："别声张，她来玩的，偷偷住一晚上。"

许珍贵平时就人缘好，大家都在打趣她，并盛情邀请她到自己床上睡，正在笑闹，听见走廊里响起查寝老师的声音，连忙迅速跳到自己的床上躺好。几秒钟之内，大家各就各位，留许珍贵一个人傻站在宿舍中间。

"我去哪儿啊？"她吓得问。

祝安安连忙说："你上我这儿来。"

郑家悦也说："你上我这儿来。"

她俩都在上铺，查寝老师已经在敲门了，许珍贵一着急，看到旁边一张下铺没有人，就一骨碌躺了上去，把自己的脸挡住。

查寝老师推开门，扫了一眼每张床都有人，就关门走了。

许珍贵松了一口气。熄灯之后，她坐起来，就听门响了一下，然后一个声音冷冷地在她面前说："这是我的床。"

2

一大早郑家的门就被敲响了，旋即郑家悦的手机又不间断地响了起来，是李楷打来的。从猫眼看出去，他痛哭流涕的脸被变形成一个可笑又奇怪的形状。

"老婆，我错了，我真的是一时鬼迷心窍，你原谅我好不好？我们当什么事都没发生，你跟我回家，就咱们俩好好过日子，好不好？……"

一家人都被他吵醒了，郑家悦凑到猫眼上看，被郑前程拎开。"姐，你躲屋里去，我就说你没在。"

等她进了屋，郑前程开门。李楷以为是郑家悦，下意识上前，结结实实地挨了郑前程一个拳头，反身退出好几步，撞到楼道墙上，疼得嗷嗷叫。

"我姐不在。"郑前程挡在门口，说，"离婚协议你签没签字？没签字之前她都不在。她说了，协议的事电话商量，不想见面。你别找了。"

李楷捂着脸试图把他推开，推了一下没有推动："你瞎掺和什么？这是我们两口子的事，我跟你姐说话，有你说话的分儿吗？"

"这是我家，怎么没我说话的分儿？"郑前程仍然挡在门前，"我姐都说要跟你离婚了，那这就不是你们两口子的事。你们家都能为了生个孩子坑她，我们家怎么不能给她撑腰？"

"……这两码事。你让我跟她说，我跟她解释清楚，行不行？咱都是亲人，不用闹成这样，我们家的人是有不对，我回去说他们，但是你总得让我亲自跟我老婆道歉吧？"李楷不依不饶。

"你没有老婆了。"郑前程说，指着楼梯，"你走不走？再不走我就真的不客气了。"

李楷想了想，估计是觉得打不过，捂着脸骂骂咧咧下楼去了。

关上门，郑家悦忧心忡忡地从屋里出来，说："他不可能走的，他回来就是想跟我商量离婚的事，没见着我他不可能走的。"

"商量？我看他那态度不像要商量，就是欠揍。"郑前程没有解气，恨恨地说，"没事，他来一次我揍一次。"

郑家悦叹口气，摇摇头："你想得太简单了吧，我俩还没离婚，是法定夫妻，我没有办法一直躲的，就算去民政局离婚不也得一起去吗？你能打他一次，是他心虚；你再打他，万一打出个好歹的，事情闹大了，咱们就得不偿失了。他和他们家的人，一点亏都不愿意吃的。"

"……那怎么办？"郑前程问，"我今天还有事，万一他趁我不在家来呢？爸妈都在呢。"

"我还是先躲一下，看样子，他并不想爽快离婚，我也不想让他以为我这里还有回旋的余地。如果他看我确实不在家，可能就会走了，毕竟他北京的工作又不想丢，他耽误不起的。"

下午郑家悦去许珍贵店里的时候，郑前程陪她一起过去，许珍贵顺口问道："怎么今天还要护送啦？"

郑家悦就讲了李楷过来的事。

许珍贵想了想，说："你要是不嫌弃，可以陪我住在店里，我今天正打算下课之后回家搬东西。"

"你要住到店里来？为什么？"郑家悦问，"你家那么近，回家住多舒服啊。"

"……我不想在家住了。"许珍贵说，"我今年回来之后，一直住在家里，刘叔叔其实不太乐意，我不想让我妈为难。"

"那你们两个女生住在店里，太不安全了。"一直在旁边听着没吭声的郑前程突然说。

"没事的，"许珍贵笑了笑，说，"这楼里本来也有住人，楼下饭店那些小工，还有的老板自己都是住在店里的，没关系。"

下了课，郑家悦跟许珍贵回家帮她拿东西。许妈妈对郑家悦没太大印象，许珍贵就说是以前来咱们家吃包子的姐弟俩，她妈就想起来了，还笑着问了两句郑家悦父母身体怎么样。

等到许珍贵把两个行李箱挪出门的时候，她妈才把她拉住，悄声问："你真要搬出去住店里？"

"嗯。"许珍贵答道。

"她呢？她是为什么？"她妈问。

"她跟她老公在离婚，她老公追到她家里来，所以才要躲出来的。"

她妈沉默了两秒钟，压低声音说："不是我说你，都这么大人了，你还是成天在多管闲事，还嫌你每天忙活的这些事不够多？"

"妈你什么意思啊？"许珍贵问。

"我还能什么意思啊？我的意思就是，你别老操心别人的事，万一惹祸上身呢？"她妈看了一眼正帮忙把大行李箱挪下楼梯的郑家悦说。

许珍贵挪着另一个行李箱，没有接话。

回到店里开门的时候，她看到门上多了一个可视门铃的摄像头，说明书夹在门缝里。

"记得下载App。"手机里是郑前程发来的消息。

她把消息给郑家悦看："你这个弟弟啊，从小没白教育他，现在脱胎换骨了。"

"对，是我从小恐吓他的成果。以前我就总跟他说，如果我这辈子嫁不出去，他就必须负责保护我。"郑家悦无奈笑道，"嫁是嫁了，你看现在，被人卖了还帮人数钱呢，还不是像缩头乌龟一样躲回家里？"

两人挤在小隔间里，用手机下单了一张折叠床。

"床没到之前我就只能跟你挤一张床了。"郑家悦一边支付一边说，"谢谢你收留我。"

"哪有这么夸张？"许珍贵瞪她一眼，"你在北京赚得那么多，还付不起酒店的钱？就直说吧，到底是你抠门，还是你故意想跟我睡一张床？"

两个人相视大笑。

第一次睡在店里的感觉还挺奇妙，隔间没有窗，因为怕黑，许珍贵把外面的一个小台灯挪进来代替了夜灯。

"你怕吗？"

"不怕啊，这有什么可怕的？"

"你在北京的时候，租过没有窗的房间吗？"

"没有，考研的时候租过只有半个窗的地下室。你呢？在上海的时候。"

"租过，但是因为蟑螂，没住满一个星期我就吓跑了。"

许珍贵翻了一个身，盯着墙上台灯照出来的影子出神。

"你知道，我清明去扫墓的时候，遇到谁了吗？"

"余多？"

"我给她留了联系方式和地址，不过，我不知道她会不会来。"许珍贵说。

郑家悦也翻了个身："我们找个时间去祝安安家吧。"

"上次去了她又不见面。"

"见不见面是她的事，去不去是咱们的事。"

"嗯。"

两个人又絮絮叨叨地说了好多上学时的事，说到深夜。许珍贵记得在迷迷糊糊睡着之前，她们刚刚说到当年许珍贵偷跑进宿舍去住的那晚睡的到底是谁的床。

"不记得了。"郑家悦说着就困了，睡了过去。

"这是我的床。"

许珍贵一下就意识到她坐的是余多的床，她心下忐忑，立刻就要站起来，但脑袋砰地撞到上面床沿，疼得她一屁股又坐了回去。

黑暗里余多没吭声，在她旁边坐了下来。

"你又不是住校的，来这儿干吗？"她淡淡地问。

"……好玩。"许珍贵说。

余多从嗓子眼里哼了一声："那你玩吧。"她伸手往枕头底下摸了下什么，窸窸窣窣几声，然后就悄无声息地站起来走了。

许珍贵还坐在床上，只听宿舍门轻开轻关，人已经不见了。

"不用管她，她总是晚上溜出去，你就睡那儿吧。"祝安安在上铺说。

许珍贵忐忑地躺下，正在胡思乱想，突然觉得床铺上有一种奇怪的味道，有点呛鼻又有点香，像是在哪儿闻到过。想了半天她想起来了，前阵子她爸干重活的时候手腕受了伤，医院开的云南白药就是这个味儿。

3

毕竟不是小孩子了，两个人挤一张单人床，睡得腰酸背痛。第二天中午上课前热身拉伸的时候，许珍贵觉得自己的关节都在咔咔作响。休息的时候她点开手机想看看下的单发货了没有，无意间瞟到郑家悦坐在一边，也低头看手机，手机上是大片大片的信息，都是李楷发来的。

"他走了没有呢？"许珍贵问，"你也不能在我这儿一直躲下去吧。"

郑家悦叹了口气。"不能啊。但是我现在，不知道怎么面对他。

一看到他，我就想到他花十万块钱去找别人生孩子，我就觉得恶心。以前病急乱投医的时候，他妈让我喝过特别恶心的偏方，都没现在这么恶心。"她收回手机，怅然地站起身，"希望等到跟他一起去民政局离婚的时候，我就不会再恶心了。"

许珍贵也正想收起手机，突然她和郑家悦的手机同时响了两声。两个人疑惑地对视一眼，点开一看，她俩同时被拉到了同一个新群里，这群就三个人，另一个自然是把她俩拉进来的人。

祝安安从洗手间出来挪到饭桌边，看到祝宁宁在摆弄自己的手机，就说："怎么了？"

"没怎么，"祝宁宁把她手机放回饭桌上，"姐，我给你换了个手机壳，我自己贴的，送给你，你看好不好看？"

她们小女孩中间最近流行做特别烦琐的奶油胶手机壳，就是在壳背面贴好多五颜六色夸张的造型，贴得厚重到手机都塞不进口袋。祝安安拿在手里一看，一个粉绿撞色的巨大的卡通美少女，旁边贴了几个大字——"我的姐姐"，还装饰了一圈乱七八糟的配饰，什么花啊，甜甜圈啊，皇冠啊，基本把十来岁小女孩喜欢的都粘上了。她不由觉得一阵窒息。

"……你自己留着玩吧，"她说，"我用不上这玩意儿。"

"怎么用不上？天天用手机，看着心情好。"祝宁宁一脸邀功的样子。

"……不怎么好。"祝安安看到这个颜色就脑仁儿疼，用手指甲撬了一下，没撬下来，就扔在一边先吃饭了。

吃饭的时候她手机响了好几下，她觉得有点奇怪，平时给她发信息的只有家里人，但现在家里人都在一起吃饭。她就拿起手机来看。

"这是……？"

"好可爱。是妹妹给你做的吗？"

"以后咱们在群里聊天好啦。"

"好。"

再往上划，她看到这个群正是她自己建的，把许珍贵和郑家悦拉进来之后，还发了两张图，就是现在手里这个手机壳。

祝安安一抬眼皮，还没出声，祝宁宁就非常知趣地一溜烟钻进了自己房间。祝安安没有动，也没有生气，她在饭桌前待了很久，祝宁宁听外面没有声音，小心翼翼地把自己房间门拧开一条缝。

"别偷听了。"祝安安说，"我没生气，你过来吧。"

祝宁宁走过来，在她旁边坐下。

"干吗用我手机拍照？"

"你的像素高。"祝宁宁说，"我的是妈用剩那个，好老了，没你的拍照好看。"

祝安安把手机翻过来，摩挲着这个巨型卡通美少女，良久没说话。

"你进屋吗？"祝宁宁问。看姐姐点头了，她就帮忙把姐姐推进房间里。

"你怎么找到的？"祝安安问，"联系人里面，你为什么要拉她们两个进来？"

"就是那天来的那两个姐姐嘛，这个头像就是她，另一个是我们郑老师的姐姐，我记得她名字。"祝宁宁说，伸出手指了指姐姐床头的墙角，"还因为……那个。"

墙上都是以前的海报和照片撕掉后留下的痕迹，但撕得并不整齐。这张充满年代感的大头贴因为位置刁钻，在角落里残留了下来。

那是三个女孩十七岁时的大头贴合照，她们高一分班前的纪念。三个人在商场里拍大头贴的机器前拍了一下午，本来有很多张的，后来三个人分着保存了，也丢了不少。祝安安当时把它跟好多其他大头贴一起贴在床头，现在就剩下了这一张。她在中间，摆着练习过很多次的她认为最上镜最酷最美的角度；许珍贵在右边，龇着牙伸着舌头笑得不见眼；郑家悦在左边，嫌自己脸太大，比了两个剪刀手挡住一多半。

"以后分班了，连一起出来拍大头贴都够呛。"祝安安一边精挑细选把自己好看的都留给自己，一边惆怅道。

"行了，别挑啦，你每一张都一模一样，还挑什么？"许珍贵笑。

祝安安把手机对着照片拍了一张，发到了群里。

"有空的话，来家里吧。"她说，"之前是我情绪不好，对不起。"

"除了你们，也不会有人想来陪我说话了。"

祝安安的小房间还是她们小时候印象里的样子。"小时候你就是最新潮的，现在还是。"许珍贵和郑家悦环顾四周，由衷说道，"真的，这些直播的玩意儿都是怎么搞出来的？我见都没见过。我新招了个老师，是个网红，她也会直播，看来我得跟进一下年轻人的潮流了。"

祝安安就笑笑："我呀，也就只能在我的狗窝里折腾，你们见过的东西，我可能这辈子都见不到了。"

三个人坐下来，没了小时候那些毫无顾忌的笑闹，一时间还真不知道想说的要从哪里说起。

"说说你们呀。"祝安安看出了她俩的拘束，说，"这么多年了，还以为你们都留在大城市，不会再回来了。"

许珍贵看了郑家悦一眼，知道她也不太想提自己的事，于是就引开话题，说起她店里的趣事。康芸辞职之后，新招了一个叫白小婧的女孩，是个跳舞的小网红，自带流量，宣传上省了不少劲。课程已经完全走上正轨，每天看着女孩们热热闹闹、蹦蹦跳跳，虽忙碌但赏心悦目。渐渐地楼下铁锅炖店的大姐都被吸引了，有一次偷着上楼来在门外看了一会儿，被许珍贵发现了，盛情邀请她进来看。大姐还挺不好意思的，但看得津津有味，啧啧称奇，说这可比足疗有意思多了。

"其实回家来挺好的。毕竟我的预算，在大城市也不可能实现。"许珍贵自嘲道，"只有咱们这经济落后的老家，才能让我稍微折腾一阵子。至于以后怎么办，走一步算一步吧。要是有一天开不下去了，我就跟白小婧学，把吊环挂在自己屋里，也搞个直播，不至于彻底完蛋。"

祝安安就笑："你这样的人，走到哪里都不会完蛋的。"

许珍贵顺口就说："大家都一样啊，走到哪里都不会完蛋的。"

"我可不行。"祝安安说，"我走不了，得用轮椅才行。"说完自己反倒笑了起来。

看到她神情轻松，许珍贵和郑家悦也稍稍松了一口气。郑家悦试探着说："如果你愿意，我们可以一起出去玩呀，开春了。"

祝安安没说好，也没说不好。过了好久，突然提起了另一个话题。"她出来了吧？"她问，"也该出来了。"

看到她们俩神情又紧张起来，祝安安就笑了，说："我的情绪都是因为我自己，不是因为她。这么多年了，再过不去的事，我也过去了。"

祝安安对余多的敌意，自然是因高中时的贺尧而起。那时的祝安安，脑子里要么是成为舞蹈家的梦想，要么是对心仪男生的喜欢，再装不下别的。不像小时候了，她不会因为漂漂亮亮会跳舞会出风头而受到关注，每个人关心的都是自己的成绩和前途，同学因为她的跛脚而疏远她，老师因为她成绩差而批评她，她完全不在意。

只有许珍贵真实地替她担心。"马上就要分班了，你没有朋友，不要惹得同学讨厌你。"许珍贵对她说。

她觉得许珍贵闲操心。"不要因为你整天呼朋唤友的就来可怜我好吗？"她不以为意，"我不需要。你看郑家悦，她从来都是埋头死读书，她也不需要朋友。"

"但她成绩好。"许珍贵说，"她以后会留在严老师的尖子班，会考上好大学。你会……"

"我知道！"祝安安不满地打断她，"我会去混子班，还用说吗？那又怎样？我想干吗干吗，谁也管不了我。看不惯我的，自然跟我不是同一路人。你看郑家悦留在尖子班以后还理不理你？"

这倒也是实话，郑家悦和祝安安都是不需要朋友的人，是许珍贵把她们仨串在了一起，还像老妈子一样担心她俩的心理状况。而许珍贵，只有她妈担心她的学习状况，别人都为了分班成绩而忐忑焦虑，她没心没肺地告诉她爸妈要偷偷跑去学校宿舍住一晚。从小她这些无伤大雅的把戏和横冲直撞的念头爸妈都不会拦她，知道这其实是违反校规的，就叮嘱一句："可别被老师抓到了。"

第一次住宿舍的许珍贵好奇到睡不着，其他人都睡了，只有郑家悦的被窝里透出微弱的光亮和极轻微的纸张摩擦声。许珍贵闻着床铺上留下来的药味儿辗转反侧，翻过身冲着墙里面，借着窗外微薄的光，看到床头墙边用铅笔写着很小很小的一行字："姐姐，等我十八岁了，我们就一起去找妈妈。"

4

宿舍的硬板床不比家里，许珍贵早上醒得很早，去上厕所的时候还没打起床铃，水房里一个人都没有。她迷迷糊糊上完厕所出来，瞥到角落里的一团人影，吓了一跳。那人影忽地转过头来，满头满脸都是血红色的液体。

许珍贵嗷地叫出声来，倒把那人也吓了一跳，一屁股坐在地上，把旁边的水盆都弄翻了，水盆里也是血红血红的。那人抬起头来，许珍贵这才认出来是余多。

"你怎么了？！"许珍贵惊恐地问道。

余多恢复淡定，抹了抹脸，把头发撩开些，说："我洗头呢。"

许珍贵疑惑地走近两步，觉得不对劲，又走近两步到余多身边，俯下身仔细看，又闻了闻，这才发现她头上不是血，是红墨水。旁边她的暖瓶倒在地上，红色的水就是从暖瓶里流出来的。

"怎么回事？"许珍贵手足无措，只好茫然地问。

"我也不知道。"余多还是很淡定，示意她退后一步，不要踩在水上，"我早上洗头，从暖瓶里倒水的时候没注意。"

"你没喝吧！"许珍贵问，"不小心喝了就糟了。"

余多摇头。

许珍贵立刻反应过来，有人在余多的暖瓶里倒了红墨水。水房里暗，她倒在手上头上才发现，就接了水蹲在旁边试图洗掉，正好被许珍贵撞见了。

"……我也没有热水，怎么办呢？"许珍贵有点手足无措地问她，"你用凉水洗头会感冒的，我给你找个毛巾吧。"

"不用了。"余多说，"你不是偷跑进来的吗？马上打铃了，趁别人都没出来，你赶紧走吧。"

许珍贵回到宿舍，大家都还没起床，她站在窗前桌边想了想，伸手翻了祝安安的抽屉，都是些护肤品和文具，还真有瓶剩了一小半的红墨水。

祝安安起来去水房洗漱的时候人已经逐渐多起来了，水房的地上也没了红墨水的痕迹。许珍贵站在她背后一声不吭，她擦完脸直起腰吓了一跳："干什么？鬼鬼祟祟的。"

"你用红墨水干什么了？"许珍贵问。

"什么啊？我没有红墨水。"祝安安张口就来，"我连钢笔都不用。"

"对啊，你连钢笔都不用，你抽屉里的红墨水是干什么用的？"许珍贵说。

祝安安翻了个白眼，又看看周围。"你小点声。"她说。

许珍贵满脸不悦："你是不是看余多不顺眼？"

祝安安很大声地甩了一下毛巾，转身穿过洗漱的人群回宿舍："我就是看她不顺眼怎么了？她这个人，油盐不进，跟她说话她像聋了一样，三句话憋不出个屁来。贺尧为什么成天跟她这种人混一起，我是搞不明白。"

"你搞不明白你就去祸害别人？"许珍贵跟在她身后，气不打一处来，"你往她暖瓶里倒墨水，万一喝了就出事了！你太过分了！"

祝安安横了她一眼："怎么了？喝了又不会死。谁看见是我弄的了？我连她一根汗毛都没碰。我的手脚很金贵的，那是舞蹈家的手脚，将来要上保险的……"

"祝安安！"许珍贵厉声打断了她。

两个人站在走廊里，周围都是急吼吼洗漱完跑去宿舍的同学。

"许珍贵，你怎么胳膊肘往外拐啊？"祝安安瞪着许珍贵，"谁昨天晚上借你洗面奶帮你吹头发啊？谁是你朋友啊？"

"是朋友我才不想看到你变成这种人，欺负同学的人！"许珍贵一字一句说道，"你如果再这样，以后我们就不是朋友。"

"你别想威胁我。"祝安安也不怕，"你要是敢告诉别人，我就去告诉宿管老师你违反校纪。"

"你也别想威胁我。"许珍贵说，"我才不怕违反校纪，你以为欺负同学就不违反校纪吗？"

两个人怒目相对，郑家悦拿着脸盆跑过去，扔下一句"迟到了"，对峙才不了了之。

后来虽然两个人并没有举报对方违反校纪，但祝安安因此跟许珍贵生了嫌隙，好多天没有再理她，她也不知道祝安安有没有再作弄过余多。

　　不过许珍贵一直奇怪的云南白药味儿，某一次在厕所撞见余多换衣服的时候得到了解答，她无意间看到余多身上有好多瘀青。她吓一跳，以为余多跟祝安安偷偷打架了，但转念一想，祝安安也只敢暗戳戳恶作剧，应该不会真的那么嚣张，何况她把自己的手脚看得那么金贵。

　　"那个，我想说……"许珍贵犹豫地开口。余多从厕所隔间里出来，还是一副面无表情的样子。

　　"我那天，跟她说过了。"许珍贵并没有说祝安安的名字，但她知道就算余多再麻木，谁讨厌自己，谁作弄自己，心里还是清楚的，"我告诉她不要再做那些事了，我不知道她还做过什么，是不是伤害到你了，希望你不要生气，不要往心里去，对不起。"

　　"你有什么可对不起的？跟你没有关系。"余多奇怪地看着许珍贵。

　　许珍贵也不知道自己算什么立场。祝安安才是她要好的朋友，余多看起来也并没有受到恶作剧的任何影响，但她就是觉得，这样不对，需要道歉。

　　余多洗完手，把挽起的衣袖放下，盖住了手臂上的瘀青，就出去了。

　　许珍贵知道余多并不像看起来那样什么事都不在乎。随着年纪的增长，她渐渐明白每一个家庭都有外人无从得知的苦乐悲喜，就像她的父母把最好的都给她，却从来不在她面前提在外赚钱养家的辛苦；就像郑家悦拼了命地想要考出好成绩，因为她没有办法从任何其他的来源得到安全感；就像祝安安看似骄傲张扬，内心其实一直想要得到认可；就像贺尧接受着所有同学和家长的羡慕和嫉妒，但没人知道他每一刻都想逃离严老师的管束。

　　就像余多写在墙上的那行小字。

但她和余多算不上朋友，她也并不知道余多的秘密。

或许贺尧知道。某一次看到余多和贺尧从看台后面出来，像没事人一样各自走开的时候，许珍贵在心里想。人和人之间的联结真奇怪，完全不同的人也可以成为好朋友，也会羡慕彼此。大家各有各的不自由，向往的也是不同的自由。

私奔事件之后，贺尧表现得很平静。在学校里，他还是坐在他自己的座位上，几乎很少出去。严老师偶尔的几次突击检查操场看台，也不过抓住了两对陌生的其他班的早恋小情侣，没有再见到过他去找余多说话，仿佛从前那个对她百依百顺的儿子又回来了。她的神经时时刻刻紧绷着，心里指望着马上分班以后可以眼不见心不烦，只要贺尧能够这样平稳地度过高考，她再紧绷都没关系。

每天贺尧会比严老师晚一个小时下晚自习回家。在他回家之前，就是她挖空心思掘地三尺搜寻贺尧到底是不是一心一意在读书的证据的时间。贺尧说他最近睡得不好，总是失眠，她带他去医院开了助眠的药，每天晚上两粒。贺尧说他看见光眼睛疼，她就给他买了眼药水，换了台灯，把书桌和墙壁贴成了据说护眼的浅绿色。贺尧说他早上听见闹钟响就心慌，她就把闹钟放在自己手边，提前去叫醒他。贺尧说他早上想吃蒸饺，她就四点钟爬起床来擀面和馅，在他起床时把刚出蒸笼的饺子端上桌。

所以每次在贺尧回来之前翻他房间的时候，她也觉得理所应当，毕竟儿子的一切都是她给的，他要什么她都给，反之也该如此。她用多年来批改作业和试卷练就的一双鹰一样的眼睛，扫描他每一本书的缝隙，每一张纸的正反面。周记本里的每一句话，草算纸上的每一处画掉的痕迹，都逃不过她的检索。她就是不放心，即使每天几乎二十四小时盯着他都不放心。很快就要高考了，在她手里，儿子容不得一星半点的闪失，每天检查完她才能睡觉。

虽然看起来她儿子没有再和余多藕断丝连，但余多的事却还没有完。办公室里一位王老师的丈夫是片儿警，王老师有天忧心忡忡地说起，那个来过学校给余多求情的姐姐，在头天晚上"扫黄打非"的时候被拘留了。

"就在我们那个片区，抓了不少人。好多都是看起来挺正经的人，靠墙蹲了一溜。"她说得心有余悸，"那女孩看着人模人样的，怎么还干这种事呢？她爸不是挺有头有脸的人吗？连赞助费都花得起，自己的姑娘出去卖？图什么呢？"

严老师在自己桌前批改卷子，听着她们的闲聊，没有抬头，太阳穴却突突地跳了起来。

另一位老师见她说起，摇了摇头，说："你不知道吧，他们家可不简单。那俩姑娘是领养的，当年她爸去做公益的时候，资助了挺多读不起书的女孩子，看她俩没有父母孤苦无依，就办了领养给带回城里来了。可惜这两个孩子，都是养不熟的白眼狼，她姐根本就没正经读书，三十来岁了嫁不出去，一直在外面跟不三不四的人鬼混，听说还天天带不同的男的回家，管教也管教不灵。她倒是读了书，但你看看，读成什么鬼样子？枉费了她爸还塞赞助费让她进来，进来也是吊车尾，三天两头逃课逃宿，每次打电话给家里，都说教育了教育了打了打了，打有什么用？"

"当然有用，"在一边静静听着的严老师开口说道，"谁家孩子不挨打？我们家贺尧从小这么聪明，我都打过。就是小时候规矩没立好。"

一想到这样的女孩竟然能让贺尧中了蛊一样被吸引，她心里就像有千万条冰凉滑腻的蚯蚓在爬，爬过之处牵扯着每一条神经每一丝痛觉，丝丝连心。她没有抬头，继续批改着作业，红笔狠狠画下的叉接连戳穿了好几页纸。

"这个事情性质太恶劣了。"她咬着牙说，"我们需要给孩子们一个清净简单的学习环境，这样的学生，她根本就不应该留下来。她不珍惜来之不易的学习机会，不在乎她的未来，我们没有责任逼她在乎，这样反而是对那些埋头苦读的其他学生的不公平。"

这件事很快在校内传开，大家看余多的眼神里除了以前的不解，多了嘲讽与唾弃。以前不随便讲的黄段子，也有男生敢当着她的面讲了。以前只是疏远她，但并没有公开表示嫌恶的女生，也下意识在她走进厕所的时候像躲避瘟神一样作鸟兽散。同学说，她和她姐是"两朵扫黄打非姐妹花"。她坐过的凳子，值日生捏着鼻子用洗涤剂消毒。她的床铺和桌子，同宿舍的人躲得远远地绕着走。食堂吃饭她一个人坐十人位的长桌，打水她独占一个热水口，另一个口排长队。大家还是本来的样子，两耳不闻窗外事，只知道学习；但大家却也并不是原来的样子，因为人人都刻意又不刻意地躲着她。

事情很快从同学口中传到了家长口中。家长们联合起来，要求学校开除她。上一次没能如愿的严老师，这一次总算如愿了。

听说余多被开除的时候，许珍贵本来正趴在桌上为糟糕的分班成绩发愁，抬起头来，愣了片刻，看到余多的桌椅已经空了。

晚自习之前是走读生离开学校的时间，余多从宿舍里收拾了自己所有的东西出来，走到校门口，看到许珍贵背着书包站在那里等她。她有些奇怪，并没有理会就径直往前走。

"你真的要退学了吗？"许珍贵追上几步，问道。

"……不是退学，是开除。"余多的脸上还是没有什么表情。

两个人沉默地走了几步，许珍贵不知道要说点什么，那些同学嘲笑嫌弃余多的时候，她也只是远远看着，什么都没做，什么都没说，但她觉得，如果现在不说点什么，自己会后悔的。

良久，她说道："那希望你，早点满十八岁。"

余多不解地看了她一眼，没有明白她的意思。

"我看到了你床边墙上写的字。"许珍贵说，"希望你早点找到你妈妈。"

余多的神情变了一变，想起来离开宿舍的时候，没有擦掉那行字。不过也不重要了。她睡过的床铺，也不会有人愿意去睡。她警觉地盯着许珍贵的脸，觉得她的表情并没有在戏谑嘲讽，脸色这才缓和下来。

两人一起走了很短的一段路，余多并不介意地告诉许珍贵，她和姐姐确实是领养的，姐姐告诉她，等到十八岁就可以去找妈妈了。

"我的家不在这里，"余多轻描淡写地说，"在很远的地方。"

许珍贵怔怔地听着，突然想起，自己的家也不在了，不由得悲从中来。

"你难过什么呢？"余多奇道。许珍贵就说了。

搬走之后，原来的小区她都没有再去过了，虽然也不知道什么时候真的拆迁，但住户已经清空了，真正地成了一片无人区，夜晚没有一盏灯光，黑得死寂。两个不知道害怕的女孩，翻过围栏，撕开封条，进了原本熟悉如今却因为荒凉而格外陌生的楼道。余多在书包里翻了半天，掏出一个什么东西，鼓捣了好久，把锁给撬开了。

许珍贵冒冷汗："就……就这么撬开了？我妈以前还一直说这是防盗的！"

没有电，不通风，空荡荡的屋子里透着一股陈旧的霉味儿。许珍贵并不在意，轻车熟路地摸黑爬上阁楼窗口。以前晚上从这里看出去，是每一家冒着人间烟火气的温暖灯光；现在看出去，黑压压的一片，什么都没有。她不由得失落地叹了一口气。

"以前我可喜欢这里了。"她忍不住说，"每天的每个时刻看出去，都是不一样的风景。如果我们早一点是朋友就好了，我就可以邀请你来玩了。"

余多站在阁楼下面，望着她，觉得好笑："我们现在是朋友？"

许珍贵大气地摆摆手："你不用客气。我有一个特长，就是能把没有朋友的人，变成我的朋友。"

余多轻嗤一声，没回答，也动手爬上梯子。

许珍贵一边伸手把她拉上来，一边絮絮叨叨："……我妈说，谁知道什么时候真的拆迁，就先把我们赶出去了。早知道晚一点搬家，说不定我可以住到高考。现在搬走了，但是我每天晚上都做梦，还是会梦到自己坐在这里，窗外也还是像小时候一样。不过今天还是谢谢你陪我来，以后我也不会来了，我的家也不在这儿了。我爸妈说，我们一家三口人在哪里，哪里才是家。"

余多爬上来，坐在她身边，透过黑洞洞的窗口，望着外面寂静的夜空。两个人都沉默了很久，但距离却似乎悄悄地被拉近了。

"你为什么不像他们那样？"余多问。

"哪样？"

"用那样的话说我姐姐。"余多说。

许珍贵没有回答，却问道："你和你姐姐感情很好吧？回家，你怎么跟她说？"

"我不知道。"余多说，"要不是她非要我上学，我早就不上了。现在她要是知道我被开除了……"她哽了一下，没说下去。过了好久才又说道："要是今天就满十八岁，就好了。"

那时的余多也不会想到，十八岁之后的每一天，她都是在高墙中度过的，没能完成和姐姐的约定。

折叠床在几天后到了，许珍贵和郑家悦两个人简单挪了一下隔间里的杂物，把床摆进去。忙活半天，快到上课的时间了，才手忙脚乱地换衣服收拾东西。两个人在落地窗前打闹，绕着吊环跑来跑去，并没有注意到店外街边远远站着的身影。

出来之后，余多很快在小饭馆找了份服务员的工作。老板娘人挺好的，看她连买个手机的钱都没有，把自己女儿淘汰下来的旧手机给她用了。休息的时候，她跟着店里其他的年轻人一起看视频，打游戏，好像没几天就完全融入了。许珍贵在墓园留了联系方式给她，让她有空过来玩。她过来远远地看一看，却没有再往前一步。但和许珍贵的重逢让她意识到，只有见到了从前认识的人，才算是回到了这个世界。

她想，她要先安顿好自己，再去找姐姐。十年了，姐姐应该早就已经找到妈妈一起生活了。不知道她们还记不记得她，还愿不愿意见到她。

她希望她们是愿意的。

姐姐是这个世界上唯一对她好的人，外人再怎么笑话她们，欺负她们，都无关紧要。

姐姐说过很多话。她说："因为有了你，姐姐才变成了姐姐，一辈子保护你。"

她说："你要读书到十八岁，才可以去找妈妈。"

她说："你是姐姐活下去的希望。"

姐姐也是她的希望，更是她找到妈妈的希望。

她们是彼此成长中唯一重要的人，曾经是，现在也仍然是。

第九章　白日梦

"如果时间一直停在这里，就好了。"

1

郑家悦偷偷回了趟家，听她弟说李楷并没再来，可能是真的耽误不了回去上班了。

"他可不像是能痛快答应离婚的样子。"郑家悦跟许珍贵说，"如果他能痛快离婚，在我为了怀不上孩子求医问药之前，他早就该提出来了。再找个老婆，岂不比花十万块生个孩子要容易？只是再找到一个比我更好拿捏的老婆，概率不是那么高而已。"

离学员来上课还有一阵子，许珍贵打算简单收拾一下卫生，手机里康芸突然给她打来电话。"你在店里吗？小许姐。"她问。

"在啊。"许珍贵说，"怎么了？"

"……你能不能下来帮我一下？"康芸问。

许珍贵和郑家悦闻声下楼，看到等在楼下的康芸推着婴儿车，车轮卡在了马路边台阶破损的缝隙里，两人就上前帮她挪开。

"你……要上来吗？"许珍贵看了一下车里正睡着的小孩，犹疑地问。

康芸点头。几个人就顺手一人一边地抬起婴儿车，上了楼。进到店里，康芸把车里的遮阳罩揭开，小孩子哼唧了一声，翻个身继续睡。

"你怎么突然过来了？"许珍贵小声问。

"……不用小声说话，他习惯了，在家里他睡觉我们也都正常说话，只要睡着了就吵不醒。"康芸说，"小许姐，我跟家里人说了，我还是想回来上课。"

"啊？"许珍贵愣住，"……带着孩子？"

"我知道有点麻烦，"康芸为难地说，"但这个点儿是他午睡的时间，只要吃饱了睡着了，基本一个小时起步，在家里的时候我们看电视说话吃饭，他都不醒的。我就把他放在角落里，能看到就行，不会影响到别人。"

"这……你确定你不会两天之后又跟我说你来不了了，老公、婆婆不允许吗？"许珍贵问。

"嗯。"康芸点点头，"我跟他们谈判过了。我老公带不了，婆婆带我不放心，我又坚持要出来上课，这是我能想到的唯一的解决办法了。"

许珍贵看着那个呼呼大睡的小孩，正在犹豫，就听门外的脚步声由远及近，白小婧打扮精致踩着高跟鞋风风火火地走了进来。白小婧这个女孩年纪小，性格又放得开，比许珍贵还要人来疯，她来之后几乎跟所有人都迅速打成了一片，白天教课的时候带动大家录视频发到网上，晚上直播的时候天天宣传，确实看起来数据好看了许多。她基本功底子好，以前是学跳舞的没接触过吊环，但上手很快，拿个教培资格证也只是时间早晚的事情。

白小婧路过婴儿车，瞟了一眼吓一跳："哎？谁把小宝宝都带来了？"

许珍贵就介绍了一下。

"哦！你就是之前带软开课的，我还没来你就走了。"白小婧说，"那你回来很好啊，我昨天还在跟小许姐说，最近上体验课的有点多，全是零基础的，大家说一对多有点教不过来，分又分不开。怎么，你要一边带孩子一边上课吗？"

康芸有点尴尬地点点头。

白小婧比她们都年轻，自己还是个孩子，倒也没当回事。"你别上课上到一半过来给他换纸尿裤就行。"她随意地说了一句，就自顾自地进更衣室去了。

对面写字楼的白领陈莎，自从来上体验课之后就成了经常打卡的勤奋学员，比加班都积极，用她的话说，从一开始弓着腰抓在吊环上像只虾米一样，到现在自认为已经是栩栩如生的美人鱼了，超级有成就感。很多像她一样常来的学员也互相成了朋友，有一个"二战"考研失败的女孩姜尔尔，落榜后一直窝在家里郁郁寡欢，被朋友拉来上课之后，一开始紧张到四肢僵硬，满头大汗，做错什么都满脸通红，渐渐地自在了很多，愿意和新来的朋友说笑了，也主动要求每节课后给自己拍视频记录了。更有趣的是一个阿姨，本来在洗浴中心对面的广场上跳广场舞，有天许珍贵路过，被阿姨抓住，让她帮忙拍视频，她就拍了，阿姨为了表示感谢，想转红包给她，她没要，反手送了阿姨一节体验课。

"就在那边楼上，您过去就能看见，二楼窗里面有个吊环，可明显了。"她说。

阿姨是来上体验课的年纪最大的学员，今年五十五刚退休，不愿意在家里闷着，每天出来跳广场舞找乐子，看到一屋子都是比她女儿还年轻的小女孩，转头就要走，被许珍贵千劝万劝才留下。

"李阿姨，您就看一看，不吃亏，反正是我送您的体验课。"许珍贵说。

阿姨看着手痒，忍不住上去试。许珍贵嘴甜，夸阿姨身体状态年轻，柔韧度好，比很多小年轻第一次上手都快。玩了一节课下来，阿姨乐得合不拢嘴，说这玩意儿没见过，有意思，能不能到下面那广场上去跳，让她们那帮老姐妹看看？

这可给许珍贵出了个难题。吊环要绑在梁上，外面哪有梁？

"不用吧？"白小婧听说了，一脸不屑，"咱们年轻人玩的东西，没必要去取悦老太太们，她们根本就不是咱们的目标客户啊。那阿姨就是一时兴起，她们天天在外面跳广场舞的，怎么可能花钱在你这儿办卡呢？何必费那个劲？"

"也不能这么说，"许珍贵挂在吊环上，一边转圈一边琢磨，"现在天气暖和了，对面那广场到晚上七八点钟都是遛娃的遛狗的人，也不全是跳广场舞的阿姨。要是能露天跳一次也挺好玩的，比拉着人发广告直观多了，你还能直播，不是一举两得吗？"

晚上她在网上搜索，想到以前教空舞的老师在户外表演时用过那种四角支架，至少有两米到三米的高度，把吊环固定在上面。她搜了一下价格，要三千多块钱，嫌太贵，就叹了口气心想，算了吧。郑家悦凑过来看了一眼说："这是什么，单杠吗？看起来跟郑前程他们用的差不多。他们不是有很多体育器材的渠道吗？问问能不能用优惠价帮你搞一个。"

"什么啊？单杠是单杠，这架子只有瑜伽馆有吧，我们可没有。"郑前程看了图一头雾水，"要不我帮你问问吧，看有没有倒闭的健身房瑜伽馆转让器械的。"

虽然答应得有点不耐烦，但是郑前程还算靠谱，没过几天还真让他找到了一个，说因为是旧的，二手价五百块就出了。许珍贵很高兴，觉得捡到了大便宜，转账给郑前程，连连夸他。

架子送来之后郑前程也过来了一趟，帮她仔细地检查了器械组装起来的稳固性，听说她要把这玩意儿搬到街对面的广场去，就说当天提前叫他，他过来帮忙搬。

"怎么好意思呢？"许珍贵说，"不能因为我跟你姐关系好，就叫你做苦力吧，我怎么感谢你？"

"……别再送我体验课就行了，不用感谢我。"郑前程故意说。

许珍贵笑道："到时候你来了别急着走啊，白小婧要直播，说最好有一个路人帅哥出镜。"

郑前程转身一溜烟地跑没影了。

虽然已经带过好多学员，但第一次在人来人往的露天广场上表演，她还是有点紧张的。衣服选来选去，觉得小城市里的长辈们接受度不高，还是穿了最保守的，音乐也选了接地气的，为了保证安全，准备好的串联动作也翻来覆去地练习了很多天。

以前坐在冰冷的写字楼里办公的时候，她是绝对没有想到自己这辈子会有这么一天，要在老家跳广场舞的地方当众表演。当他们几个把架子架起来的时候，已经有遛弯的人过来围观了。有小孩以为他们要支帐篷露营，有大人以为他们要支个摊烤串，只有一个在旁边做八段锦的老大爷过来看了许久，当他们把吊环绑上去的时候终于给出了一个最接近正确答案的解读："年轻人厉害啊，这玩的是奥运项目吧？就是环大了点。人家是两个环一手一个，你这儿怎么就一个呢？"

白小婧把镜头架好。许珍贵心一横，脸皮一厚，抬手一翻身就上了吊环。

郑前程躲开白小婧正在直播的镜头，看到他姐站在不远处的角落里，就走过去。

郑家悦遥遥地看着许珍贵，吊环转得越来越快，看不清她的表情，只有头发和裙摆一圈圈飞扬起来。天黑下来了，小广场有霓虹灯亮起，郑家悦环视四周，念叨着："失策了，应该准备个亮一点的灯，天黑了看不清楚。白小婧怎么不多带一个大灯呢？"

远处街上的霓虹灯从背面打过来，衬得正在吊环上旋转的人像是一幅流动的剪影。"这样也挺好看的，"郑前程说，"像一个梦。"

周围人的喝彩声此起彼伏，郑家悦轻叹口气，说道："是啊。从小到大，她一直是那个喜欢做梦，也敢做梦的人。现在，只有她的梦成真了。"

2

祝安安已经不记得上一次出门是什么时候了。她们家是老房子没有电梯，五楼。当年祝安安刚从医院回到家的时候，每次去复诊和做复健都是爸爸或妈妈把她背上背下。倒也是能雇护工，可以背，也可以用轮椅或者担架，但爸妈说没关系，他们身体好着呢，一口气上五楼不费劲。

她只有不到九十斤，趴在爸爸背上的时候，还是明显看出了他的吃力。爸妈都显得很高兴，听说她愿意试试出门了，两人在偷偷商量，要不把老房子卖了，换个带电梯的，或者索性换个一楼。但她心里清楚，小城市的房子没价没市，卖了再买，他们很可能要降级到一家四口挤一个小两居。祝宁宁还有好几年才上大学，这样对她也不公平。

"姐，等我再长高点，我也能背你。"祝宁宁跟在他们后面下楼，帮忙抬着轮椅，信誓旦旦地说。

"等你长到一米七再说。"祝安安说。

"怎么可能？咱爸都没有一米七，你让我上哪儿长一米七？"祝宁宁说。

她爸一边呼哧带喘一边反驳："我怎么没有？我年轻的时候一米七二，现在缩了。"

下了楼天已经黑透。她纠结了好几天，还是不愿意白天出门，底线是等天黑了才行。但天气越来越暖了，天黑之后街上的人也并没有减少，放学下班的、吃饭逛街的、遛狗遛娃的，刚从小区出来走到大街上不到五分钟，就有两个夜跑的和一个玩轮滑的从他们身边飞速掠过。

"要不咱们走那边吧，"她妈装作不经意地指了一下路口，"那条路人少，这里车太多了，不安全。"

"没事。"祝安安说，"就往前走吧。你们平时出去回来走哪条路，就走哪条路。"

这种感觉很陌生，明明是在跟三个最亲近的家人一起出门散步，但他们看起来就像是围在她身边的保镖，一会儿排成竖队，一会儿排成横队，让她本来就忐忑不安的心情又多了几分尴尬。好不容易过了路口，祝安安停下来，指着旁边超市门口的冷柜，说："我想吃一根雪糕。"

"我给你买去。"祝宁宁说。

"不用，我自己去，你们去溜达吧。"祝安安说着就一个人转动轮椅过去。门口挨着收银台，里面站着个大姐，低头忙着什么，感觉到有人过来，随手扔出一个收款码，眼皮都没有抬一下。祝安安也反应了一下，才掏出手机，有点笨拙地鼓捣了半天，终于付款成功。

拿着雪糕回来，祝安安心里这才有了一点成就感，觉得自己跟这个世界似乎还没有脱节。

看到她心情不错，还特意要求往人多的大街上走，她爸妈也很开心。祝宁宁在前面跟着她，她爸和她妈在后面轻声说道："咱们四个从来都没这样过，一起晚饭后散步。宁宁刚会走路的时候，咱俩带她出来遛弯，我那时候就想，要是咱们四个人，能一起出来遛遛弯，多美啊！"

一路沿街走过去，手上的雪糕吃完了，周围也没有人的目光在她身上停留。她终于渐渐放松下来，注意力也被很久都没有看到的路边的事物吸引。一个牵着只大金毛路过的人看到狗子在她轮椅旁边停下来，就友好地站了一会儿，让她伸手摸了把狗子。过马路等红绿灯的时候，一个推车卖气球的老大爷就站在她前面，她坐得低，整个视线全都被大束的气球占领。过了马路是沿街一溜的小吃摊，烤冷面炸鸡排的味道纷纷钻进鼻子，两个穿着跑步装束的小情侣一边走一边为了到底要不要吃烤肠而争吵。祝宁宁退了两步凑到她妈面前，小声地申请可不可以吃一根烤肠。她妈平时都不让她吃那些垃圾食品，但今天心情好，就同意了。

拿着烤肠，祝安安的注意力转向了街对面的小广场，那边有好几拨跳广场舞和打太极拳的，各自带着音响占据广场一隅，音乐鼓点此起彼伏不亦乐乎。

路不宽，即使在街对侧，她也远远地看见，有一个在吊环上旋转的身影，映在花里胡哨的霓虹灯下，很是眼熟。她想起来许珍贵每天在朋友圈刷屏的那个地址定位，就在附近。

"过马路吗？"祝宁宁在她身后往马路对面张望，问道。

她下意识地伸手握住了轮椅扶手："……不了，我累了，咱们回去吧。"

"好。"

广场的另一侧，余多也一个人默不作声地站在人群外面。休班的她无处可去，在街上到处游荡的时候，总会走过来看一看。许珍贵的朋友圈永远是实时预告，她知道他们在这里做直播。站在人群里但又没人认识自己的感觉很安心，她一直站到遛弯的人群散去，大家收摊的收摊回家的回家，远远地看着许珍贵她们忙活着拆支架搬运回店里。二楼的落地窗灯火通明，几个人一边大声说笑一边各忙各的，有人叫了夜宵，大家一起吃喝，还玩起了游戏，和外面已经归于寂静的夜晚相比，那里明亮热闹得像是一个不真实的梦境。

"我都涨粉了，你看我一晚上涨粉多少。"白小婧一边吃得满嘴流油，一边拿着手机比画着，"省得我的粉丝都说我是绣花枕头，我以后要多发点视频。"她一边说，一边问郑前程："哎，帅哥，加个微信吧。"又看看郑家悦："你俩是亲姐弟吗？长得不像啊。帅哥你做不做直播？长得挺好看，不做直播可惜了。"

郑家悦立刻抬头反驳："那可不行，我爸妈不让。"

"都多大的人啦，还爸妈让不让？管得那么宽哦！"白小婧笑道，一边把手机伸过去，一边戏谑地瞟他一眼，"那你爸妈让不让你交女朋友？你看我这样的怎么样？"

郑前程看了一眼她的手机。"……还是我扫你吧。"他说，然后就点开自己的手机。

白小婧先走了之后，郑家悦就点他："我跟你说啊，小婧长得好看是好看，但是你可驾驭不了她那样的。"

一直在一边收拾大家吃剩的外卖包装盒的许珍贵，并没有说话，听她说完才开口笑道："为什么要驾驭？"

郑家悦一愣。

"喜欢就喜欢，不喜欢就不喜欢。不驾驭，也不被驾驭，岂不是才比较自由？"许珍贵轻描淡写地说了一句，提起一大堆外卖盒子起身去倒。郑前程也起身，顺手收拾了剩下的垃圾，两个人一前一后出去了。

看到他跟着下楼，许珍贵就笑笑，说："那个支架，不是人家倒闭了低价转让的吧。你花多少钱买的？"

郑前程一愣，顺口辩解："没有，就是低价转让的啊，你不都转我五百了吗？"

许珍贵把垃圾丢掉，拍拍手，看了他一眼："我查了一下，人家根本就没倒闭。花了多少钱？我转给你。"

"不是，"郑前程连忙说，"……好吧。是没倒闭。但是真的，那架子他们不用了，才卖掉的。"

"多少？"

"……两千。"

许珍贵转身一边上楼，一边低头在手机上转账："你姐说你缺根弦，你还真缺根弦，上我这儿扶贫来了？不需要你扶贫……"

郑家悦坐在原地，看到郑前程没拿手机，还停留在添加朋友的页面，发现他扫了白小婧之后根本就没加她，直接退出去了。想到刚才他说"还是我扫你"，郑家悦忍不住在心里暗笑。这个她一直以为四肢发达头脑简单的弟弟，其实还挺有主意的。

她想起十六七岁时女孩们在学校里天马行空地讨论喜欢的人和事的时候，那时以为长大了就什么白日梦都实现了，至少可以在"喜欢"上彻底自由了。没想到过了十多年，连婚都结了要离了，她依旧困在并不知道什么是"喜欢"的囚笼里，连白日梦都不敢做了。

晚上睡前，许珍贵望着天花板，叨咕着："你说余多出来之后能做什么呢？我都给她地址了，她怎么不来找我们呢？她住哪儿呢？她姐姐知不知道她出来啊？……"

郑家悦跟她并排躺着，忍不住笑了笑。"你还跟小时候一样，一点都没变，"她说，"就爱瞎操心。"

许珍贵就嘻嘻笑："我就这样。"

"其实那天从你家出来，我听见你妈说的话了。"郑家悦说，"她说你多管闲事。其实我也这么想，你没必要这样的，对你来说，我，还有余多，都是只会给你带来麻烦的朋友。"

许珍贵笑了笑："麻烦不会因为朋友就变得不麻烦，但朋友也不会因为麻烦就变得不朋友。麻烦是永恒的，朋友也是永恒的。"她盯着手机，和余多的页面停留在加完好友之后她发的一个表情包，余多没有回复。

她打了一串字，但又删了。

"如果她想见面，她会来的。"郑家悦说，"如果她不想，那也就算了。从小她就让人看不透，那时直到她被开除，我都不明白她到底是怎样一个人。"

在大人眼里，她是养不熟的白眼狼。在同学眼里，她是"扫黄打非姐妹花"。在祝安安眼里，她是"情敌"。在严老师眼里，她是祸害。

在贺尧眼里，她却是无所不能的人。

听起来可笑，一个要当未来状元的学霸，会觉得一个一无是处的差生无所不能。余多很清楚贺尧为什么会被她吸引，他妈越是高压威迫，他越想找到最能让他妈暴跳如雷的一条路，但他又没有胆量沿着这条路走到黑。他会被她吸引，是因为她看起来什么都不怕，连他最怕的他妈，她都不怕。

"我妈听说一中有学生在吃聪明药。"

在余多被开除之后，她偶尔会在下晚自习的时候去校门口等他。两个人偷偷摸摸地找个地方接头，像在完成什么秘密任务似的。

"哦。"余多随口一应，并不关心。

"据说那个药吃了会让人变聪明。"贺尧自顾自地说，"不过聪明什么的，我不需要。但是他们说，那个药有副作用，吃了会在白日里做梦。"

余多没说话，盯着贺尧从书包里拿出一个小纸包，递给她。她打开来，里面是几粒药。

"那你还不如听你妈的话吃这个。"余多说，"这个助眠，晚上做梦不好吗？白天做什么梦？"

"晚上做的是噩梦。"贺尧说，"他们说，白日里做梦会开心。我想知道那是什么感觉。"

3

据说只有很少一部分人会保留婴幼儿时期的记忆，大多数人不会。她一直觉得自己记事很早，最早的记忆里，她喜欢在地上到处爬，桌子高得手撑起来都够不到，椅子底下虽然有个杆儿，但可以轻易钻进去不会碰到头。她跟姐姐说她记得两岁前的事情，姐姐根本不相信，告诉她没有人会记得两岁前的事情，但她就是记得。

她花了后来十几年的时间拼命反复检索两岁以前的记忆，却没有办法找到妈妈的存在。她总不断在追问姐姐，妈妈到底是在她多大的时候走的，哪一天走的，那天是晴天还是下雨，妈妈穿的是什么颜色的衣服，走之前有没有对她们说话，说了什么话？但姐姐说她也不记得了。"怎么会呢？我那时候小，但是你都已经很大了，都十多岁了，你怎么会不记得呢？那可是妈妈啊！"她急得哭。

但姐姐还是说不记得。

她怎么想也想不起来，只能记得在很多个黑沉沉的夜里，姐姐小声地拍着她哄她睡觉。每当姐姐挨了爸爸的打，不想让她看到可怕的样子，就用被子把她的头蒙起来，隔着被子拍她入睡，所以那些入睡前的时刻，在她印象里都是漆黑一片。姐姐的声音沉闷而沙哑，隔着被子传过来，留在了后来的每一个梦里。

"你为什么不走？"很小的时候她问姐姐。姐姐说，因为她太小了，带着她，两个人不知道要去哪儿。

"只要你读书到十八岁，将来能过上好的生活，我就不后悔跟着他来城里。留在老家，你就会跟我一样，字都不会写几个。我这辈子已经完蛋了，你不可以完蛋。"姐姐说，"我不管你怎么捣乱，你必须给我拿到高中毕业证。"

被学校开除后好几天，她没敢回家。帮许珍贵撬锁那天，许珍贵临走的时候跟她说，如果她实在不知道去哪儿，可以在这里躲几天。许珍贵自己也没想到，自己废弃了的家，会成为别人的临时栖身之所。

要是可以一走了之多好啊！

但姐姐是为了她才留在这个家里的，她不能就这样不管不顾地跑掉，她还要快点长到十八岁，离开这个家，跟姐姐一起去找妈妈。

贺尧告诉她，睡觉的药如果攒很多粒在一起吃，可能就再也醒不过来了。

他拿两粒给她看。"你不是笑话我不敢吗？你敢不敢？"他问。说实话，她很心动。如果自己消失在这个世界上，姐姐就再也不用为了她的学费和生活费去跟爸爸要钱，去外面勾搭不三不四的人，姐姐就可以毫无牵绊地离开这里，头也不回。她问贺尧有没有吃过很多粒，贺尧说没有。她就说，那不要浪费，留着给她吧。贺尧不给。两个人讨价还价之后，达成共识，由余多来攒着，攒够了一起吃。

每天两粒要攒很久，余多很快就不耐烦了，加上贺尧不知道出了什么状况，连着几天都没去学校，自然也没给她带药。

严瑾在贺尧的床垫缝隙里抠出来他塞进去的药，惊疑之下问他有几天没吃，他平静地说："一天都没吃。"

"……你不是说你睡不着吗？！"严瑾压着火问。

"我是睡不着。但我睡着睡不着都一样去上学，也一样考第一，考第一你不就满意了吗？管我吃不吃药干什么？"贺尧还是一脸平静。

严瑾的眼角抽搐了几下，就快要到达狂怒的临界点时，家门突然被拍响了。她转身出去开门，门外站着的竟是许珍贵的父母。

许珍贵那几天就觉得爸妈一直在商量什么，看他们的脸色沉重，她总觉得是发生了什么不好的事。但爸妈什么都没跟她说，只是在某天告诉她，想让她去住校。

"咱们租的这间房子到期了，先换一个，有点远，怕你上学来回麻烦，你这段时间先住校，好不好？"

住校当然好，她没住校的时候都想偷着去玩，但爸妈到底有什么事情瞒着她？她百思不得其解，索性在某天爸妈晚上出门之后，也出门跟了过去。没想到的是，他们竟然去了严老师家。

"你们怎么会来？"严瑾有些奇怪。他们已经很久不来往了，即使许珍贵高一就在她的班，他们也不比其他家长和老师的关系亲近，如果不是因为许爸爸和贺尧爸爸相熟，就完全是两家陌生人了。

"贺峰呢？"许爸爸开门见山就问。

"他？他好多天没回来了。"严瑾说。

"你知道他欠了我们家多少钱吗？"许妈妈抢话道。

"什么？"严瑾一愣。

"现在联系他，或者你告诉我们他在哪儿，否则我们就报警了。"

许珍贵一声不吭地站在楼道的拐角处，听着大人们站在门口说话。这时她才明白，她爸轻信了嘴里早就没有半句真话的贺尧爸爸，贺尧爸爸以做生意投资为名把她爸手里的拆迁款骗走之后，已经大半个月下落不明。在找他期间她爸才发现他这些年欠了一屁股债，找他要钱的人两只手都数不过来，他早就习惯一躲债就人间蒸发，根本找不到他人，这才找到家里来。

"这是诈骗。我不管他怎么跟别人做的生意，欠了别人多少钱，在我这里，他就是诈骗。"许爸爸说，"我知道你这些年也不容易，他这些事不是你的责任，但你必须告诉我怎么找着他。"

严瑾一言不发地听着，突然回身进去把贺尧的房门关上了，再转身回来，厉声道："他跟我有什么关系？我都不记得他上次回来是什么时候了，我怎么知道他欠了谁的钱？"

"我们不是来找你麻烦的，你找着他，我跟他的账我们自己会算！"

"我去哪儿找他？我每一天都恨不得他死在外面！"

"你恨他跟我们没有关系！你们是两口子，他在哪儿不可能没有告诉过你，他还有儿子，他也不可能永远不回来！"

"是我儿子，不是他儿子！"严瑾怒目圆睁，额头暴出青筋，"我儿子要高考了，这个家里的一切都是为了他，跟那个王八蛋没有任何关系！"

"你儿子知道他爸是个王八蛋吗？他是个诈骗犯！"许珍贵的爸

爸也发怒了，"我也有女儿，我女儿也要高考，我们全家也是为了孩子！没了这笔钱，怎么给孩子一个家？怎么供她上大学？钱没了我们就真的什么都没了！如果追不回来，我们也只能跟你们没完！你不说的话，我们现在就去报警，让警察去抓他！"

贺尧不知道什么时候打开了房门，沉默地站在门口。

"这门也没有那么隔音。"他淡淡地说。

回头看到贺尧，严瑾的神情一下子就衰颓下来，她无力地扶了下门框，腿一软，竟缓缓跪了下去。

"……我真的，真的不知道他在哪儿。"她哽咽道，"他从来不告诉我。我替他跟你们说对不起，行吗？"

"我知道。"贺尧突然说。

"你知道？你为什么会知道？"严瑾反应激烈，"他是不是又偷偷跟你说什么了？他跟你说什么了？！"

许珍贵的爸妈出来时，见到她在外面马路边坐着等，两人对视了一眼，什么都没说。她妈把她拉起来，扑了扑她裤子上的灰，一家三口手拉着手慢慢走回家。夜很深了，空荡的街上连脚步都能听见回声。三个人谁都没有说话，只低头听着参差不齐的脚步声响。许珍贵暗自使劲跺脚，弄出很大声音，鞋底把灰尘都扬了起来。她索性伸脚去踢路边的小石子，带起一阵土，在路灯的光里映得清清楚楚。她把石子当球踢，踢给她爸，她爸走了几步，又踢回给她，她又踢给她妈，三个人有一搭没一搭地传着这颗石子，一路踢回了家。

那年她的十七岁生日，爸妈都忘记了。周日返校前，爸妈随手热了前一天的剩饭菜，俩人坐在饭桌旁，看着许珍贵吃。吃到一半，许珍贵开口说道："爸，妈，我今年的生日愿望，是下次考试能过六百分。"

其实她从来没考到过六百分，分班之后还没有过大考试，就算没了不及格的物理，她可能也考不了那么好。但她心里想着，她要在成绩上努把劲，让爸妈高兴，除了这个，她也不知道还能做什么。

爸妈听了她的话，都愣住了，俩人一下子反应过来，第一次忘记了女儿的生日。

没有任何可准备的东西。后来，她妈在厨房里找到两个冬天剩下来的干巴的橘子，她爸剥了皮，你一瓣我一瓣，在桌上摆了一个六百出来。

"今年的生日礼物我也很喜欢。"许珍贵笑嘻嘻地说，然后把橘子都吃光了。

后来许珍贵申报了住校，住进了她偷去过的那间宿舍，睡余多睡过的那张床。分班之后宿舍没换，郑家悦和祝安安都在，三个已经分在不同班的女孩又聚到一起。住校后第一次在宿舍睡的晚上，一向没心没肺挨枕头就着的许珍贵把自己包在被子里，偷偷哭了很久。哭到喘不过气来的时候，她屏住呼吸，把被子掀开一条小小的缝，透过糊满泪水的眼，就看到郑家悦和祝安安两个脑袋瓜并排蹲在她床边，眨着眼，担心地看着她。郑家悦打着她的手电筒，祝安安手里捏着一卷手纸。

从那天起，她便很少再做梦了。

4

好几天都没有等来贺尧，周末放学时，余多在校门口叫住了许珍贵。看到她从宿舍那边过来，余多就问了一句："你住校了？"

许珍贵点点头。"我住了你的床铺呢。"她笑着说。

"哦。"余多没有笑，"反正除了你，也不会有人愿意住我的床铺。"

"你在等我吗？"许珍贵问。

"贺尧最近没有来上学吗？"余多问。

"啊？我不知道，现在又不跟他一个班了。"许珍贵奇道，"为什么问我？"

"你不是跟他很小就认识吗？家里也认识。"余多说，"他说过。"

许珍贵倒是没有想到贺尧竟也会跟余多说他小时候的事情，在她眼里他似乎就没有什么在意的人或事，就像活在真空里一样，不重要的人会被他在大脑里剔除，以免影响重要的事情。小时候他就是那样，就算每年一起过生日，但下一年再见到的时候，他还是站在他妈身后，也不打招呼，眼神像在看陌生人。

但他们不是陌生人，因为他的爸爸，她的家庭如今几乎一无所有。她爸瘦了一大圈，以前不管什么时候，他都会好脾气地跟女儿开玩笑，但现在许珍贵已经很少看到他笑了。本来没在工作的她妈也重新找了工作，周末回家的夜晚，她常常等到作业都写完了爸妈还没回来。他们总是一遍遍告诉她，没关系，专心学习，其他什么都不要管，他们的生活还和以前一样，没有任何变化。

可她知道什么都变了。她不是小孩了，她什么都明白，却也什么都做不了。

余多离开学校之后，许珍贵有一次在操场看台后面看到了贺尧。他一个人坐在那里，也没干什么，也没有表情，就那样坐着。虽然他在教室里安静做题时也没有表情，但还是不太一样，也说不上来哪里不一样。看到许珍贵走过，他抬了抬眼，稍微坐直了些。这让她觉得有点意外。在她一直以来的印象里，他对无关的人通常都没有任何表情动作，就好像看不见一样。但现在，他看她的眼神里多了点难得的情绪反应。

许珍贵停下脚步，站定看着他。

她很想骂他一顿："你爸骗了我们家的钱，我恨你们家一辈子。你爸吃喝嫖赌欠债不还，你也不是什么好东西。你有什么可高傲的？

就算你考了状元，也是诈骗犯的儿子，永远都抬不起头。"

但这样有什么用？跟学校里那些因为余多的姐姐而骂她的人，又有什么区别呢？

"找到他了吗？"贺尧看着她，突然问道。

她知道贺尧指的是他爸爸。他说他知道他爸在哪儿，但许爸爸去找了，也并没有找到他。习惯了躲债的人，根本不可能常住在同一个地方。

看到许珍贵没有表情，他就点了点头表示明白了。

"可能他死在外面了。"他面无表情地说，"最好是这样。"

"……"他的话让许珍贵打了个哆嗦，又吓得没敢说话。

"对不起。"他又说，"我不是有意这么说的。我知道，他如果死了，就更没人还你们的钱。我只是太希望他死在外面了。"

贺尧的话让她觉得他更加陌生，也让她突然有点相信，可能这样的贺尧，和看起来完全不是一类人的余多，反而有话可说。不过现在，唯一能跟他说话的余多也走了。许珍贵心里这样想着，突然觉得贺尧也有点可怜。

"我后来见过她。"她突然跟贺尧说，"她退学之后，我见过她两次。"

贺尧倒是反应过来她说的是余多。他想了想，说："那你还能见到她吗？"

"……应该能吧。"许珍贵说。

"那，你如果再见到她，帮我给她带句话，行吗？"贺尧问，"就说她让我带给她的东西，我没有了。"

许珍贵点点头，也没问来龙去脉，就记住了这句没头没脑的话。

"你可真好心，还帮他传话。你不恨他吗？"许珍贵和余多两个人从学校出来的路上，余多问，"他爸骗了你们家所有的钱。你不恨他吗？"

158

"……我不知道。"许珍贵有点茫然地思考了片刻,摇摇头,良久,才又说道,"恨他会让我好过一点吗?好像也不能。小时候爸妈跟我说,人是首先要让自己好过的,自己好了,才能去对别人好。如果恨别人一辈子的话,自己也会气一辈子,气都气死了,什么都没了。还有什么能比好好活着重要?"

"可是太难了。"余多若有所思地说,"光是好好活着,不就太难了吗?"

"所以才不能浪费生命去恨。"许珍贵说。

余多听着她的话,哦了一声:"恨自己也不行吗?"

许珍贵有些奇怪地看了她一眼:"当然了,恨自己也不行。恨自己更要气一辈子,那多不值当。"

那天两个人一起回了废弃的秘密基地,在黑夜里坐了很久。许珍贵絮絮地讲了很多她家里的事情。余多无法共情,她不会,也并没有试图讲一些话去劝慰她。

"我不知道要怎么办,好像我必须长大了,"许珍贵说,"可是,长大了还是什么都做不了。不像你,至少还可以等十八岁长大以后去找妈妈。"

许珍贵走了之后,余多一个人坐在黑暗里,摸出好不容易攒下来的、贺尧给她的药,数了数。不知道贺尧是为什么不能再给她药了,可能是被他妈发现了,或者他打算自己用。就这么一点,攥在手心里薄薄的一把,估计也做不到一梦不醒。

她纠结了很久很久,才把药重新藏好,心里想着许珍贵说的话:"恨自己也不行。"

要怎样才能做到不恨别人,也不恨自己呢?这是她花了以后那么多年也没能想通的问题。许珍贵的话,和姐姐告诉她的话很像。她们都觉得,只要好好活着,仿佛就很好似的。

有个晚上,宿舍熄灯后许珍贵刚躺下,宿管老师就来敲她们宿舍的门："许珍贵在不在？你家里出事了。"

那阵子她爸去外地找贺尧他爸要钱，回家的那天是凌晨，他在上楼的时候突然心口疼痛，蜷倒在地。幸好她妈记着他回来的时间，出门迎他，及时发现，把他送去了医院，人算是救了回来。

爸爸住院的那段时间，许珍贵和她妈轮番陪在医院。"妈，你说，爸不是告诉我们不能恨自己吗？"她有时跟她妈说，"他为什么还要把自己气成这样？钱没了就没了，我们没有家也一样能过，大不了我不念大学了，是吧？"

她妈也只是抹眼泪，无法回答。

许珍贵赌气一样地说："都怪你们。你们从小就给我讲大道理安慰我，现在我才明白，什么破道理，都是口头瞎说的。救不了别人，也救不了自己。"

她几乎每个晚自习都请了假，落下了很多次作业，因为爸爸的抢救而缺席了一次重要的模考，等她回到学校，桌上空白的卷子已经堆成了山。

分班后的班主任没有严老师那么让人畏惧，知道她家里的情况，提前跟各科老师打了招呼。但下滑的成绩是她自己的，老师终究不会为她的未来负责。等她再回到宿舍里，看到郑家悦仍然每晚如一日地在水房用功或是在被窝里打着手电继续学，看到一向吊儿郎当的祝安安都开始抓耳挠腮地做题，她在床上也躺不下去了。熬夜复习倒有一点好处，回到床上沾枕头就着，再也不用盯着黑暗辗转反侧，也不用满脑子都是医院刺鼻的消毒水味儿和妈妈疲惫的眼泪，一夜无梦，早上被起床铃叫醒的时候，脑子里还是睡觉前做的最后一道题。

有时她甚至有一种错觉，是不是自己终于变成严老师以前说过的、不那么无可救药的学生了？

第十章　秘密

"秘密虽然是秘密，但也迟早会被你刻意隐瞒的人发现。"

1

再平常不过的一节课，郑家悦在许珍贵的指导下解锁了新技巧，可以一只手抓着吊环转起来并稳稳地上环。她瘦了很多，还在大家的鼓励下穿了新买的衣服，浅绿色的上衣和裤子，看起来很春天。下来的时候，手还没完全放下，她突然觉得肚子疼，疼得一下子眼前一黑，手上脱力，一屁股坐在了地上。许珍贵和其他人以为她摔倒了，过来扶她，这才看到她裤子上染了一大片红。

"你生理期？"许珍贵问，"生理期怎么不说呢？还来上课？"

在眼冒金星的时候郑家悦用仅存的意识拼命想了一下，她的生理期好像两个月没来了。

"验一下吧，不能排除。"

许珍贵陪她去医院，说要开治痛经的药。医生问她验没验孕。郑家悦一愣，说："我求了好几年都没怀孕，不可能是怀孕。"但医生不管她那些，让她去验。

结果出来，她一下子傻了眼。求了几年都没有求来的，在她彻底死心决定和李楷分道扬镳之后，反倒阴差阳错地来了。

"你先在这里坐一下，我去打个车，打到了你再出来。"许珍贵让郑家悦在门诊大厅先坐一下，她出去打车了。看她走了，郑家悦起身走到正排着队的挂号窗口前，还没来得及往前一步，就听见许珍贵在门外挥手示意她过去。

回去的路上，郑家悦一句话都没有说，也没有表情，许珍贵碰了她一下，摸到她手心全是冰凉黏腻的汗。

"还疼吗？"许珍贵问。

她摇摇头。

医生说让她尽早做决定，否则对她身体也不好。如果是在几个月前，这会是她这辈子得到的最好的消息，能解决掉她当时所有难题的、帮助她度过艰难的人生瓶颈期的最好的消息。但现在，她心里只剩下无助和绝望。甚至有那么一个瞬间，她竟荒唐地想，如果王秀菲没来过就好了，如果她什么都不知道就好了。一切本来就什么都没有发生，她得到了做梦都想要的孩子，李楷也一样，这难道不就是她一直以来期盼继续下去的生活吗？意识到自己竟这样想之后，她突然打了一个冷战，恨不得狠狠地抽自己几个耳光，要比王秀菲打的那个再狠上千百倍才行。

本来她打算这几天就回家去的，但现在这样的情况，她更加没有办法面对家人的眼光，更不想没有准备地跟随时都有可能回来跟她掰扯的李楷对峙。纠结良久，她拜托许珍贵去家里帮她拿一点东西。郑家爸妈有些奇怪，问许珍贵："李楷都走了，她怎么还不回来？也不回北京？是打算在这儿耗下去了吗？她不回去上班吗？"

许珍贵不知道做何解释，她答应了郑家悦暂时帮她保守这个秘密。只有郑前程觉得不对劲，借口帮她提箱子，跟下楼来。

"我知道她工作没了，她跟我说了。"郑前程说，"这也不是什么大事啊，等她妥妥离完婚，该找工作就找工作呗，她怎么还不回家了呢？"

许珍贵皱着眉头想要怎么跟他解释，虽说是姐弟，但这毕竟是郑家悦的隐私，她觉得也有必要守口如瓶，就只能说："她觉得她和李楷的事不想牵连家里人，你们就让她自己处理好了。等处理完了，她肯定会回家自己跟你们说的。"

"……那好吧。"郑前程的样子明显就是不信，但他也没有再问，只是说，"那我送你过去吧。"

郑家悦心情烦闷，晚饭也吃不下。许珍贵晚上下了课，出去给她买了吃的，但她摇摇头，动也不想动一筷子。

"吃不下？那你想吃什么，我们叫外卖。"许珍贵好脾气地说。

"……你不要把我当成一个孕妇好吗？我爱吃就吃，不爱吃就饿死算了。"郑家悦赌气说。

许珍贵也没生气，说："你不吃那我吃，我快饿死了。"

她在一边慢条斯理地吃，郑家悦过了好一会儿，脸色缓和下来，说："你别介意啊，我心情不好。摊上这事……我现在已经不知道我是什么心情了。"

看许珍贵专注吃没有说话，她就继续说道："我以前一直觉得我肯定有病，只是求医问药那么久，没有查出来而已。现在好了，我知道我没有病了，可是我怎么一点都高兴不起来呢？"

"你还离婚吗？"许珍贵问。

"离。一定会离的。"郑家悦攥紧了手，像是自己给自己借一把力量，"说什么也不能让他知道。我不会再犯傻了。如果以后我真的还会拥有一个自己的孩子，那也绝对不会是在这样的情形下，让他出生在这样的家庭里，有这样的一个爸爸。"

许珍贵点头道："和他无关，你自己决定。要不要当妈妈，你说了算。"

郑家悦又想起王秀菲和她的两个孩子，若有所思地说道："你说，一辈子这么长，她们有没有那么一刻，后悔过这个当妈妈的决定？"

"别人我不知道，"许珍贵说，"就算像我妈那么完美的妈妈，她说，我也有无数次皮得让她暴跳如雷、情绪崩溃的时刻。后来她才松了一口气，心想终于把我养大了，不用再遭罪了。没想到，她还要把刘一念从小养大，他比我还皮一百倍。"

郑家悦轻轻地笑了笑："但再抱怨还是养大了啊，我现在放弃这个小生命，是不是一种罪恶？"

"你要首先考虑你自己。"许珍贵认真地说，她的论调，一直就没变过，"只要为了你自己好，不管你做什么决定，都有你的理由，我都相信你。"

这也是她妈当年再婚之后，她对她妈说的话。妈妈总有女儿看不见的牺牲和付出，她做什么，许珍贵都觉得自己无权埋怨。

后来她妈说，之所以决定再婚，也有一部分考虑是她觉得女儿迟早要成家，自己如果单着，以后养老难免会成为女儿的负担。给自己找个晚年的伴，女儿或许就可以早点组建她自己的家，不用惦记老家还有一个丧偶多年的妈妈。

许珍贵心里清楚地知道，爸病了之后，妈妈和她都变了。她在一瞬间长大了，妈妈也在那瞬间老了。生活像是没有了方向，只能浑浑噩噩地被推着走。医生说怎么治，那就怎么治，医药费怎么凑还不知道。周围的人都说考大学考大学，那就考，学费要怎么凑也还不知道。

连本来要恨的人，都不知道怎么去恨了。她有时候在学校里看到贺尧，他的神情没有任何活力，眼神看到她，就那么波澜不惊地掠过，不管看什么都没有聚焦，整个人像是飘在空气中，似乎窗边随便吹来的一阵风，就能把他刮走，忽忽悠悠落向天空。

有天半夜贺尧已经睡下了，严瑾突然接到了一个陌生的电话。她神色匆忙，收拾了一些证件就要走，告诉贺尧她临时要出差，得过几天回来。高三班主任出什么差？

她回来之后什么都没说，还像此前一样，但他就是直觉觉得不对劲，一定是他爸的事。

他回来晚，没有独自在家的时间。他就逃了课，趁他妈在教研组开会，偷跑回家到处翻，找到了他妈藏起来的火化证明。

拿着那证明的时候，他发现自己挺平静的，也有点理解为什么他妈回来好几天都像没事人一样，似乎这个名字跟他们两个人没什么关系，只是他死了需要告知他们一声。

严瑾很快就发现他逃课了，他也没想回学校。她火急火燎地打开家门回来，问他为什么逃课。他也没否认，只是指指放在桌上的火化证明："他是怎么死的？"

"喝多了，"她面不改色，"酒喝多了，被车撞了。"

"那他欠的钱呢？还了吗？"他问，"怎么还？"

"人都死了，还什么？"她答。

"卑鄙无耻。"他一字一句地说道，"便宜他了。卑鄙无耻的人，应该自行了断。"

听到他义正词严地说出"自行了断"这四个字，严瑾的眼皮猛地跳了一下。

他是被要债的人发现的。他藏在欠了租的地下室里，用自己的腰带自行了断了。这些年来，她虽然在心里祈祷过无数次，希望他不得好死，但当她真的在停尸间见到已死之人极其可怖的面容时，她还是吓得心脏停跳了半拍。回到家，她在门口站了一个小时才进屋。

像没事人一样继续生活有多难？她不知道，但她知道她还远远没到解脱的时候，她需要保证百分之百的情绪稳定，来陪儿子平稳度过他人生中最重要的时间段。

越这样想，儿子的情绪只要稍有不平稳，她就越发慌。她开始越来越难以判断他的状态，不知道他似笑非笑的表情下藏着什么样的心思，不知道他到底哪天睡了哪天没睡，也不知道他没吃的药都去了哪里。她越来越害怕，怕他也会在她注意不到的某一天，愚蠢地"自行了断"。

2

连着几天，郑家悦似乎回到了几个月以前的那种状态。除了吃饭和睡觉，她动也不想动。当然主要是因为许珍贵知道她的身体状况，暂时不允许她运动。店里人多的时候，她不好意思来了又坐在一边不上课，就给许珍贵搭把手帮个忙，不需要帮忙的时候她就去外面游荡。以前因为孩子的事焦虑的那些天，她加完班不愿意回家，就也在外面找个地方坐下，脑袋虽然看似放空，但还是在拼命想，为什么会这样。现在她也想着，为什么会这样。不是为什么没有孩子，而是老天为什么选择在这样一个讽刺的时刻把一个孩子送到她这里。她想不明白，但不管想不想得明白都必须及时做出一个抉择。

下了课之后女孩子们没急事的都不赶着走，在镜子前自拍，叽叽喳喳聊天，说笑着去更衣室换衣服。许珍贵看郑家悦不在，不知道去哪里发呆了，给她发信息没回，担心她情绪不佳，就拨通了电话。屋里吵，她走到外面走廊安静的地方听。郑家悦没有接，等了一会儿她只得挂断。转身准备回去的时候，她突然直觉有些不对劲，在走廊里走了两个来回。二楼除了她们，其他的房子都是空置的，平时几乎没有人上来。但她吸了吸鼻子，觉得走廊里有若有似无的烟味儿，她往走廊尽头走，果然在窗台上看到了几个摁灭的烟头。这一层除了来她店里的，通常没有别人，也没人吸烟，怎么会留烟头呢？

她在手机里查了一下门口摄像头的监控记录，发现这几天傍晚六七点上课的时候，总有几个陌生的男的，在走廊里探头探脑，隐约看到还有人举手机冲里面拍。因为店里灯光亮，走廊暗，又是晚上，她们离门口比较远，就没注意到。

回到店里，白小婧和几个女孩自拍完过来，一听许珍贵说，就炸毛了："报警啊！鬼鬼祟祟的干什么？我最烦这种满脑子下流东西的玩意儿了，不报警等他们继续偷窥啊？"

"可是报警也找不出来那些人是谁吧，"许珍贵皱着眉头说，"什么事都没有，警察也不会帮我们找的。"

"下次看到直接问，直接骂。"白小婧脾气暴，立刻撸胳膊挽袖子，"老娘最喜欢骂这种玩意儿了。初二的时候我夏天放学回家遇到一个冲我脱裤子的，我直接把一碗没吃完的麻辣烫倒他裤裆里，放了巨多辣椒面，辣得嗷嗷号，我就狂骂，他跑的时候连裤子都提不起来。"白小婧从小是单亲妈妈带大的，用她自己的话来说，她妈为了不把她养成胆小鬼，矫枉过正，把她养成了个什么都要给自己争到手、什么事都要有个说法的不好对付的刺儿头。

看她讲得眉飞色舞，许珍贵被她逗笑了，说："反正这两天咱们也多注意一下吧，别影响到学员就行。"她打印出一张印有"此处有监控，禁止拍照"的纸，贴到了门口。

郑家悦走到自己家楼下，转了两圈，还是没下定决心上去，反倒遇见了下班回来的郑前程。"你怎么不上去？"他看到他姐就问，"回来住了吗？"

郑家悦摇了摇头。

送她回去的路上，郑前程看她什么话都不想说，就也自觉地没再追问，只是有一句没一句地说些家里和工作上的事。

"姐，其实我觉得，你如果留在这边工作、生活，也挺好的。"他不经意地说，"反正咱俩暂时有一个在家的，爸妈是不是就能放我出去闯荡了？"

郑家悦看了他一眼："咱俩不一样。从小到大，我跟你说了无数次，你都没当回事。你不当回事，爸妈是当回事的，我也是当回事的。你才是他们后半辈子的精神支柱。我呢，我努力以后不再给这个家里带来麻烦，就是万幸了。"

"可精神支柱也不一定就要考编，不一定要在离家几公里之内找工作啊。"郑前程说。

"那你去哪儿？北上广深？然后漂几年，买不起房子，不还是要回来求个安稳吗？"郑家悦说，"像我这样，什么都没留下，还要操心离婚离不掉。"

"这也不是什么坏事。"郑前程说。

"啊？"

郑前程看看她："你看小许姐姐，她也是辞了上海的工作回来的，什么都没留下，白手起家。我那天问她，她说现在虽然店做起来了，但离赚钱还差很远，本儿都没收回来呢。但你看她整天乐呵呵的，干什么都有劲。我觉得，你现在这样，停下来休整，不见得是坏事。重新选择，重新决定，什么都不晚。"

郑家悦想到孩子的事，没接话。

"我不是说让你像她一样开店，我是说，你不用有那么重的心理负担。你都说了，咱家我是精神支柱，你又不是。你爱干吗干吗去，爸妈也管不着你，这么想，是不是就松快多了？"

郑家悦轻笑了一下："你不就是想说，我要是留家里，你就可以随便往外跑没有负罪感了？还支柱，你能赚多少钱呀。"

"所以啊！我得去闯荡闯荡，多赚点钱……"

两个人走到楼下，见到一楼铁锅炖店里闹哄哄的，有人在里面吵架，走近一看，竟是许珍贵和白小婧还有两个女孩和几个陌生人吵了起来。

晚上的课是许珍贵带的，白小婧坐在靠近店门口的位置玩手机，临近下课的时候，就看到走廊里有人故意走来走去，探头探脑，手机拍照咔嚓声还不小。她顿时心头一阵火起，起来几步就冲了出去。

"拍什么？都拍什么？！"她很大声地喊，"这里是正在营业的店，学员正在上课，门口贴了字看不见吗？"

几个人手机也没放下，对她视而不见，自然也没有离开的意思。白小婧嗓门大，屋里正在练习和录视频的大家都听见了。

天气渐渐热起来，大家的练功服也越来越轻薄，教室里没有外人又都是女孩子，平时也不会多注意，这时都穿得露背露腿的，看到有陌生人偷拍，立刻不高兴了，纷纷停下练习走过来："怎么回事？"

对方继续嬉皮笑脸，手机还举着："拍一下能怎么的？大惊小怪，那么大个窗户，冲窗外跳，大街上都看得见。"

"还穿那么暴露，那裤子连屁股都遮不住。"

"你们这些小丫头片子，被人看一眼还叽叽歪歪的，穿成这样不就是给人看的吗？"

姜尔尔脸皮薄，今天正好也穿得少，一下子面子就挂不住了，转身跑回更衣室换衣服。许珍贵也穿着练功服，走过去站在白小婧旁边，厉声道："承认拍了就现在当面删了！"

"快点！"白小婧大声道。

没人把她们的生气当回事，看到女孩们回去换衣服了，他们才收起手机慢悠悠地下楼。白小婧气不过，要追出去理论，许珍贵衣服都没来得及换就跟了过去，姜尔尔和陈莎也收拾了东西，跟着下楼。这几个人完全没把她们放眼里，边走边商量着吃什么，进了楼下铁锅炖店。白小婧一看正好，跟着到了店里，往他们桌前一站，继续大声说："手机里面的照片给我删了！现在！快点！"

老板大姐看到了，过来问怎么回事。

"这几个男的在我门口鬼鬼祟祟偷拍，被我们抓个正着，必须让他们删了照片，不能放走。"许珍贵说。

"那必须不能放走！怎么有这么不要脸的人，偷拍小姑娘跳舞？让他删了！"大姐的高嗓门引起了店里其他食客的注意，纷纷抬头投来疑惑的目光。

他们一边叫旁边服务员点菜，一边嘻嘻哈哈打马虎眼："什么啊？什么视频？不知道。"

"那我们现在就报警，咱们一起去派出所删！"许珍贵说。

看这些人无动于衷，白小婧气不过，一眼瞄见点菜那人划拉手机像是要支付，上去就把他手机给抢了。

"干什么？"那人立刻拍桌子起身，许珍贵上前把白小婧挡在身后。白小婧立刻快速在他已经解锁的手机里找，果然看见了刚刚才在店门口拍下来的视频和照片，她迅速拿起自己的手机拍屏幕。

"证据就在这儿，你想抵赖？你们每个人的手机里都有，敢不敢跟我们去派出所？"白小婧拿着手机跟他们叫嚷。那个被抢了手机的男的看店里所有人都在看他，有点恼羞成怒，上来就要抢回手机。许珍贵挡着白小婧，还是被他推了一个趔趄，白小婧躲了一下，她撞在了后边陌生食客的桌上，刚上桌的锅被撞翻了，热汤泼了她俩一身，也溅到了桌边人身上。

郑前程推门进来，上去扯开正揪着许珍贵衣服那人，大声喝道："干什么呢？手放开！"

"怎么，还摇人？一群毛孩子，谁怕谁啊？"那男的还在嘴硬，郑前程一拳招呼过去。这下跟他一块儿的那几个人也坐不住了，轰地站起来，小小的店里瞬间打成一团。

最后还是打电话给了派出所。民警过来，看了店里的一片狼藉，几个偷拍的人有个手机掉进了汤锅里打不开了，有个摔碎了，剩下三个都还好用，里面都有刚偷拍的视频和照片，还有很多已经被他们发到了一些不知道有什么人的本地群里，里面上百条聊天记录不堪入目地点评，扫一眼都气到发抖。

留下来做笔录的店内客人也看不下去，嘲讽道："这种龌龊事敢做不敢当，要不要脸了？"

"赶紧删了吧，老大不小的还在这儿丢人，垃圾。"

"挨揍活该。"

店里也被他们损坏了东西，各自依价赔偿。许珍贵和白小婧都被热汤泼到，白小婧穿了长衣长裤没有大碍，许珍贵穿得少，需要去医院处理一下。

手机里的视频和照片当场删了。"你还有什么别的诉求吗？"民警问许珍贵。

"有。"白小婧插嘴道，"这几个人，各自手写一封道歉信发朋友圈，并且明天在人流量最多的时候站在外面街上朗读一遍。"

"你有病吧？"那几个人立刻又破口大骂，"都把我们打成这样了。"指着郑前程："这死小子你们叫来的吧？我告诉你，医药费你们出，没跑了，还念道歉信？我碰你们一根汗毛了吗？不就是拍了两张照片吗？你们可是出手伤人！……"

差点就又闹了起来，还好民警在，喝止住了。

姜尔尔一直站在众人身后没敢说话，这时候偷偷碰了碰白小婧，小声说："别了吧。万一他们记了仇，以后来你这儿闹事，怎么办？算了吧。"

本来许珍贵觉得白小婧的要求也不无道理，但后来想想，还是担心大家平日里的安全，怕以后惹祸上身没完没了，只好妥协，让他们当场写了道歉信，贴在了自己店门外，然后拍了下来。

事情结束之后已经很晚了，女孩们都回了家。许珍贵要去医院处理一下烫伤，郑家悦要跟着，许珍贵知道她的特殊情况，坚决不让她跟。

"那我也得去处理一下，我也烫伤了，也挺严重的。姐，你说是吧？"白小婧咋咋呼呼地说。正在扫地的大姐看了他俩一眼，意味深长地笑了笑。

白小婧凑到郑前程面前，故意问："帅哥，你那天故意不加我微信，怎么回事？鉴于你刚才挺身而出保护我，身手还不错，我就原谅你了，罚你陪我去医院开药。"

郑前程说："你烫得不怎么严重。不信你现在撸袖子看一眼，你要能找着烫哪儿了，你的医药费我给你出。"

一句话噎得白小婧直翻白眼，没跟回楼上换衣服的许珍贵和郑家悦打招呼，就气呼呼地走了。

3

从急诊出来，打不到车，许珍贵说走一走也挺好，郑前程就陪她走路回去。

"今天谢谢你了。"许珍贵一边走，一边斟酌着措辞，"但是，其实对我们来说最重要的事情，不是他们挨揍就能解决得了的。重要的是这种恶心的人以后不敢有这种恶心的行为，重要的是不能一看到女孩们穿得少跳舞就要担心有没有人偷拍，恨不得雇几个打手保镖在旁边……如果这种事情能像查酒驾、查骑电动车不戴头盔这样，抓到一次就广而告之，亲戚朋友老师同学上级同事全知道，我就不信他们以后还敢偷拍。"

她在那儿絮絮叨叨，看到郑前程一边走一边刷手机，就停下来："你有没有听我说话呀？我没有不感谢你，我只是觉得暴力不是解决问题的根本。"

郑前程从手机上抬起头来。"有。"他说，"我听着呢。"

他转过手机屏幕给她看："……我在看你这个监控能不能设置个警铃，能的话，至少能吓人一跳，或者设置一个紧急联系人，一键拨打110什么的。"

许珍贵就笑笑："谢谢。"

两个人就继续走。

"我没有怪你的意思，今天也多亏你帮忙。"她说，"白小婧说你是见义勇为的爱心人士，特帅。"

"哦。"郑前程答应了一声，没接话茬儿。

过了一会儿，他没头没脑地提起："你知道我小时候为什么去武校吗？"

"不是你太能惹祸了，你爸妈才送你去的吗？"许珍贵奇怪他为什么突然说这个。

"嗯……是。你知道我为什么太能惹祸吗？"他说。

"这我就不知道了，"许珍贵笑，"小孩调皮捣蛋，什么都是理由。"

"其实我也不是天生就调皮捣蛋的。"郑前程说。

很小的时候，他也能一个人专心致志地玩点什么消耗掉一整个下午，也能在他姐写作业的时候坐在旁边看他看不懂的小人书不捣乱。

刚上小学没多久，同学们就知道了他妈在离学校不远的地方开小卖部。班里好几个男生一放学就拉帮结伙过来，专门趁他妈不在，他或者他姐帮忙看店的时候，七手八脚拿一堆东西不付钱，还把货架搞得一团乱。他那时候又瘦又矮，不敢跟人家争。他妈回来发现，就会气得打他俩，打完又自己哭一场。在学校被那些男生欺负，他也不敢回家说，他妈只有开家长会的时候才听老师说他胆小爱哭又不合群。后来，他偷偷听到他爸妈说："咱家儿子这么胆小怕事，哪像个男子汉？这以后可怎么办？"

怎么才能不"胆小怕事"呢？以七岁的他的理解，那就是跟班里的男生一样调皮捣蛋就可以了。毕竟他们闯再多的祸，捅到家长那

173

儿，也不过是一句"浑小子调皮捣蛋，长大懂事就好了"。

后来他就变成了大人眼中永远在闯祸的冥顽不灵的小孩，随时随地到处搞破坏，跟别的浑小子们上山下河偷鸡摸狗，打架打进医院，然后学校气急败坏地找家长训话，领回家再挨一顿胖揍。

有一年春节，他跟其他孩子在自家小卖部里玩炮仗，祸害了大部分的货品。他妈损失了好多钱之后受不了了，跟他爸商量，读不下去书就先别读了，找个能管住他的地方吧。

从武校回来，他就完全成了他小时候讨厌的那些小孩的样子，也是老师家长最头疼的那种小孩的样子。那时候他姐正忙着升学考试，没空搭理他，爸妈更是恨铁不成钢，打又打不动，骂又骂不赢，每天家里都鸡飞狗跳的。

再后来他不知道哪一天突然情窦初开，喜欢了一个女孩。但女孩又不傻，看他整天闯祸的浑不吝的样子，恨不得对他敬而远之，人家喜欢一个隔壁班的男生。就像成千上万的校园情景剧一样，就因为那男生总来班里找她，他就跟人家打了架，还美其名曰是为了保护她。闹到学校之后不仅他被记了过，他爸妈还去给男生全家和女生全家赔礼道歉并赔付了医药费，回家还免不了对他混合双打伺候。

"明白啦。"正好走到店里楼下，许珍贵了然地说，"所以你是喜欢一个女孩就要保护她为她打架的那种。"她拍了拍他肩膀，挥挥手往楼里走："原来是你姐看走眼了，你跟白小婧确实是天造地设的一对，明天我就帮你助攻一下，放心。"

郑前程在原地愣住："……哎？我话还没说完呢。"

"晚安了。"

"……晚安。"

第二天白天铁锅炖店没有开门，老板大姐忙活了一上午，清理店里的狼藉。许珍贵和郑家悦过意不去，在还没上课的时候下楼来帮忙。大姐让她们留下来吃饭，两人还觉得有点过意不去。

"本来你这儿每天挺热闹的，就因为我们捣乱让你关门了。"许珍贵说，"哪还好意思在你这儿吃饭？"

"这有啥不好意思的？要是我昨天先看着，我也得把他们按这儿揍一顿。没事，收拾完晚上照常营业，咱们该吃吃该喝喝。"大姐一边利落地收拾，一边说，"你们就跟我闺女差不多大，帮一把也是应该的。"

"啊？"许珍贵尴尬道，"姐，你孩子都这么大了？"

"二十来岁，三十来岁，没什么区别嘛！都是年轻人。我闺女也是一个人在南方工作，她在外遇到点什么困难，我也希望有人帮一把。"大姐收拾得差不多，直起腰甩甩手，转身往后厨走，叫厨师来个炖锅。

锅刚端上来，郑前程就推门进来了。

"嗬！这小子挺有意思啊。"大姐盯了他一眼，"天天往这儿跑。"

"因为他姐住我这儿呢。"许珍贵解释道，"而且……"

郑前程在她旁边坐下，故意打断："能蹭吃吗？我买单。"

"这位爱心人士，白小婧今天不来，她没课。"许珍贵逗他。

郑前程翻了个白眼没有回答。

大家围坐在热乎乎的炖锅边，听大姐讲她年轻的时候怎么离了婚一个人把闺女拉扯大，又怎么白手起家供闺女读大学。郑家悦一边听一边低头刷手机，看到许珍贵把昨晚的事情原委和照片都发在了视频号和朋友圈里，女孩们也都在朋友圈纷纷转发，像在进行什么神圣庄严的仪式。她又想到昨天混乱之中看到的那些人发在群里的恶俗的话，不由得心里一阵别扭。

"……我们以后，是不是不要穿那种衣服了啊？"她小声问许珍贵。

"啊？"

"就是，昨天他们说那些很难听的话。"郑家悦说，"我们以后不要穿得那么暴露了吧。"

许珍贵还没回答，坐对面的大姐先听到了，豪迈地大手一挥："怎么的？这要是我闺女，我就告诉她，爱咋穿就咋穿，爱咋跳就咋跳，咱又没犯法，又没碍着别人！有苍蝇就赶走呗！还能因为外面来几只苍蝇，咱以后连饭都不吃了？"

郑家悦就不好意思地笑笑。

许珍贵一边吃，一边囫囵着说："他们偷拍是他们龌龊，咱们爱穿什么是咱们的事，错的不是咱们，不需要改变。咱们这里地方小，相对没那么多元化，我也早就想过可能遇到这样的非议。但是你看，还是大姐这样的人多吧？以后会越来越多的。"

"就是。"大姐说。

"对我来说，最开心的事，是看到你们一个个都开心起来，好看起来，这才最重要。别的，爱谁谁吧。"许珍贵说。

郑前程在旁边笑。"就是，"他说，"谁说只有小姑娘才能漂漂亮亮的，我也上过体验课，我下次还去，当你唯一的男学员。"

许珍贵大笑："……这要经过其他学员的同意才行。"

"行。但是我先声明啊，我不穿紧身衣。"

郑家悦想象了一下："求你千万别穿。我会想揍你。"

三个人都笑了。

说到做到，没过几天，中午许珍贵正在准备上课前的东西，看到郑前程还真来了。

"我姐在吗？"他故意到处张望，"我来讨打了。"

"真的来讨打的？"许珍贵笑，"不是来讨见义勇为的嘉奖？"

"你又笑话我。"郑前程垮下脸来。看到郑家悦没在，他奇怪道："她怎么住在你这儿都不见影？"

许珍贵打岔道："你还真来啊，今天没课啊？"

"啊。"他说，"要是再遇到有人偷拍，这不等着见义勇为呢吗？"

许珍贵就笑。"不用。"她说，"你来玩可以，但是这个真的不用。"

来玩也不一定可以，陆续过来上课的妹妹姐姐阿姨们听陈莎和姜尔尔说了偷拍的事，今天一看到有个男的混进来，立刻警觉地纷纷质疑。

"从来都没来过男的玩这个，你不是也想来偷拍的吧？"

"不行，我们女孩换衣服练习动作什么的已经习惯了，这个屋里就没有出现过任何男性生物，以后最好也永远不要出现。"

"就是，帅哥也不行。"

"……其实小许老师说跳这个舞的也有男的。她之前不是给咱们看过视频吗？"

"那不管，反正在咱们这儿不行。"

"要不搜身？看看他手机。"

"万一身上有针孔摄像头呢？"

"……"

郑前程哭笑不得。"大姐们，"他说，"我也算是学了好多年运动康复的，光是腰椎间盘突出的膝盖积水的叔叔阿姨我都教过无数个了，下到六岁上到六十岁我都教过，我不至于来这儿跟你们编瞎话吧？！"

大家都很有原则，虽然郑前程看起来"人畜无害"挺招阿姨姐妹们喜欢的，但还是毫不留情面地要把他请出去。正在闹哄哄的时候，店门口走进来一对中年夫妇。姜尔尔刚从更衣室里出来，正打了个照面，姜尔尔大吃一惊："爸？妈？你们怎么来了？"

"我们怎么来了？"夫妇俩怒气冲冲，一边一个揪住姜尔尔就往外拖，"才知道你天天在这儿搞什么鬼东西。你考研为什么老考不上？啊？你好好学习了吗？""瞒着我们跑这儿来穿个背心裤衩跳舞？给你报的班你不去，给你找的相亲你不去，这么大的人了，一天天能不能有点正事？！给我滚回家去，看你还敢胡闹！""要不是看见你转发什么破玩意儿，你还想瞒我们多长时间？这日子不过了是吗？家里人关心你，你就是这么糊弄我们的？"

一路把她拖下楼，许珍贵追出去递了她的包和衣服。大家也不闹了，都跑去窗前，看到姜尔尔她妈在街边把衣服摔在她脸上，她失控地冲他们吼了句什么，然后蹲在地上号啕大哭。

4

学员们开始上课之前，许珍贵把郑前程送出了门。

"等下次白小婧在，我再叫你来。"她调侃道，"不是我不帮你，她们都是我的学员，让她们满意是我的第一准则。也不是我歧视你不让你玩这个，玩这个的也有很多男性，跳得都很好、很专业。不过你呢，我都知道你不喜欢，就不要强装感兴趣了。"

"好吧。"郑前程只好说，"那如果以后还有麻烦事，你一定要第一时间告诉我。"

"嗯。"许珍贵点头，"你的好意呢，我心领了，但是我们真的还好，暂时应该还不需要什么别的保护，放心吧。虽然了解这个的人很少，不尊重的又很多，但是只要大家还愿意在一起开开心心地玩，我就会一直坚持下去。"

"等我姐回来，你跟她说一声，就说爸妈又派我来催她回家了，反正只要她没回家，我隔三岔五就来催她。"

许珍贵笑道："好。"

郑前程忍不住问："她到底是不是有什么秘密瞒着家里啊？什么都不说，爸妈也不知道她心里在想什么，都挺担心她的。"

"……她想说的时候一定会说的。"许珍贵只得说。

家人其实没有她想象中那么疏远，郑家悦也明白，即使她一向把自己的姿态放得很低，时刻谨记自己是这个家的外人，父母其实在她的成长中也已经尽到了本分。虽然家里争吵是难免的，教育相比于同龄人也是缺席的，但她已经很庆幸能够走到今天。很多事情，即使是亲生父母也不见得就会做出有利于孩子的最佳选择，弟弟是亲生的，爸妈还不是一样只会简单粗暴地"混合双打"？

　　对于郑家悦爸妈倒是放心的，因为她外貌平平，又一心扑在学习上，在这方面绝对是所有爸妈梦寐以求的好孩子榜样。初高中的时候，祝安安收到的情书藏不过来，就全都交给郑家悦帮她保管，反正被发现了也不会被怀疑。

　　"唉，太受欢迎也是很让人困扰的。"祝安安总是一边把情书往郑家悦床铺枕头底下塞，一边做作地感叹。没办法，祝安安爸妈在这方面是资深情报侦察机构，她必须熟练地瞒天过海、暗度陈仓才行。

　　但她爸妈还是敏锐地发现了她喜欢贺尧的蛛丝马迹。学校通常不让带手机进校，祝安安总偷摸带，有一次周末返校把手机落在了家里，那时的破手机还不能设锁，她妈很快就找到了她偷拍贺尧的像素模糊的照片。

　　他们知道贺尧成绩好，祝安安跟成绩好的同学当朋友他们是支持的，但喜欢是万万不可以的。祝安安回家后立刻被她爸妈联合审讯，问她是不是因为早恋导致摸底考试全班倒数。

　　"爸，妈，我什么样你俩还不清楚吗？"祝安安无奈道，"我不早恋，难道成绩就能正数了？"

　　理是这么个理，但她妈还是没收了她的手机，并且在得知贺尧是尖子班将来要冲状元冲清北的选手之后反倒放宽了心，觉得自己家这个绣花枕头闺女应该跟人家不是一路人。

　　但祝安安并不这么想。她已经打定主意要走艺考这条路，贺尧能考去北京，她自然也能。那时的她，差劲但自信，拥有着不撞南墙不回头的气概。

祝宁宁性格不像她，虽然也收情书，但并没把这种事情当成什么好事，被她妈抓到的时候，就跟走路踩到狗屎似的，嫌弃得恨不得立刻撇清关系。

"她性格没有你开朗。"她妈这样说。

"以前你可不是这么说的，"祝安安说，"以前你形容我，可不叫开朗，你说我到处撩闲，花蝴蝶花孔雀都没我招摇。"

"……我忘了，没这么说过。"她妈讪讪地说，"现在你愿意多出去走走了，也挺好的，但还是要多注意一点。你每天在那个网上直播啊，那么多人都看见你长什么样子了，网上很多骗子的，要多加小心。"

"我知道。他们就是看，我也不会跟他们私聊。"祝安安说。

其实她并没说实话。那个总给她刷礼物刷到榜首的人，她跟他加了私聊好友，经常会在除了直播以外的时间聊聊天。因为居住的城市相隔很远，她也不用担心见面，平时就发在主页的图片、看过的书和电影，随便说说话，就像朋友一样。他不会问她的隐私，不会问她要生活照，也不会问她做什么工作、家里有什么人、是不是单身，这让她觉得很放松。这个秘密是她生活里秘而不宣的小小快乐，就像经久枯干的一棵小苗，在偶尔阳光照进来的时候，又偷偷地发了一丁点儿新芽。

"不会就最好了，"她妈有意无意地加了一句，"那些看了你直播找你说话的，万一不是什么正经人呢，小心一点没有坏处。"

"怎么看我直播就不是正经人了？我就是教教化妆唠唠嗑，哪里不正经？"祝安安有点不满，掸道。

她妈并不想惹她发脾气，没说什么就去厨房做饭了。祝安安觉得她妈没头没脑提起这些有点奇怪，听厨房里抽油烟机的声音很响，油锅开着她妈也顾不上她，就挪到客厅去，拿起了沙发上她妈的手机。密码是她和宁宁的生日，她打开随便翻了一下微信，也看不出来什么，又点开相册。

相册的照片是根据来源自动归类的，她突然看到了她直播平台的名字，心想她妈从来不看她直播，为什么会有这个相册？打开一看，她看到了几张熟悉的图片，正是那个每天跟她聊天的人，他的头像和主页发的图都在这个相册里。

心里的火一下子就蹿了起来，祝安安脸色铁青，气得手发抖。

抽油烟机的声音停了，她妈端着刚炒好的菜出来摆上桌，就看到祝安安咬牙瞪着她。

"这是什么？"她举起手机，"妈，你觉得这样有尊重我吗？这样是保护我，是吗？假装成我的粉丝，看我直播，跟我聊天，这样我就安全了，不会被不正经的人骗，是吗？我都这样了，我都是个废人了，这辈子我都离不开轮椅，离不开这间屋了，我还能怎么被人骗？！"

"不是这样的，"她妈连忙道，"你听妈妈解释……"

"还解释什么？你不一直都觉得我就是个只知道作死的恋爱脑吗？"

她回到自己房间大哭，饭也没有吃。

深夜她出来，打开冰箱，看到里面留给她的饭菜封在保鲜盒里。她犹豫要不要吃，但是肚子已经不争气地叫了很久了，她只好抬手去够。冷藏区有点高，她坐着轮椅够不着，拿下来的时候碰翻了旁边的水果，橙子、苹果滚落一地。

她妈听见声响，从卧室里开门出来，她立刻转身挪回自己房间。

"我帮你热一下。"她妈在身后说。

她没回答就关上了门。

本来今天应该直播的，但她没有播，只是登录了平台，没看未读的消息就直接删除了那个好友。她觉得既尴尬又羞耻，就像小时候的情书和照片被她妈发现那种感觉一样。那棵刚刚开始起死回生的新芽，那些本来以为可以隐秘地宣泄的情绪，一旦赤裸裸地暴露在最亲近的家人面前，这种公开处刑比死还难受。

他们就从来没相信过她。从小到大，都认为她不把心思放在学习上，成天被给她写情书的小男生影响，或者满脑子都想着人家贺尧。余多退学之后，她本来想着高中毕业之前还有机会接触贺尧，结果发现他更孤僻了，每天窝在尖子班的教室里几乎不出来，看起来也魂不守舍的。即使每次摸底考试都能在榜单第一名看到他的名字，他脸上也半点开心都没有。

许珍贵因为请假去医院照顾爸爸，很久都没在宿舍住了，成绩也下降了不少。离高考的日子越来越近，每个人的弦都绷得很紧。郑家悦拼了命想要挤进年级前十名。祝安安瞒着爸妈从学姐那里求来艺考的攻略，自己偷偷策划，也开始打着手电熬到很晚才睡觉，早上困得再也不想早起梳头化妆了。但艺考要去北京考，她不可能一瞒到底，她得有钱，还得花时间去北京考试，这是一个宏大而秘密的计划，单靠她自己几乎不可能实现。

第十一章　希望

"不要回头看，不要后悔。往前走，才有希望。"

1

晚上熄了灯，等宿管查完寝，祝安安看到许珍贵溜去了水房，就也从自己床上爬起来蹑手蹑脚过去，果然看到许珍贵一边磨磨蹭蹭地刷牙，一边手里还拿着小本本不知道背着什么。

祝安安和许珍贵那段时间没怎么讲话。余多退了学，她俩本来还因此别扭着，许珍贵反感祝安安欺负余多，祝安安嫌许珍贵装圣母多管闲事。但许珍贵家里出事后，祝安安又是真实地为许珍贵担心；许珍贵看祝安安突然开始努力学习却仍然在混子班考倒数，也真心为她着急。但两个人都闷在心里面，每天抬头不见低头见也把对方当空气。

许珍贵吐掉牙膏沫，在镜子里看到祝安安在门口，没回头："有事吗？"

祝安安就凑过来，像什么事都没发生一样笑嘻嘻道："我偷拿了我妈新买的眼霜，说对黑眼圈有效果。你要不要试试看？"她从裤子口袋里掏出一个小盒子。

许珍贵看她有意示好，也没有冷脸，说："得了吧，天天在被窝里熬夜，有什么能对黑眼圈有效？要是明天就高考完，我黑眼圈后天就没有了。"

"你这次模考怎么样？"祝安安问，"好像郑家悦这次年级十五，我昨天本来想祝贺她，看她在楼道里哭，就没敢过去。"

"……我还行。"许珍贵说，"我比上次进了四十多名。"

"那是好事呀！"祝安安挽住她胳膊，"你爸妈一定很开心。"

"他们不知道，也顾不上开心。"许珍贵说，"我爸终于要出院了，我妈不让我再缺课了。"

"叔叔肯定能很快好起来。"祝安安说。

许珍贵收拾起洗漱的东西，没接话。

爸爸虽然出院了，但家里不可能回到从前了。为了爸爸的治疗，妈妈瞒着他借了不少钱，还不敢让他知道贺尧爸爸已经身故的事，怕他病还没好，人又气过去。

得知许珍贵这段时间缺了不少课，她爸坚决不让她再待在家里。"马上回去住校去。"他说，"不能因为家里的事，影响你复习。"

"我还不想因为复习影响家里的事呢！"许珍贵不满。

"不行。"她爸坚持，"你高考才是最重要的。你考上你理想的大学，爸爸病就好了。"

"……爸，我不是小孩了。"许珍贵无奈地说，心里又有些酸楚，"你别总把我当个傻子一样哄，行吗？"

但她还是听话回去住校了，回去前的晚上她跟她妈挤在客厅的小床上，听着卧室里她爸睡不着发出的沉重的呼吸声。

"爸会好吗？"她小声问她妈，"医生不是说，恢复得好，就有希望回到正常的生活吗？"

"会好。"她妈想都没想就回答，"咱们一家人好好地在一起，就一定会好。"

"爸是不是希望看到我考上好大学？"她又问。

"你如果能考上，我们当然高兴。"她妈说，"你是爸爸妈妈所有的希望。"

从医院回来后，严瑾曾来看望过，被许妈妈赶了出来。

"你赶紧走吧。"许妈妈说。

她没说话，但也没走。

"你别来哭惨了，以后你都别来了，我不想再见到你。"许妈妈说，"要说惨，两家都惨，两个小孩子最惨。你有你的儿子要心疼，我也有我的女儿要心疼。现在他人没了，既然你不能替他还钱，你来说什么都没有用。"

严瑾沉默了半晌，许妈妈转身要回去，她拉住，从包里拿出了一个陈旧的信封，塞给许妈妈，里面是一沓钱。

"咱们不要她的钱。"回来的许珍贵听她妈一说，有点气愤，"爸现在都这样了，这点钱杯水车薪，她还装腔作势地来关心。"

"……留着吧。"她妈说，"多少都是钱，家里现在每一分钱都不容易。"

在她妈印象里，严老师从来没有这样低声下气地求过别人。"我这一辈子，都指着尧尧在活。我除了教书，没有什么用，我可以砸锅卖铁一辈子，一点点还你们的钱，但他是无辜的，他和我一样，恨他爸……我不能让他受到他爸的影响，我还指望着他好好走他自己的路，考上他喜欢的大学。他有他的未来，有属于他自己的人生……"

但许珍贵心里明白，贺尧自己可能都不知道他自己的路在哪儿，他没有喜欢的大学，也不知道他的人生应该是什么样子，可能是什么样子。他从来也不曾属于他自己。

"我可能一点都不了解他。"听许珍贵简单说了他们两家的事之后，祝安安小声感慨道，"可能我真的没有余多了解他。"

许珍贵没说话。

"她走了我才知道她家里是……那样的。"祝安安又说，"那些人笑话她和她姐的时候，我可什么都没说啊，我也没再欺负她，真的。你知道我不是那样的人。"

"算了。"许珍贵想起她妈一遍又一遍叮嘱她的话，一时间觉得有点疲惫又迷茫，"各人管好自己就好了，别的也无所谓了。"

"那现在叔叔治疗还缺钱吗？"祝安安又问。

"缺是什么时候都缺的。我妈只让我好好高考，别的什么也不让我管。"许珍贵叹口气，说。

黑暗里祝安安看着许珍贵的脸色，一副欲言又止的样子。许珍贵莫名其妙地看了她一眼。"你有话就说。"她说，"别磨磨蹭蹭的，我要回去睡觉了。"

"那个……"祝安安犹豫着开口，"我能不能求你帮个忙？"

"嗯。"

"我借你钱。"祝安安说。

"啊？！……"

郑家悦溜下床的时候看到许珍贵和祝安安都不在，还有点奇怪，来到水房，果然看到她俩头碰头蹲在墙角嘀嘀咕咕。她打开手电照过去。

"你干什么？"

"吓死人啊！"

"……你俩在这儿鬼鬼祟祟干吗呢？"

祝安安说的帮忙，是她想让许珍贵帮她撒谎，然后自己一个人去北京艺考。"我就跟我爸妈说，是你要去艺考，我陪你去。你给我家打个电话说你爸妈没办法陪你去，就行了。"祝安安很有信心地说，"我跟他们说过你爸爸住院了，家里困难，我想借钱给你，他们会相信的。然后我多要点，这样我的路费什么的也就要出来了，还能借你钱，这不是一举两得？"

"我不要。"许珍贵说，"多少钱我都怕我还不上。"

"还不上就还不上，难道我的路费还能还啊？"祝安安手一挥，毫不在意，"没事，反正我自己也花了，到时候我就说都是我花的，他们也不能拿我怎么样。"

"但你要去北京啊，你骗他们说我考，我又不去啊，被发现怎么办？"许珍贵说。

"没让你去，你什么都不用干，就是那几天万一他们给你家打电话什么的，你别接，别穿帮了就行。"祝安安说。

"……我没有电话。"许珍贵说，"我也没有家了啊。"

"……好吧。"祝安安一愣，下意识拍了拍自己嘴巴，"反正就是这个意思。谎是我让你撒的，就算我爸妈以后发现了，也只能拿我出气，不会跟你有关系的。"

"你干吗不找郑家悦帮你装？"郑家悦过来之后，许珍贵说。

"……她成绩太好了。"祝安安说。

"……"许珍贵没法反驳。

"你疯了吧？"郑家悦听了前因后果，疑惑地问，"你非要瞒天过海去艺考，是为了贺尧吗？"

这话一下子把祝安安问住了，她哑然好一阵，才犹豫着说："……是吧，也不是。"

"那你爸妈要是知道了，不得完蛋吗？"许珍贵问。

"……"祝安安低下头抠着手，半天才说，"是，贺尧一定会去北京，我也想去。我不怕你们笑话我丢脸。但我如果不走艺考的话，我不像你们，我可能哪儿都考不上。"

她沉默了一会儿。

水房里太黑了，郑家悦就拿出手电打开，但也难得地没有抓紧时间背她的书，而是听着她们俩的话。

许珍贵轻轻叹了一口气，什么也没说。但在那一刻，她觉得她们三个人是一样的，不管是拼了命想够清北的郑家悦，还是想考985或

211 的她自己，或者是就为了能上个像样的学校的祝安安，她们站在不同的起点，却都要努力踮起脚去够不知道能不能够得到的东西，都在为自己争取一条能走的路。虽然路通向不同的未知的远方，但为了走得远一点，再远一点，谁也不丢脸。

"……所以我想试一试。你们觉得我是因为喜欢他也无所谓，我就想试一试。"祝安安小声说。

又过了好一会儿，许珍贵才开口说："……我们家是挺缺钱的。我妈要是知道我借同学钱，可能也会不高兴。但是……"她看了一眼祝安安，黑暗里祝安安观察着她的脸色提前露出了喜悦。"要是你能顺利去艺考……你让我怎么帮你，就怎么来吧。"

祝安安兴奋地尖叫起来，许珍贵吓得赶紧捂住她嘴。

"就那么激动？"郑家悦连忙回头听走廊里有没有宿管的脚步声。

"……你是我的大恩人！"祝安安手舞足蹈，"我的录取通知书，有你的一半！"

"……我要你的一半干什么？"许珍贵说，"咱们各自有各自的录取通知书，那就最好了。"

三个人头碰头蹲在水房里，四周漆黑寂静，手电筒放在中间，光束直冲天花板。

"我们三个好像在拜神仙。"祝安安扑哧一笑，"有点搞笑。"

"拜神仙有蹲着拜的吗？"许珍贵好久都没有轻松地和她俩聊天了，终于也放松下来，难得地露出一个笑容。

"拜什么神仙，神仙能帮我多考几分吗？"郑家悦小声叨咕，"我要是多几分，这次摸底就进年级前十了。"

"希望咱们都能一切顺利。"祝安安小声说。

"一切顺利。"郑家悦说。

"一切顺利。"许珍贵也说。她已经很久没有像小时候那样，笃信自己是世界上最幸运的人了，但在那个寂静的晚上，在阴冷的水房里，看着对面两个女孩被手电光照得奇奇怪怪的脸庞，她真的很希望在那一刻，有幸运降临到她们每个人的身上。

2

提心吊胆地，这个秘密终于被郑家悦隐瞒到了去医院做手术的前一秒。在等待的时候，她望着跑来跑去帮她办各种事情的许珍贵，突然觉得格外孤独，却又格外感动。明明就在这个去哪儿都不超过半小时的小城里，明明自己从小到大最亲近的家人就在不远的地方，但和自己是最近的血缘至亲的，是这个还没见面就会永远离她而去的孩子，而唯一忙前忙后帮她的，也只有不是亲人反而亲似姐妹的朋友。

陪郑家悦做手术的这几天，许珍贵店里停了课。康芸的小孩生病了，每天都要去医院做雾化，不能来带课，白小婧去外地考教培证了，是许珍贵特意找了以前学教培的同学帮她推荐的，得下周才回来。还好最近都是老学员来上课，许珍贵称是郑家悦身体不舒服要做个小手术，大家知道她们的难处，也都理解。只有郑前程觉得不对劲，又不清楚她们两个人在搞什么鬼。许珍贵被他三天两头旁敲侧击烦得没办法，又得帮他姐打掩护，只好瞎说自己生理期肚子疼就任性停了课不想上。

等许珍贵处理完，回到郑家悦旁边坐下，看她在掉眼泪，以为是她害怕了，也不知道怎么安慰她，只能说："没事的，没事的，医生不是说了吗，你身体健康得很，这就是一个小手术，不会有任何危险，别怕。"

"没有，我没有。"郑家悦连忙抹掉眼泪。

"你是不是想爸爸妈妈了？"许珍贵握住她的手，"其实我觉得，你还是回家去休养比较好，我这里毕竟是临时的，我怕我照顾不好你，毕竟身体比什么都重要。回去以后，你好好跟叔叔阿姨说，他们会理解的。"

郑家悦怔忡着，并没有仔细听许珍贵说的话。她想着那个曾经为了和李楷有一个共同的孩子而疲于奔命的自己，不过短短几个月的时间，她已经丧失了所有积攒起来的成为妈妈的勇气和盼望。现在，她只想摆脱所有，体验一下有生以来几乎从未体验过的，真正独自一人无牵无挂的人生。

王秀菲回去之后曾经打来过电话，她回去后，她老公还是不把十万块钱还给李楷，一家人就那么僵持不下。但王秀菲没办法像她一样选择当断则断，没有收入和积蓄尚且不提，光是两个孩子的牵扯，就足以让王秀菲根本没有办法想象家庭的分割。郑家悦想起当时她问王秀菲的那句话，如果没有婚姻、老公、孩子，没有现在的这个家庭，她会是谁？都说未知带来恐惧，可能只有身处现在这样吊诡的时刻，未知才会带来力量和勇气吧，因为她也想不到有什么比现在这种情况更糟糕了。一想到从这个决定开始，她可以谁也不是了，她可以以从未有过的新身份开始未知的人生，她就什么都敢了。

在等待郑家悦做手术的时候，许珍贵焦灼地刷手机转移注意力，看到祝安安竟然破天荒地发了条朋友圈，是祝宁宁的照片。小姑娘穿着漂亮的花裙子站在河边树下，有点不好意思但很开心地笑着。

"春天来了，我看到了。"祝安安写道。

照片想必是祝安安给妹妹拍的，她竟然出门了，许珍贵不由得替她开心起来，立刻点了一个赞。没过一会儿，祝安安的消息就来了。

"这几天没在上课？最近还好吗？"

她怎么知道？估计是发现自己每天都在朋友圈刷屏，只有这几天消停。许珍贵回复道："没事，不舒服就放几天假啦，这就是自己给自己当老板的好处。"

郑家悦觉得许珍贵因为陪她耽误事，很过意不去。许珍贵就说反正那俩也没在，不差这几天。但有时郑家悦看到她在一边纠着眉头默默算账，就知道她开店以来的经济压力肯定也没减轻，只是不愿意说出来而已。

"没事就好。"祝安安说。

"什么时候过来聊天吧。"许珍贵说。

祝安安没再回复。

等郑家悦做完手术出来，两个人打车回去的时候天色已晚，刚到门口，就看到郑妈妈和郑前程站在那里等。两个人看了看郑家悦，又看了看搀着她的许珍贵，一副"你俩还想编什么瞎话"的痛心疾首表情。

二话没说，郑妈妈打了辆车把郑家悦带回家去了，也没把许珍贵当外人，指点她把郑家悦留在这里的衣服物品都收拾收拾送回家里去。

"两个姑娘，真行，就在这么个破屋里挤了这么多天也不回家。这儿能住人吗？还是动手术的人！"郑妈妈毫不掩饰对她们的责备，"多大人了？差点当妈的人了！还跟家里编瞎话，像样吗？这么大的事，能闹着玩吗？简直是胡闹！"

母女俩走了，被骂了的许珍贵灰溜溜地上楼给郑家悦收拾东西。郑前程跟在她身后，小心翼翼地说："……真不是我告密的。"

许珍贵倒也没生气，只是想着郑家悦这样重要的决定被家里知道了，肯定又是一场腥风血雨。

"……我哪知道你俩瞒的是什么事啊？我妈她非要来亲自看一眼，我只能带她来。就算我知道我也不能说啊。将来我姐要是打我，你得帮我说情。"

"……我真以为你生理期肚子疼不上课呢。"他为了自证，举起手里提的超市袋子，里面装的是卫生巾和红糖姜茶，"想说来看看你的。"

许珍贵也没客气："那你给我吧，我留着下次用。"

他就把袋子放在外面柜子上，还是跟在她后面。隔间放了两张折叠床和储物的小柜子，加上乱七八糟的杂物，根本转不开身，许珍贵好气又好笑地请他出去。

收拾好郑家悦的东西，许珍贵让郑前程帮忙把箱子拿回家。"我明后天就去看她。"她说，"跟她说好好休息，她要是想聊天，随时打给我。"

"这些天麻烦你了。"郑前程说。

许珍贵好笑地看看他："怎么突然客套起来了？我和她没什么麻烦不麻烦的。"

"你对你的朋友都这么好吗？"郑前程突然问。

"呃，这就算好吗？"她并没想到他会没头没脑地这么一问，顺口答道，"差不多吧，怎么啦？"

"……没怎么。"他截住话头，提过她手里的箱子下了楼。

第二天许珍贵本想去看郑家悦的，但是刘一念跟同学踢球撞伤了，正好康芸认识一位儿童医院的骨科医生，她要带她妈和刘叔叔一起去陪刘一念挂专家号，折腾了一整天，就没再去看郑家悦。又过了一天，总算康芸可以回来带课了，她才想起来给郑家悦打电话。

电话一直不接，她觉得奇怪，留了几条语音信息也没回，她又给郑前程打电话，通常他只要不在上课就一定秒接，但他也没接。

郑家悦她妈心疼她，说这可是小月子，必须照顾好了，否则怕落下病来。

"糊涂啊，你糊涂。"她妈一边把饭菜端到她床边，一边不住口地责怪，"万一落下病根，以后不能生了怎么办？你都这个年纪了才第一次怀，盼了这么长时间呢……可惜了，可惜了。"

郑家悦虽然知道她妈心疼她，却也无法附和。"以后能不能生不是我现在要考虑的事。"她说，"这个孩子我不能要。你不也说他们家都是畜生吗？"

"那他也是孩子的爸爸啊。"她妈翻来覆去地说，愁得眉头都皱到了一起，"……你怎么一声不吭就自己去做了呢？这可怎么办？万一他们家知道了怎么办？"

"有什么怎么办的？"郑家悦淡淡地说，"该怎么办就怎么办。"

说来也是神奇，明明只是一次手术，她却觉得离开她的是困扰了她这么多年的所有痛苦、纠结、焦虑、怯懦和无助。现在的她虽然身体是脆弱的，精神却从未这样澄明透彻过，好像只要这件事过去了，以后所有的困难就都不算什么了。

踏实地睡了一天一夜，她是被震天响的敲门声砸醒的。一睁开眼睛，她爸妈都在床前忧心忡忡地盯着她，把她吓了一跳。

"李楷来了。"她妈说。

3

大部分时候，郑家悦觉得她爸妈对她已经很好了，几乎和亲生爸妈一样亲，一样心疼，但也一样有着上一代人的局限和偏见。比如看到她受委屈是真的气愤，但另一方面又会下意识认为她这个婚既然还没离，就不能她自己单方面说了算。在她昏睡的时候，李楷把电话打到了她妈那里，她妈就把她打掉孩子的事说了。李楷当时就气炸了，连夜买了票回来。

郑前程上午有课很早就出门了，家里只有她和爸妈。李楷知道家里一定有人，坚持不懈地砸门，对门邻居出来骂了好半天。

"你为什么要告诉他？"郑家悦问她妈。

翻来覆去地，她妈还是同一个论调："他毕竟是孩子的爸爸啊，

193

你俩还没离婚，你这么一个人不声不响地躲在家里，不是个事……"

没有时间跟她妈掰扯，躲起来也确实不是办法，她只好从床上爬起来开了门。

李楷一看见她，眼圈就红了，进来就抱住她，号啕大哭道："老婆啊，老婆，你怎么这么狠心呢？"

郑家悦被他抱得跟跄了两步，没有吭声。

"……咱们想了这么多年，你知道咱俩多想要个小孩，咱俩这些年，有多不容易，你怎么能这么狠心？你都不告诉我，你就自己把他做了。你！自！己！做！了！你这是杀人啊你知道吗？这是咱们的小孩啊！咱们全家这么多年以来的希望，你连他来到这个世界上的机会都不给他……你不觉得这样很残忍吗？不想看看他吗？不想看看他长得像你多一点，还是像我多一点？……"

他涕泪交加地控诉，郑家悦听在耳朵里，却只觉得聒噪难忍。但她不想再跟他争辩什么，事情已经尘埃落定，对她来说，再也没有任何障碍能够阻拦她离开这段婚姻。

"别哭了。"她试图挣脱，"做都已经做了，哭也没有用。"

李楷瞪着通红的眼睛盯着她："老婆，你是在惩罚我，是不是？因为我太想要小孩了，一时糊涂，做了对不起你的事？但我发誓那就是个想法，我就是想一想！这不是没成吗？我们家人是想孩子想疯了才会糊涂，你是因为这个才恨我的，是吗？所以你才要报复我们的孩子！你真的太狠心了，孩子是无辜的，你为了跟我赌气，你就害死了他！"他大哭。

"……"郑家悦一时语塞，竟不知道要说什么来反驳他的荒唐和语无伦次，她再次试图挣脱。"你先放开我。"她说，"既然你过来了，那我们把协议签了吧。"

"我为什么要签？"李楷吼道，"咱俩没离婚！我不离婚，你是我老婆！我是孩子的爸爸！你没有经过我同意，就单方面打掉了咱们

194

的孩子！"他恶狠狠地瞪着她，手指箍进她肩膀里，仿佛因她执行了他那未见面的孩子的死刑，他就要亲手执行她的死刑。

"但这也是我的孩子。孩子是由我来生的，所以我可以选择生，也可以选择不生。"她尽量保持着冷静，"你如果跟我离婚，以后可以重新开始你的生活，也还会有你的孩子。"

"凭什么？！"李楷吼道，"你觉得你害死了我的孩子，还能拍拍屁股一身轻松地开始新生活？！我告诉你，门儿都没有！你就是杀人凶手！"

她开始觉得眼冒金星。"你别掐我，我喘不过气。"她说。

"你放开她！"她妈上来掰李楷的手腕，"放开她，有话好好说。"

"还有什么能好好说的？"李楷吼道，"你连自己的孩子都能害死，我还怎么跟你好好说？"

郑家悦被他摇晃着，觉得一阵天旋地转，两眼发黑，好像整个人被无边的墙壁从四面八方压迫过来，空间越缩越小，随着他的吼叫和推搡，试图把她的血肉骨骼碾作尘泥。她张不开嘴，也使不上劲，嗓子眼挤出的声音是细弱游丝的蚊子叫，很快就被吸收进那堵看不见的墙壁里听不到了。

恍神之间，她突然想起很小的时候，老师在课堂上问了一个很简单的问题，几乎所有的同学都举手了，只有每次都考第一的她没有举手。

答案她当然会，但她不愿意说。无论面对的是老师同学，还是后来的老板同事，她都不习惯在别人面前，用响亮的声音大声讲话。

她很羡慕那些敢于大声喊的小伙伴们。许珍贵笑起来夸张又大声，祝安安总是一惊一乍地尖叫，她们不管遇到什么事情，开心不开心的，惊喜或恐惧的，都敢喊出声来。只要喊出声来，就可以被听到。

她从来没有过。她仿佛天生不会喊，不会闹，不会拒绝，不会否认，不会恨，不会怒。

可是直到今天她才意识到，如果再不喊，再不闹，再不拒绝，再不否认，再不恨，再不怒，就会被这堵看不见的墙碾得粉身碎骨。

终于她拼尽全力，从胸腔深处，发出了一声尖锐又刺耳的嘶喊，难听到自己的耳膜都震得发疼。那一瞬间，那堵墙在她的心里应声碎裂。

她疯了一样的嘶喊吓到了她爸妈，也吓了李楷一跳，下意识地松开了掐着她的手，他从来没有见过她这副模样。

挣脱李楷之后，她瞪着发红的双眼，眨也不眨地盯着他看了十几秒钟，然后转身走进厨房，掂了一把称手的菜刀。

"我虽然刚做完手术，但拿菜刀还是拿得稳的！你不是说我是杀人凶手吗？我告诉你，我现在什么事都干得出来，你最好不要惹我！"她哑着嗓子，歇斯底里地，一字一句地吼道，"要么签离婚协议，要么你现在就给我滚！咱们民政局见！"

郑前程在楼下就听见他姐在吼，冲上来正好看到李楷一步一步被逼出门。他一看见他姐披头散发泪流满面手里还拿着菜刀，脑袋嗡的一声，火就上来了，正遗憾上次打得不够解恨。

电话一直没人接，许珍贵有点担心，就出门打车准备过去。但越着急越打不到车，只好放弃了，骑了平时代步的小电动车。刚到郑家悦家楼门口，还没停下，就看到李楷从楼里跑出来，一边跑一边回头，郑前程随后追出来，冲他喊："别跑！"

她就没停车，顺势冲李楷撞过去，李楷不认识她，吓了一跳，来不及转弯，被她虚晃一招拐倒了。许珍贵觉得自己这配合还挺帅的，正在得意，刹车没刹稳把自己也带倒，摔在地上坐了个屁股蹲儿。

郑前程看她摔倒，下意识想过来扶一下她。她赶紧指李楷："我没事，你逮他！"

于是郑前程追上去就揍。许珍贵坐在路边，看得龇牙咧嘴，想爬起来躲开一点远离战场，但又怕他闹出人命来，只得提心吊胆观战。

不过郑前程虽是学武出身的，但他很讲究，下手也不狠，不至于打出个好歹。但李楷细皮嫩肉养尊处优的，也没遭过这打，鬼哭狼嚎，四脚乱蹬一顿挠，郑前程脸上被他挠出印子来，嫌弃得皱起眉头。

"哎，你要头盔吗？"一边观战的许珍贵问，举了举自己骑电动车戴的小头盔。

"……不要！"郑前程说，"太！掉！价！了！"

"……差不多得了，"许珍贵说，"解解恨就行。为了你姐，尽量当个遵纪守法的好公民吧。这儿也没啥人，除了我，也没人观赏你见义勇为。"

郑前程就收了手，李楷在地上挪了几下，连滚带爬地跑了。

"你看，他还能跑！"郑前程过去把许珍贵从地上拉起来，惋惜地摇头，"我还是太保守了。要不是你总说我暴力……"

许珍贵又好气又好笑地看了他一眼，他就不说了。

回家上楼，许珍贵问他："你姐知道你又打他一顿吗？"

"什么叫又打他了？我上次根本就没打他，"郑前程又反驳，"就碰了他一下。"

许珍贵有点担心："你要是把他打坏了，他不会报复你吧？"

"你借他几个胆子都未必敢。"郑前程说，"是我姐把他吓出来的。你可没看到她刚才那样，拎着菜刀，像个战士。"

回到家里，郑家爸妈和刚才李楷在的时候那瑟缩的样子判若两人，又开始和稀泥地劝慰郑家悦。

"别撕破脸。再怎么说，也好聚好散吧。"她妈说，"你把孩子打了，他也挨了顿揍，算扯平了，以后谁也不欠谁。"

"什么话？"郑家悦一说话，撕破的嗓子把刚进门的许珍贵吓了一跳，"这怎么能扯平？这是一回事吗？今天如果不是郑前程揍他，招呼他的就是我的菜刀！"

虽然嗓子像破锣，但郑家悦好像从来没有这么硬气地说话。刚动完手术两天的她，站在屋中间，一手叉腰，一手挥舞着一直紧紧攥在手里没有放下的菜刀。这形象别人看起来滑稽又怪异，但她心里却充斥着从没体验过的兴奋，拿起的这把刀充满力量，被震碎后再拼起来的自己，也仿佛重生一般拥有了新的希望。

"你来了！"一看到许珍贵，她激动地挥舞菜刀迎上来，吓得许珍贵连忙小心翼翼拈了她的菜刀，转移给郑前程，郑前程转移给他爸，他爸转移给他妈，总算安全放回了厨房。

"你快歇歇吧，看你这一头虚汗，脸色都发白了。"许珍贵硬是把她按到沙发上坐下。

"他走了吗？"她问。

"……走了。"郑前程看了一眼许珍贵，简略地答。

"要是把他揍到走都走不动就好了。"郑家悦说。

郑前程又看了一眼许珍贵："你看！我就说我保守了。"

许珍贵扯起嘴角笑了笑，心下却奇怪，郑家悦怎么做了个手术像变了个人一样，像她弟似的，开始崇尚用暴力解决问题了呢？

等许珍贵回到家，她妈也带着刘一念从医院换药回来。刘一念踢球撞伤并无大碍，但她妈听老师说了事情经过，觉得是因为他跟同学起了冲突，差点打起来才受伤的，这几天难免想起来就叮嘱几句。

"那小子人高马大的，你跟他犟，那不是你吃亏吗？以后老师看不见的时候，他万一再打你，怎么办？"她妈教育刘一念，"咱尽量不惹他，不吃那个亏。"

刘一念人小鬼大，自然也不服气，但腿又疼，哼哼两句并没有辩解。

看到许珍贵回来，她妈莫名瞪了她一眼。许珍贵就知道她妈没事不会特意叫她回家来吃晚饭，果然在晚饭桌上她妈问："你是不是因为你那同学，停了几天课？这段时间她一直住在你店里？"

许珍贵吃着饭没吭声。

"我看到你发的了。"她妈又说。许珍贵知道她指的是店里偷拍那件事。

"……放着安稳的工作不要，回来折腾这些。你什么时候撞了南墙才能知道回头。"她妈叹了口气，恨铁不成钢地说。

"折腾也没有什么不好。"许珍贵说，"这段时间我挺充实的，也挺开心的，越折腾我越开心。"

"那你就非得掺和人家的事才开心？"她妈说，"我跟你说过多少遍了，别管闲事，从小就不长记性。不是妈唠叨你，招麻烦容易惹祸上身。"

从小她爸妈对她的关心，后来一点点变成了她性格中的一部分，用郑家悦的话来说，她就像个老妈子一样，总爱操心别人的事，别人让她帮忙她就倾力去帮，别人遇到困难她比别人还着急。忘记是几岁的时候了，她跟她妈去买菜，她妈在一边等摊主称豆角一边翻钱包的时候，松开了她的手两分钟，她自顾自地往旁边走了几步。就过来一个人，样貌形容她已经记不清了，问她去哪里哪里应该怎么走，能不能带他去。那时她太小了，并没有心智去怀疑人来人往的街上有很多身强力壮行事自主的成年人，这人为什么偏要来向一个几岁的小孩问路。但就算她有心智，可能也会热心肠地去帮他。

她刚往前走了两步，认真地冲前面的路口指着，思索着到底应该往哪边拐，就听到她妈一声吼叫冲了过来，一把把她捞起来就跑，以惊人的速度飞奔了数个路口，这才在离家最近的街角停了下来，把她放在地上，大口大口地喘气。她被她妈勒疼了，也吓到了，大张着嘴，惊愕得哭都哭不出声，良久才说："妈，你豆角呢？"

"还管什么豆角？"她妈臭骂了她一顿。

后来她才渐渐理解那是一个母亲对自己孩子的人身安全永远不

可能松懈的警惕和危机感，也开始明白为什么她妈总是希望她远离任何可能威胁到她的麻烦。她妈总是一遍遍不厌其烦地教导她，遇到意外，遇到危险，遇到陌生的让她不适应不习惯的人和事，什么也不要问，什么也不要答，能躲多远躲多远，赶紧跑。"管好你自己，再管别人。"她妈总是说。

在成长的过程中，她有了自己的朋友和伙伴，也开始了解自己以外的世界。如果说小时候的滥好心是懵懂无知，那长大后的古道热肠就只能解释为天性使然。在家人看来是缺点的性格，对朋友来说自然是求之不得。

祝安安对许珍贵千恩万谢，发誓只要她顺利去考试了，以后许珍贵的什么忙她都帮，上刀山下火海在所不辞。在她眼中，许珍贵就是她的贵人，正义的化身，救苦救难的菩萨，普度苍生的神仙。

唯一持反对意见的是郑家悦。那天在水房，她以为她们俩就那么一说，第二天就会被家长教育，发现她俩是认真的，觉得太胡闹了，去北京考试是大事，决定高考成败的，怎么可以瞒着父母擅自做主？

"你可是你爸妈亲生的，不像我。"她半是自嘲半是严肃地说，"何况你爸妈还对你有那么大期望？我建议你，要么老实跟你爸妈说实话，让他们陪你去北京考试，要么你就别一个人去，太危险了。"

"有什么危险的？不就是去北京考试吗？我五岁时我爸妈就带我去过北京玩了啊。"祝安安不以为然，"我是死也不会说的，说了他们就不可能让我去考试了。他们一直都觉得艺考这条路我不能走，不能学那种旁门左道的专业，他们宁可我考不上大学也不会让我去的。"

许珍贵站在祝安安那一边。"我觉得未必，"她认真地给郑家悦分析，"以她的成绩来说，走艺考还有可能是条路，她爸妈只是不愿意接受而已。要是她真的艺考成绩不错，回来再补一补文化课，说不定能考所她爸妈都意外的大学呢。你成绩那么好，不会懂她的难处的。"

郑家悦那时正复习得焦头烂额，和其他同学一样自顾不暇。她很想在摸底考试时拿到一次漂亮的成绩，能进全校前十，证明她是有可能摸得着清北的，但拼了命也进不了。她就像魔怔了一样，除了成绩，脑子里什么都不剩了。许珍贵随口说的一句话，让她觉得窝火，说话也莫名夹枪带棒起来。

"我是不懂她的难处。"郑家悦一边收拾东西从座位上起身，一边毫不在意地说，"说实话，我跟她爸妈一样，也觉得那种旁门左道的专业，还不如不念。"

祝安安立刻不高兴了："你不赞同就不要发表意见了，你成绩那么好当然看不上旁门左道，泼我冷水有意思吗？背你的书去吧。"

郑家悦倒也没生气，她的脑子里根本就没有留出空间给生气。她只是看了一眼许珍贵，淡淡地说："你也顾一顾你自己吧，别光顾着救苦救难了。"

"郑家悦！就你这种要成绩不要朋友的人，你以为谁看得起你啊？考清北又怎样啊？"祝安安喊道。但郑家悦很快出了教室，并没有听到。

许珍贵没有把祝安安的事跟她妈说，她爸刚出院，还需要静养，况且她妈要是知道，又要说她多管闲事了。还好她妈照顾她爸忙得转不开身，无暇顾及她。

祝安安带着运筹帷幄的斗志和希望，独自踏上了去北京的火车。

在她简单的心思里，这次出行天衣无缝，不可能被她爸妈发现。她根本就不知道，从她要来学姐的攻略，开始计划的第一天起，就没有一件事逃过她爸妈的眼睛。她爸妈看着她准备着自己的"偷渡"之行，从报名到准备，到买了去北京的车票。一开始他们还想过要不要摊牌，看她自己准备得也辛苦，还要瞒着他们正常进行学校的复习，成绩又差得这么稳定，就也只能想开了，随她自己去尝试吧。但毕竟还是不放心她独自去北京艺考，两个人商量后，前后脚偷偷地上了同一班火车。

头一次独自坐卧铺的祝安安兴奋激动到睡不着觉。她望着车窗外飞驰而过的夜色，幻想着以后成为享誉世界的艺术家功成名就的自己，回想起这个孤身赶赴未知的前途的夜晚，一定会热泪盈眶。

4

"不要回头看，不要后悔。往前走，才有希望。"

小时候每当她委屈哭泣时，姐姐就这样教育她。睡不着的时候，姐姐会给她讲她记事以前的故事，姐姐小时候的故事。

"那时候有妈妈吧？"她总会多问一句。

这样的时候姐姐不会敷衍她，会点头说："嗯，你也很想妈妈，我也很想妈妈。"

她至少记事之后是在小城里长大的，但姐姐幼时的记忆来自她已经无法感受和想象的穷苦的农村，吃住都成问题，更不用说持续读书受教育了。

所以姐姐从来都不后悔。她说，当她有机会跟着"城里人"离开她长大的地方时，她毫不犹豫就同意了。

"树挪死，人挪活。"她说，"留下来，我吃不饱，也没有书读。只要我出得去，怎样我都能活得下去。"

后来这也是爸爸屡次打骂教育她们的时候用的说辞："知不知道你有多幸运？和你们一样，在穷山沟里长大的女孩，现在过的是什么日子？你们过的是什么日子？"

姐姐知道那些女孩过的是什么日子，所以不想让她也过那样的日子。

"我就这样了，你不行，你还年轻，一辈子还长。"她说。

真的就这样了吗？她不死心，也不希望姐姐死心。从原本感激的"恩人""爸爸"变成喜怒无常肆意凌虐的恶魔那一天开始，她就在想着怎样才能逃离。

姐姐说她骨子里就带着狠。庆幸的是，姐姐的妥协和忍让，为她在成长中保下了她所有尖锐的刺和锋利的刃，让她得以最大限度地保护她自己。爸爸其实不怎么打她，他只喜欢打姐姐。因为姐姐喜欢出去和乱七八糟的人鬼混，他看到就生气。

爸爸没结婚，也没有孩子，只有一个远房的侄子是他的小跟班，给他当助理。他对他的亲戚和生意场上的朋友都很好，也很慷慨，他们都夸他心善，说他除了没给家里传宗接代之外，简直没有任何缺点。他也因此极其重视那个唯一的侄子。

但她知道爸爸很古怪。他在外面是一副面孔，回家来又是另一副面孔。

对于爸爸的行为，她小时候不太懂为什么。后来有了网络和手机，她学到新的词，叫洁癖和强迫症，还有一个词是精神疾病，她才懵懵懂懂地理解。他不允许家里有一点灰尘，头发丝都不行。有一次她用指甲刀剪指甲，往垃圾桶里扔的时候不小心掉在床上一点，他就发了一个晚上的火，她和姐姐都没办法睡觉。还有一次，她在外面捡到一枝别人花束里不要了的花，白色的，是她很喜欢的那种花，忍不住带回家偷偷藏在墙角，结果被他看到了，他大发雷霆，让她爬着擦地擦了整整一天。姐姐从外面回到家，他就说她身上有野男人留下的味道，要她站在门口脱得一丝不挂，把衣服全都扔进洗衣机消毒。家里充斥着消毒水的味道，她们的手每天都洗得发白。一旦他发现姐姐试图在外面找正经的工作，就一定会去搅黄，并骂她不要脸，拿着他给的钱还去外面要饭，把她从外面拿回来的任何东西都扔到垃圾站去。

203

她一度以为那才是生活的常态，直到她渐渐读书、升学，她发现在爸爸看不到的地方，她可以想怎么随意就怎么随意，衣服可以弄脏，头发可以油，脸都可以不洗。后来她住校了，偷偷地适应着别的女孩的生活，听她们交流用什么香皂，听她们说冬天不要用冷水洗脸，要用暖瓶里的热水兑温了再洗，看她们私下里抱怨因为烫了头发被严老师当场剪短，脖子里整天都是扎人的头发楂儿洗都洗不掉，这才慢慢地找回一点正常生活的尺度。

　　而姐姐也变了，她开始发现姐姐有时早上出门，晚上回来换了衣服和包，是她没见过的，身上的味道也很陌生。以前只要她在家，姐姐从来不在外面过夜；但她住校后，发现姐姐时常夜不归宿。

　　"姐，你是不是要走了？"她有一次偷偷地问。本来她想问："你是不是要嫁人了？"但"嫁人"这两个字从嘴里说出来，不知为何就生硬而别扭。还是"走了"听起来比较舒服。

　　姐姐没有想瞒她，就告诉她，自己在外面认识了一个男人。

　　"你不会是喜欢他吧？"她立刻惊恐地问。

　　这是姐姐在她很小的时候就让她记在脑子里、刻在骨子里的事。如果有一个人说"喜欢"你，那他一定是十恶不赦的坏人，你千万不要被他的甜言蜜语蒙骗，你要警惕他、远离他。如果他再靠近你，你就跟他拼命，然后跑，跑得越远越好。

　　后来每一个阳光明媚微风习习的午后，当她和贺尧坐在操场看台后面，研读那些早恋的小情侣们写下来的一条条表白心语时，两个人还很认真地讨论过这个话题。毕竟，贺尧不懂得什么是喜欢，而她懂得的喜欢，可能又不是别人所认为的喜欢。

　　"他们说，只有互相喜欢的人才来这里说悄悄话。"她歪着头，用袖口一点一点擦掉一颗用红粉笔画的心，然后从自己口袋里抠出一个粉笔头，歪歪扭扭地画上一株小花。她喜欢这种花，茎很长，花瓣是不规则的形状，但不是野花，路边见不到。

"好像是。"贺尧点头。

"太奇怪了。"她困惑地皱着眉头,"那我们是什么呢?你也不喜欢我,我也不喜欢你。"

两个人觉得颇有趣味,也想不出个答案。

余多退学后,贺尧也不想再去操场看台了。

他觉得他哪里都去不了了。

即使走出那个唯一能给他带来些许安全感的房间,周围充斥的还是他妈无孔不入的声音。或许是看出了他状态不好,他妈已经不再敢对他发火了。她压着嗓子,努力心平气和地、循循善诱地让他走好每一步路,走向她期望的光明灿烂的未来。但她看不到,他已经每一步都如履薄冰,摇摇欲坠。

老房子已经开始陆续拆除了,虽然还没有拆到许珍贵家那栋楼,但小区其他的旧楼已经动工。许珍贵怕余多还会去,特意去找了一次,发现她果然还在那里。作为同样拥有过秘密基地的人,许珍贵非常能够理解余多,但她过于善良的天性阻碍了她对不曾见过的复杂人性的想象,她实在不能设身处地明白为什么余多宁可在外面流浪也不愿意回家。

余多也不愿意跟她解释,简单地说:"因为我被我爸打了,我就不愿意回家,很难理解吗?"

许珍贵看到她头上有伤,点点头,便不再问了。

得知余多退学之后,她爸并没有发火,说不想念了就出去找点事情做也行,不要像她姐一样找外面的野男人养。

余多心里还有点庆幸,但没庆幸几天,严老师就上门了。

她没想到她都退学了严老师还不放过她,并且直接按地址找上门来。当时她姐还没回来,她爸听说是老师,立刻笑容满面、彬彬有礼地请老师进门。他戴着眼镜,头发梳得挺括,穿着利索,一副慈祥认真的好爸爸模样。严老师看到余多爸爸这样谦逊有礼,本来上门兴师问罪的气焰也收敛了些。

"那我就不客气直说了。虽然你退学了，但是有些事，我还是要当着你和你家长的面来讲清楚。"严老师拎着一个袋子，往茶几上一摔。那是一堆乱七八糟的东西，租的碟片、杂书、打火机、游戏点卡、不知道什么东西的包装盒、画着凌乱字画的草稿本，什么都有。

都是余多以前的东西。还没退学的时候，贺尧有些东西也放在她那儿。后来余多走了，贺尧就把那堆破烂拿去放回了自己课桌，反正他家里他妈会翻，课桌很少翻。

"你退学了，学校里没人管得了你了，你家有没有人管你，我也不清楚。但我的儿子是我来管，并且只要他在我眼皮底下一天，他身边的任何人任何事，我都管得着。他不可能有这些乌七八糟的东西，都是你的，对吧？"严老师问。

"有人管，她有人管。"余多爸爸谦卑地笑道，脾气好成另一个余多从来没见过的人，"严老师，您多担待，我平时是真的太忙了。她妈……她姐不是负责给她开家长会吗？管教不好，是我们的错。这孩子从小野惯了，给您添麻烦了。"

"你管不管她跟我没关系。"严老师冷冷地说，又转向余多，"这些东西，我亲自给你送回来，以后你离学校远远的，不要让我再看到你跟贺尧在一起。贺尧是我的儿子，他是要读清北的好学生，他绝不可能被任何心术不正、勾三搭四的女孩影响，我绝不允许。你听懂了吗？"

余多抬起头，撞上了严老师的目光，轻轻地点了一下头。表情里没有畏惧和恐慌，反而有一丝玩味的嘲讽和轻蔑，不像是她这个年龄的女孩子会有的眼神。这让严老师更加确信自己的判断，也更加厌恶和反感，没有再作停留就走了。

关门声一落，她爸就变回了平日里她熟悉的那个样子。有那么一瞬间，余多突然想起以前贺尧跟她讲，他的妈妈有两张面具，一张和善可亲，另一张凶神恶煞，她觉得既荒唐又可笑。如果以后还有机会，她也可以给他讲，她的爸爸也有两张面具。她总说他们俩完全不是一样的人，无法理解对方，这不，就找到一个共同点了呢。

她姐一回家就吓了一跳。家里一片狼藉，卧室锁着门，她爸拿了个扳手，正在一下一下地砸门锁。

"还他妈锁门，长本事了是吧？我这些年不动你，你就皮痒痒了？岁数到了？忍不住去外面勾三搭四了？我让你勾！你给我出来！"

她姐扑上去抢扳手，被她爸揪住头发，重重地撞在门上，痛号一声。

余多一下子就把门打开了。她爸还没来得及反应，一个亮着火的东西冲他面前飞过来，他下意识一躲，衣服被燎着了。余多扯着她姐就跑出了门。

"死外面别回来！"门里是她爸气急败坏的吼声。

"要是有这样的好事该多好。"在药店等着拿药的时候，余多轻声说。

"别瞎说。"她姐立刻说，"你不是想快点满十八岁吗？不许说那些晦气的话。"

她带着她姐来到她的秘密基地，两个人就着手电筒的光互相上药。

"你拿什么燎的他？"她姐问。

"点了一本书。"余多说，"打火机没拿进屋，花了点时间才找到另一个。要是我早点找着就好了。"

"所以你不回家的时候，都躲在这儿？"她姐又问。

余多不吭声，在黑暗中摸索了半天，才摸出一个纸包，里面是她姐给过她的零零碎碎的大钱小钱。

"你给我的，我都攒着呢。你猜有多少？"

"我不猜。"

"姐，我很快满十八岁了。你答应过我的，我十八岁，咱俩就一起走，走得远远的，去找妈妈。你不是说过吗？只要往前走，就有希望。我们走吧，离开这里，去跟妈妈一起生活，再也不要回来，好不好？"黑暗里，余多的眼睛亮起来，闪着光。她姐什么都没说，眼里也闪着光，她却看不清楚。

"还疼吗？"

除了她姐，许珍贵是第二个这样问她的，但应该也不会再有别人这样问她了。

余多摇摇头。

"严老师就是那样的，你知道的。"许珍贵说，"不是贺尧的本意吧。"虽然这样说，但她也知道自己早就不了解贺尧了，在她印象里，贺尧好像已经成为永远坐在教室窗边低着头，看不清面目的一个轻飘飘的影子。

余多摇摇头，表示并不在意："也不一定。我老说他胆小，他就记仇，总想挑衅我。"

后来在学校走廊里再见到游魂似的贺尧时，许珍贵脑子一热，就在擦肩而过的时候语气有些严肃地说了句："你不应该害得余多挨打的。"

"她怎么挨打了？"贺尧果然停下了脚步，眼神聚了焦，看着许珍贵。

"严老师去骂她了，她被她爸打了。"许珍贵说，"她说是因为她留在你那儿那些破烂。"

"她都退学了，你怎么能见到她？"贺尧表现出疑惑和些许的好奇，"她在哪儿呢？"

"干什么？"许珍贵警惕地问。虽然余多没有提过，但她下意识便觉得自己要帮余多保守这个秘密。

"你不是说我害她吗？我想跟她道歉。"贺尧面无表情地说。

许珍贵怀疑地盯着他。

"真的。"贺尧说，"我答应过她，有东西带给她，但她不来学校了，我也联系不上。我妈又去说那些不好的话，害她挨打。我也想替我妈道歉。"

其实他的心里不太能够区分怎样是"好"或"不好"的话，都是听班里的同学私下说的。即使别人说余多是"扫黄打非姐妹花"，他也并不理解为什么那便是不好的话。如果他能区分，那么从小到大他妈说什么话都是为他好，那些就是好的话吗？如果是，那为什么他会越来越痛苦？

他不知道。他只是不再想说他妈认为是好话的话了。

离高考还有一百天的时候，学校举行了誓师大会，贺尧自然众望所归作为学生代表发言。看他心不在焉，严老师替他写好了稿子，誊好，让他一字一句照着念。开会的时候，她站在台下，眼睛紧紧盯着贺尧，生怕他出岔子。学校很关注他，盼着他能给学校争光，要是能比一中那些冲击清北的尖子生考得好，那就更扬眉吐气了，每天都在叮嘱她，告诉她一切条件都可着孩子来，学校全力支持，培养出一个状元，够她骄傲一辈子。她也知道，若是放在以前，这优秀的儿子她是一百个放心，但是现在，她根本就摸不清楚他的脑袋里每一天究竟在想什么。

贺尧看起来挺平静的，上台前他还在问她，三模成绩出来了没有。这是高考前最后一次重要模拟考试，学校很重视，不过对于每次都断层第一的贺尧，严老师在意的只是扣了多少分而已。

迎着台下师生的热烈掌声，贺尧从裤兜里掏出稿子，走上台去。

严老师在原地站着，教务主任过来，递给她几张单子，正是刚出来的三模成绩单。她低头扫了一眼，觉得全身的血都凝住了。

成绩单是电脑自动按总分排的，第一不是贺尧，前十也没有，前百都没有。主任看她惊恐的表情，说了一句"别找了，在这儿呢"，然后抽出另一张单子，在上面找了片刻，点了点贺尧的名字。

每一科都不及格，每一科。他是故意的，严老师闭着眼睛都能想到，他要么扔了后一半卷子没交，要么故意没写。

这时贺尧已经在准备发言了，他展开手里的纸，那是一张私人诊所治疗男科疾病的街边广告。他妈收走那堆破烂那天，他顺手团了一张纸，像是从电线杆上撕下来的广告，也没看，揣在了兜里。上台前，他把他妈誊好的讲稿扔进了垃圾桶。反正只要能让他妈出乎意料暴跳如雷，说些她认为是不好的话，他就觉得自己像是一摊濒死的蛆虫，又蠕动了一下，又能苟延残喘上几天。

他清了清嗓子开始念。刚念了两句，台下学生就炸了锅，爆笑的爆笑，惊呆的惊呆，还有起哄吹口哨的，脸红瞪眼谩骂的，一时间乱成一团。

主任和另一位老师冲上去把贺尧扯了下来。趁着乱，严老师拧住他的胳膊，把他揪回了办公室。

贺尧倒仍然是一副事不关己的样子，仿佛刚才在全校师生面前用麦克风朗诵男科广告的不是他。

"……你到底想干什么？"严老师咬得牙根咔咔响，哆嗦着问他。

他看着他妈。

"我想干什么你早就知道。"他轻飘飘地说，"那天在办公室里，余多说过了，你不记得吗？"

严老师的脸上一阵红一阵白，半天没有憋出一个字来，良久，她拼命压抑着自己的呼吸，把所有的痛苦和愤怒都压回胸腔，最后终于恢复到什么表情都没有的样子。

"可以。"她咬着牙关，一个字一个字地吐出口，"你气我可以，怎么都可以。只要你给我考一个状元回来，把我气死都可以。"

第十二章　尊严

"看看，要哭了吧？你这脆弱的自尊心。"

1

自从发现了她妈手机里冒充网友的图片之后，祝安安已经很多天没直播了。看起来她的生活并无两样，甚至从她破天荒地愿意出门以后，一切都在向着更好的方向前进着。只是她每次面对黑屏的电脑，就没了打开摄像头的勇气。

但事情总还是要做的，毕竟她是一个常年待在家里的废人，如果连直播或者录视频的爱好都被剥夺了，那她就真的再找不到什么生活的意义了。

祝宁宁看她愿意出门了，比她还要开心，甚至在某个阳光明媚的周末午后，从她妈衣柜里偷出一条裙子来，鬼鬼祟祟跑到姐姐房间，问："好不好看？我穿好不好？"

她妈不让祝宁宁搞那些花枝招展的东西，说小孩就要有小孩的样子，平时更是几乎从不满足她打扮自己的需求，衣着都是以简朴为主。

祝安安看她手里拿的那条裙子，愣了一下。

"你从妈那儿拿的？"她问。

"嗯。"祝宁宁晃了晃，"还挺好看的吧？我怎么没看妈穿过，是不是她年轻时候的啊？"

"……是我年轻时候的。"祝安安说。

一开始她是把跳舞穿的那些练功服、裤袜、鞋子都扔了。后来，她把从前穿的那些漂亮的裙子也都扔了。"用不上了，看着心烦。"她说。

不知道她妈什么时候留了这一件在衣柜里，很春天的小碎花，掐腰细带，裙摆还可以摆很宽，是十几岁的时候会喜欢的样子，看起来特别眼熟，她想了半天想不起来什么时候穿过。

"好看，你穿给我看看。"她笑。

祝宁宁还没她当时个子高，也瘦，穿上不太撑得起来。祝安安把腰带多缠了一圈，给她扎个蝴蝶结，看起来就好多了。她挺高兴，在屋里转了个圈，试图欣赏裙摆扬起来的样子，但膝盖差点撞上祝安安的床脚，趔趄了一下。

"我们出门去转转吧。"祝安安难得地提议，"今天天气正好能穿。"

路过河边树下，看着穿着裙子转圈蹦蹦跳跳的祝宁宁，祝安安就拿起手机，说："来，给你拍张照，你去那边站。"

按下拍照键的时候，祝安安看着屏幕里笑靥如花的女孩和她扬起的裙角，突然想起这条裙子自己什么时候穿过了。

是她去艺考的时候带的一条裙子。北京大冷的冬天，她除了外面穿的厚羽绒服，其他带的全是轻薄的春夏衣服。本是为了好看，但到了地方一看别人，西装、晚礼服，怎么隆重怎么来，每套造型都是从头到脚配好的，还有为了配合才艺表演穿旗袍长衫古装的。自己这小家子气的小裙子们顿时显得土里土气上不了台面，连练功服都来不及买新的，穿的全是不成套的起球的旧衣服。倒是在跳舞的时候，其中一位老师看她的芭蕾鞋旧得没了颜色，笑着随口说了句"看得出来是真练功的鞋"，给了她些许安慰。

那是她第一次真实地意识到山外有山人外有人，她觉得全国的漂亮又多才多艺的男孩女孩都在那些天各大院校的排考队伍里聚齐了，一向梗着脖子骄傲得像花孔雀的她，站在人堆里，成了只毛还没长齐就误入了凤凰比美大赛的鸡崽儿。

但鸡崽儿也得硬着头皮上。她记得后来每一场都考完之后，她在她最想去的那个校园里拍了张照，叫路过的陌生同学帮她拍的。

"同学，你不冷啊？"给她拍照的女生看她脱下羽绒服穿着薄裙子，瞪大眼睛问。

"不冷，不冷。"她一边在刺骨的寒风中打哆嗦一边笑着说。她想把最好看的形象留在校园里，这样等以后她来报到、读书、毕业的时候，就可以到处跟人说："我早就说过我一定会来的。"

"姐，我也给你拍一张。"祝宁宁跑过来。
"不用啦。"她笑着摇摇头，收回了手机。

其实后来成绩出来她考得挺好的，至少比她想象中好。虽然她是小地方来的，信息不发达，准备也不充分，但她的形象底子在，才艺基本功也不错。只不过当时她无暇顾及那些。从北京回家，没买到合适时间的票，下火车是凌晨，天还没亮，根本打不到回家的车。她站在街边冻得发抖，正在愁要怎么办，就看见一辆出租车恰到好处地驶来，停在她面前，她还没来得及高兴，就看到她爸妈坐在车里面。

知道了她爸妈全程跟踪的事，她气得回家大哭了一场。

"你哭什么呀？我们这不是都让你去了吗？要是真不让你去，早在你买票的时候就告诉你了，还能等到现在？"她爸妈哭笑不得地劝她。

"你们根本就不尊重我!"祝安安崩溃大喊。

毫不知情的许珍贵第二天看到祝安安回来了,还想问她是不是顺利,结果祝安安一天都黑着脸没理人。等到晚上回了宿舍,在水房里俩人挨着洗漱,祝安安才开口,语气不太好地问:"是不是你告的密?"

"什么啊?"许珍贵一头雾水。

"我去北京这事,是不是你告的密?!"祝安安以为许珍贵装傻,生起气来,"我就跟个傻子一样!我爸妈从一开始就什么都知道了!你跟他们到底怎么说的啊?我好心好意借你钱,你就出卖我?"

"跟我有什么关系?"许珍贵平白无故被指责,立刻反驳,"你都跟我说过了,我当然不会告密啊。"

"我就只告诉了你一个人,不是你告密是谁?!"祝安安说。

"怎么就我一个人?不还有郑家悦吗?"许珍贵更是哭笑不得。

"她不算!"祝安安拎得清楚,"你看她天天那零下几十度的脸色,她才不关心谁去北京谁去艺考呢,她就只在乎她自己!"

"那你不也是只在乎你自己吗?"许珍贵反驳道,"你为什么就觉得是我告密了?你就只关心你艺考顺不顺利,不是吗?"

"但是我信任你啊,信任你才让你帮我打掩护的,我爸妈怎么可能知道呢?"

"你爸妈是怎么知道的我又不知道,你这样就是不信任我!"

"……"

原本祝安安想着,回来之后有很多话想跟许珍贵说的。她想说说她在北京见到的一切,想说说她的考试,甚至想说说那条"冻人"的裙子。但两人不欢而散,很多话就也没再有机会说了。

"姐,回家吗?"祝宁宁推了她的轮椅,问。

她从怅惘的思绪里回过神来,摇摇头。

"你陪我去一个地方吧。"

一是临时起意，二是已经不记得多久都没出门来过这么远的地方了，到达许珍贵的楼下时，祝安安犹豫地停在街边，半天都没挪地方。祝宁宁东张西望了一会儿，突然指着楼上的窗子说："啊，是那个姐姐的店吧！我看见吊环了。"

周末下午许珍贵临时加了课。陈莎一周都在加班，加上前阵子许珍贵停课，好多天没来了。姜尔尔自从被爸妈发现她不仅没在准备考研，还"不务正业"之后，也很久没来了。许珍贵有点担心她，发条信息去问，她回复道："我的卡还有好多次没用掉呢！不能浪费了！等着我！"本来还想慰问的许珍贵忍俊不禁。

好不容易姜尔尔说她能来上课了，许珍贵正好下午闲着，就给她俩开小灶加了一节课。"家里怎么样？"她问姜尔尔。

姜尔尔一边换衣服，一边笑："还能怎么样？两个老顽固，说是说不通的，我放弃了。"

"那你还考研吗？"许珍贵问。

"……不考了，我在找工作了。"姜尔尔轻轻叹口气，语气低落了些，"我已经耗了两年在考研上面，承认自己挤不过那个独木桥，也没什么大不了的。"停了停，她又说："爸妈骂得对，再耗下去，我没有脸再花他们的钱了。"

郑家悦这几天身体恢复得还不错，下午溜达过来找许珍贵聊天。她们上课，她就坐在窗边看热闹，无意间往楼下一看，惊得瞪大了眼睛，连忙挥手叫许珍贵到窗边："你看谁来了！"

两个人下了楼，既惊喜又对着祝安安的轮椅手足无措。

"你……上楼吗？"许珍贵问，"我们还在上课，不过你可以上来先等一下，一会儿就结束了。"

祝安安就笑笑："可以啊，但是……我怎么上去呢？"

陈莎和姜尔尔在二楼看到了，以为需要帮忙，就也下楼过来。

"你们都下来干什么？"许珍贵笑，"也太小看我了吧。"

她转身过去，很轻松就把祝安安背在背上，郑家悦帮着祝宁宁提轮椅，一行人上了楼。

"……真好啊。"祝安安小心翼翼又仔细地打量着宽敞明亮的教室，轻声赞叹道。

许珍贵她们继续把课上完。祝宁宁看着有趣，问姐姐她可不可以试试。祝安安点了头，她就兴奋地跑过去抓住吊环。郑家悦陪祝安安坐在一边看，絮絮地讲了自己最近发生的事。祝安安默默地听着，什么都没说。

"我觉得今年过到现在，好像一场梦。"郑家悦说，"或者，今年之前的日子才是一场梦，我只是正好机缘巧合地醒了，否则就要在之前预设好的那条路上，一直走下去，然后越走越错，错一辈子。从小，你们心里都很清楚要走的路；我本来以为我清楚，现在才发现我其实什么都不清楚。"

"清楚有什么用呢？"祝安安淡淡地说，"你能在发现拎不清楚的时候及时抽身，就足够幸运了。"

2

她也曾经后悔，如果小时候趁着胆子大不懂事一了百了，以后的一切就可以从未发生过。

联系方式在她出来之前登记的信息上就有，她看了一眼电话和地址，觉得很陌生，但还是记下来了。十年之间，她努力地不去记起这个人的样子，她很怕自己花了十年一点一点重建起来的尊严，会因为再次见到这个人而再次土崩瓦解。但她要想知道姐姐的去向，他必然是她回去找的第一个人。

电话接通是个陌生的声音。她觉得有点奇怪，毕竟名义上这个人仍然是她的法定监护人，没道理留个不相干的人的联系方式。

"……我是余多。"不知道怎么开口问对方是谁，她只好自报名字。

"谁？"那边不耐烦地反问。

"……我可能打错了。"她说，"……我记错号码了。"

"等一下，"那边像是反应过来，"你是那个坐牢的吧？"

她记起了这个人，应该是他的那个远房侄子，于是就问："他人在哪里？"

十年间，以前还只是他的小跟班的侄子，仗着他的信任，一步一步接触到了他的生意和所有的钱，然后把他吃干抹净，他气得中了风，偏瘫了，住了很长时间医院。后来侄子要结婚了，骗着他卖了他的房子，然后也懒得管他治没治好，就把他扔进了一个花费不怎么多的养老院，一年到头也不会出现一次。

"我对他够好了，毕竟我可是要继承他遗产的，他还有几套房子呢。我这不也给他养老呢吗？"他说，"这可是我替你尽的义务，你不谢谢我？"

余多见到他的时候，他靠在躺椅上晒太阳，眼神打量了她半天，都没有认出她是谁，明明她和十年前相比根本没有什么变化。

但他的变化却让她有些唏嘘。看上去他的洁癖和强迫症也没了，衣服不知道多久没换，腿上盖的毯子看不出颜色，鞋也是不成对的。

"你认识我吗？"她问。问出口的时候她反倒一阵轻松，这样的陌生感让她打消了很多见面前的紧张和恐惧。

他没答话，只是迟疑地摇头，但眼神还在打量她，以前姐姐回到家站在他面前脱得一丝不挂把所有衣服扔进洗衣机消毒的时候，他就是这种眼神。现在看着这样毫无尊严的他，她终于觉得他得到了他应有的报应，但她们从小到大被摧毁的尊严也回不来了。

"你不认识我，总该记得沈英吧。"余多说。沈英是姐姐的名字。

这个名字倒是勾起了他一点回忆，他的眼神里逐渐露出了更多她所熟悉的情绪。

"……不是我生的，呵呵，不是我生的。"他干笑了两声，又低声骂了一串脏话。她听不清骂的什么，但是挺熟悉。

"我知道。我问你记不记得沈英去哪儿了。"余多强压着情绪，说。

他没理她的话，还是咒骂着，表情狰狞得让她一想到这是毁了她和姐姐一辈子的人就觉得恶心。

无功而返，出来的时候，她又给那个侄子打了电话。"那我怎么知道？你还不如去问那个当时带她跑路的野男人。"他说。

这倒是提醒了她。当年那个男人，姐姐一开始就准备跟他一起走的，还借过他的钱，就算他们没有一起走，他总该知道她的去向。

十年过去，她只有一个记忆里的名字和工作地点，原本没抱什么希望，她甚至下意识觉得名字和工作地点肯定也是假的，毕竟那只是她爸口中她姐在外面钓的一个野男人，怎么可能互付真心？她在网上按记忆里的信息去搜，没想到真搜到了这个人。虽然几年前他工作的厂子倒闭了，但这个人因为某次被老婆闹到厂子里要离婚闹上了社会新闻，到现在还能查到，名字、年龄和厂子也对得上。下岗之后这人开了个早点摊，生意做得还挺红火。

她直接找过去，隔着炸锅的油烟和蒸笼的水汽，看着这个发福的中年男人和他老婆一起默契地做早点做了一早上，等饭点过了，买早点的人都散了，才走上前。男人头也不抬地收拾油锅，说："油条今天没了，要新炸的明天早点来。"

"我不要油条。"她说，"你记得沈英吗？"

男的反应迟缓了些，抬起头像是没听清，疑惑地打量着她。一旁他老婆倒是听见了，搁下抹布过来。

"你记得沈英吗？"她问得很平静，"我是她妹妹。十年前她认识你，还跟你借过钱，对不对？你知道她后来去哪儿了吗？"

这回他听懂了，下意识地看了一眼他老婆，才答道："对，借过。"

"后来呢？"她迫不及待地问。

"后来她就走了，钱也没还。"他说。

余多疑惑地盯着他："后来呢？"

"没有后来了。"他说，"我要关门了，你让开点。"

她只好后退一步，看着他们两人把锅和蒸笼收拾起来。

"她有没有跟你说过她要去哪儿？"她不甘心地问，"她有写过信吗？电话呢？"

男人一副很怕老婆的样子，看也不看她，也不搭话，直接去扯卷帘门。

"什么都没有吗？"她焦急地问，"我坐了十年牢，出来的唯一一件事就是找到她，我真的不知道再去问谁了。你有没有联系过她？有没有……"

卷帘门放了下来，把她隔在了外面。

虽然她知道这样当着人家老婆的面问这种旧事很让人难堪，但这人是她唯一的线索，除了他，她也不知道还有谁可能知道姐姐的去向了。

她转身垂头丧气地离开，走到街对面，身后有人叫住她，转头一看，那人的老婆快走几步赶了上来。

"你给我留一个联系方式吧。"他老婆把手在围裙上擦了擦，拿出手机。

余多疑惑地看着她。

"……我记得沈英。"他老婆没有什么表情，语气也很平淡，"当年他跟沈英搞在一起的时候，我已经跟他谈婚论嫁了，后来还因为这事跟他闹过。他借给她钱，我知道。后来她还了，他不知道，那封信被我扣下了，已经是好几年以前的事了。你要的话，我回去给你找找那封信从哪儿寄来的，兴许还有个地址。"

她忙不迭地掏出手机。

"也可能被我丢了，不一定找得到，如果找到我发给你。"他老婆简明扼要地说完，就收起手机大踏步地跨过马路回去了，一个多余的字也没再说，留她既期待又怕希望落空地愣在原地，甚至也不知道该怎么说出一个谢字。

直到夜幕降临，路上行色匆匆的人都忙着归家，她在街上游荡了许久，不知不觉走到了路口。站在路牌后面向对面楼看过去，能看到那扇永远亮着灯、挂着吊环的窗。

许珍贵在墓园遇到她之后给了她地址，告诉她随时过去坐坐。城市很小，她无数次路过，也无数次远远地驻足观望，但一次也没敢过去。看到女孩们兴高采烈蹦蹦跳跳有说有笑，她一边觉得好像自己也终于是个活在正常生活里的人了，一边却又觉得那窗里的世界离自己那么遥远，跟自己半点关系都没有。

蓦地，她眼神僵了一瞬，看到了二楼窗边坐在轮椅上的祝安安，一边温和地笑着，跟旁边人聊着天，一边举起手来不知道比画着什么。

眼看祝安安就要转头往窗外看，她吓得一下子躲到路牌后面，转身急匆匆跑开。

这天本来陈莎和姜尔尔上完课就要走的，但白小婧回来了，说是要庆祝自己拿到教培证书，请大家吃饭，看到来了新朋友，也自来熟地盛情邀请祝安安和妹妹一起聚餐，大家很快相谈甚欢推杯换盏聊成一片。白小婧把灯光调暗，投影仪投在墙上，打开音乐，聚餐又变成了KTV加蹦迪现场。祝安安原本觉得有点不好意思，想离开，但看宁宁还挺高兴的，跟大姐姐们玩也没觉得无趣，还挺来劲，也就难得地留了下来。

但她还是有些不适应。呼朋唤友欢声笑语的这种氛围，她已经完全忘记要怎么融入了。她习惯了看直播间里热热闹闹的评论和弹幕，也习惯了维持自己在镜头里的部分精致美好，其他部分就随便，她觉得那种感觉才是平等的。现在真正置身于众人之间，她觉得自己笑得还不如对着屏幕时自然。

但大家对她很友好，也有很多话可以聊，聊直播，聊化妆，聊电影，就好像是经常见面的很熟悉的朋友一样。她渐渐也放松下来，恍惚之间，她甚至都觉得自己跟她们一样，像一个正常生活的人了。

"姐，你的朋友都好好啊。"宁宁突然凑到她身边，趴在她耳朵边小声说。

她就笑了："那以后还带你来找姐姐们玩。"

"好。"

3

那晚祝安安姐妹俩回到家的时候已经过了午夜。她爸妈本来急得要命，还好许珍贵想起来提醒她打电话回去报了平安。她妈本来不太高兴，觉得祝宁宁还那么小，她这个当姐姐的不该带她出去玩到那么晚回家，但看到姐妹俩高兴得很，犹豫了很久还是没说什么，催着祝宁宁去睡觉了，然后给祝安安端了一杯热牛奶进房间。

"妈妈已经很久没看到你这么开心了。"她妈有些小心地说，"下次和朋友一起出去玩，早点告诉家里一声，也让爸妈放心。"

"嗯，知道了。"祝安安心情大好，点头答应，"今天是我说要宁宁陪我出去溜达的，以后我跟朋友出去玩，不带她，让她在家里写作业。"

"……"她妈刚点点头，又忍不住问，"但是你自己也……"

"以后再说吧。"祝安安漫不经心地说。

看她今天情绪不错，也没有马上就睡了的意思，她妈就没走，在她床边坐下来："安安，有个事妈妈要跟你说。"

"啊。"祝安安一边点头一边看手机。许珍贵给她发了大家今天聚餐时拍的照片，她们都说她很漂亮，说她头发卷得很好看，妆也化得细致，这些夸赞是她在直播屏幕上看到的那些夸赞不能比的，她很久很久都没有听到了，因此格外珍惜。她把每一张照片都保存下来，试着在修图软件里打开，找一个精妙的裁剪角度，能够留下自己的脸但是又能准确地去掉轮椅，但是很难，怎么都不得法。

"之前你因为那个……网友，跟妈妈发脾气。"她妈看着她的脸色说，"后来你一直不想提，妈妈也找不到机会跟你好好聊聊。"

祝安安放下手机，没说话。

"妈妈承认不应该看你直播的，也不应该去查你的好友，是妈妈不对。但是那个网友不是我，妈妈是因为看你加了好友，有点担心，就注册了一个账号，加了他。"

"不是你？！"祝安安惊讶道。她一直以为那个一直刻意跟她搭话的人是她妈冒充的。

"我把他发的东西都存下来了，想看他发的都是什么东西，还跟他搭过话，我怕你被骗。"她妈小心翼翼地说，"以后我不这样了。安安，你想交朋友，有自己的想法，妈妈也需要慢慢理解，慢慢接受。毕竟……毕竟你跟别人不一样。"

祝安安怔住许久，摇摇头，说："妈，你早点去休息吧，我要睡了。"

她妈没再说什么就起身出去，关上了门。

她打开久未登录的平台，看到被她删掉的那个好友后来每天都在给她发送好友申请，她也没有点开过。想了想，她点开了直播。

以前她从来不会突然直播，都是定好的时间，因为她需要很久来准备自己的面貌和状态。不过今天她觉得就突如其来地播一下也挺好。经过了一整天，妆已经花掉，整个人也有些疲惫，但她觉得也没什么关系。

"嗯……今天是没有任何准备，也没有任何意义的直播。"她对着镜头，斟酌着自己的话，"今天比较不一样。今天我很开心，说了很多话，到现在还不想停。"

"你说她今天会开心还是难过？"

因为太晚了，郑家悦就又留下来过夜。晚上睡觉的时候，她们想着今天难得的相聚，郑家悦若有所思地问道。

"都会吧。"许珍贵答道，"开心是真的，难过也是真的。"

"有时候想想，小时候的我，整天都在想什么啊？这些年的书都读到狗肚子里去了。"郑家悦叹口气，说，"我恨不得穿越回去把自己抽醒。我那时候太自私了，心里想的只有自己。高考前你们出了那么多事，我还……"

"自私一点挺好的。"许珍贵毫不介意地笑道，"我妈就总说希望我自私一点。但没关系，我自己怎么开心怎么来。"

第二天白天没有课，许珍贵在二手交易平台上买了个置物架，随着学员增多，平时东西有点不够放，她淘到一个便宜的，能同城自提。郑家悦怕她一个人提不动，就陪她去拿。

两个人直到午后回来，正一边说笑一边搬东西上楼梯，突然看到店门口站着一个人，正是李楷。郑家悦吓一跳，手一松，纸箱差点砸到自己脚上，还好许珍贵使劲接了一下。

李楷打量着她："还能搬东西，这不是恢复得挺快的吗？你爸妈说你流产之后身体一直不好，在家静养，看来都是糊弄我的。"

许珍贵把纸箱往地上一放，起身挡在郑家悦前面："你来干什么？"

"我来找我老婆。"李楷说，"你爸妈说你天天不着家，原来是躲到好闺密这儿来了。也是你陪她去做的流产，是吧？"他盯着许珍贵："你这闺密管得也太宽了点。"

"那又怎样？"许珍贵拉着郑家悦往后退了一步。

"老婆，"他不再理会许珍贵，向郑家悦露出一副乞怜的神情，"你后来又去复诊过吗？医生怎么说的？身体恢复得怎么样？"

郑家悦警惕道："你什么意思？"

"我没什么意思。"李楷说，"我是关心你的身体。等你恢复好了，咱俩就回北京。"

"回北京？"郑家悦道，"不需要，我户口在这里，离就在这儿离，不离婚，我哪儿都不去。你来，咱们就民政局见。你不来，我永远都不回北京那个家。"

她挡到许珍贵前面，指着李楷："这是我朋友的地盘，你给我让开，以后也不要再来。我做手术是我自己的意思，跟她没有任何关系。"

"行，跟她没关系，但是跟我有关系。"李楷冷下脸来，道，"你只要一天是我老婆，就是我们家的人，怎么可能跟我没关系？你知道王秀菲有一年跟李勇闹脾气，带着孩子回了娘家，后来是怎么解决的吗？"

郑家悦咬着牙盯着他，没说话。"解决"这两个字从他嘴里说出，让她听起来毛骨悚然。她觉得她和王秀菲一样，是砧板上毫无尊严任人宰割的一块肉，不把她的最后一分油水榨干，他们不会善罢甘休。

"我们几个叔伯兄弟去她娘家把她抓回来的。这种事只要给点小钱，他们很愿意帮忙。"李楷微笑了一下，"她娘家也巴不得赶紧把她送回来。后来她就没再跑过。就算她跑了，孩子也是我们家的孩子，为了孩子她迟早也会回来的，跑不掉的。"

郑家悦的牙咬得咯咯响，却说不出话来。她记得她嫁给的明明是个人，是个至少可以和她体面地交流沟通，穿着体面的衣服，有着体面的学历，做着体面的工作的人。从什么时候起，这个人变成了面前这副样子？又或者说，从一开始，他就只是披了一张伪装成人的皮？

李楷走后，郑家悦越想越觉得担心。她跟许珍贵说晚上她俩各回各家住，不要住在店里了。许珍贵本来没在意，但郑家悦一再坚持，她就也只好回了家。没想到第二天上午来店里的时候，眼前的情景让她震惊崩溃到话都说不出来。

店门口的监控被弄坏了，门被撬了，她里间的门也坏了，里面的东西全都被翻找得乱七八糟，光洁干净的教室地面上是被推倒的置物架，长椅被砸坏，所有的器械都被弄坏，缺胳膊断腿躺了一地。

4

艺考成绩下来之后，祝安安开心得恨不得飞上天。但遗憾的是没有什么人能和她一起分享喜悦。她爸妈看了她成绩，一个字都没夸，只说让她别飘了，文化课考砸了一样什么都不是。不过周末回学校前特意做的都是她喜欢吃的菜，看她习惯性地没吃多少，就说，又不用担心艺考了，多吃点吧，复习缺营养。

祝安安便觉得心里受用多了。

她觉得自己不一样了，有看得清抓得住的、具体的未来了，跟班里那些吊儿郎当混日子的同学不可以相提并论了，总笑话她成绩不行的人，也不能再看不起她了。

祝安安跟许珍贵还僵着，在学校里见到也互不搭理，她唯一试图分享这个喜讯的人，其实只有贺尧。但贺尧平时连人影都见不着。誓师大会上闹了那么一出之后，他有整整一个星期都没来学校，每天严老师沉着脸把各科的资料收好给他带回家去。祝安安和别的同学一样不明就里，只是听大家私下里议论，是贺尧压力太大崩溃了导致的。

"还是总考第一的有特权，想发疯就发疯。"他们说。

便有人揶揄道："人家发疯也能考第一，咱们发疯连本科都考不上，哪有资格发疯？"

等到他回来上学了，大家又像什么事都没发生过一样每天复习备考。实际上也的确什么都没发生，每个人都忙着提高自己的分数算着自己的前途，没有人会去想一个常年拿第一的、跟大家都没有什么可比性的人为什么突然发疯。

连他自己都好像毫不在意，可能唯一在意的只有想破了脑袋都想不明白他为什么会变成这样的严老师。

祝安安的父母自然也听说了贺尧的事，立刻拿来当作敲打她志得意满态度的警钟："当初就说你蠢吧，怎么还去喜欢精神不好的人？"

"你们当初明明说人家学习好看不上我来着！"本来就飘的祝安安立刻不高兴了，"不是从小就是神童吗？你们不想照着他教育我吗？怎么现在倒成了精神不好的人？哦，合着在你们眼里，不考第一就是蠢，是吧？我蠢，我喜欢的人也蠢，对吧？"

祝安安好不容易有一天上晚自习之前跟贺尧在楼梯上打了个照面。他往下走，应该是要去严老师办公室；她往上走，回班级。错了身走了好几步，他都快下楼拐弯了，她才转头叫住他。他回头的目光很茫然，好像眼神并没有聚焦在她身上，而是凭空穿了过去，漫无目的地寻找着空气中某个不存在的点。傍晚的光透过楼道的窗落在他身上，一瞬一瞬地暗下去，她看不清他的表情。

"……"祝安安斟酌了片刻要怎么说，有那么一瞬间，她突然觉得自己想说的那么多话，好像说不出口了似的。

"……你好点了吗？"她只好问。问完又发现这么问显得她也跟别人一样，嘲笑他在誓师大会上发疯，好像有点不尊重他，于是又改口："……你最近还好吗？"

贺尧问："你是？"

祝安安顿时觉得脸上挂不住了，精心准备的情绪也瞬间丧失殆尽。她甚至可以接受她喜欢的男生像其他同学一样嘲笑她是个成绩不好的花瓶，也不能接受明明同班过一整年的人，过了一年多就完全不认识她了。她面露愠色，不满地直说："我本来还想安慰你的，你连我名儿都不记得了？真是学霸的超级大脑啊。"

"是不记得。"贺尧面无表情地回答，似乎并没有在意她夹枪带棒的讽刺。

"不记得很光荣吗？你成绩很好就可以不尊重人？"祝安安说，"好像考清北有什么了不起一样。我告诉你，我艺考也可以去北京，可以念我想念的大学。北京那么大，有那么多学校、那么多专业，我会遇到很多厉害的人，我自己也会变得很厉害。到时候，我就会有很多厉害的事要做，我就……"

话在嗓子眼转了一圈又掉了个头。她顿了顿，说："我就不会再喜欢你了。"

贺尧说："哦。"

祝安安觉得自己的拳头都打在了棉花上。她居高临下地看着这个她口口声声说喜欢的男生，突然觉得，自己也没有想象的那么喜欢他。看起来她喜不喜欢，他也不关心，毕竟他连她名字都不记得。

"但是……我还是祝你好好的吧。"祝安安虽然生气，还是宽宏大量地说，"不要压力太大。你都考那么多次第一了，还有什么可愁的？我这样吊车尾的，都有出路可走，你比我们前途光明多了。虽然吧，老魔……严老师确实太让人受不了了，但你想啊，等去北京上大学了，不就摆脱家长了吗？我跟我爸妈吵架的时候我就总这么安慰自己。对吧？我一直很羡慕你，不要让我失望，我喜欢的人，不能是个尿包。"

不知道是其中的哪句话进了贺尧的耳朵，他的神色松动下来，抬头往楼梯上看着祝安安，甚至好像还扯起嘴角笑了笑，想说什么，最后还是没说，因为他看到严老师正向他走来，急匆匆地挥手让他赶紧过去。

祝安安几步迈下楼梯，站在拐角的楼道里，看着贺尧跟在严老师后面，往走廊另一端走了，两个人的背影一前一后地消失在傍晚逐渐落尽的阳光里。严老师个子瘦小，贺尧比她高那么多，整个人却像缩在她的影子里面一样，轮廓都看不见了。

她站在原地看着，突然想起到底还是没来得及再告诉他一遍自己叫什么名字。

晚上回宿舍许珍贵在水房叫住她，往她手里塞了个东西，她低头一看是沓钱。

"干什么？"

"还你的。"

祝安安眉毛一竖："谁说让你还了？没让你还。"

许珍贵好气又好笑地瞪了她一眼："不都说我告密了吗？害你被爸妈发现？钱还你，咱俩谁也别欠谁。"

许珍贵知道家里的现金和零钱都放在斗柜的哪个抽屉，爸妈从来都不避她，她知道也从来不动。她爸出院之后，她有时候周末回家帮她妈买菜，就会去翻翻抽屉里的钱，要是没几张，她就会偷偷问她妈："是不是家里又没钱了？"

她妈总让她放宽心。"饿不着你。"她妈说，"现在还操心柴米油盐了？给你能耐的。"

那天她回家，吃晚饭的时候她妈问："你动过抽屉里的钱了？"

她抿抿嘴没吭声。

"多少钱我有数，你往里放钱了？"她妈问。许珍贵也不会撒谎，她妈一看她表情就明白了，反而笑道："咱们家真是稀奇，别人家小孩都是拿家里钱出去，你可倒好，现在开始给我往家里拿钱了？

你哪儿来的钱呢？"

许珍贵不能不说实话，又不能说祝安安考试的事，只好说祝安安心地善良，听说爸爸的事，主动要借给她钱。

"这么好心的小姑娘？"她妈没有再怀疑，但是勒令她把钱原封不动还给人家，没的商量，"你们都是小孩，借什么借？谁也别借谁。咱家就算缺钱，也不能让你去借别人钱哪！"

"大人们为什么总是什么都知道？真是的！"祝安安拿着许珍贵还给她的钱气得直跺脚，"我真想明天就考上大学去北京，再也不想回家了！"她死活不要许珍贵还回来的钱："我爸妈不知道就不算！反正我该花的都花了，这些就是给你的，别想还了。"

许珍贵把钱强行塞她口袋里，就回宿舍了，结果第二天还是在自己枕头底下看见了，她觉得有点感动，下一秒就听见祝安安又在尖叫："许珍贵！你是不是把我暖瓶水用完了？我怎么洗头？！"

祝安安有心想去许家看看许叔叔，毕竟以前也去她家里做过客，但许珍贵一直没让她去，搬家之后，也没有同学再去过她家里了。周末放学她想叫许珍贵，却看到许珍贵脚步匆匆地出了校门，还没追上，就看到另一个人走了过去，两人一起出了学校。祝安安觉得奇怪，她知道许珍贵搬家之后需要坐公交，车站不在那个方向，就忍不住跟了上去。

贺尧问了许珍贵两次怎么联系余多，她都没告诉他，直到她去问了余多。余多倒觉得无所谓，就同意了。

"你不怕严老师知道吗？"

"我又不怕她。"余多说，"你们都怕她，我也不懂你们怕她什么。她看起来倒是挺害怕的。"

"什么意思？"许珍贵听她的话总是一头雾水，"谁害怕谁？"

"她。"余多说，"虽然我也不知道她到底在害怕什么。我和我姐害怕我爸，是因为他如果想，就能打死我们。我不怕死，我就是怕我们俩死了，妈妈都不知道。其他的，我就没有什么可怕的了。"

许珍贵不敢接话，什么都没说。

"我待在那儿，你会介意吗？"余多问许珍贵。

许珍贵知道她指的是在她那废弃的家里躲着："不介意，但是很快那个楼就拆了，不安全，到时你怎么办？"

"到时我就不在了。"余多满不在意，"以后也不会来这儿了。"

许珍贵带贺尧到楼下，没有上楼，她指给贺尧位置，让他自己上去。贺尧走进那间废弃的房子，虽然在顶楼，却像是坠入了一个他从来不曾见过的地方，天色渐暗，尽管有手电光照着，他却觉得这里比他遮光的卧室还要黑，他什么都看不清楚。窗已经拆掉了，空洞地留个窟窿冲着外面，像黑夜里窥视着他们的一只眼睛。

余多坐在角落里，不知道窸窸窣窣在干什么，听到他的脚步声警觉地站起来，把手里的东西收拾到身后。

"药呢？"余多站的地方背对着手电光，光在她身上勾出一圈轮廓，显得她更像是一个黑暗的影子。

"没有了。"贺尧说。

"那你来干什么？"余多问，"我攒了那么点，还要两个人分，差得远呢。"

"我妈发现了，她不给我药了。"贺尧盯着她的影子，"我看见你刚才在干什么了。你要走吗？"

余多藏在身后的东西被手电光照着，他看见那是一沓零钱。余多往后退了一步，没吭声。

"你要走吗？"贺尧又问，"咱们俩说好的。"

"你没给我足够的药。"余多说。

"那你也不能走，咱们俩说好的。"贺尧说。他一步上前，去翻她攒钱的纸包。

"还给我！"余多厉声尖叫。

"你根本就不敢。"贺尧一边躲过她的攻击，一边说，"你跟我一样根本就不敢去死。那些药呢？你还给我。"

余多抢了两次没有得手，冷笑道："我跟你不一样。我逗你玩的，压根就没想跟你一起去死。我很快就要走了，再也不回来了。谁想跟你一起去死啊？"

这些话刺激到了贺尧，他瞪着她，浑身都在发抖。

"看看，要哭了吧？你这脆弱的自尊心。赶紧回家吧，妈妈的小宝贝，你比我还可怜。"

贺尧瞪着她，声音颤抖："那你能去哪儿？你要去哪儿？"

"你别管我去哪儿。"余多说，"我想去哪儿就去哪儿。"

贺尧突然一个箭步走到窗边，一伸手，那把钱就扬到了空中。余多迅速反应过来劈手去夺，却也只抢下来一张。

她一下子就怒了，吼道："你干什么？！"

"现在你跟我一样，哪儿都去不了了。"贺尧报复似的说。

她往下看，天黑下来了，钱撒下去只能依稀看到些碎片。她坐在窟窿旁边沉默了很久，风呼呼地吹过，好像自己的尊严也随着那些钱的碎片被风吹走了。

第十三章　解脱

"错了也不怕，伤了也能痊愈。"

1

上次的偷拍事件后，许珍贵和楼下铁锅炖店的大姐关系好了许多。大姐知道她住在店里，经常会叫她下楼吃饭，她出去的时候快递也帮她收着，熟起来之后她也习惯了大姐刀子嘴豆腐心的性格，虽然小事爱计较，但人并不坏，也挺护着小姑娘们的。

前晚大姐并不在店里，早上很晚才来，也不知道楼上什么时候进的人，怎么被砸的。许珍贵记得大姐门口也有一个摄像头，想看一下监控。

东西被损坏了不少，但好在本来也没什么值钱的，里间的门锁被撬坏了，她和郑家悦的床和行李都被翻得乱七八糟，看起来是有人在找什么东西。

"……姑娘，你是不是惹上什么人了啊？"大姐在一边等着她看监控，疑惑地问道，"……你和那个常来住的姑娘，看起来都挺老实的，怎么总摊上这些恶心事呢？"

"……老实才被欺负。我们才不想老实。"许珍贵盯着屏幕，但监控的角度只能看到大姐店门外的街边，进进出出好多人，并不能分辨谁进了大姐的店里吃饭，谁上楼去了她店里。李楷来找过郑家悦之后，她直觉觉得这事绝对跟李楷有关系，但看了昨晚所有进出的人，也没有李楷。

她给郑家悦打了电话，但郑家悦迟迟没接，她就先把屋里的损失拍照存证，也发给了郑家悦，又在群里通知今天不上课了，然后拿着监控去了派出所报警。

此时的郑家剑拔弩张。算盘打得很响的李楷，有了特意从老家赶来给他撑腰的他爸和他弟，底气足了不少，三个人端坐在郑家进行谈判。郑家悦坐在三人对面，被爸妈和弟弟护法一样地夹在中间，觉得这场面格外荒诞。

"你户口本呢？结婚证呢？是不是藏在你闺密那里了？"李楷问。

郑家悦很早就把重要的证件随身带出来了。李楷让人去许珍贵店里找，也是想找她的证件，但没有找到。郑家悦并不知道他们去找过了，道："你管我藏在哪里？那是我朋友的店，跟我没有任何关系，你们不能去打扰人家！"

"可以，那你把证件拿给我，咱们今天就回北京，以后好好过日子。"李楷说。

"怎么，是想把你们用在王秀菲身上的招数在我身上再用一遍？"郑家悦盯着他问，"这就是你们家祖传的解决办法吗？全家出动来审我，然后把我押回去，像王秀菲那样乖乖给你们生孩子？"

在李楷眼里，郑家悦像是换了一个人。放在以前，他是从来不会想到这个知书达礼、温顺谦和、凡事都逆来顺受的女人，会像个泼妇一样举着菜刀冲他大吼大叫。现在即使她没拿菜刀，坐在他对面两步远的地方，双手抱在身前，语气平静，但他就是感觉哪里不一样了。

她似乎不怕他了。

从举起那把菜刀的时候开始，她就不再怕把这场婚姻撕个粉碎所带来的任何代价了。

那把菜刀把她们家分成了两派，姐弟俩主张"硬刚"，李楷不同意就打到服气；但郑家爸妈还是不愿意惹是生非，希望郑家悦能好声好气软磨硬泡地求李楷同意离婚。

"那他就是不同意呢？"郑家悦问。

不同意也没办法。

家里早年间有个远房亲戚，嫁走的女儿不堪家暴逃回娘家，女婿脾气暴戾，上门来要人，女儿死也不走，争执之下女婿打死女儿，打伤老丈人，下半辈子都瘫在了床上。自从郑家悦要离婚以来，爸妈总明着暗着提这老皇历，旁敲侧击说给她听。

"不能因为这一点小事，把咱们整个家都毁了。"爸妈说。

"这一点小事可以毁掉我的一辈子，比死还可怕。"郑家悦说。

但她还是心软的，爸妈对她有养育之恩，即使她不惮于和李楷鱼死网破，也终究不想殃及家人。郑前程本来就冲动莽撞，总想替她出头，要是闹出事来坑了他下半辈子，爸妈估计不会原谅她，她也不会原谅自己。

"证件我不会给你的，你想看到证件，就去民政局看。"郑家悦平静地对李楷说，"我还是那句话，其实离婚对你比对我更好。我离了婚没人要了，你离了婚还可以有新的幸福生活，怎么看都是你赚了。"

"老婆，你别说这么冷漠的话。"李楷又软下来，"没有人比你更好了。咱们俩没有本质上的矛盾，这个坎儿咱就过去，咱一起翻个篇，不行吗？你以前不还说，要给我生一个比咱俩都聪明的宝宝吗？现在说话不算话了吗？"

"我说过吗？"郑家悦疑惑。清醒了之后，她突觉以前脑子发昏的时候说过的那些话，现在听起来都是笑话。

她明白李楷的心理。不管是面子还是里子，她这个看起来体面又合适的老婆，他是不会轻易丢弃的。说实话，如果他俩分了，以他和他家的这个条件，在现在的婚恋市场上，他也不一定能立刻无缝衔接一个比她好很多的人。用许珍贵吐槽的话来说，除了她，再找个这么瞎的也不容易。

换作别人可能早就嘲笑她不知道多少回了，但大部分时候许珍贵给她的都是宽慰。"年轻的时候谁没瞎过呀，我也瞎过。"她总是笑嘻嘻的，好像什么事在她那儿都不算事，"以后日子长着呢，还是可以好好过的。"

小时候郑家悦总觉得，许珍贵的幸运无非是没经历过什么挫折。但后来她想，其实许珍贵的幸运在于她得到的爱和温柔，经年累月地化作保护着她的勇气和力量，足够支撑她走很长很远的路，错了也不怕，伤了也能痊愈。而只能靠懵懂而倔强地一步步试错走来的自己，却要到如今才能瑟瑟发抖着克服恐惧鼓起勇气给人生按下暂停键重新开始。

李楷是他们全家捧出来的宝，有了他爸和他弟撑腰，硬气了不少，被郑前程揍了一顿的仇，说什么也要报回来。本来郑家悦就担心他们又来闹，刻意保持自己情绪足够稳定，没有在李楷一家人软硬兼施的威逼下妥协。加上李楷已经对她有所忌惮，并没有像上次那样冲她破口大骂，甚至看她意志坚定，松口同意两个人暂时分开一段时间，等郑家悦调整好了再回北京，再商讨要不要离婚的事。但郑家爸妈却给她使了个眼色，起身把她拉进里屋，关上门。

"你到底怎么想的？"她妈问，"一直这么拖下去，他们要是再上门来不走了，咋办？这不是个事。"

"那能怎么办？"郑家悦说，"我这只是缓兵之计，先等他家人走了，他回北京工作了，再从长计议。这个婚怎么都得离，只是时间早晚的问题，没的商量。"

她爸妈对视了一眼，欲言又止，似乎也意识到这话说出来不太妥。但郑家悦从小到大早就习惯把家人的每一个眼色每一句语气翻来覆去咀嚼直到确认自己没有给他们的生活造成任何阻碍，一下子就明白了爸妈的言外之意。

她离婚的战线越拖越长，她又赖在家里不走，上次李楷和郑前程起冲突，更是他们没好意思跟她开口的担忧，他们虽然也心疼她，知道她受了委屈吃了苦头，支持她离婚，但归根到底，他们并不希望她的事影响整个家。

郑家悦心里还在斟酌，外面已经一言不合又动起了手。李楷一直就看不上郑前程，总觉得他老婆这个四肢发达头脑简单的弟弟是个定时炸弹，又没什么好工作，将来一旦啃老啃不上了，说不定还要靠他们两口子接济。郑前程更是看这个姐夫没顺眼过，总戴个眼镜抱着笔记本像是有文化的样子，说话又酸，动手又尿。

李楷把去医院开药的收据拿出来，说上次郑前程把他打成了轻伤，要求他把医药费付了。

郑前程看都没看他拿出来的单子，说："你这没有用。谁能证明是我打的你？有派出所做的伤情鉴定吗？你一个有脸面有文化的大城市上等人，这点常识还要我教你？"

李楷他爸听不得李楷受人挤对，立刻甩脸子："怎么，我们家李楷就是大城市的上等人，你算什么？你下辈子都赚不到他那么高工资。"

"他赚那么高工资用来给他买老婆生孩子的？"郑前程说。

"你有脸说？当初你们家死皮赖脸不出嫁妆，还非要我们家彩礼，干什么用了？还不是要留着给你娶媳妇？看你也娶不上媳妇，不如还给我们家。"

郑前程气不过，腾地站起来。李楷他弟虽然不怎么说话但是动手倒反应挺快，俩人就势扭打在一起，茶几被撞到沙发脚上砰的一声响，惊到了里屋的三个人。

郑家爸妈最怕的就是在家里闹事，劝也不是，躲也不是，又怕人受伤，又怕家被砸，一时间乱成一团。

家里狭小的空间限制了所有人的动线，倒是也闹不出大事来。李楷他们三个人其实也打不过郑前程，但郑前程知道他爸妈最恨他拆家，不仅不敢发挥，反倒还被李楷他弟趁乱往腿上踩了一脚，跟腱撕裂的旧伤给踩犯了，疼得龇牙咧嘴，顾不上他爸妈的体面，一手一个把他们父子三人丢出了门，一只脚跳着还在叫嚷有种去外面一打三，被郑家悦拉住了。

"非要打到家里来，像什么样子？"果然他们走了之后，爸妈开始有一句没一句地埋怨郑家悦，"离婚就离婚吧，我们也不好多干涉，但是能不能别天天到家里闹？这日子怎么过？爸妈养你们这么多年，到头来老了想过个安生日子，怎么就这么难呢？"

有那么一瞬间她又动摇了。这个家是她从小到大都想逃离的地方，但也是她在失去了对婚姻生活的所有期望之后唯一还能回来的地方，她不想从此搅得家里鸡犬不宁，爸妈每天提心吊胆，这样即使她真的从婚姻里成功解脱了，以后也真的没脸回来了。

"……别说了。"她对爸妈说，"我跟他回北京，离不离婚我们自己处理，我保证不会再影响家里了。"

郑前程蹦着去医院开药，郑家悦看不过，还是跟着去了。

"你认真的吗？"路上郑前程问她，"真跟他回去？能离成吗？你结婚证、户口本到底放哪儿了？你要是跟他回去，被他找着了，再给扔了烧了，你怎么离？在咱家他们都那么嚣张，到时候就剩你自己，一个人PK他们全家，那还不把你生吞活剥了？"

"动不动就PK，你以为谁都像你呢？"

"不然呢？有的人你对他就是没有道理可讲，就得用暴力打败暴力，用魔法打败魔法。"

郑家悦心里默默盘算着，没有回答。

2

派出所的人看了许珍贵拿的监控，都是摇头，她也认不出人，也没拍到人进她店，什么作用都没有。光给他们看自己店被砸的照片，也不能证明是别人闯进去砸的。

许珍贵有点灰心，回到店附近，还没走进楼，就看到几个探头探脑的鬼鬼祟祟的人从大姐的店旁边出来，正好跟许珍贵打了个照面。许珍贵一愣，就猜是不是砸她店的人，诈道："你们凭什么砸我的店？"

几个人五大三粗凶神恶煞的，看她一个人，完全没把她放在眼里，说："谁砸你店了？哪个眼睛看见了？"

"你们是在找什么东西？"许珍贵厉声问，"我店里根本就没有钱，但是你们给我造成了物品损失，你们得赔我！"

他们嗤笑起来，像是听到了什么无关痛痒的笑话。里面大姐正在准备开店，听见外面争吵，立刻警觉起来，一边出来看一边顺手把自家店门关上了，可能也是怕再殃及自己。

"……你们以为没人看见就行了？监控和照片我都有，我告诉你们，我刚才已经去派出所报警备案了，不管你们找什么，入室抢劫是违法要判刑的不知道吗？"

听到监控照片他们警觉地对视了一眼，应该是没想到店里监控都毁了她还能找到监控，又觉得她是在诈他们，便不屑地笑说："监控在哪儿呢？拿来看看。"

"你们看也没有用，派出所都备案了，有备份的，录得清清楚楚的，你们别想赖。"许珍贵说，"是不是你们砸的吧？你们是李楷什么人？他让你们找什么？"

话说一半她突然被人一下子拉到了身后，转身看到郑前程不知道什么时候冒出来，手里挥舞着一个不知道哪里来的拐杖。"还找到这儿来了？胆肥了是吧？我今天就让你们看看什么叫一打多……"

"哎？！"许珍贵还没反应过来，他就已经跟那几个人打在了一起，拐杖用得还挺称手，好像本来就是他自带的武器似的。

许珍贵甩开郑前程，那些人上来拽她，抓住了她的袖子，她一个金蝉脱壳从外套里缩出来，这才从包围圈里逃脱。

"你别给我打了！"她还不忘回头喊郑前程，"跑吧！"

喊完发现郑前程一只脚缠着绷带，她刚想明白为啥他挂着个拐，就被冲上来的其中一个人推倒在地。郑前程没挡住，晚了一步试图把她捞起来，但单脚掌握不好平衡，俩人摔在一起撞倒了停在路边的电动车自行车，顿时稀里哗啦顺着倒了一大排。

"怎么回事？让不让人做生意了？"大姐和她店里的人纷纷出来看热闹，围在店门口叫嚷，"都给我滚蛋！"

许珍贵扯着郑前程就走。到了路口人多起来，那几个人才不再跟了。

两个人走过了两条街，快到许珍贵家门口才停下来。

"你怎么回事？"许珍贵问。

"什么怎么回事？"郑前程反问，"替你出头啊！李楷带着他家人在我家闹了一顿没完，又跑你这儿搞破坏来了，就不应该放他们走！"

"那你打架有什么用啊？他们死不承认砸了我的东西，我上哪儿要赔偿去！"许珍贵拿出口袋里的手机，"本来我还想试着录个音，看看万一他们承认了，有没有用，你一来就打架！"

"你不是说有监控吗？"郑前程说，"那还用等他们承认？"

"我诈他们的！"许珍贵说，"店里监控都坏了，外面监控什么也没拍到！"

郑前程这才厥下来："……我不知道啊。我姐刚说她把证件放你这儿了，我就怕他们来找你麻烦，赶紧过来了，脑袋一热，我就……"

许珍贵摇摇头，继续往家里走。郑前程拄着拐跟在后面。

"你脚又是怎么了？"她问。

"……旧伤，"郑前程说，"以前打球打的，跟腱炎。"

许珍贵回头看了他一眼："李楷不是去你家了吗？你没把他打出新伤来，他把你打出旧伤来了？"

"……"郑前程说，"……你看，你跟我姐一样，总对我有偏见。"

"什么偏见？"许珍贵问，"我没有偏见。你不是喜欢见义勇为嘛。我又没有什么勇，不想靠这个解决问题。你把刚才那些人都打点新伤出来，既不能赔偿我的损失，也不能让李楷同意离婚。你觉得打架能解决什么问题？能让我开店赚一辈子的大钱？还是能让你姐离婚重新找个像样的姐夫？……"

说话间到了家门口。"我回家了，你赶紧回去吧，别瘸着到处走了，省得你姐担心。"许珍贵说。

"……我姐让我来拿她的证件的。"郑前程说。

"……哦。那你在楼下等我一下，我马上给你拿下来。"许珍贵说。

"哎，你手要不要处理一下？"郑前程指了指，她才看到自己胳膊和掌心都擦破了，膝盖估计也青了，不过也顾不上。

家里三口人正在吃饭，许珍贵咣咣砸门，把她妈吓了一跳，连忙把她放进来。

"怎么回事？火烧你屁股了？"她妈问，"手怎么了？"

换下了擦破的衣服裤子，洗干净手，涂了点碘伏，看刘叔叔要给她盛饭，她就说不吃了，回来拿东西的，随便跟她妈讲了来龙去脉。

"……可惜了我那件衣服，才穿了不到一年。"

她妈狠狠剜了她一眼："还管什么衣服！我早就跟你说过了，不要管别人的闲事，你看看你一天天的，嫌命长！这多危险？万一出点事，他们那么多人，你还跑？还报警？啥都来不及！"

"妈你总是这样。"许珍贵本来也是心有余悸，浑身也疼，只是跟她妈诉个苦求个安慰，现在也没心情了，"这不是别人的闲事，这是我的朋友，是她一辈子的大事，我什么都做不了，只是举手之劳帮她一下而已！何况我这不是回来了吗？不是没出事吗？"

"这叫没事？人都知道你是谁你住哪儿了，都砸到你店里来了，你还觉得没事呢？"她妈不为所动，"许珍贵，你什么时候才能长大点、成熟点，不要管得那么宽，你自己活利索了吗你就管别人？"

"长大点，成熟点，嘿嘿嘿。"刘一念在旁边学舌，扮鬼脸故意气许珍贵，被他爸敲了一筷子。

"咱们是普通人家，安安稳稳过日子，咱们没有好几条命让你到外面去当滥好人！"她妈说，"你都这么大的人了，能不能让我省点心？"

"……不能。"许珍贵突然冒出一句，"我就是这样的性格，有什么办法？我随我爸！你爱咋咋地。"

她妈脸色一下子就阴了，眼睛也红了，嘴角的皱纹都在抖，啪地摔了筷子，起身进了里屋甩上门。

许珍贵站在门口，没走，也没说话。过了很久，刘叔叔才说："珍贵，你不应该提她伤心事。"

"要不要陪你去医院处理一下？"刘叔叔指了指她的手臂，"我看这擦伤有点严重，怕家里弄不干净，还是得上医院清创，好好包扎，不然发炎了就不好了。"

话音还没落里屋门又开了，她妈已经换了衣服出来，又给许珍贵拿了外套："我陪她去医院。"

许珍贵接过外套："不用了，楼下有人等我，我还有别的事。"

转身带上门下楼。刚到楼下就见到郑前程在路边背对着她很大声地打电话，还一边挥舞着他的拐杖。

"让你去看一眼不是让你去帮忙打架的，你怎么回事？家里闹一通爸妈就怪我一顿，你又跑去替人家许珍贵打架，显得你能了是吧？"

"什么叫显得我能啊？我看那么多人，就她自己，那我不得帮她吗？我站那儿看啊？"

"让你别冲动别现眼就做不到，是吧？"

"我冲动？你不冲动？你那天拿菜刀的时候怎么那么勇呢？"

"我拿菜刀是我的事，不需要你帮我出头！"

"行，都不用我出头，就嫌弃我爱打架是吧？以后你看我还管不管你，你爱离婚不离婚！"

"我用你管！你管完了爸妈骂的还是我！"

"……"

3

等再回到店里天已经黑了，许珍贵叫郑前程赶紧回家不用送她，他却一再坚持。

"你应该回家去的，店都砸成这样了，你今天不应该在这儿住。"他说，"锁都砸坏了，不安全。"

许珍贵想着好多东西要收拾，明天还要换锁，估计还是不能上课，正准备在群里通知一声，一抬头却看到店里灯亮着。大姐拖着个纸箱子出来："哎，你回来啦？刚要问你呢，那些坏了的东西我给你收到这个箱子里，想说你看一眼还能不能用，不能用帮你收拾了。你今天可别在这儿住了啊，明儿再收拾，赶紧回家去。"

"没事。"郑前程立刻说，"那些人不是冲着她来的，就是想让她别再管我姐的事。今天我在这儿，他们不会再来闹事了。"

大姐看了看他的拐："你？就你？"

"……我怎么了？大姐，你不能以貌取人。不是，'以貌取我'也能看得出来，我可是练家子……"

许珍贵好气又好笑，催他闭嘴上楼。

"闺女啊，我店里今晚都有人，灯也不关，有监控，你有事就喊我！"大姐在楼下喊。

"谢谢姐！"

上楼就看到店门大敞着，陈莎和姜尔尔一个在扫地上的镜子碎渣，一个在收拾断了的挂衣杆上散落下来的一大堆衣服。

"你回来啦？"两个人看到她，笑道，"反正我们也没事，看你这儿跟被打劫了似的，就来收拾一下。这个还要不要了？"

郑家悦在前台桌子后面鼓捣门把手，看到他俩，立刻站起来。"你手没事吧？"她看着许珍贵包扎过的手，"怎么搞的？"转头瞪了郑前程一眼。郑前程连辩解都没试图辩解，蹦到一边帮忙收拾去了。

"没事。"许珍贵说。本来她的心情降到了谷底，看到大家都在帮她忙，安慰她，她也不好表现得太沮丧，只得硬着头皮打起精神来。有了帮手收拾效率就快得多，她坐在一边盘算有多少东西要新买的时候，郑家悦坐过来悄声问她："你不是报警了吗？不打算再追究了？他们应该赔你的。"

许珍贵看了她一眼。"我怕他们回去找你麻烦。"她说，"你就别管我了，我怎么都能凑合，你离婚的事要紧。"

郑家悦咬着嘴唇，沉默半响，说："我跟家里说了，答应跟他回北京了。"

"啊？"许珍贵差点跳起来，"那怎么行！那你的委屈就白受了！"

郑家悦摇摇头："我也不想，但是先缓缓他们，至少别再去我家里闹腾了。"

"不是，我就不明白了，"许珍贵疑惑道，"你孩子都没了，家里又没钱，李楷为什么要死扯着你不放呢？他这到底是爱你还是恨你啊？"

"爱也不是，恨也不是。"郑家悦说，"……就像你说的，他可能觉得我是这个世界上他唯一可以拿捏的人吧。"她轻轻地笑了一声，自嘲道："当初结婚，他爸妈本来对我也没那么接受，嫌我没嫁妆，后来去算了一命，说他命里要被老婆压着，得找一个命比他弱的才行，我的八字刚好合适，这才松口同意的。你别看李楷学历高，他家可信这个了。所以一直想要小孩，也是因为命里子孙越多，越旺他们家。王秀菲生孩子的时候，也特意找大仙算的。"

许珍贵嗤了一声，但没接话，琢磨了一会儿。"这事也不是没有解决办法。"她若有所思地说，"有时候吧，可能得靠魔法打败魔法。"

郑家悦奇怪地看她一眼："你已经是今天第二个跟我说这句话的人了。"

"今天谁说过？"许珍贵问。

"还能有谁？那个暴力狂。"郑家悦指了一下正单脚蹦着研究怎么调节吊环长度的郑前程，说。

千恩万谢好说歹说地让陈莎和姜尔尔回去了，郑家悦说太累了不想回家，把里间收拾完就想早早休息，但突然想起门锁坏了还没换。

郑前程蹦过去，打开一张还完好的瑜伽垫，扔地板上，说："你俩进屋睡觉吧，我今天就睡这儿。"

许珍贵说："这不好吧，你也是伤员。"

郑家悦过去踹了他一脚："爸妈要是知道我让你在这儿睡地板，又要骂我了。"

"……那你就把枕头、被子给我。"

郑家悦进屋了，没一会儿扔出来枕头被子。

"……你扔的是我的。"许珍贵说。

郑家悦没回答，爬上床倒头就睡。

"你饿不饿？我想吃泡面了。"许珍贵说。里屋没声响。

"我饿。"郑前程说。

两个人泡了泡面，一起坐在窗前吃。一天的糟心过去之后，总算安静下来，许珍贵一边吃，一边盘算着自己雪上加霜的账本，不由得有点悲从中来。

"是因为我姐你才不追究的吧？"郑前程问，"损失了不少吧。"

许珍贵摇头："没有。"

"好吧，那我不问了，这个是你的商业机密，明白，明白。"郑前程说。

许珍贵忍不住笑了一下。他看她表情放松了些，就也笑了。

"机密就是我到现在都还没回本呢，"她说，"同行的朋友说这也正常，从过完年到现在，还不到两个季度，希望夏天会好一些吧。"

同行有一个月回本的，也有一年多都没回本然后直接倒闭的，听起来好像谁都不会运气那么差，但落在自己头上那就是实打实的亏钱。她虽然每天兴高采烈、活力满满地上课，跟白小婧她们插科打诨，跟学员们混得像闺密小姐妹，但晚上回来算算流水，算算积蓄，越算越肉痛。这下子又多了预算之外的大出血，怎么都乐观不起来。

"这次是我们家的事牵连你，一定要赔你。"他说，"你都已经这么帮忙了，没理由还要受损失。"

"我跟你姐那可是发小的交情，"她笑，"不用算得那么清楚的。"

"嗯。我姐小时候没有什么朋友。"他说，"可能你是唯一一个。"

"也不能这么说，有的小孩从小就不需要什么朋友，习惯了一个人待着，也很正常。我呢，就喜欢有很多朋友，而且我运气也很好，朋友都喜欢我。"她笑着说。

"不是你运气好，"他若有所思地说，"是你的朋友运气好，遇到了你。你知道怎么喜欢别人，别人才会喜欢你。我们家呢，养出来的都是不会喜欢别人的小孩。"

她好奇地看他一眼："为什么这么说？"

"你看我姐啊，从来没谈过恋爱的人找了个人就结婚了，现在抽身都难。对吧？"

"那你呢？"

"……"

许珍贵突然想起来上次见义勇为的事，恍然道："你不说我差点给忘了，难怪你前阵子都没怎么过来。最近白小婧好像有点忙，课没有以前多了，如果你……"

"……我不是！"他急起来，又立刻掩饰着平复，"……你还记不记得，我跟你讲我小时候去武校的事？"

"记得啊，你喜欢一个女孩就为她打架。"她说，"但这种事我今天再说最后一次，不要在我这里发生了，你要是为白小婧打架，可别在我店里打，打的可都是我的血汗钱，我没有钱让你们祸害。"

"……我要说的不是这个。"莫名又被撑了一顿，他有点气恼，但还是解释道，"小时候打架那是小时候不懂事，何况，我当时就知道错了。"

当时怎么可能知道错？被记了过，回家又被爸妈痛揍，从里到外都是一人为爱对抗全世界的孤勇。好不容易回去上学了，他还以为人家女生会因为这一遭对自己彻底改观，感动得痛哭流涕，就此开启一段青春时代最美好的感情，结果女生在学校里看他靠近就像看见瘟神一样躲着跑，没两天直接带着爸妈又杀到了他家里。他当时正在小卖部跟他姐一起看店，他妈去打牌了没在，他姐以为他又闯祸了，吓得不轻，忙不迭地道歉。女孩爸妈看姐姐倒是老实，放在柜台上的卷子工工整整全是高分，还有印着冲击清北的成绩单，也不像是没家教的家庭，俩孩子相依为命看店也不容易，就教育了一顿走了，临走还警告他不许再靠近自家姑娘一步。

这一切被在门外看热闹的某个人观望了全程，等人家走后，笑嘻嘻走进来，借着他姐训他的工夫狠狠嘲笑了他一顿。当时在他眼里她们已经是什么都懂的大女孩，而在她们眼里他就是个莽撞无知的小屁孩。具体嘲笑了什么他后来早就忘了，只剩下一句大概意思还记得，她说："你要是真的喜欢那个女孩，你不用为她打架，她也不会躲着你走。需要打的，需要躲的，就不是真的喜欢。"

"挺有道理的。"许珍贵说，"所以那人是谁啊？"

郑前程好气又好笑："你说那人是谁啊？"

"啊？"许珍贵一头雾水。

"我到现在也不知道面对喜欢的人该怎么表达。家里人都嫌我四肢发达头脑简单。我知道了打架不对，但是我不知道什么是对的啊，也没人教我。"他说，"你呢，从小就跟我姐一起嫌弃我，现在还装不记得了。"

"那人是我啊？"许珍贵说，"我什么时候说过这种话？我没有说过。"

"你不要否认，我姐也都记得呢。"他说，"从那之后我姐再提起去你家吃包子，我就死也不去了。"

许珍贵忍不住笑了。"行吧，"她说，"不管为什么，你好心帮我解围了这么多次，我还是很感激的，不会再把你当啥都不懂的小屁孩了。"

"我谢谢你。"郑前程说，"而且，我没有想追白小婧。你以后不要再开这个玩笑了，不好笑。我本来就已经不知道怎么表达了，我们家人笑话我，你不可以笑话我。"

"……好。"

"……其实我看别人说，有时候不用表达，被喜欢的那个人是能感觉到的。你觉得是真的吗？"

"……我觉得不是。"

"……哦。"

4

阳光透过窗晒热了瑜伽垫的时候许珍贵才醒来，枕着自己的枕头盖着自己的被子，睁眼看到郑家悦正在打开买来的热乎乎的早饭，郑前程在店门外面研究门锁。

"哇，我这店还不知道明天能不能开下去呢，你们姐弟俩一起给我打工，我可付不起工资。"许珍贵翻个身坐起来，有点不好意思地说。

他俩明显看出来许珍贵的灰心，不希望他们家的事影响到她，想到这里，她心里也是有点感动，正站起来收拾，她无意间从窗边看出去，惊讶得枕头掉在了地上。

"余多？"

楼下路边站着的正是余多，她看到许珍贵在窗边，就点头示意了一下，像是专门来找她的。

"我之前给过她地址，她一直都没来，怎么今天突然来了呢？"许珍贵跟郑家悦说，"你要一起下去吗？"

"……"郑家悦明显有些尴尬。"不了，我跟她不熟。"她说，"我还是在这儿帮你收拾吧。"

许珍贵就自己下楼。看到她过来，余多也没有什么多余的话，就说："你店里进人了。"

"是啊，你怎么知道？"许珍贵奇道，"昨天闹腾了一天，我还跑了派出所，什么用都没有，只能吃个哑巴亏，他们还是郑家悦的……"

余多没等她说完，就点开自己的手机屏幕，举在她面前。手机是她为了省钱买的最便宜的款，还没用两天就在饭馆后厨打工的时候摔坏了，屏摔得四分五裂，但视频画面还是看得很清晰，就是从她现在站的这个视角拍许珍贵二楼的落地窗，虽然不太近，但能清楚地从窗外看到几个人进店乱砸乱翻的过程。

"你怎么会……？"

"碰巧，"余多说，"我打工的饭馆在附近。"

"就在附近？那你怎么不来呢？"许珍贵问道，"早知道你就在附近，我就早叫你过来了，你也不联系我。"

余多把视频传给她，许珍贵就简单说了郑家悦的事。

"真的谢谢你。"她跟余多说，"其实我没打算追究的，但这个也很有用，谢谢。上去坐坐吧！店里很乱，我们还在收拾，不要嫌弃。"

余多难得地笑了一下："你现在还学会客套了。"

许珍贵一愣，旋即笑了。"是哈。那我不客套了。"

两人站在原地，看着楼上窗边，郑家悦正在归置放在窗边的瑜伽球。

"你现在挺好的。"余多说。

许珍贵笑道："租的，说不定哪一天我把钱亏完了，这儿就没啦！"

没了小时候的那扇窗之后，她现在也很知足，从热闹又孤独的上海回到家里，能重新和年少的老友们熟悉起来，能和有同样爱好的一群女孩每天做喜欢的事情，如果不是还亏着钱，这几乎就是她理想中完美的生活了。这一次的尝试让她开始有点相信，就算有一天这里没有了，她需要再次两手空空地去一个陌生的地方重新开始，也不是完全不可能。

"你现在有了这么大的一扇窗。"余多说。

小时候的那扇窗，许珍贵带了童年滤镜描述出来，美好得不真实，在余多的印象里，那只是一个黑窟窿。她从没有去过许珍贵口中无比温馨可爱的家，但那个不再温馨可爱的家，却短暂地成为余多临时的避风港。有时她坐在角落里，要么数数药，要么数数钱，要么数数离自己满十八岁还有多少天。然而，药不够吃，钱被风刮走，自己还是没满十八岁。

她不知道贺尧是什么时候离开的，过了好一阵子，她听见上楼的脚步声，是许珍贵，身后竟然跟着祝安安。

许珍贵在楼下遇到祝安安，吓了一跳："你跟踪我！"

"……"祝安安有点心虚，"我没有别的意思……"她也有点害怕。以前来许珍贵家都是开心的回忆，但这里现在已经荒废，周围拆了不少，目之所及全是还没清运的建筑垃圾，残破崎岖的楼体在擦黑的夜色里默默矗立，有些狰狞。

许珍贵知道她想问什么，但不想解释，余多并不想让别人知道自己的事，何况是本来就没什么好意的祝安安？但还没等她俩说什么，就看到楼上飘洒下什么东西，零落四处。有一张掉在附近，许珍贵走过去捡起来，是一张破旧的纸币。

天色晚了，看不清楚，垃圾又多，她费了很大劲，才勉强捡回来几张。祝安安跟在她身后，开始发怯："咱们回家吧？太黑了，我有点害怕。"但许珍贵捡完之后上楼，她也只好跟着。她以为贺尧还在楼上，但上来一看，只剩余多自己。

"……我就找到这么些。"许珍贵把几张皱巴巴的钱递给余多。余多没有接，也没有说话。

"她为什么在你家？"祝安安小声问许珍贵。"贺尧呢？"又问，"贺尧不会是因为跟她在一起才精神不好的吧？"

"……"许珍贵不知道要说什么，只好示意她别再说了，放下钱便离开。祝安安跟在她身后，惊恐地四处张望，下楼的时候绊了一跤，差点害得两个人一起滚下楼去。好不容易离开了小区，她后怕地拍着胸口，一边回头看，一边说："你们太可怕了，为什么你家都要拆了还待在这里啊？她没有自己的家吗？怎么退了学就要流浪了吗？贺尧那种人怎么也会来？他是不是脑子真的出毛病了？"

养尊处优长大的祝安安完全不能理解她眼见的这些事情，她只觉得就连她这种万年后进生都在为了高考的出路削尖脑袋想办法，贺尧和许珍贵却在这么重要的时候总是跟一个退了学的人混在一起，这比笑话贺尧发疯了的人还要更发疯。

周一回学校之后，晚上她在水房洗漱，看到许珍贵一边刷牙一边问郑家悦数学题，听了一会儿没听懂，就在郑家悦去上厕所的时候又开始跟许珍贵闲扯。

"要是老魔头知道了，你就完蛋了，我跟你说。你看她是怎么对余多的，就怎么对你。"她说，"余多跟咱们不一样。她退学了，跟咱们就不一样了。"

许珍贵把题放下，继续刷牙，没有接话。

"……贺尧的脑子那么聪明，怎么会出毛病呢？要我说啊，就是因为严老师跟我爸妈似的，逼着他考第一，他才叛逆的。我从北京回来之后，其实想开了好多，以后有那么大的世界，那么多好玩的事等我去做，现在就算我爸妈求着我喜欢他，我都不喜欢他了。我得劝劝他，要想开一点，以后有的是叛逆的时候呢。哎，我听别人说他爸没了，是真的吗？真的是自杀？那你家的钱还能要回来吗？"

许珍贵知道贺尧爸爸是怎么死的，她妈不瞒她，但是暂时瞒着她爸，怕她爸情绪激动再犯病。住院和回家养病这阵子，他一直想快点恢复，好赶紧出门。之前跑了派出所，还找了律师，他一生病，那些资料和联系方式都被她妈收走了，说让他先养病，手机都不让他看，电话也不让他接。她爸说自己康复得挺好，都能下地了，能出门了，跟她妈申请拿回来，她妈也没给。

"你爸心里这坎儿一直没过去。"她妈私下跟她说，"觉得是他的错，毁了咱们家。"

高考前的最后一次模考，许珍贵考得还行，虽然离她的目标还差着，但已经是她模考过最好的成绩了。她爸拿着成绩单夸了她好一顿，俩人商量要报什么大学什么专业，聊着聊着她爸突然沉默半天，红了眼圈，问她："闺女，要是咱家的钱真拿不回来了，你会觉得爸爸没用吗？"

许珍贵愣了一下，看她爸表情总觉得他知道了，又不敢多说。她爸看她左右为难的样子，就拍了拍她脑袋："行了，别瞎想了，看你眼珠子转的。你妈让你瞒着爸爸，是吧？"

"爸你真知道了。"

她爸就叹口气，把成绩单递给她。她记得以前从来没听过她爸叹气，每次她妈叹气，她爸一定在五分钟内把她妈逗乐呵了。

"就你妈，有什么事瞒得过我呀？"她爸说，"出院回来我就找着手机了，之前联系过几个人，都被他骗过钱，也是走投无路，来跟我通个气，我就知道了。"看她一脸紧张，就又说："放心吧，爸没事。你妈也没错，她怕我上火。咱们家啊，现在可是被我搞垮了，经不得一点风雨了。"

良久，父女俩都没说话。许珍贵把成绩单折好，塞进笔袋里，慢吞吞地说了句："不会。"

"啥？"

"……你刚才问我的啊。"许珍贵说，"爸，我不会觉得你没用，在我心里，你是世界上最好的爸爸，只要咱们三个在一起，咱们家就没有垮，也不会垮。"她露出和平常一样的没心没肺的笑容，直到她爸看着她的样子也忍不住松开紧锁的眉头微笑起来。

"我觉得贺尧也挺可怜的。"她说，"咱们一家人一条心，什么困难都能过去。但他没有爸爸了。"

很久以后她才清楚，不是所有的人都像她一样幸运地在这样的庇护下长大，虽然生活时而困窘，但内心从未贫瘠，虽然居无定所，但永远不卑不亢。别人的天赋异禀，别人的容貌出众，别人的经济优裕，她不会去羡慕和嫉妒，反而更想知道，为什么被束缚的向往自由，为什么有天分的没有好运气，为什么生来优裕而漂亮的反而不快乐。

没了小时候的滤镜，她知道自己根本就不是世界上最幸运的人，却也发现自己早就已经是世界上最幸运的人了。

"人为什么会自杀？"她问爸爸。

"……有很多种理由吧。"她爸犹豫了很久，才斟酌着说，"大多数是没有了生活下去的希望和勇气。太害怕活下去的时候，死就是解脱了。"

听着她爸的话，她突然回想起贺尧的眼睛，和煦的天气里她突然感到一丝彻骨的寒意。她没有接触过丧失希望和勇气的人，但那时她觉得如果有这样的人，就是贺尧的样子。

祝安安还在耳边聒噪，许珍贵心有担忧，就说："贺尧不会和他爸一样要自杀吧？大家都说他精神不好发疯了，万一……"

祝安安也被她的担忧吓到，停止聒噪五秒钟，说："不会吧，他害怕老魔头，但是马上高考后就解脱了啊！我不也是吗？就等着上大学了摆脱爸妈的管束，不至于自杀吧？他考个状元，风风光光远走高飞，多简单的事。他不是喜欢余多吗？反正余多都退学了，他俩浪迹天涯去都没人管了。"

许珍贵笑道："你不喜欢他了？"

祝安安撇撇嘴："我想开了，不想喜欢不喜欢我的人了。"

第十四章　说谎

"她们每一个人都在说谎。那不是意外，那是蓄意的谋杀。"

1

是从什么时候起，一向听话的儿子开始习惯性地、脸不红心不跳地跟自己说谎了？她想不起来。一开始是同事告诉她说，严老师，你家贺尧说不上自习了，去你办公室。她回办公室一看，根本没有人。她去开会，别的老师告诉她，贺尧说不舒服，晚自习要提前回家，等她晚上都到了家，贺尧才慢吞吞地回来。她想发火，又怕伤害他不知道哪里脆弱的自尊心；她想让自己放宽心装作没看见，又根本做不到。她知道贺尧说谎，贺尧也知道她知道，挑衅似的，好像就想看看到底怎么样才会把她气死。

誓师大会之后，校领导亲自找她谈话，问她孩子怎么回事，是不是最近压力太大了，需要什么帮助，学校无条件支持。她头一次心虚起来，不敢回答。坐在办公室里，她听得见那些从前一直赞不绝口夸她培养了一个榜样、楷模、优秀儿子的同事们，现在一定都在私下里带着同情和悲悯嘲讽她。嘲讽她没关系，嘲讽她儿子不行。每次模考之后，成绩单都张贴在学校大厅里，新的成绩单会覆盖旧的，但最后那一次模考，那张榜首不是贺尧的成绩单，要一直张贴到高考录取榜出来。来来往往的学生对着成绩单指指点点，或哭或笑，每一个字都是一根灼烫的针，狠狠刺在她心口。

贺尧却跟没事人似的，她让他在家里待几天不要去学校了，他就不去。但她不能不上班，她往家里打电话，发现他趁她白天上班偷偷跑出去，她就在早上出去时把家门反锁。她让他坐在书桌前复习，他就笔直地坐在那儿，但笔不动，眼睛也不动，仿佛是对她无声的抗议。不管她说什么，做什么，他脸上都没有任何表情，像他那天站在台上读男科广告一样，冷漠而疏离。

终于她先受不了了。当她晚上回来，看到她摆在他桌上的早饭动都没动的时候，突然浑身发抖，脑袋一片空白，伸手胡乱一推，桌上放了一天的冷饭菜应声落地，摔得七零八落。她手脚无力，滑坐在地上，索性抱着他的椅子腿号啕大哭。再这样下去，不管他发不发疯，她都要发疯了。

"妈妈错了。你不要再这样，不要再折磨妈妈了，好不好？"她哭道，"你到底想怎么样？只要你好好的，妈妈做什么都可以，好不好？"

贺尧还是无动于衷。

于是每天晚上她都要单方面发疯一次，连着发疯了好几天。她已经不记得自己在崩溃中都说过什么话了，整个人都像出了窍失了智。她一会儿咒骂她负债累累的死去的丈夫，一会儿怀念她伶俐可爱的幼儿时期的儿子，一会儿诉苦她这半辈子独自把儿子抚养大有多么不容易，一会儿扳着手指细数等儿子高考金榜题名之后要怎样庆祝。说哑了嗓子，流干了眼泪，过了好几天，贺尧终于有了反应。这一次他没有说想气死她，只是轻飘飘地指了指门口。

"那你别把我反锁在屋里。"他淡淡地说。

第二天她只好不再反锁家门了。

但她不放心，中午下了课就慌忙赶回来，他果然不见了。

她吓出一身冷汗，正想着要报警，家里电话却突然响起来，是同事打来的。

　　"你家贺尧来学校了。"同事说。

　　她稍微放下心来，可能一切都是虚惊，但转念一想，她一上午都在班里，他根本就没来，他去哪儿了？

　　一边往学校赶，她一边想着，或许一直以来都是自己想多了，他只是这些年被她教育得太好了，太优秀了，叛逆期来得有点不是时候。他只是对别人的生活有点好奇，等过了这个情绪的劲，还是那个可以乖乖听话的好孩子，还是那个即使偷了家里的钱跟女同学私奔，都会临阵脱逃打电话给妈妈的好孩子。

　　回到学校的时候，她在操场上找到了贺尧。他正跟旁边的人说着什么，一脸严肃。她定睛看了看，那女生是许珍贵。

　　见到她来，贺尧转身走过来，经过她身边的时候平静地说了句："我先走了，妈。"

　　本来她想直接去问许珍贵他俩说了什么的，但不知道为什么，她停住了，叫了贺尧一声。

　　"儿子，"她说，"妈妈晚上早点回家，给你做蒸饺，好不好？你想吃什么馅儿的？"

　　贺尧没回答，只是冲她轻轻地笑了一下，就走了。

　　儿子已经不知多久没给过她笑脸了。她愣了一下，觉得像出现幻觉了一样，过了好半天才被午休结束的铃声唤醒，贺尧已经没影了。

　　下午她提前了一节自习课离开，去市场买了菜就急匆匆地赶回家。但家里没有人。儿子根本就没有回来。

　　她又想发火，但又努力控制着自己的情绪，开始擀面剁馅，一刀刀狠狠地剁下去，震得虎口疼，双手发麻。她告诉自己不要去看墙上的挂钟，也不要去想。直到所有的饺子进了笼屉，又热腾腾地上了桌，贺尧也没有回来。

她看向墙上的挂钟。离贺尧下晚自习回来的时间也过了很久了。屋里很安静，饺子"滋滋"冒着的热气熏得她眼睛发疼，挂钟嘀嗒的声响吵得她耳朵嗡嗡响。她枯坐在饭桌前，终于按捺不住，起身把挂钟摘下来，摔了个稀烂。嘀嗒声终于消停了，但她还不满意，还想把一桌饺子都往地上摔，上手之前却忍住了。万一，万一呢。她心里想，可能下一秒儿子就回来了，饺子拿回灶上热热，还能吃一口新鲜的。

就这样熬着夜等了不知道多久，死一样的沉寂被家里突然响起的电话铃声划破。

她下意识就觉得，贺尧这小子肯定又被余多勾搭去厮混了，这下没了学校的管束，还不知道要怎么无法无天，还好儿子一定是有原则、有底线的，就算跟别人出去鬼混，也一定会记得打个电话给妈妈报平安。她想着不要骂他，先把他劝回家再骂，但还是控制不住，接起电话就吼："你还知道打电话回来？她都退学了还没完没了地缠着你，要不要脸？你也想跟她一起退学是吧？你不高考了？！"

吼完她突然觉得不对劲，那边是一片嘈杂的人声，过了半天，她也没听到儿子的声音。那一瞬间，她突然觉得对面像从虚空里伸出了一只魔爪，拽着她的心骤然沉了下去，就像迟到的死神在攫取濒死之人的灵魂。

"……你是严瑾吗？"那边终于有人出声了。

"我这边是派出所。"那边说，"你来认一下人。"

2

一直以来，许珍贵都不擅长说谎，因为她从来不需要说谎。小时候玩疯了作业忘了写，早上上学前号啕大哭，爸妈就替她给老师写假条，说昨天家里有事导致孩子没时间写作业，今天补上。初中时因为同班女生上体育课谎称来例假逃避跑圈，所有女生一起挨骂，她没敢说自己真来了例假，只好跟着一起跑圈，跑到肚子疼被同学送去医务室。爸妈知道了，去学校跟老师据理力争，回家告诉她永远不要在身体健康上有任何隐瞒。

高考前老师们给她估分，都说她成绩不稳定，重本够呛。她回家犹豫了很久，还是说了真话："我可能真的考不上好大学。"

结果爸妈说："我们早就知道啊，你发挥好了，咱就选个好点的大学；发挥不好，能念啥念啥。不然还能咋办，我俩替你考去？那岂不是得交白卷？"

许珍贵被逗笑，沮丧的情绪好像一下子就疏解了很多。

她知道在任何时刻，她都可以以自己最真实的情绪来面对任何发生的事情。因为她真实的恐惧、真实的担忧、真实的焦虑，永远都有人来给她兜底，让她相信没什么大不了，爸爸妈妈永远不会对她失望，也永远是她的后盾。

但家里发生变故之后，她开始对自己失望，爸妈越安慰她，她越觉得自己什么都做不了。她不能赚钱养家，也不能让爸爸快点好起来，唯一能做的就是按照爸妈的嘱咐专心复习，成绩却也提不上来。她开始有点理解为什么大家羡慕聪明又成绩好的同学了，有点理解为什么以前在严老师班级里时整天被骂脑子笨一事无成了，甚至有点理解为什么郑家悦考了年级前十几名却还会气得抓心挠肝地哭了。

"说不嫉妒是装的。"郑家悦曾经跟她坦诚道，"我嫉妒贺尧那样的人嫉妒得发疯。他有那么聪明的头脑，有一心为了他付出的妈，有给他的前途铺路的条件。要是换成我，我会死死攥在手里，死都不会让给别人，也不会浪费。"

嫉妒是真的，但人的喜悲并不相通也是真的。郑家悦不理解贺尧这样优越的人有什么值得同情，祝安安不理解许珍贵为什么说余多跟她们任何一个人没有不同。祝安安嘴上说着不喜欢贺尧，但心里还是忍不住关心他，许珍贵明知道自己什么忙也帮不上，但还是惦记着余多，不想让她总留在那个随时都会有危险的地方。而郑家悦觉得她们统统都是闲得吃饱了没事干，有那个时间不如多刷两套题。

大家渐渐地连说话的时间都省去了。不管是上课前还是放学后，洗漱前还是起床后，没人闲聊或是抱怨热水又没了，也没人计较晚自习又延长了二十分钟，只有黑板上每天擦去重写的倒计时提醒他们高考的日期一天天临近。有时候许珍贵希望高考再晚一点来，再给她一点时间，或许她能让成绩稳定在一个可以接受的位置；有时候她又烦躁地希望高考明天就来，这样的生活就可以按下结束的开关，然后开启未知的以后。

但她没有想到，高考还没有来，她和他们所有人的生活，都被另一个突如其来的意外卷进了无法预知的方向。

她虽然不算是好学生，但也绝对不算坏学生，她从来不怕进老师办公室，也不怕被叫家长。她爸妈也从来不怕被老师叫，无非是因为一些无关痛痒的小事，成绩不好啊，喜欢和同学说小话啊，没有什么上进心啊，都要高考了还不知道着急之类的。

离高考还有不到半个月的这天，她坐在人满为患的办公室里。班主任、教务主任，还有校长和好几个她平时几乎见不到的校领导都围坐在她对面，沉默又极具压迫感地注视着她。

爸妈不在，她已经不由自主地开始害怕了，双手死死地钳在一起，后背被冷汗湿透，嘴唇控制不住地哆嗦，牙齿也在说话的时候抖得嗒嗒作响。

"你再好好想一想，好好说，昨天晚上你在哪里，到底发生了什么？"

她最害怕的人，隔着众人独自站在角落里，但鹰一样的眼睛却死死地扎在她脸上，仿佛她只要说半个字假话，就会迅速扑过来把她撕得粉身碎骨。

严老师的头发散着，穿着外人从来没见过的随意的居家衣服，滚满了灰，眼睛血红，半天眨也不眨，像是一头失去了方向的穷凶极恶的兽。所有人都默不作声，只有墙上的挂钟嘀嗒地走，但在她这里，时间已经没有了任何前行的意义。从昨天晚上到现在，她所有的意识、心智、思绪、记忆，都在那一刻被硬生生地从身上剥离出去，只留下一具魂魄已经出窍的躯壳。

昨天晚上她接到派出所的电话之后，大脑一片空白，什么都没敢问，就按着地址赶过去。到了地方后发现是一片正在拆迁的楼房，已近午夜，一路上没有人，也没有灯光。但附近还有住着人的居民楼，警车和救护车的鸣笛和灯光引来了少数附近的住户，都被拦在了警戒线外面。

据派出所的人解释，贺尧是从一栋废弃居民楼的顶层坠落的，漆黑的夜里，本没有人看到他。警察是接了报警电话来的，打报警电话的人也同时打给了120。

救护车鸣叫着迅速开走了，旁边有围观的居民大声地说着刚拉走了一个，还活着。他们一边议论着，一边指着不远处警戒线里面，说那儿掉了一只鞋，看不清是谁的。有人说，你看鞋都掉了，肯定就没救了，鞋要是没掉说不定还有救。另一个人说，你说的那是车祸，从楼上掉下来，鞋怎么都得掉，怎么都没救了。

她什么都听得见，也看得到，但她就是不想走到几步之远的、盖着白布的那个人面前。有一个女警过来询问她，并试图让她走过去认人，她一迈腿就瘫倒在地，一点都挪不动了。

"……是你报的警？对吧？你上那个车，我们回所里做笔录。"

听到旁边警察的声音，她转过头去，看到报警的人此时正一言不发地坐在警车里。警灯一晃，她就看清了女孩冷漠的脸。余多的衣服损坏了，胳膊也吊着，像是脱臼了，但表情还是和平常一样，丝毫没有畏惧和恐慌，抬着头，正对着她的目光，甚至还淡淡地冲她点了一下头。她第一次在操场看台后面抓到他俩之后，训斥余多的时候，余多就是这副表情。这个女孩，似乎全天下没有什么事情可以让她痛苦和害怕。

祝安安的父母在深夜接到了电话。那天不是周末，女儿又住校，先是宿舍那边打来电话问祝安安有没有在家，他们一听孩子没在宿舍就急了。还没等出门医院那边就打来电话了，告诉他们女儿正在抢救。

由于余多在派出所一句话都没有说，直到第二天早上，严瑾才得知，贺尧出事的地点其实是许珍贵家以前的老房子。但许珍贵当晚没有在，至少在出事之前她就离开那栋拆迁楼，回家去了。当天中午严瑾还见到许珍贵和贺尧在学校操场说话，她或许是他发生意外前唯一和他交谈过的人。

许珍贵的爸妈被警察叫去单独谈话了，许珍贵只得留在办公室里，接受一圈老师们的审视和盘查。

"你昨天晚上几点钟回家的？"

"那天中午贺尧跟你说了什么？"

"你跟他说了什么？"

"他们为什么在你家的老房子里，你知不知道？"

严老师不说话，其他的老师也只能象征性地问，但许珍贵只是坐在中间恐惧地抽泣，始终没有开口。

漫长的沉默之后，大家都忐忑地看向一直不发一言的严老师。

"……余多。"她狠狠地咬着牙吐出她恨透了的这个名字，"余多干了什么，你肯定看到了。"

"我没有。"许珍贵虽然还在抽泣，却立刻回答了这个问题，"我没有看到。她没有。"

"你说谎！"严老师突地站起，两步就冲到她面前。即使周围的人立刻上来阻拦，严老师还是把她整个人连着椅子撞翻在地，冰凉的手指掐住她的脖子，目眦尽裂的脸凑到她眼前，她甚至能看清那瞳孔里惊恐的自己。

"你说谎！你肯定都看到了！是你们害死他的，是你们害死他的！"

预备状元的天才学生突然发生意外，第二天就上了社会新闻版面。一夜之间，原本在全力备战高考的整个学校，因为这一突发事件陷入了舆论和质疑的迷雾之中。虽然学校拼命封锁消息，但大家都记得贺尧和余多曾经一起私奔被家长抓回学校，也有很多人以为余多因此才被退学。而祝安安，她从入学就大张旗鼓地声称喜欢贺尧，人尽皆知。

这个巴掌大的小城从来藏不住秘密，少男少女之间的晦涩私事更是容易被添油加醋。谣言甚嚣尘上，报纸和网络也开始持续跟进，好多新闻标题起的都是"某高中两女为一男争风吃醋，酿成血案一死一伤"，诸如此类。

"你们女儿这段时间经常偷偷回自家的老房子，还带了不同的同学过去，这事你们知情吗？"

许珍贵的爸妈对视了一眼："我们真的不知道。"

"你们以前就认识严瑾，是吗？"

"……对。"

许珍贵被带进来的时候，看到爸妈坐在警察对面，一下子就绷不住了，哇地哭出来。她妈过去把她拉到两人中间坐下，给她抹眼泪："没事闺女，别害怕，你知道什么就说什么。爸爸妈妈相信你，没怪你。"

3

自从余多知道姐姐跟一个男的在一起之后，她就很怕姐姐有一天丢下她跟那个人走了。虽然姐姐跟她保证自己并不喜欢那个男的，让她放心，但她不信，也不放心。她偷听过那个男的给姐姐打电话，说要不是因为你有个拖油瓶，我早就带你走了。她害怕了，就去偷翻姐姐的衣服和包，在包里找到了两张火车票。

她更害怕了。虽然姐姐一直说她攒钱没用，也一直不答应带她走，但有点钱总比没有好吧？她想告诉姐姐她攒了钱，也可以买车票。她以后也可以去赚钱，不会当拖油瓶的，想求她不要把自己扔下，但攒的这两个钱转眼也被搞没了。

"你说的是真的吗？"

贺尧和余多并排坐在角落里，两人都望着窗外。天气越发炎热了，没有风的时候，老房子的顶楼就像沉闷的蒸笼，就算一动不动只是坐着，汗水也会一层层濡湿皮肤，在飘着灰尘的空气中挥发开来。

"你姐要跟别人跑了，不要你了？"贺尧问她，"是真的吗？"

"你爱信不信。"余多说。

两个人原本达成的同盟陷入了尴尬的困境。药就放在那里，但只够一个人的量。贺尧舍得，但不敢；余多敢，但不舍得。

"我现在敢了。"贺尧突然轻声说。

余多转头看了他一眼，不置可否："为什么？"

贺尧没有立刻回答她，只是把目光投向放在那里的药片。

"也不一定要两个人分。"他说。目光又转向楼下。原本静寂的四周，突然被那窟窿外不知哪里来的风吹动了空气。

"我第一次来这里，就觉得这儿挺合适的。"他说，"可惜这里是别人家。"

那天中午许珍贵也没想到贺尧会来找她。她虽然并不明白这两个人到底在搞什么，但贺尧把余多好端端攒起来的钱给扬到楼下去了，好像也不太对。但到底什么是对呢？他们的人生，好像从一开始就走向她这个旁观者根本看不懂对与不对的方向。她既担忧又恐惧，不知道该说什么去劝解，更不知道自己这样替他们隐瞒秘密是不是已经做错了。

她手头还有祝安安借给她的那点钱，她想着要不要借给余多，但又觉得祝安安会炸毛。

"你有毛病吧你？"祝安安一定会这样说，"当什么滥好人？拿我借你的钱去扶贫呢？还是借给余多那种人？赶紧给我打住，菩萨都没有你慈悲为怀。"

于是见到贺尧的时候她态度并不太好。没想到贺尧开口就说："对不起。"

"啊？"贺尧倒把许珍贵说愣了，原来贺尧竟然也是会跟人道歉的，但这道歉也没什么来由，"你为什么跟我说对不起？"

贺尧又问："那里是你们家以前的房子，是吧？"

"是。"

"那对不起了。"

许珍贵当时并不知道贺尧为什么重复道歉。直到发疯的严老师掐住她的脖子，她才明白贺尧提前道歉的用意。

但即使贺尧最后在她家的老房子出意外，她也真的什么都没有看到。她那天放学和祝安安一起过去，本来是想给余多钱。

"钱借都借你了，你爱给谁给谁。"意料之外，祝安安并没有炸毛，反而说，"要是她走了，贺尧就能收回心思高考了，那不也是好事吗？"她还非要一起去。许珍贵问她："你不是说过不喜欢他了吗？"祝安安沉默了好久，才说："不喜欢就不能关心了吗？我是真心希望他也能考到北京去。他想要离开严老师的管教，我希望他能实现愿望。"

贺尧果然就在余多那里，好像那天的争端并没有发生过一样。俩人本来好好聊着天，看到许珍贵和祝安安来，不知道为什么脸色都变了一下。

得知她们的来意之后，余多沉默了半晌，没接受也没拒绝。许珍贵摸不清她心里到底在想什么，直到她开口说："那，麻烦你，能不能把这个钱拿给我姐？"

"什么意思？"许珍贵没听明白。

"……我攒钱是想给我姐的，她要走了，所以这个钱，你能不能直接给她，但是算我欠你的？"余多有点艰难地解释道。

"……那你干吗不自己给她？"祝安安在一边问。

"……因为我钱没了，回去她又要说我。"余多说，又看着许珍贵，"可以帮我这个忙吗？就今天，就现在。"

她把地址和电话写给许珍贵。"你到附近打个公共电话叫她出来就行，千万不要去敲门。"她又叮嘱一遍。

"那你呢？"祝安安盯着余多，"你不跟你姐一起走吗？"

余多也盯着她。祝安安被她看得不舒服，就别别扭扭地说道："以前的事，我跟你道歉。是我做错了。她借你的钱还是我的呢，我没有恶意。你也别对我有仇似的。"

"谢谢你。"余多说，"你可以走了吗？"

祝安安没想到自己大度地主动讲和，余多竟然还这么冷漠，觉得很没面子。许珍贵问她要不要一起走，她气得说，我不走。

许珍贵看她突然倔起来叫不动，只好一个人离开了。她按着地址到附近，找了一个公共电话，打过去，还真是姐姐接的，只是余多给的地址是错的。"借钱？余多不会跟同学借钱的，谢谢你，小姑娘。"姐姐说，"我知道了，你不用来找我了，快回家吧。"

这么一折腾天也要黑了，许珍贵想借钱的事改天再说，就回家去了。余多的姐姐觉得这个电话打得没头没脑，想去看看余多，但不巧又赶上了余多她爸在家里发飙，说她姐回来的时候头发上有烟味儿，揪着她去洗澡。家里电话线在他发飙的时候被扯了，直到第二天凌晨，她才接到派出所和学校打来的电话。

"他不可能是自己跳下去的。"严瑾对着警察说，她的嗓子已经彻底嘶哑，气若游丝，却又透着咬牙切齿的狠厉，"他不敢的，他不敢。他从小到大都被我保护得很好，吃什么用什么我都要仔细看过才给他的。磕磕碰碰他都嫌疼，他胆子很小的。你们不要听别人瞎说。她们每一个人都在说谎。那不是意外，那是蓄意的谋杀。她们害死了我儿子。她们喜欢他，嫉妒他，都想毁了他。"

"你知道这些药片是哪里来的吗？"警察把现场找到的那些药片放在她面前。她瘪了瘪嘴，声音弱了下去，但还是坚持说："他不会的，他只是情绪不好，他不会做蠢事的。他那么听话的孩子，他不会的……"

谨慎起见，她和余多被分开问话，没有见到面。她一直不停地追着人问，余多说了什么，有没有承认她做了什么，毕竟那里只有三个人，一死一伤，余多是唯一毫发无损的人。但实际上余多一直一言不发。

"我不相信。"许珍贵始终说，"我不相信余多会对贺尧……做什么。她那么瘦，那么矮，就算她想干什么也做不到吧。"虽然她知道自己这样胡乱臆断也没有什么道理，但她还是潜意识不愿意相信这个意外是人为的。

在祝安安没醒过来的日子里，好多相关的同学都被叫去问询，连尖子班的郑家悦都因为是她们的室友而被问过话。

"……我跟她们不熟。"郑家悦面无表情地说，"你说的这些，我都没听她们说过……我知道的都说了，你们还有要问的吗？没有的话我回教室了，我还要复习。"

等到祝安安在医院醒来，已经是很多天之后了。其间校领导和派出所的人都来看她，祝安安的父母每天以泪洗面。她妈哭晕过去好几次，只要有人来就问，余多说了什么，许珍贵说了什么，严老师说了什么，到底发生了什么，为什么他们的女儿会变成这个样子，但没有人可以回答他们。

　　经过了好几次手术，祝安安捡回一条命，但是脊椎神经严重受损，很可能从此再也站不起来了。睁开眼睛之后，她的第一句话是："我摔哪儿了？"

　　"你从六楼摔到四楼。"她妈哭道，"宝贝，你还记得发生什么事了吗？你怎么摔下去的？"

　　警察跟她爸妈说，为了稳定她的情绪，并且不影响她的记忆，先不要告诉她余多和贺尧出的事，让她自己回忆。她哭一会儿，歇一会儿，过了好几天，意识才慢慢恢复。

　　"贺尧，"祝安安说，"贺尧是自己跳下去的。"

　　"那你是怎么摔的？"

　　"我吓坏了，自己摔的。"祝安安说。

　　"没有人推你？"

　　"没有。"

　　"你不用害怕，直说就行。没有人推你？"

　　"……没有。"

　　警察把祝安安醒来的事告诉了余多。余多虽然不知道祝安安是怎么说的，但听到她醒了，能说话了，沉默了很久，也终于开了口。

　　"是我。"她说，"是我把贺尧推下楼的。我们两个吵架，我生气了，就把他推下去了。"

　　"你比他瘦，比他矮，你怎么把他推下去的？"

　　"因为那边有台阶，还有窟窿。他不熟悉，我熟悉。"

　　"祝安安是怎么摔的？"

　　"……也是我。我和贺尧吵架，不小心推到她，她才摔下去的。"

　　两个人说得不一样，但警方之前在现场鉴定了三个人之间的争斗痕迹，毕竟只是十几岁的半大孩子，当时又是意外，也制造不出什么疑窦丛生的凶案现场。虽然祝安安是受害者不敢承认，但证据吻合，余多的承认也只是早晚的事情。

"她看到祝安安醒了，知道赖不掉了才承认的！"严瑾哭道，"否则她死也不说！我就知道，从一开始她就没安好心，小小年纪怎么能恶毒到这个程度？我要她给我儿子偿命！"

许珍贵从爸妈那边听说余多承认了，她仍然无法相信，但她没有机会亲口问余多了。祝安安的父母在医院彻夜陪护，拒绝任何人探视；余多的姐姐一遍遍地跑派出所、拘留所，直到开庭；严老师被学校暂时停课。直到高考和毕业，她都没有再见过她们。

私下里，爸妈自始至终没有再问过她，为什么要带同学们去老房子。但在这件事之后，他们后怕了很久，高考前的每个晚上，她妈都会偷偷过来在她床边坐一会儿，用手指头碰碰她，就像试探她是不是存在一样，然后躲出去跟她爸一起抹好久的眼泪。爸妈说她真是幸运，能够置身事外。可她却庆幸不起来，只觉得从来没有这样茫然和痛苦过。离开的那个人，重伤的那个人，甚至背上"杀人犯"罪名的那个人，都是她朝夕相处的朋友和伙伴，可一夕之间，他们的人生全都戛然而止在十八岁，只剩她一个人手足无措地走进成年的世界。这算是幸运吗？

社会新闻的热度很快过去，学校也恢复到了高考前倒计时的紧张气氛，大家就像什么事都没发生过。许珍贵想过去找郑家悦倾诉，但郑家悦仿佛着了魔一样，除了成绩，什么对她来说都不重要了。晚上看着对面郑家悦的被子里隐隐透出手电筒的光，传来沙沙的写字声，白天看着她熬得通红的眼睛和恍惚的神色，许珍贵想说的话也都咽了回去。

那年许珍贵出人意料地超常发挥，高考分数比她最好的模考成绩都高出很多，报了上海的一所不错的大学。领录取通知书的夏天，她最后一次回校，看到他们这届学生的名字张贴在光荣榜上，覆盖了之前所有的模考成绩。那一年他们学校并不光荣，不仅是因为高考前出了这么一桩震惊全城的丑闻，还因为确实考得不好，一个清北的名额都没有，985 和 211 的比例也不高，学校连招生宣传都不想提。光荣榜也是历年来最敷衍的，打印出来的密密麻麻的毕业生名字排满榜单，她好不容易才在某一竖列的最末找到自己的名字，又在年级前十看到了郑家悦，她考上了一所北京的名牌大学，她下意识还想找，目光上下逡巡半晌，不知道要找什么，只能茫然地在榜前伫立。良久，她无意间看到角落里不知谁拿铅笔写了一行模糊的小字："做过的每一个决定，都改变了我们的一生。"她鼻子一酸，忍不住又掉下眼泪来。

4

高中老师的日常是极其枯燥的。三年三年又三年，带过的学生毕业了一届又一届，很多年之后还能留下印象的每年也不过一两个，大多都很快模糊成面目难分的影子，封印在大同小异的课本和试卷中，失去了辨识度。这样的好处是常常能够忘记时间，忘记年份，忘记岁月的流逝，忘记本该记住的事情。

那年高考暑假结束之后没多久，严老师就像什么事也没发生过一样回到了学校，按照往常的教学安排，走进了新的高一班级。有极少数的家长知道那年发生在贺尧身上的事，但看她像是没有受到任何影响似的，还和以前一样严格、冷静、理智，学生们也像她往届带过的一样怨声载道，而成绩也是一样地好。偶尔有学校的领导和同事私下里提起那件事，也是叹惜几句便作罢，渐渐地也没有人再提起了。新的班级里自然也有考第一名的，有一心想着玩的，有知道自己学习不行想去艺考的，有什么都不会一天天没心没肺的。在这些永远年轻、永远青春洋溢的面孔之中，她总能看到熟悉的影子，像，又不像。

家里也还是一切如常，什么都没有变，什么也都不会变。每天早上她天不亮就起床了，先是把家里打扫得一尘不染，然后开始做早饭。每一样都是孩子爱吃的，掐着点冒着热气端上桌，轻手轻脚的。卧室门关得严实，孩子怕吵，觉轻，门又不够隔音。做完之后她再去上班，一头扎进改不完的习题、试卷，还有课堂里面。

一切太过于如常，以至于她很轻易就忘了不想记起的一切。每次考试成绩出来之后，她下意识地就去看榜单上第一个名字，每次都要愣一下，反应好一会儿。有时会短暂地想起来，但大多数时候她选择性忘记。等到第二天早上，她还是会在天没亮的时候，在闹钟响起的前一秒准时醒来，然后起床打扫卫生，做孩子喜欢吃的早饭。

只有这样，她才可以在日复一日的生活中，维持精神，把日子过下去。

连着几年学校考得都不怎么好，本科率虽然还行，但尖子生寥寥无几。不用说清北了，连985和211的录取率都被其他几所高中甩在后面。她虽然一直带尖子班，但没有尖子的尖子班，再魔鬼的老师也没什么用武之地。

直到又过了一届，班里有一个戴着眼镜的瘦小男生引起了她的注意。从入学第一天起，他就一直坐在窗边的位置，上课的时候总垂着眼睛，看起来不像在听。叫到他时他也不怎么抬头，但答的都是对的。她查了他的入校成绩，是全校第一名，虽然和重点高中的高分差了一点距离，但底子已经是相当不错了。

"课堂内容相对简单，我喜欢自己找题琢磨。"在办公室里，面对严老师问的话，男生坦然地回答。

"以后想考哪里？"严老师问他。

"没想好。"他不太在意地说。

男生家里条件普通，爸妈都忙于工作，对他考什么大学也不是那么上心。但严老师上了心，她把精心整理的重点高中的题库和最新的模考卷都分门别类留给他，叮嘱他有什么问题可以随时去她办公室请教，还特意跟各科老师打了招呼。"这是个清北的苗子。"她认真地说了很多遍，"咱们要好好培养。"

男生不负她的期望，高中三年以来，每次考试都是年级第一，超出第二名好多分，一直到高考前的最后一次模考仍然是。按照历年的分数线，只要不出现大的波动，考上清北大有希望。严老师站在榜单前看得喜笑颜开，亲自打电话给家长报喜，就像高考成绩已经出来了似的。

"一定没问题，按这样考，一定没问题。"在电话里严老师说。

"谢谢严老师操心，"家长的回复礼貌而淡定，"我们尊重孩子的意思，到时他想读哪个学校、什么专业，我们做家长的都支持。"

学校已经好几年没出过一个考上清北的学生了，她比家长还期待。高考完估分的时候，她就像对待自家孩子一样，拿着他的估分单挨个儿给科目老师看，力求把误差缩得越小越好。他考得很好，估分应该是在全市都名列前茅，那年清北好多个专业都在他们市招不止一个，她觉得一定稳了。没想到志愿填报表收齐之后，她一看男生填的志愿，傻了眼，上面写的赫然是中部一所高校的一个不是那么热门的专业。

"怎么回事？"她二话不说就打电话去男生家里，是孩子自己接的，"你怎么没报清华，也没报北大？你知不知道招生主任给我打过几次电话？难道没给你家里打过电话？！"

"打过。"男生回答得坦然，"我接过一次，我妈接过一次。"

"那你想什么呢？！"严老师急道，"你糊涂，你爸妈也糊涂？"

"我不糊涂啊，"男生回答，"我问过了，这个专业，全国只有他们有国家级的实验室，是全国最好的专业，清华北大没有。我就是想学这个。"

"……"严老师一时被哽住，只得说，"你叫你妈来，我跟她说。"

"我妈加班呢，没在家。"男生说，"我妈说我自己选学校选专业，她不管。招生主任打电话来，我妈也是这么说的。"

"你这孩子，怎么这么不懂事？！"严老师厉声道，"你知不知道考上清华北大对你来说有多重要？对你爸妈有多重要？对学校有多重要？你一个孩子，你懂得多少？普通人要想考上清北有多难你知道吗？得来不易的机会你这么不珍惜？"

"呃……也不至于吧。"男生觉得老师突如其来的责骂有点莫名其妙，"重要是重要，那总有别人会报吧，我不想报。"

严老师沉默了半晌，收起了疾言厉色。

"你知道吗，我自己的儿子也很优秀。"她慢慢地说，"他比你高几届，他当年就是以全校第一的成绩考上了清华。他现在过得很好，他都跟我说了，他说这辈子最自豪、最不后悔的事，就是考上了清华。"

"真的？"男生将信将疑，他从来没听说过严老师有儿子，"但是您儿子的事跟我又有什么关系呢？他想去清华就去清华，我不想去，怎么了呢？"

"……你说谎。"她说，"你一定是在说谎，不许跟老师说谎！你不可能不想去，你怎么可能不想去清华？！"

"……不好意思啊老师，我家里厨房漏水，我爸叫我帮他递螺丝刀呢，我先挂了。老师再见。"

当严老师冲到校领导的办公室要求给学生改志愿的时候，校长和主任都觉得她疯了。改志愿未果，她又亲自去男生的家里一遍遍劝导，但徒劳无功。男生的父母后来拒绝她上门，在得知她口中的那个考上了清华的儿子早已去世的时候，他们甚至报了警，说她是不是思虑过度精神出了问题。

后来男生如愿去了心仪的学校读心仪的专业。那年的光荣榜出来后，严老师拿笔在最顶上写了"贺尧，清华大学"几个字，几乎所有的老师和学生都看到了，学校不得不换了一张新的榜。当她看到她写的字不在了之后，她疯了一样地去撕那张榜单。

"这不算数，这不算数！"她一边撕，一边哭吼道，"他应该在的，他应该在第一个的……"

出了这样的事，学校就算再同情她的境遇，也没办法再留她了。

可她还能做什么呢？她半辈子都是这么过来的，一旦她不再能够躲在日复一日的枯燥生活中忘记时间的流逝，她就会可悲地从她给自己营造的谎言中清醒过来，发现生活早已不复如常。每天桌上的早饭再也没有人动过一筷，永远整洁的卧室里，台灯再也不会亮，书页再也不会翻动，那个把她的心扯得鲜血淋漓又让她舍不得放手的孩子，再也不会回来了。

她的脑子一会儿混乱，一会儿清醒，把打扫得一尘不染的家翻得一团乱，终于找到了他不会再回来的证据，那是一本墓地安葬证明，被她藏在她以为永远找不到就可以永远不用记起的地方。

终于她在很多年后的清明，循着地址去了这个陌生的地方。她觉得孩子不会喜欢这个地方，他喜欢干燥，这天下着雨；他喜欢黑暗，这里连个遮光的东西都没有；他喜欢温暖，这里寒风瑟瑟，冷得发抖。

但她在墓碑前看到了一束花。新鲜的，刚放下没多久，甚至还没被雨打蔫。白色的，茎很长，花瓣是不规则的形状，很有特点，但她这样不懂生活的人，并不知道这是什么花，只是依稀记得在哪里见过，有点眼熟。

她在雨中站了很久，直到那束花彻底被雨打蔫，才转身离开。漫无目的地走在路上，她心乱如麻，仿佛有一些很多年前忘记的细节，又重新翻涌至脑海。一瞬间，她突然想起了那花的样子在哪里见过。

在她当年没收的贺尧书桌里那一堆破烂东西中间，那些杂书和草稿本上有很多手写的破碎字迹和画，有很多页，都歪歪扭扭地画着这种花。

这是那个女孩喜欢的花。那个女孩来看过他了。

第十五章　安全感

"我安全了，你自由了。"

1

姐姐曾去看过余多一次，也仅有那一次。

她哭得说不出话，余多反倒很平静，等着她哭完，然后问："他现在愿意带你走了吗？"

"你为什么会这么想？"姐姐哭着拿出那两张火车票，"这两张票，是我给咱俩准备的，他从来就没想过要真的带我走，都是哄我的。我连问他借钱，他都磕磕巴巴地不愿意借。你为什么会觉得我不想带你走？不管我有没有钱买票，我也会跟你在一起的……"

"……要是我攒的那些钱不丢就好了。"余多说。

姐姐又哭。

"你走吧。"余多说。

看着姐姐慌乱地抬头，抹了一把眼泪惶恐地看着自己，她又点点头，重复了一遍："你走吧。"

姐姐不住地哭，摇头说不出话。

"现在你不需要考虑我了，你走吧。"余多又说，"我安全了，你自由了。现在不走，什么时候走？"

她爸没有来看过她，也不可能来。这让她感到前所未有的稳妥和心安。而更重要的是，不需要顾虑她，她的姐姐就可以无牵无挂地走得远远的，得到她自己从未得到过的、彻底的自由。这似乎是这一场意外给她带来的唯一让她放心的结果。

"姐，你会去找妈妈的，替我去找妈妈，是不是？"她热切的眼神望着姐姐，"找到了你就写信给我，等我出去，就可以按信上的地址去找你们了，好不好？"

姐姐一直在流泪。"多多，"她说，"你要好好的，你一定要好好的。"

她知道姐姐是这个世界上最爱她的人，不会骗她，所以她从未放弃过希望，她相信姐姐一定会找到妈妈，她们一定在某个地方一起生活，等着她出去。无数个恍惚入梦的夜里，她都在想象和她们团聚的那一天，只要想象着那一天，她就觉得每一分每一秒都不再难熬。

但姐姐没有写信来，一次都没有。从那一次之后，也再没来看过她。

除了姐姐，她自然也没了任何能与外界联系的人。别人总把家人写来的信随身带着，没事就拿出来读，有个阿姨的孩子考上了大学，大家都为她高兴，有个大姐的双亲去世了，大家又都陪着她哭。别人始终在为高墙外的悲喜而悲喜，她却再也无从得知她的姐姐的任何音信。

她那中了风的躺在养老院的爸自然也不知道。她宁可他不知道，这样她会更相信，姐姐当年成功地远走高飞，过上了自由的生活，再也不会回到这个地方了。

早点摊就在街对面，男人低头在热气中忙碌，不时大声叫买油条的人别插队。他的老婆约余多出来，拿出了一封陈旧的挂号信。来不及道谢，余多接过来就忙不迭拆开。

姐姐没读过什么书，都是余多有一搭没一搭教的，她一直羡慕会写字会读书的人，余多拿回来的破破烂烂的课本，只有她当成宝，想摸一下都会先洗手。有时候她拿着旧课本过来，挑一个半个的字词问余多，余多自己也记得丢三落四，又怕姐姐批评，半懂不懂地乱讲一气，姐姐却听得认真还一笔一画记下来。她也没要求过余多什么，唯一在意的就是希望余多能把书读好，余多知道，这其实是她自己的执念。

从小姐姐就没机会读书。她听说，城里每个小孩都有书读，有饱饭吃，有暖和衣服穿，于是从小就暗暗发誓一定要找到机会，从山村走出去。

城里来人做公益，开来了好多辆车，车上装了好多崭新的文具、书本、衣服、课桌椅，但那都是分给村里唯一的小学的学生们的，没有姐姐的份儿。趴在墙边偷看的时候，她心里想，是不是这辈子再也没有机会离开这个地方了。

后来领养姐姐的那个人，是姐姐抓住的唯一一次机会。在他的形容下，她坚定地相信他会像他说的那样，带她去城里读书，考城里的学校，城里小孩有的一切，她也会拥有。或许那个时刻，她真的相信从未有过的幸运会降临在自己身上，相信她走向的是她从未见过的世界。只不过她赌输了，她走向的是折磨了她十几年的地狱，而她又带着一个累赘，即使想逃也不知道怎样脱身。

"是你姐吧？"女人看着拿着信纸发愣的余多，打断了她的思绪。

信封里只有一张薄薄的纸，字也少得可怜，就是问他要个打钱的账号，要还钱给他。

但余多却盯着笔迹怔住许久。她记得姐姐的字迹，她俩的字都丑得独树一帜，过目难忘，极其容易辨认。眼前的寥寥数字，跟记忆里的字迹不太一样，工整了许多，也完全没有不会写而用乱七八糟的拼音符号代替的字符。即使落款清清楚楚写着她姐的名字，她也根本不相信自己的眼睛，要不是因为这个男的十年前真的认识她姐，这绝对只是一个重名的陌生人。

"你不知道？"女人犹疑地看着不应声的余多，"你真是沈英的妹妹吗？"

"所以她后来还钱了？"余多问。她仔细辨认邮戳和寄信人地址，就在不远的邻市，纸是质量不怎么好的办公用纸，猜测是她姐姐随便借来写信的，抬头印着一个职业学校的名字。寄信是几年前的事情了，姐姐还会在那里吗？她不知道，但这个地址多少又给了她一线希望。"打钱的记录你还有吗？"

"账号不是她本人的，"女人摇头道，"找着这个之后，我回去查了一下，打钱的账号名字叫李静。你要不想办法问问看，说不定这人认识她呢。"

余多翻来覆去地看信，女人打量着余多，又问："你真的坐过牢？"

余多警觉地抬起头盯着她。

"坐了那么久？"

余多咬了咬嘴唇，沉默着没回答。

或许本来可以不用那么久的。她见过有的人表现很好，提了几年出去，但人家是有家、有亲人、有盼头的，有人等在外面，自然就有努力的希望。

原本她也有过希望，觉得自己也要好好表现，或许就可以早些出去。但即使是这些打算，她也没办法跟姐姐说，因为姐姐再也没来看过她。

"太正常了。"一个同样没有家人来探视的阿姨曾埋怨又释然地告诉她，"不用说兄弟姐妹了，亲爹娘、亲生子女，很多人都过不去这个坎儿。这不是你自己的事，这也是一家人的事，一个人犯事全家没脸，不是天经地义的吗？"

她没有一家人，她只有姐姐。想到要不是因为她，姐姐或许早就能远走高飞了，有时她便会想，是不是在里面待着，对自己和姐姐来说，都更好一些？姐姐再也没来的那些日子里，她日复一日地想，便渐渐和周围的很多人一样，泄了气，也不想努力表现了，只觉得，如果有一天出去了，到时候姐姐好不容易改头换面有了安稳的生活，还会接受这样一个在高墙内埋葬了十年人生的自己吗？

这一天的到来比想象中慢得多，也快得多。她迫不及待地想找到姐姐，心里却也很清楚自己并没有做好任何准备去面对。

她把旧信封折好收起来。"我本来……没想到你愿意帮我的。"她犹豫着，不知道该怎么表达。

"我姐姐，她不是……"

不是什么呢？她突然觉得自己也没有任何立场替姐姐辩解什么。在她眼中，姐姐是唯一的精神寄托，是全部的希望。在别人眼中，姐姐究竟是怎样的人，犯过什么错，经历过怎样的人生，她其实根本就不了解，也自始至终没机会去了解。

"你倒也不用解释什么。"女人摇了摇头，仿佛从未把那些过去的事情放心上，"我跟她没有什么过节。"

没有吗？毕竟是差点抢走她丈夫的人。余多心里这样想，也并没敢问出口。女人像是看出了她的言外之意，看了一眼街对面。"我家那个老不死的，一辈子都那德行。当年他们俩的事，我一闹，他就害怕了，怕闹大了单位不要他。不管是沈英，还是别人，他都不会离开这个家的。"她悠悠地说道，"沈英精着呢，看出来他尿，骗了他钱就跑了。骗了就骗了吧，钱也还了，我也不在意了。"

她又打量余多半晌："虽然我也不知道你犯了什么事，但人这辈子，谁没犯过点错，你还年轻，出来了就好好生活，去找你姐吧。"

说完，她也没等余多的话，转身向街对面走去，穿过排队买早点的人群，隐进了蒸笼的雾气中，很快就看不见了。

余多在原地失神片刻，才发现一直忘了跟她道谢。

回去后她搜索了一下信纸抬头的职业学校地址，又搜索了寄信的地址，邮局就在这个学校附近，看来至少姐姐确实去过这里。她思忖良久，没有什么别的办法，只好冒昧地按照搜索到的学校电话打过去。接电话的是收发室，一个语气不耐烦的阿姨问她找谁，她犹豫了一下，说："请问你们学校有一个叫李静的人吗？"

"我们学校有好几个叫李静的，老师、教职工、学生都有，你找哪个？"

"……"她本来就在慌张，愣了一下心虚地挂断了电话。但还是觉得这个李静会认识她姐姐，既然姐姐当时用她的账号打钱，那一定是当时的朋友，或者至少是知道她去处的人。

犹豫了半晌，她把想说的话斟酌着写在纸上以免自己忘记，然后又打了回去。

"我……我和我姐姐分开很多年了。"余多说，"她叫沈英，在几年前曾经用这个李静的账号打钱回来，但我没有她的联系方式，我想找到这个李静，想问她是不是认识我姐姐。"

"又是好人好事啊？"阿姨听明白了她的意思，没头没脑地来了一句。

"什么？"她没太懂对面的意思。

"那我知道了，你等一下啊。"那边窸窸窣窣几声，没一会儿阿姨就报了一个电话号码给她。

"……您不是说有好几个李静吗？"她奇道，"我都不知道我找的是哪个，您怎么知道？"

"八成就她了，"阿姨说，"你去问吧。"

说完电话就挂断了。余多满心疑惑，但还是试着拨通了这个号码。接电话的是个中年女声，余多解释了来意。

"李静是我妈妈。"女声说，"我妈一辈子热心肠，远近闻名的老好人，什么忙都帮，一有人来学校送锦旗或是写表扬信，全校的人都知道她又行善积德了。但她早就退休了，现在七十多了，记性不好，有时候连人都不认得，很多事都想不起来。"

话音没落就听见一个老人的大嗓门由远及近接过了电话："是不是找我的？学校的事吧？"

就听她女儿埋怨道："都退休多少年了，学校找你干吗？还不是你那些乱七八糟的好人好事。"

旋即老人在电话里问道："你找我呀？你是哪位？"

余多便又解释了一遍。老人耳朵不好使，好不容易听清了"沈英"两个字。

"你是沈英？"老人问，"我记得你，你还好吗？和家人团聚了吗？"

"我是她妹妹。"余多连忙说，"您还记得，当年她用您的账号转过钱吗？她后来联系过您吗？"

但老人耳朵又不好使了，提起这个印象里的名字之后，自顾自又说开了。老人嗓门大，又听不清，她想插话也插不上。在老人的絮叨中，余多大概听明白了当年的原委。

那时沈英在李老师任职的学校打零工做保洁，做了几个月，因为做得不好被辞退了，工资也没能拿到，一个人躲在楼梯间里哭。李老师路过，问了情况，安慰了她几句。

"看你年纪不大，日子还长，别哭坏了。"李老师好心说道，"你找个安稳的新工作，踏踏实实赚钱。"

沈英哭得鼻涕一把泪一把，说自己抛夫弃子出来打工，钱是攒下来给老家的小孩上学用的。工资没到手，小孩下个月就不能如期开学了。

姐姐编瞎话习惯了，余多从小就知道。她爸不给钱又打她的时候，她就是这样跟外人卖惨的。她爸总说她随她姐，嘴里没有一句真话，心眼又坏又毒。

　　但善良的李静老师帮人帮惯了，不仅答应帮沈英找工作，还问她这个月还差多少钱，要帮她垫上。可能沈英自己都没想到，能莫名其妙遇到一个不知道她说的真话假话就愿意借给她钱的"冤大头"，心虚起来，本想改口说不用了，但还是鬼使神差地继续骗了下去。李老师二话没说就答应帮她还钱。后来两人去银行转账，柜员还例行提醒她，真的要转账吗，谨防诈骗。沈英站在李老师身后，盯着老人家头上的丝丝白发，脸上烧得火辣辣的。

　　在三十几年的疲于奔命之后，她遇到了第一个纯粹地、不计回报地、真心帮助她的恩人，然后还厚颜无耻地骗了人家。

　　后来沈英留了李老师的联系方式，找了一份当保姆的工作。攒够了钱之后回来，李老师已经提前退休去女儿家帮着带孩子了。她又辗转找到人家家里，人家却不要她还钱，一来一往，就成了忘年之交，她就去李老师家里做了一段时间保姆。后来孩子大了，李老师身体不太好，记性也不好，她也去了别的城市，就不太见面了，但一直还有联络。

　　"是个踏实肯干的好姑娘，"电话那头的老人虽然说话有些颠三倒四，也记不清细节，但提到沈英，语气中还是充满了温和与悲悯，"干活利索，半点小便宜都不贪。我家孩子用过的玩具和书，我说让她寄给她老家小孩，她也不要。我把我学生的旧书收拾收拾送给她了，倒是千恩万谢的，那都是学生不要的书，收破烂的都不收。她可喜欢念书了，就是命不好没念成，在家那会儿，总念叨说，也想去考个职校，不知道后来考了没有。"

　　余多怔怔地听着，回过神来，那边已经不知什么时候换成了李老师女儿的声音。"我妈虽然脑子不太好使，但是越久远的事记得越清楚，没事就催我去问这个过得好不好，问那个过得好不好，给这个寄点钱，给那个送点东西，就像地球少了她不转一样。我懒，总是敷衍她问过了送过了。"对方笑道，"我帮你找一下沈英的联系方式，她过年还给我们打电话拜年来着，还给小孩寄了新衣服过来。"

等待那边去找联系方式的时候，余多默默地在心里消化着听到的每一句话。听起来像她的姐姐沈英，但又不太像。姐姐像是换了一个人，离开那个家之后，有那么多好心人帮助她，她有了正经工作，字也写得很好。真的过上了她们姐妹俩幻想了很久的生活，获得了真正的自由，充实而辛苦，但却完全属于自己的自由。

现在她离找到姐姐只差这一步了，她从来没有这样开心过，也从来没有这样恐惧过。这一步隔开了看不见摸不着的十年岁月，也隔开了她拼尽全力才没被消磨殆尽的所有信念和勇气。

2

许珍贵把手机视频给了郑家悦姐弟俩，他们说去找李楷协商解决，如果李楷他们家不愿意赔偿，再想办法。郑家悦想自己垫钱给许珍贵，被她拒绝了。"你现在正是难的时候，咱俩不是外人，不要跟我搞这些客套。"许珍贵说，"再说又不是你的错。"

余多一直站在店门外没进来，他俩走的时候擦身而过，郑家悦没好意思打招呼。"怎么回事？以前都是住一个宿舍的，现在装不熟了。"许珍贵在屋里远远地看到了，说。

郑家悦更觉尴尬，倒是余多站在那里，仔细地看了看她。高中时住在同个宿舍，她们也没熟到这么仔细地看对方。

"差点没有认出你来。"余多说。

郑家悦胡乱点了点头，就匆匆下楼去了。

"那也是你同学？还一个宿舍的？你怎么都不打招呼？"郑前程跟在她身后奇怪道。

"因为我上学的时候很讨人厌，我哪有脸跟人打招呼？"她恨恨地说，就好像在骂当年的自己一样。

本来许珍贵想再多休整一天，但陈莎和姜尔尔都打电话来问她今天有没有体验课，说带了新朋友来玩。她想了想，凑合凑合也能上，就同意了。陈莎带来了她的同事，姜尔尔带来了她的发小，都是平日里天天听她们念叨，忍不住好奇跟来的。

"我跟她说，这是我这段时间以来最解压最开心的事情，我想让更多的女孩们都来玩。"陈莎说，她上班偷懒的时候拉她同事在对面楼看，看完了之后就想来试试。"她说她手脚不协调，"陈莎笑嘻嘻地说，"再不协调还能有我不协调吗？"

姜尔尔的发小和郑家悦一样是个有点胖的女孩，穿了和姜尔尔相同款式的紧身服，俩人一起买的，一套S码，一套XL码。她笑起来嘎嘎的很有节奏感，说自己做起动作来像个球，把大家都逗乐了。

"不管怎么样，这里是我几个月以来所有的心血，只要你们还来，我一定会把课上下去。"许珍贵跟大家说。

"只要你上课，我们就来。"女孩们回答。

白小婧说这两天家里有事，正好许珍贵店里休整开的课少，她就一直都没来，连需要随身带娃的康芸都比她上课上得勤快。空闲的时候，女孩们轮流帮康芸看娃，她还挺过意不去的。

结算课时费的时候，康芸趁白小婧没在，偷偷问许珍贵："如果你这个店，一直没有回本的话，你还做吗？"

许珍贵看了她一眼，笑道："我又没拖欠你课时费，怎么突然问我这个？"

"我不是那个意思。"康芸连忙摇手，"你别误会。我是看你最近愁眉苦脸的，觉得你有困难，有点担心你。"

许珍贵想了想，说："要是真的亏到不行，那肯定做不下去啊。反正一开始我打算回来的时候，所有人都跟我说我做不成。前辈跟我说通常夏季会好一点，但现在已经是夏季了，还没回本，我觉得悬。"

康芸在一边坐下来，一手扶着推车，一手拿着手机，到账声"叮"地响起。她叹了一口气，"你知道吗，这段时间以来，这里是我除了家以外，最自在的地方。"停了停，她又说，"不是。在家都没有在这里自在。"

孩子伸手出来闹她，她塞了个小玩具给他玩着。"虽然每次出来都兵荒马乱、大包小包的，"她笑了笑，说，"我也累得要死。但还是特别自在。我特别谢谢你。我这么拖家带口的，你也不嫌我烦，还愿意找我过来上课。"

"那我不也得谢谢你？我这个有了今天没明天的店，也就你愿意来上课了。"许珍贵笑，"你放心，小孩很快就长大了，你可以有更多选择，以后就算我这里不做了，你也会找到更好的工作的。"

康芸抿了抿嘴，顺手逗着孩子玩，没有接话。

许珍贵一直知道她家里人不愿意她出来上课。孩子放家里没人能保证不错眼地照看，她不放心老公和婆婆带，老公和婆婆也不放心她天天带着孩子跑来跑去，基本上三天一小吵五天一大吵。或许真的只有在店里大汗淋漓地和女孩们一起运动的时候，才是她可以完全放松做自己的时候。

康芸和白小婧也不太合得来。白小婧年轻，没有经济负担和家庭牵绊，性格强势自我，不愿意吃亏，也不怕惹别人。康芸三天两头换课或是请假，碍到了她的时间安排，她就很不乐意，偶尔也嫌康芸的小孩哭闹，她说话直接，康芸被指责也只是默不作声。

有一天，有一个姐姐第一次来上体验课，等到结束问她要不要办课时卡的时候，她站在前台犹豫了很久，还是没下定决心。"喜欢是喜欢，但是我老公不知道给不给我这个闲钱。小孩最近要多上一个补习班，手头紧。"她小声说，脸上带着愧疚的神色，似乎是在为自己多找点借口，"平日我要接送小孩，周末还得陪小孩补习，时间不自由，没法来。"

纠结了半天，最后还是没办课时卡。等这个姐姐走了，白小婧满不在乎地当着许珍贵和康芸的面吐槽。"孩子都上小学了，时间都够自由了，还不是钱的事？谁让她们养不起孩子还要养？当家庭主妇就在家好好当，又要手心冲上跟亲亲老公乞讨，又要出来当独立女性做自己，累不累？"白小婧顺口说。

康芸就觉得白小婧话里话外也在笑话自己，心里不好受。许珍贵看出来了，就安慰道："她还是年轻，生活哪有那么多想当然的事。谁不想一边事业有成一边家庭美满啊？还不都是走一步选一步，错一步改一步？"

有一天，康芸的孩子要去打疫苗，挪了节中午的课给白小婧。白小婧说她那天有约会，不愿意挪，许珍贵就自己连着上两节，结果上课的时候白小婧又晃悠着过来了，一副早上起晚了，饭还没吃，妆也没化的样子。

"你不是有事吗？"许珍贵问她。

"我就算没有事也不爱跟她换课。凭什么她带小孩就得都顺着她的时间啊？"白小婧说，"磨磨叨叨，跟老妈子似的。"

那天晚上康芸也有课，她来了之后把小孩放在长椅旁边，就进去换衣服了，许珍贵看到白小婧在旁边坐着玩手机，就让她看着点。白小婧哼了一声，继续玩手机。玩了一会儿闻到有股味儿，怀疑是不是这孩子拉了，就嫌弃地用脚尖把婴儿车又推远了一点。

学员陆陆续续到齐，刚开始上课没多久，店门口就多了两个陌生人。许珍贵抬头仔细一看，认出来是康芸的老公和婆婆。老太太一眼看到孙子的婴儿车，大声尖叫起来，以惊人的速度冲过去，又以惊人的力量推了坐在旁边的白小婧一个跟头，指着康芸就喊："你就是这么看孩子的？离车这么远，旁边还有陌生人，把孩子抱走了怎么办？我说没说过孩子的安全最重要，永远不要让孩子离开你三步以外的距离！"

她老公还站在店外，一脸尴尬，可能是觉得屋里都是女的没好意思进来。

白小婧无端被推个跟头，火一下子就起来了，指着老太太开骂："哎，你怎么说话的？什么叫陌生人？我是她同事，她孩子天天放这儿我们谁都帮她看一眼，怎么就陌生人把孩子抱走了？谁稀罕你家孩子啊？倒找钱给我我都不要，要这玩意儿干什么用？除了吃就是拉，我家狗拉屎我都不给他洗！"

康芸也吓了一跳，连忙过来："妈，你们怎么来了？我不是说……"

她婆婆没听她解释，推上婴儿车就走，白小婧一把把她拽住："你不给我道歉吗？有个孩子了不起啊？到处横冲直撞，全世界都得给你们家孩子让道？你们家是皇族还是天仙下凡啊？那屎镶了金边还是满钻啊？"

一拉一扯，孩子被吓到，叽叽歪歪地哭起来。大家纷纷过来劝架，许珍贵拉住了白小婧，让康芸的婆婆气冲冲地推着车走了，教室里才恢复了平静。康芸没走。"让他们先回家吧。"她说，转身回到镜子前的瑜伽垫上，继续上课。

"你拉我干什么？影响我输出了。"白小婧瞪了许珍贵一眼，"这种人不能惯着她。"

"算了。"许珍贵说，"闹起来，康芸回家也难办。"

但她不免又为上课担心，怕康芸又要放弃上课回家带孩子了。但接下来几天，康芸像什么都没发生过一样，还是照常带孩子来上课。许珍贵挺意外，休息的时候好奇地问她："你怎么搞定的？"

"搞定什么？"康芸问。

"就……你婆婆啊。"许珍贵说。

"哦!"康芸笑了,故作神秘地凑近,说,"我现在拿捏了。"

"拿捏啥?"

"拿捏家里边那些祖宗。"康芸说,"我找到了一个很灵的招,用魔法打败魔法。"

"怎么你也用魔法打败魔法?到底是啥魔法这么好用?"许珍贵奇道。

原来康芸的婆婆全家都特别封建迷信,大事小事都会去问一位大师,说是信了很多年特别准,她老公考学、考公、结婚,她生孩子,都是一步步算过来的,说能让家运旺盛。那天争吵过后,康芸跟她一起带着孩子去找大师算了,说她家小孩出生之后家里的风水变了,对孩子不好,建议孩子多出去吃百家饭穿百家衣,总留在家里影响孩子气运,将来会有劫。婆婆听完就回来挨个儿敲邻居门送礼,也不再说她天天带孩子出去了。

"你想来啥大师就说啥?他是你的托?"许珍贵问。

"当然不是啊,但是我提前给他塞钱了。"康芸说,"哪有钱办不来的事?"她狡黠又扬扬得意的样子,好像她赚的几个课时费就能让她成为首富了一样,把许珍贵逗笑了。

"他这么说你婆婆就信?"

"一开始也没信。大师说,最好是换个风水好的房子,这是退而求其次的办法。大师可会了,这不就更能接受了吗?还显得不那么刻意。"

她指着小孩身上的衣服说:"你看,老太太好不容易讨来的,做得可仔细了。房子没钱换,衣服还是做得起的。"

"这都是什么鬼?"许珍贵听得一愣一愣的,"你们家怎么也信这些有一出没一出的东西⋯⋯"

"你也信啊?"

"⋯⋯我不信,但是郑家悦她老公好像也是这样的。"许珍贵说，她若有所思地刷了一会儿手机，给郑家悦发了条信息：

"我好像知道怎么打败魔法了。"

隔了好久，郑家悦发来一串疑惑的问号，不明所以。

3

那天祝安安她妈跟她解释了网友的事之后，她意外地没发火，每天还是像平常的样子。她照常直播，每天打开平台，都还是能看到那个持续发来的申请，直播的时候也照常被送礼物。虽然这个人被她删除之后，又换了一个小号，但她知道就是他。

"我不知道你为什么一句话没有说就突然删除了我，"他留言道，"我反复看了我们聊天的每一条记录，还是没有弄明白。如果是我哪里冒犯了，那我先道歉。如果你问我和其他每天看你直播的网友有什么不一样，我也说不出来，我只知道我很想和你做朋友，不仅是看直播的朋友，更是可以分享真实生活里的喜怒哀乐、可以共享兴趣爱好、可以倾诉烦恼苦闷的朋友。不知道你还愿不愿意再给我这个机会，或者至少让我知道你为什么突然不再愿意跟我做朋友了，以后我就不会再来打扰你。"

她盯着这条长信息很久，没有回复就关掉了。

她又有一阵子没去许珍贵的店里了，知道她们出了点事。那天她看到许珍贵拉了一个新的人进到她们三个的群里，但是很快那个人就自己退出去了，她连那人的头像和名字都没仔细看。

在群里，许珍贵偶尔会发些视频，也会更新一些回血的进程，什么又重装了新的衣架啊，买了新的垫子和瑜伽球啊，等等。祝安安看见了，虽然不知道要说点什么，也帮不上忙，但总想着自己也应该做点什么。她没有工作过，除了直播，也很少和人交流，并不太了解别人的工作和生活都是怎样的，但自从和她们几个联系上之后，每天看许珍贵饶有兴致地折腾着，看视频里女孩们热闹欢乐的样子，就觉得既羡慕又好奇。

"我能帮点什么吗？"她在群里问。

"不用不用不用。"许珍贵急忙回，"你等我们收拾完了再来玩哈，最近课少，店里乱，好多东西要重新买。"

偶然间她妈看到她总是在自己房间柜子里翻找什么，问她她也没说。

其实什么都找不出来了。有关她十八岁以前的大部分回忆，早就被她扔掉了，不会再出现在房间的任何一个角落，爸妈也小心翼翼地从不再提起。

那天女孩们聊到深夜，聊了好多祝安安小时候的事。许珍贵讲起她的鞋跟卡在讲台缝里拔不出来，郑家悦讲起小学的时候她表演的节目。两个人说到兴起，乐得喘不过气，她听起来却只觉得陌生，仿佛她们口中的那个闪闪发光、骄傲跋扈又讨厌的人，跟自己没有半点关系。

"看宁宁穿着你的裙子，就像看到了小时候的你一样。"她们说。

宁宁和她相反，几乎不穿裙子，从小到大被爸妈打扮得朴素简单。也不会跳舞，上幼儿园的时候老师就说她协调性不好，也不爱出风头，一个班里待了两年都还有老师记不住她的名字，和祝安安简直是两个极端。

"姐，你还有小时候的裙子吗？我能穿吗？"回家后祝宁宁问她。

"……姐给你买新的。"祝安安说。

"不了吧，你的裙子就挺好看。"祝宁宁说，"妈不怎么给我买裙子，每次去逛街买衣服，她给我买的都是运动服。"

"运动服也挺好看，小孩儿穿运动服挺好的，你现在经常锻炼长身体，运动服更好。"祝安安说。

话是这么说，不过等周末她爸加班，她妈送宁宁去体能课的时候，她还是进了父母房间，想看看她妈衣柜里是不是还有漏网的裙子。很早之前她成天发脾气扔东西的时候，她妈有一次偷偷藏了她扔掉的东西在自己屋里，被她发现了，大哭大闹，她妈怕她生气，就当着她面给扔了。现在她漫无目的地翻，也不知道自己是希望翻出点什么来，还是不希望翻出点什么来。

倒腾了半天，搬出了几叠压扁的旧被子和多年不用的行李箱，在衣柜最角落的一个看不出颜色的袋子里，她终于找到了。一瞬间她既好气又好笑，当年她闹得那么天翻地覆，她妈还是没舍得扔掉这些她小时候的东西，也不知道什么时候偷偷捡回来藏在这里的。

只是很少的一部分东西，无非是几条裙子、几个奖杯、几本相册，还有几盒录像带。她还记得小时候她爸去上海出差，带回来一个进口牌子的摄像机，同学全都没见过，录视频还能在录放机里播放。每逢她过生日，或者逢年过节，她爸就会拿来拍着玩，具体拍过什么也不记得了。录像带看起来旧得不像样，录放机也不知道哪儿去了。

"妈，我小时候咱家那个录放机还能用吗？"

晚饭桌上，祝安安平静地问。爸妈吓了一跳，没摸清她的心情，互相使眼色使半天，不知道怎么回答她。祝宁宁不解地问："录放机是什么？"

"……录放机早在好几年前就坏掉了，卖废品了。找出的老旧录像带，上面的字糊了，也不知道当年拍了什么，挺可惜的。"晚上在直播的闲聊里，祝安安随口说道，"现在这么多人随手用手机就能拍拍生日vlog、过节vlog、宅家vlog，突然想到，我二十年前就那么新潮了，那时候我的同龄人哪有爸妈能给拍生日vlog的？能留一张纪念照片就不错了，像素还低得看不清……"

她低下头轻轻笑："我其实从小就过得挺快乐，我挺幸运的。"

她一边讲话，一边看着直播的留言。有人写道："你可以去找那种老式的维修店，现在也有人收藏古董录放机，看看能不能放你的录像带。说不定还能转录，多有价值的回忆，应该留下来。"

"真的吗？"她读道，"我们这个小破地方，不知道有没有，我找找看。"

下播后她在群里问，许珍贵和郑家悦也帮她在网上搜了一下，还真找到有类似的地方，不过不知道是不是还在营业，她决定白天自己去挨个儿碰碰运气。

一个人坐着轮椅出门，还要去沿街的店里面跟陌生人说话，这对她来说是很久以来想都没敢想过的事。她以为下半辈子自己都不可能出门了。

"你跟爸妈说咱俩一起去。"她跟祝宁宁说。

"但是我要去同学家写作业啊。"祝宁宁疑惑道。

"对啊，你就说咱俩一起出去，然后你去同学家就好了。"祝安安说。

"那不行。"祝宁宁盯住姐姐，"那天妈都说了，说你一个人出去玩不安全。"

"……妈没说过。她说的是我带你出去玩太晚回来不安全，你听错了。"祝安安无奈道，"我这么大年纪的人了，你都能自己去同学家了，我有什么不能的？"

"那你去哪儿啊？"祝宁宁又问。

"就去那个跳舞的姐姐那儿。"祝安安说。

"……那好吧。"

祝宁宁陪她一起出了家门，像个小大人一样叮嘱她，前面哪个路口右拐，哪个路口没有红绿灯。

"我只是坐轮椅，我又不是傻。"祝安安无奈地说。

祝宁宁去同学家了，没了家人当保镖，她一个人默默地前行，心里有一种既紧张又兴奋的情绪在迅速蔓延。

"想当初，我也是可以一个人偷偷坐火车去北京考试的人呀！"
她在心里给自己悄悄打气。

　　独自出行比她想象的容易很多。穿过路口的时候，有陌生人走在
她旁边示意从斜侧里骑出来的电动车慢行；每进一个门，只要周围有
人，也几乎都会过来帮她开个门。不过独自出行也比她想象的困难很
多。有的人行道她上不去，没有缓冲坡只有坎儿，她只能在机动车道
上走了好远，还好那条路车不多。有的老街年久失修凹凸不平，轮椅
走起来磕磕绊绊，明明是很平的地砖，走着走着竟然直接走到盲道上
去了，几分钟就累得她满头大汗。

　　手机记下来的几个地点，她一个一个问过去，最后还真的有家维
修店的老板说他有机器能放。"你这带子可有年头了，"老板说，"找
了一圈吧？我可能还真有个老古董能给你放出来。"

　　几盘带子因为时间太久，损毁得很厉害，大多播放不了了。老板
一盘一盘试，一边试一边跟她闲唠嗑。

　　"你这咋搞的？"老板随口问，"年轻人啊，就是不爱惜自己的
胳膊腿儿，又去玩啥极限运动了？我外甥过年的时候滑雪摔了，到现
在还没告别双拐呢！"

　　"……"祝安安想了想，笑笑说，"……跳舞跳的。"

　　"这样啊。"老板又打量她一眼，"伤筋动骨一百天，可不能乱动
啊，恢复好了再跳舞去。"

　　"嗯。"

　　最后只有一盘能勉强正常播放。听见机器沙沙响，祝安安迫不及
待地探头过去，想看看这唯一能够修复的带子录的是什么。

　　可能是过生日吃蛋糕的记录，或者是第一天上幼儿园哇哇哭什么
的。她想，心里不免觉得好笑。

　　但等到画面出来的时候，她还是一下子屏住了呼吸。

　　用现在流行的话来说，这是一个再平常不过的"一日vlog"，好

多博主都拍，就是记录下平凡的一天的生活。只不过，这是二十年前的"一日vlog"，是她还在读小学的时候录的，那天是周末，她要去少年宫参加一个舞蹈比赛。她依稀记得周末应该是有补课班要去的，她为了参加比赛缺了课，她妈不太高兴，一大早给她梳头的时候脸上颇有愠色。

"来看一下我们宝贝今天的打扮。今天梳个什么头呢？"这是掌镜的她爸的声音。

"还能梳什么头？"她妈一边在她头上鼓捣一边不满地瞪了镜头一眼，"你姑娘自己要求的。"

镜头又转到床上摊开的小裙子上。

"这是我们宝贝今天要穿的裙子。多漂亮的红裙子，还带亮片的，一闪一闪的。"

"我们宝贝今天要跳一个什么舞呢？"

二十年前的录像一直闪和卡顿，镜头里她爸说她穿的是红裙子，但画面偏色太严重，看起来是一个紫不紫粉不粉的颜色。她还要在外面套上外套和裤子，这样等到了地方直接一脱就可以上台。因为是自己比赛，所以妆也是她妈给化的，为了在台上灯光下显得不吃妆，都化得眼睛脸蛋大红大紫的。

她在台上表演，她妈在下面拿着衣服，她爸给她拍照录像。站得不够近，加上像素太低，画面里看上去就是一个在灯光下转圈的小小人影，什么都看不清楚，音乐声混在旁边人的喧哗中也听不真切。

"……转录吗？转录要花钱的，你要是不用刻盘的话，就网盘转存，也便宜点。"老板的话打断了她的思绪。

晚上直播的时候，祝安安看到有留言还记得问她找没找到能播录像带的地方，说："找到啦。有一盘带子还能放出来，我转录啦。"

"放上来看看呀。"

"我也想看看。"

"肯定是回忆杀。"

"这都能恢复也太牛了。"

"要是我，都没有啥可恢复的，小时候哪拍过视频啊，我上高中才有自己的手机。"

"好羡慕，我小时候一张照片都没有，都不知道自己小时候长啥样。"

"我上大学才有自己的手机可以自拍。"

"是几岁拍的？"

"看看嘛。童年回忆杀。"

………

看着大家聊了一会儿，祝安安就笑了笑，轻轻吸了一口气，用平静的语气说："那，你们想看，我就给你们放一下。画面太糊了，凑合看看。"

通过屏幕再次转播的视频更难辨认，只有声音和人影还相对清楚些，她一边播放，一边看着滚动的留言。

"妈呀，这座机拍摄的像素。"

"这么糊都能看出来化的这个妆，哈哈哈哈哈哈哈哈，大黑眼圈。"

"我小时候也有这种裙子，亮亮的，可土了，当时觉得可漂亮。"

"好可爱啊，看不清楚跳的啥，但感觉跳得挺好，哈哈哈哈。"

"爸妈好爱她。"

"羡慕博主，我小时候根本都没有听说过还能学舞蹈的，上了大学才知道。"

"我家那边连少年宫都没有。"

"家里条件肯定很好吧？二十多年前就有摄像机了。"

"博主现在还跳舞吗？"

………

"现在不跳了。"祝安安说,"能维持小时候的爱好的人,毕竟是少数吧。"

"我三十岁才爱上跳舞,现在四年了,还跳着。"一条留言说道。

视频放完了,又闲聊了一会儿,祝安安就说:"我有一个朋友,她也是现在才找到自己的爱好,还把理想变成了现实。小时候我是班里跳舞跳得最好、最耀眼的那一个,不过现在,只有她在坚持她的梦想。我们是从小一起长大的、最要好的朋友,最近她遇到了一些困难,我的朋友们都在帮她,但我却什么忙都帮不上。"

又沉默了一小会儿,她说:"我给你们看看她跳的吧,我信息比较闭塞,还是因为她跳,我才了解到这个,看起来很有意思。"她一边找出许珍贵她们的宣传视频播放,一边说:"大家感兴趣的话,如果是同城,可以去上体验课。她们还会定期举办很多有趣的活动,都是有同样爱好的女孩子,一起玩会很开心的。"

4

"你都有你姐姐的联系方式了,为什么不去找她啊?我要是你的话,我现在就去,一秒钟都不能等了。"

余多被许珍贵让进屋来,局促得手脚都不知道往哪儿放。"你随便待,随便坐,她们每个人来都很随便的,就像在自己……就,怎么待都行。"许珍贵一边给她倒水,一边说。

两个人坐在窗边的垫子上,余多简单说了些出来之后的经历。

"……不敢去。"她还是局促地笑笑,"有点怕。"

许珍贵印象里的余多,是天不怕地不怕的。有趣的是,这个形容后来有时也会被许珍贵的朋友们用来形容她。当然许珍贵知道她和余多不一样,现在的余多和十年前的余多更不一样。

"去吧，早一天见面，就早一天团聚。"许珍贵说，"她是你在这个世界上唯一的亲人，不要留遗憾。"

"你家人都还好吗？"余多问，"我本来以为，不可能再见到以前认识的任何一个人了，你们肯定都远走高飞不会再回来了，没想到，你们都还在。"

"怎么可能不回来呢？这是我长大的地方啊。"许珍贵笑笑，"不过当年的老同学确实都失联了，大部分在毕业以后就再没见过，就算他们也留在这里，街上打照面都不一定能认得出来了。还好有郑家悦，还有祝安安，她们还跟以前一样，没怎么变。"

余多听她提起祝安安，沉默着没说话。

"前几天她还来我这里玩呢，"许珍贵说，"她妹妹也来了。等下次有机会，我们可以一起聚。"

"……要不，我先走了。"余多坐立难安，忍不住站起身，"你刚才……不是说你一会儿有事吗？我，我先走了。"

许珍贵今天确实有事，没排课。今天是她爸爸的忌日。本来她最近都在店里没回家，想提醒她妈来着，后来想想，她妈肯定不会忘，就没说，一个人去了。离清明过去两个多月，天已经开始热了，她带的鲜花，还没走到碑前就开始发蔫。

她妈竟然已经先到了，清理掉了杂物，看她来了就说："我看没花，就知道你没来，你买了我就不买了，省一点是一点。"

许珍贵点点头，把花摆好，没说话。

"这回又带的啥？"她妈问。

上次清明来过之后，她就琢磨着这次过来给她爸带点什么。以前每年来，她都会带个自己做的小物事，要么是简单的小花儿、小纸船，要么是出去玩的时候在手工店做的陶艺，可能是从小受她爸的耳濡目染，她也喜欢做这些小玩意儿，手艺不太行，但当作每次来看望爸爸的纪念还是很满意的。

刚上大学的第一年，许珍贵有个室友加入了学校的手工社团，回来一会儿织毛线一会儿做黏土，她看着就很羡慕，但她找的兼职几乎占用了她所有的空余时间，没有闲心去玩那些。去报到之前她妈就跟她说了很多遍，让她不要打工。"学生的主业就是学习，家里不差你打工那两个钱。不就是大学学费吗？爸爸妈妈来操心，你不用管。"她没听，还是瞒着她妈找了兼职，周中做家教，周末发传单。那时她爸不愿意在家养病，仍然在为了赚钱四处奔走，她妈收入微薄，家里仍然捉襟见肘，她做不到心安理得地窝在学校花钱。

从小在北方长大，她不习惯上海的气候，入冬之后就生了冻疮，在校门口发传单的时候手套丢了，她为了早点发完，懒得去找，也不想再买，就忍着，被冷入骨髓的风浸了一天，晚上回来很长时间都缓不过来。实在受不了了，休息了一天，室友看她一直眼馋，就拉她去社团做手工。

那天她们做的是简单的木工模型，学习了卯榫结构的原理，她觉得很有意思，小时候看爸爸给她做的小东西也是这么做的。但她的手却不听使唤，又疼又痒，看室友灵巧麻利得很，就有点失去耐心。

室友安慰她说："没事的，你第一次来，多玩玩就好了。"指指远处一个身影："你看他，他是我们社团唯一一个男生，第一次跟我们一大帮女生一起织毛线的时候，被我们笑死了，现在什么都会。"

那个男生是第一个做完模型的，没做完的都围上去看，许珍贵也凑过去羡慕了半天。等到大家都散开了，男生注意到了她的手，慷慨地拿出一副他自己织的手套，说，给你戴吧。

"不用，真不用。"许珍贵连忙说，"我就是手套丢了来不及买。"但她又觉得这样拒绝不好意思，就又说："要不，你教我一下怎么织吧。"

其实她要是想学织毛线的话，回家问她妈就行了。不过这个男生

297

后来成了她在大学里交的第一个男朋友。两个人在一起的时间不长，大学第一个寒假她回家过年，她爸妈看到了手套，有点意外。

"会织毛线的男孩可不多，手还挺巧的。"她妈拿着手套翻来覆去看了看，又看了看她的手。

"我戴有点大了。"许珍贵说，"但是心意在嘛。"

"闺女，你不会因为他会织手套就喜欢他吧？"她妈不动声色地问。

"不能吗？"许珍贵奇道，"他会织手套哎，跟别的男生不一样。那我应该因为什么喜欢一个人啊？"

她爸在旁边笑着摇了头。她就坐过去撒娇："爸，你不是说我妈当年就没看上你，你给她做了好多小玩意儿，她觉得你手又巧又心细，才对你有好感的？"

"那你爸也没给我织手套啊。"她妈笑，"我也不是因为这个才嫁给他。"

看她爸没发表意见，她就问："爸，那你觉得我应该因为什么喜欢一个人。"

"都说是你喜欢的了，问我意见干啥，又不是我喜欢。"她爸故意逗她。

"我认真的！"她严肃起来。

她爸看她一本正经，就也严肃起来，说："闺女，你现在想不明白，因为什么喜欢一个人都行。但是爸觉得，你还是要找一个能给你安全感的好孩子。以后你要长大了，要自己成家了，要有个保护你的人。"

"所以为什么喜欢不重要，被保护才重要？"她反问，"可是你们把我保护得很好。我不需要被保护。"

"爸爸妈妈总有一天保护不了你。"她爸笑着说。

"我们好好地保护你到现在，不是为了让你因为一点点好就跟人家走了。是为了让你擦亮眼睛，好好地找一个以后继续保护你的人。"她妈也说。

虽然那时的许珍贵自己也没搞明白到底因为什么会喜欢上一个人，但她总觉得爸妈的观点好像也不对，具体哪里不对，她也没想明白。不对也正常，他们只是她的爸爸妈妈，又不是无所不能手眼通天，就算是为她好，也没有办法替她决定以后找一个什么样的人在一起。

放完寒假回上海之前，她妈拿出一副新织好的手套给她。她戴上，果然大小更合适。

"我闺女啊，还是得家里宠着。"她妈云淡风轻地说，"让别人勾一副手套就带走了怎么行？"

她愣了一下，不知道为什么鼻子酸了。

那年春节她爸借钱跟人做生意，也不太顺利，过完年就忙忙叨叨出了门，她开学回上海之前也没再见上面。她总给她爸发短信，告诉他注意身体，别再累出病来。她爸虽然总在外面忙，但是看到了就会第一时间回复她，也总是说知道知道，爸爸心里有数，谢谢大闺女关心，缺钱就跟爸爸说。

做兼职攒下来的一点钱，她想着充作下个学期的生活费，这样能少问家里要点。大一结束的暑假，前男友得了三等奖学金，说这是他人生中赚的第一笔钱，想跟她一起出去玩，本来她不想去的，他说，第一笔钱很有意义，第一次旅行一定要和喜欢的人一起。她被说服了，两个人兴冲冲地做了很多攻略，最后决定去苏州。到的当天晚上，两个人正要睡觉，许珍贵的手机忽然响了，没在她手边，男友看了一眼说是联通，就给按掉了。

第二天早上她起来才看到，他不仅按掉了电话，还关了机，她妈昨晚打了几十个电话都打不通。她爸跟生意上的朋友喝酒喝多了，送到医院已经是重度酒精中毒，现在还在ICU抢救。

"你给我关的机？"

"我没有，你自己手机没电了。"

"打开还有 50% 的电，你告诉我它怎么自己关机的？"

"……"

"这电话是我妈打来的，你告诉我这是联通？联通晚上十点钟给我打电话？"

"……"

"你直说吧，给我关机是不是为了不耽误你上床？"

男友也没想到她质问得这么直接，一时竟然语塞。

她甩了他一个耳光就走，买最近的票往家赶。脑子里一片空白，唯一的念头就是她爸一定要撑过去。

辗转到家已经是当天晚上，她没能见上她爸最后一面。

那几天她们母女俩不知道是怎么过来的。她跟在她妈身后，浑浑噩噩地陪着弄各种手续，脚像踩在棉花上，见到的、听到的都不太真切，满脑子不是悲伤和痛苦，全是难以置信。她以为高三那年就是全家最难的时候了，已经过去了，再没有什么大灾大难了，爸爸怎么都不可能这么突然地离开。

她手机里还是一天前他回复的日常短信，告诉她出门注意安全。她跟室友说，自己要跟男朋友出去玩，还告诉爸妈了，室友都惊掉下巴："这你都敢告诉爸妈？"

"为什么不敢？他们又不是不同意。"她特别自豪地说，"我的爸妈是最开明、最懂我的爸妈。"

当然也不是没有争吵的时候，她知道她发短信让她爸少喝酒，她爸根本不听。前两天她还在说他，她知道她妈希望他别出去跟人倒腾生意了，希望他留在家里，就算赚不到钱，一家人过穷日子也安心，为此她妈跟她爸吵过几次架，甚至在这次他出门前他们还在吵。一切没有说完的话，没有解决的矛盾，没有回应的问题，都没有任何征兆地戛然而止了。

她想起那年爸妈突然告诉她要搬家的晚上，她在那扇窗前坐了那么久，直到爸爸来跟她说，虽然咱们搬走了，但是只要爸爸妈妈和你在一起，哪里都是家。她以为就算家没有了，爸爸妈妈还会跟她在一起很多很多年，等她工作、赚钱，给他们养老。

她妈说，爸爸从昨晚进ICU到离世，神志一直都没有清醒过，什么话都没能留下来。如果她妈第一个电话她就能接到，她昨晚就立刻赶回去，虽然她爸还在抢救，但说不定还能见上最后一面。如果她在他耳朵边跟他说话，说不定他还能听到，可是没有如果了。

再回到学校已是假期结束，收拾宿舍的时候她看到了那副夹在冬天厚衣服里的尺寸不合适的手套，眼都没眨就扔进了垃圾桶。转天在校园里再见到前男友的时候，他已经跟另一个女生出双入对了，看起来挺和谐，也挺快乐。

她妈到后来也不太清楚她跟这个男友分手的具体原因，她也没解释，只是说："我发现我突然就不喜欢他了，这也很正常，对吧？咱们家人个个都心灵手巧，我凭什么要被别人勾一副手套就带走。我这个人呢，被你跟我爸宠坏了，任性。今天会因为一副手套喜欢这个，明天就会因为别的就不喜欢了。你问我为什么，我也不知道。"

爸爸虽然走了，但她还是有很多的话想跟他说，一年比一年多。可她走得远了，时间长了，想说的话有时候过了那个劲也忘得七七八八了，就只能像小时候那样，花上很多毫无意义的时间做一个毫无意义的小玩意儿，等来看爸爸的时候带给他。

回来开了店之后，这几个月的时间，她在闲下来的时候跟着网上的教程学扎毛毡，做了一个她店铺的logo的小模型，带来给她爸看。"清明的时候我跟他唠了，怕他听不懂我现在在干啥，就带了这个来。"她举在手里，跟她妈说，"这样他就能懂了。你看，这个吊环上的小人儿像不像我？"

　　"像，但是有点胖，你哪有这么胖？"

　　"……圆的好扎一点。"

　　她把小玩意儿摆在花旁边："好看吧？你看我是不是心灵手巧。"

　　"嗯。"

　　又待了一会儿，母女俩往墓园出口走，没走出多远，看到在几排墓碑之外，有一个孤零零的、有些熟悉的身影。

　　许珍贵辨认了许久，才犹豫着开口："严老师？"

第十六章　真相

"十年都过去了，真相还重要吗？"

1

在许珍贵的记忆里，严老师还是当年她在课堂上疾言厉色痛骂学生的样子。十几年过去了，和她妈妈同龄的严老师，已然苍老得面目难辨，曾经把她所有的力量和信念向上提着的那股劲消失之后，她再也抬不起头，直不起背，眼里也没有了神。和许珍贵母女俩对视了很久，直到许珍贵叫了她，她迟疑了半晌，脸上才渐渐浮现出失望。

许珍贵妈妈多年没有见到故人，也是百感交集，忍不住上前几步问："严瑾，好久都没见了，你现在过得怎么样？好不好？"

一句无心的问候，在严老师听来自然是刺耳得难受。她没有回应，转而盯着许珍贵，细细打量。

即使她容貌大改，那审视的目光仍然唤起了许珍贵并不喜欢的高中时期的记忆。那时候她就是这么审视班里每一个女生的，从头发丝到鞋底，然后把你骂得狗血淋头一无是处。女生们都说她的眼睛是照妖镜，非得把你照得现出原形来，这个比喻更是让许珍贵多年之后回想起来还是身临其境地不舒服。

"……长这么大了。"严老师仍然盯着许珍贵，她的声音远没有以前在讲台上那么洪亮了，更显得苍老和疲惫。

"……你有二十岁了吧？"

"……"一时间许珍贵有些慌乱，又有些心酸。

"……你考的哪个大学？什么专业？"

"……"她不知道该不该回答。

许妈妈只好在一边打断："你还住在老房子吗？一个人住吗？如果有什么难处需要帮忙的，你告诉我们。"

许珍贵看了她妈一眼。

严老师就像完全没听见一样，一双眼直勾勾地，仍然只盯住许珍贵。

"你没有回答我。"她说。以前她批评学生的时候，就是这种压迫的语气。

"你今年几岁了？你考的哪个大学？学的什么专业？"

"我……"许珍贵犹豫着，还是没忍心回答。

她回答什么或许也不重要。严老师只是想在她身上找到这十几年消失的岁月，想透过她看到本来可以在自己那令人骄傲的孩子身上看得到的未来。

许妈妈又试图跟严老师说话，但她根本听不见，也没有办法正常交流，不管许珍贵回不回答，她翻来覆去都还是这么几句话。临走前许妈妈试图问严老师要她现在的联系方式，无果，就写了自己的联系方式，给她放在口袋里才离开。

"你总说我，"回去的路上，许珍贵跟她妈说，"你不也一样？"

"什么？"她妈装作没听懂。

"你，"许珍贵说，"你总说我多管闲事，你看，你不也在管别人的闲事？"

"我没有。"她妈说。过了好久，她妈才又说："这些年，她老得真快啊。我原本以为，像我这样年过半百又养一个孩子的才老得快。

她老得比我还快。"

回去的路上母女俩都心事重重。许珍贵想把见到严老师的事告诉朋友们，但又觉得她们也并不一定想知道，就还是没说。

回到店里，郑前程竟然在。店里只有白小婧在准备上课，正逮着机会拉着郑前程聊天，问星座，问年纪，问性格类型，叽叽喳喳问个没完，还要拿出塔罗牌来帮他算一算桃花运。郑前程一边哼哈着回答，一边低头玩手机，看到许珍贵进来，露出求救的表情无声地质问："我问你什么时候回来，怎么不回我？"

许珍贵摇摇头表示没看到手机。"你姐怎么没跟你一起过来？我还有话要跟她说呢。"她问。

为了继续缓兵之计，郑家悦说她最近在看中医，调理身体，过阵子再回北京。李楷半信半疑，但她把结婚证给他了，又觉得她可能真的回心转意了，才暂时放弃纠缠回了北京。至于她把许珍贵的视频给他看，要求他赔偿的时候，他竟恬不知耻地说，你天天闹离婚我还没要精神损失赔偿呢？

姐弟俩在家里商量，想垫钱给许珍贵，被爸妈听到了，说："没那个必要吧？又不是咱家的错，不用争着抢着当冤大头。"

郑家悦就有点不高兴了："李楷不离婚的时候你说我跟他毕竟是一家的，现在他找人砸了我朋友的店，怎么我跟他就不是一家了，分开算账了？这有点自私了吧。"

"你怎么读书读多了变成死脑筋了？"爸妈说，"李楷又没承认那些人他认识。许珍贵不是你朋友吗？你请她吃个饭，赔礼道歉，这事不就过去了？"

姐弟俩对视一眼，便默契地决定不再反驳，还是暗中操作好，就闭嘴了。

许珍贵没有收郑前程的钱。"我说过了，我亏不亏本，也不是差这么点钱的事。"她说，"你们俩如果再跟我计较来计较去，我可不欢迎你们来了。"

"别阿。"郑前程连忙说。他看到白小婧在一边摆弄手机支架又要直播，立刻站起来躲到门外去。

"你来有事吗？这就跑了？"许珍贵奇道。

"就钱的事，"半句话的工夫郑前程就溜没影了，"我走了。"

"在手机上说不就行了？你跑来……"她说了半句，看他已经蹿下楼，就没再说了。

白小婧真的算是个狂热敬业主播，一天恨不得每时每刻都拎着手机。她还跟祝安安互相关注了，给许珍贵看祝安安的直播录屏。"你朋友帮你宣传了哎，"她说，"真是人美心善。"许珍贵看了，也有点意外，她知道祝安安最不想提起的就是小时候学舞蹈的事。

天气热起来之后，傍晚去路口广场散步纳凉的人越来越多，许珍贵就跟白小婧商量着可以再搞一次街头表演，多少挽救一下最近低迷的人气。白小婧一口答应，准备得也很上心，还在群里每天吆喝，搞了好多花样。什么新老学员一带一送课时，什么街头活动签到再送体验次卡，鼓励大家来体验，不体验就看看，捧个人场也欢迎。

由于积攒了一部分固定学员，这次活动来的人比上次多得多，气氛也很欢乐，吸引了不少周边遛娃遛狗的路人，连刚从洗浴中心出来的也愿意趿拉着拖鞋、嘬着冰棍站街边多看一会儿热闹。

许珍贵问祝安安来不来参加活动，她还是拒绝了，说会在家里看直播，许珍贵就没劝。于是祝安安还像平日里一样躲在自己的房间开着直播，闹哄哄的音乐和人声从小音箱里播放出来，就也像在嘈杂的现场一样。小音箱是新的，之前那个被她摔坏了之后，许珍贵和郑家悦选了个新款的送给她，是她搜过但是没舍得下单的牌子。她很喜欢，把它放在电脑屏幕旁边，每天都会擦擦灰。

白小婧的直播不像祝安安那么单调，永远只有一个固定机位撑在脸上化化妆唠唠嗑，她光跳舞就够闹腾了。她还特别喜欢在这种户外直播里跟人互动，当然肯定是商量好的，也都是她们的学员，女孩子们一个个健康活泼又漂亮，面对镜头也自信大方，看得旁边的路人都笑开了花。

镜头带过，祝安安突然看到屏幕角落里有个人一闪而过。本来站在没什么灯光的树底下，可能是白小婧拿着补光的东西，在路过的时候照亮了她的脸。

余多看白小婧巡回一样地举着镜头到处跑，下意识就往后退了一步，不小心撞上了后面的人，小声说了句对不起。

结果后面的人没有反应，也没有动，还是站在她身后，一声不响地盯着她。

她下意识回头，一瞬间觉得浑身的血液凝住了，心跳也停了一拍。

"现在跟我说对不起，太晚了。"站在她身后的严瑾，对上她的目光，一字一顿地说。虽然广场上音乐喧嚣，但她还是听清了。还没等她反应过来，严瑾一只手揪住她的头发，另一只手按住她脑袋，用力往后一推，她的头就重重地撞到了旁边的树上。她没反抗，连声都没出。直到旁边正兴致勃勃观赏跳舞的路人无意间回头，才发现了这一幕，吓得尖叫起来，连连后退。

严瑾老了，力气也没那么大，但余多躲也没有躲，只是蹲在地上任她打。惊动了周围的人群之后，白小婧也看到了。不仅她看到了，她的直播镜头也都看到了。

"知道我为什么打你吗？"

"你欠我一条命！你欠我儿子一条命！"

"你还出来，你有脸出来吗？你有脸活着吗？"

"我的孩子死在十八岁！你活着！你活着！你凭什么活着？"

…………

2

直播屏幕里一片混乱，没一会儿白小婧就突然下播了。祝安安盯着突然变黑的屏幕，头上沁出一层冷汗。她不敢相信自己看到的景象，好像又一次被无辜地卷进了那场十年前的噩梦里。她颤抖着把手机关了机，扔得远远的，一个人缩在原地很久没有动。她妈妈敲了一下房间门，她吓得一个激灵，发出一声惨叫，倒把她妈吓了一跳，连忙开门冲进来，以为她磕到了或者摔倒了。看她没磕，也没摔，只是僵坐在那里，脸色苍白，眼神发空，就上来用手在她眼前挥了挥："怎么了？"

祝安安摇了摇头，没有回答。

许珍贵冲过来关掉白小婧的直播时，她还不太乐意："干吗呀？没到时间呢！"

"不能拍！"

"……我不拍，我转过去拍别的还不行……"白小婧还没说完，手机就被许珍贵抢走了。许珍贵抢了手机就冲过去试图拉住严瑾，但严瑾整个人已经失控了，那么瘦削的一个人，她一下都没拉住，还好郑前程和郑家悦也过来帮她。她挡在余多面前，尽量不让严瑾再下手打她。

"你让开。"严瑾说。就像那天在墓地一样，她的眼睛里现在只有余多，她能做的只有打人，她听不见也想不到别的任何事情。

"严老师，你冷静一点。"许珍贵还是试图劝她清醒，"你现在打她有什么用呢？事情已经过去那么久了……"

"没有用。"严瑾说，"我知道没有用。我让她把我儿子的命还回来，她做得到吗？！"

"严老师……"许珍贵一时竟不知道要怎么劝。

"我打她是天经地义。"严瑾说，"她害死了我儿子，她是杀人犯，我恨不得她死一千次一万次！"

这么当街闹下去不是办法，那边白小婧只好提前宣布活动结束，让大家各回各家。周围看热闹的、拿手机拍照的也都被劝走了。许珍贵把余多从地上拉起来，郑家悦在一边试图劝严瑾离开。严瑾可能也是打人打累了，失神了好一会儿，转头看了一眼郑家悦，好像认出她有点脸熟，又好像没认出来。

"严老师，你回去吧。"郑家悦小心翼翼地说，生怕哪句话说错再让她爆发。她又看了郑家悦一眼，问："你今年几岁了？"

"啊？"郑家悦还没反应过来。

"……你考的什么大学？学的什么专业？"

一时间郑家悦也是百感交集。

当年高考完，她扬眉吐气了很久，觉得自己已经一雪前耻。如果有一天能再见到严老师，她一定会把自己的成绩单拍在严老师面前，告诉她，我，也够到了我从来没够到过的好成绩，我没有你以为的那么差。年少时置的气，压在心头有千钧重，不知道什么时候就被生活抽走了全部的重量，轻得抓也抓不住。那时以为高考是人生飞黄腾达的开始，殊不知从那时起，不走下坡路都已经快搭上半条命。

看着严老师独自离去的背影，她的话也再说不出口了。

许珍贵坚持要带余多去医院，她头上流了很多血，但余多不想去，两个人在路边僵持许久。白小婧见郑家悦过来了，把她拉到一边，小声问："那个人真的是杀人犯？"

"……"郑家悦不想搬弄是非，也不知道怎么跟她解释，索性闭口不答。

"一定要去医院，你这个伤要缝针。"许珍贵一再坚持。

余多摇头，小声说："我没有那么多钱。"

"用不了什么钱。"许珍贵不由分说把她架去了医院。郑家悦也跟着。郑前程也要跟着，白小婧故意扯住他："你，送我回家。"

"你，送她回家。"许珍贵这边忙活着，"别给我添乱。"

"……今天打架的又不是我！"

郑前程看了看白小婧骑来的小电动车："你不是有车吗？还要送？"

"没电了。"白小婧说。

两个人走在路上，郑前程一直低头玩手机。白小婧了然地看了他一眼，撇了撇嘴："明白了。"

郑前程也懒得问她明白什么了。白小婧看他不接话，就说："你是不是对你的小许姐姐有想法？"

郑前程吓一跳："别瞎说，我姐会打死我。"

"你看，你是担心你姐会打死你，还是担心你的小许姐姐对你没有想法。"白小婧翻了个白眼，"行吧，我就说我自作多情了。"

"……"郑前程看她说话直白，就没再否认，但也没承认。

"我跟你说啊，小伙子。"明明比郑前程还小几岁，白小婧却像个大言不惭的情感导师似的，"你呢，不适合我。但是你的小许姐姐呢，也不适合你。"

"就你懂。"郑前程哼了一声。

"我是认真的，别以为我胡说八道呢。"白小婧说，"说实话，我家条件不太好，家里只有我妈，我妈身体又不好。我很早就知道，我如果要和另一半组建家庭，必须保证经济基础，如果不能保证的话，那我宁可不要。"

"……想得还挺多。"郑前程心里想，不就是拐着弯说他家里条件不咋地吗？

"你知道你的小许姐姐之前在上海有个男朋友吧？"白小婧说，"虽然可能条件也没那么好，但是人家是老上海，结婚还给房子，肯定不是咱们这种小地方土著能比的，对吧？但是她都跟人家分手了。"

"……所以呢？"郑前程奇道，"你到底想说什么？"

"我想说，她可能跟我相反，我没有那么浪漫，她没有那么现实。"白小婧说，"有具体的标准就很容易判断合不合适，像我。但她呢，可能就比较玄了。"

"什么叫玄？"郑前程一头雾水，"你这说得越来越离谱了。"

"就是看感觉。"白小婧意味深长地看看他，"没有任何标准才是最高的标准。"

"……"郑前程觉得她可能算塔罗牌算太多了，整个人都魔怔了。

深夜的急诊大厅里，许珍贵陪着处理完伤口的余多坐着，郑家悦去窗口开单子。排队等着的时候，郑家悦回头看着远处的两个女孩，突然想试着回忆高中毕业之前的事，但想起的都是模糊的场景，不是面前堆成山的卷子，就是深夜被窝里亮得刺眼的灯光。其他的，好像很难想起来了。当然，那个时候的自己，也没什么值得回忆的。

换作以前，她很难想象自己会变成现在这样。随便就住在朋友的住处，有事告诉朋友都不告诉家人，为了一个多年没见的刚出狱的老同学在医院跑上跑下。不过这些事换成许珍贵，就看起来理所应当。好像她就天生自私冷漠，许珍贵就天生为朋友两肋插刀似的。但哪有什么天生呢？变成现在这样，她感觉也不错。现在的自己也能在别人有困难的时候，帮点力所能及的忙，没有小时候那么讨人厌了。

"你打算什么时候去找你姐姐呀？"许珍贵问余多。她虽然也不知道该聊什么，但受了伤很疼，至少转移一下余多的注意力。

余多没吭声。不管是挨打的时候，还是缝针的时候，她都没吭声，好像不知道疼一样。

"如果是在金钱上有困难，那你不用担心。"许珍贵说，"虽然我现在也没什么钱，但是这点还是有的。"

"你还是跟小时候一样。"余多轻声说。

"嗯？"

"以前的事，你不怪我？"余多说。"你那么好心，让我留在你家的老房子里，最后事情却变成那样。"

许珍贵沉默良久，说："我一直不信。但是他们都说，你承认了，你真的把他推下去了。是吗？"

"现在问这些有什么用呢？"余多说，"十年都过去了。"

这时候郑家悦开完单子过来，她们就没有再继续这个话题。

回到店里已经很晚了。楼下大姐的夜宵店还热火朝天地开着，许珍贵非说饿了要一起吃饭。郑家悦看出来她想把余多留下来，就也跟着说饿了。

"怎么的？今天练家子没在，光你们几个小姑娘，也能打架打成这样？这一天天的，是跳舞呢还是练武呢？"大姐表示惊奇，"……行吧，我让后厨做点清淡的。"

好不容易坐下来，吃上了饥肠辘辘的一口热饭，许珍贵才有空拿出手机来看。刚才事发突然，着急忙慌地赶学员回家了，都没来得及好好复盘今天的活动。她整理了视频和照片发到学员群里，又去看了一眼白小婧直播的回放，弹幕和评论也没有什么别的，但最后那段不小心录进去的混乱场面还在。她给白小婧发了信息，让她把那段回放剪掉，白小婧可能是刚到家忙着别的，没回复她。许珍贵又发了几句催促之后退出来，就看到她们三个人的小群里弹出祝安安发来的信息："是她吗？"

郑家悦也看见了，跟许珍贵对视了一眼。两人都不知道该不该回复，就都没回复。

没想到第二天上午祝安安直接过来了。余多还留在店里，三个人一时间都有点慌张。

"不来帮我上楼吗？"

祝安安在楼下往群里发信息。

"我去吧。"余多说。

"你还有伤呢。"许珍贵说。

"……手脚不是好好的吗？"

余多下了楼，祝安安就在路边，坐在轮椅上，平静地看着余多。余多走到她面前，两个人也没说什么，就面对面沉默了许久。

许珍贵在窗边看半天，看她俩就那么待着，也不上来，有点担心。

"不用担心吧。她俩又不能怎样。"郑家悦犹犹豫豫地说。

"……你不说话，那我就先说了。"祝安安看余多不吱声，索性先开了口，"有个问题，我一直想问你。"

"……嗯。"

"当时，你是不是跟他们说，是你推我下去的？"

"……"

"为什么？"

3

直播时放了自己小时候的录像之后，祝安安收到了一些人给她发的私信。有的讲了像她一样放弃了小时候的爱好的故事，有的聊了像她一样丰富快乐的童年，不过更多的是表示羡慕。

"小时候幸福过的人，现在一定长成了很好的大人吧。"有人说。

她读着这些陌生人分享的童年，回想起自己的小时候，觉得或许她真的比自己以为的还要幸福。

但那些都是过去了，没有什么幸福能抵消现实的残酷。她快速地发着一连串笑脸和欢乐的表情，回复给热情地讲述自己经历的陌生人，心里想道。

每天的好友申请还会按时跳出来，看起来他还在看她的每一次直播，也会在自己主页发一些感想，有时和她直播聊的内容相关，有时不相关，就跟之前的每一天他俩有一搭没一搭聊天一样。她知道这样单方面突然切断联系，即使是作为朋友也确实不公平，毕竟他几乎可以算是她唯一说得上话的朋友了。能误以为是家人假扮，那也算是相当了解她的了。

　　了解一个人有多难呢？日夜相对的人都不一定了解对方，素未谋面的朋友也不一定不了解对方，甚至一个人可能活到很多岁才发现，自己根本不了解自己。她爸妈总骂她拎不清、没正事、恋爱脑，一冲动就犯蠢。她总顶嘴，觉得爸妈不懂她、看轻她、笑话她，直到十八岁那个改变了她的人生的夏天。

　　后来她想了很久，其实也想不明白自己当时在想什么，为什么要那么做。许珍贵跟她说过担忧，她本来漠不关心，总觉得她们这个年纪的小孩，什么话都是气话，怎么可能有人真的会认真考虑如何放弃自己的生命？她的世界是围绕着她自己的，自然就觉得所有人都应该跟她一样，骄傲又自信地计划马上就要开始的未来。

　　殊不知这样的她在贺尧眼里越发阴阳怪气，面目可憎。他觉得所有对他表示祝福和关心的人，都是和他妈一样的刽子手，试图把他从他想要躲藏的黑暗里拖出来当众行刑。他宁可自行了断。

　　"你有什么资格在这里教育我？"贺尧觉得很奇怪。在祝安安眼里，他是自己关注了三年，喜欢了三年，希望他越来越好的人；在他眼里，祝安安是他连名字都记不住，但是见面总会跟他表达莫名其妙的关心的不相干的陌生人。

　　"我不是你想象中的样子，你也不要白费心思了。"他不耐烦地说，"别废话了。"

　　"你趁早走吧。"余多站得远远的，淡淡地说，"你这样帮他没有用的。把他惹急了，小心他要拉你一起死哦，他一个人可不敢。"

　　祝安安并不知道他俩在这个话题上有过什么分歧，但看得出来余多这句话激怒了贺尧，他恨恨地瞪着余多："我敢。我以前不敢，但

314

是我现在敢了。是你不敢了。"

　　他突然伸手扯住祝安安的手腕，几步就到了窗边。祝安安吓了一跳，还没有反应过来，头发都差点飘在了窗外的风里，鞋也甩脱了，直直飞到了楼下。

　　"你疯了?！"余多也吓得脸色一变，"你干什么?！"

　　贺尧哼了一声，说："你不懂吗？我今天死了，谁活着谁倒霉，我妈不会放过她的。你要是不敢，你想活着，随便吧。我这是好心。"

　　"你要是好心你就松开她，别发疯。"余多说，"你不就是不敢一个人吗？我帮你，还不行吗？"

　　僵持了两秒钟，贺尧突然冲着余多轻笑了一下，小声说："谢谢。"

　　祝安安吓得大脑一片空白，失声尖叫。余多冲上来把他俩的手掰开，但贺尧已经拖着祝安安跨过了窗台。在坠落的一刹那，余多推开贺尧，拼命抓住了祝安安的手。祝安安也试图去抓余多，但两个人的力气太小，都脱手了，她只记得自己的身体撞在了窗台外面，就再也没有意识了。侥幸的是，她从六楼摔到了四楼拆了一半的窗台上，捡回了一条命。

　　"……为什么？"

　　虽然她后来总觉得自己脑子不太好使了，但当天仅有的记忆还在，她没有记错。

　　"明明是贺尧拉着我，你本来……没有推他。"祝安安艰难地回忆着那个在她噩梦里不断闪回的场景。

　　"当年你是这么跟警察说的？"余多问。虽然十年过去了，但显然她也有些许惊奇，毕竟后来她们再也没有见过面。她思索了片刻，像是在回忆自己当时在想什么，然后说："我想，你那么喜欢他，应该很难接受这样的……结果。反正我也确实把他推下去了，你那么讨厌我，恨我应该比较容易一点。我无所谓，我早就想要帮他了，我答

315

应过他的。他确实胆小，如果没有人帮他的话，他根本就做不到。"

"当年你是这么说的？"祝安安显然没有想到。那时她每天躺在病床上昏昏沉沉，从开庭到判决，所有的消息她听都不想听到。她恨自己蠢，也恨自己目睹了这一切，卷进了这一切，又无能为力改变这一切，反而赔上了自己的人生。

余多点头。"我怎么说的也不重要，事实就是这样。"她说，"十年都过去了，真相还重要吗？"

"可是……"祝安安心乱如麻，有很多话想说，却什么都说不出口，"可是……那不是……"

"好了，上楼吗？"余多问，"她们都在等你呢。"

她们四个人都没想到，竟然是严老师的出现，阴错阳差促成了她们并没打算相聚的相聚，一时间都有点忐忑，各怀心事，不知道要怎么打破尴尬。即使在十年前高中的时候，她们四个都各有各的目标和心事，也不曾这样面对面地坐在一起过。沉默了半晌，反倒是祝安安先平复下来，环顾大家，说了一句："都不说话吗？还要我这个废物来打破尴尬局面，你们真的是比我还废物。"

大家都小心翼翼地笑了，气氛这才稍微缓和了些。

"严老师这些年是怎么过的？"祝安安问。

许珍贵摇摇头："我也是才遇到她。她过得应该也很苦吧。"

"我到现在都不敢想象，如果当年我没了，我爸妈会怎样。"祝安安说，"贺尧是她的全部。"

这个名字已经很久没有人提到了，大家一时都心生唏嘘。

楼梯口噔噔噔的脚步声打断了她们的交谈。白小婧风风火火地进来，点个头打招呼就往更衣室里走。

"小婧，"许珍贵叫住她，"昨天晚上我发的消息你是不是没看到呀？记得把那段回放剪了，谢谢你了。"

"啊？"白小婧愣了一下，好像刚想起来，"哦，我昨晚洗澡去了，然后太困了就睡了。"

"行，那你记得尽快哈。"许珍贵好声好气。白小婧已经进更衣室了，没应声。

许珍贵拿出手机，看到陈莎给她私下发来的几条信息，是白小婧视频底下的评论截图。

"被打的这个女的是刚放出来的杀人犯，好多年前的新闻了。"

"打她的是谁啊？受害人家属吗？"

"好像是，当时都年纪不大，女孩害死了男孩，打人的这个是男孩的妈妈。"

"那这是来报仇来了。当时的什么新闻啊？男孩怎么死的？"

"你看我主页。"

…………

4

许珍贵点开了截图里这个账号的主页，里面赫然是当年那条社会新闻版面的截图，还有当时一些网络上的其他相关信息。她顿时就觉得心里不舒服，还好陈莎及时看到发给她了。她回了谢谢，起身就走到更衣间门外，敲了敲门。

"你好了吗？"她问白小婧。过了一会儿，白小婧一边整理衣服一边磨磨蹭蹭地出来："好了好了，不要催。"

"你能现在删吗？"许珍贵直接问。

"什么？"

"我昨天麻烦你删掉你回放的最后那段视频，你到现在都没删。"许珍贵给她看陈莎发的截图，"我不想让无聊的网友注意到这些东西。"

白小婧一边往储物格里放自己换下来的衣服，一边说："又没什么的，谁会注意到这个啊？人家都是来看跳舞的。"

"……"许珍贵有点着急，"你能不能现在删啊？"

"那不行，我得在电脑上用网页登录，才能弄回放的那个录屏。"白小婧还是满不在乎，敷衍道，"等我晚上回去再弄吧。"

白小婧的课之后是许珍贵的课。女孩们没聊尽兴，又怕打扰许珍贵上课，就各自回去了，约好了下次再聚。许珍贵忙活学员的事忙到晚上，想起来看了一眼，白小婧总算是给删了，她这才放下心来。

第二天早上还没睁眼，她就被一连串的信息音叫醒。摸起手机一看，是姜尔尔突然给她发了一连串信息："小许姐，那天直播不小心录到的那两个人，你认识是吗？"

"你看这些链接，有好多媒体号在说。"

她一骨碌爬起来点开。原来回放虽然被白小婧删了，但是视频和截图已经被当地的媒体搬运到其他平台。有本地的媒体号同样找了当年的新闻，新闻上有当事人的模糊姓氏。他们顺藤摸瓜找出了学校和年级，以及贺尧和余多的名字，但都是根据一句话新闻和两分钟视频，随便标上耸人听闻的关键词和热点，加上不知道哪里找来的不相干的电视剧剧照和短视频截图，然后添油加醋，胡乱臆测，瞎写一通。

"哎呀，你想太多了，"白小婧一来，就说许珍贵大惊小怪，"每天瞎写博眼球的新闻有的是，开局一张图，全靠编。还有人拿我的图PS了去卖减肥药呢；我以前的同事，刷到了我跳舞的直播，在工作群里内涵我，搞得我被开了；我某一个前任，分手之后把我照片放在那种网站上，征集评论竞猜我多少钱一晚。呵，谁管得了那么多？你被狗咬了还去咬狗啊？要是因为这种事气死，我都投胎八百回了。"她一边说，一边凑过来看许珍贵的屏幕："他们都是每天在网上找新闻瞎编的，放心吧，今天编完这个新闻，明天就有新的新闻去编别人了。大家看过就忘了，没人在乎的，走大街上又认不出来谁是谁。"

"但她们是我认识的人，我怕她们看到网上那些胡说八道会情绪不好。"许珍贵担心道，"她们已经被那件事折磨了十年了，没有理由再承受这些无谓的编派造谣。"

"所以是真的吗？"白小婧一边快速地翻着评论，一边问，"那天被打的那个，她真是杀人犯？为什么啊？真是情杀？两女争一男？那新闻不是还写有个没死的吗？是……"

许珍贵瞪了她一眼，抽回自己的手机，不想解释，转身出门。结果白小婧联想了一下，恍然大悟："……不会就是祝安安吧？！……我的天。本来以为我上学的时候就够叛逆了，你们那个年代，玩那么大的？！我还天天告诫我自个儿不能恋爱脑呢，你们玩起来，连命都不要啊！……"

许珍贵心烦气躁地出门，一边给郑家悦打了个电话。"你千万别跟她俩说啊，"她告诉郑家悦，"最好她俩都别看到，看了让人生气。"

但是祝安安已经看到了，她的直播账号和白小婧是互相关注的。虽然在不知情者臆测的情节里，没有人关注除了杀人犯和被害人之外的这个角色，但她看着那些刺眼的标签和关键词，"情杀""学霸少年""爱而不得""第三者""情敌""因爱生恨"……还是不由自主地感到浑身寒意。这些陌生的语句，就像当年全校都在讨论的社会新闻头条一样，再次把她的自尊从深不见光的泥潭里拖上来，重新钉在了耻辱柱上。

她很想把这些和她生活在同一个家乡，却又面目不清地躲在网络另一端的陌生人一个一个揪出来，面对面告诉他们，不是那样的，那不是真相。但真相又是什么呢？谁又会在意当年的几个孩子心里是怎么想的？谁喜欢谁，谁因为什么痛苦，谁又想放弃自己的生命，在不相干的外人看来，不过是一出幼稚的闹剧，供他们满足猎奇的心理而已。

　　她这样想着，一边还是忍不住去刷那些评论，越刷越气得心颤手抖，呼吸困难，眼泪止不住地往手机屏幕上砸。她顺手在旁边抽了张纸巾去擦屏幕。擦了一下，突然看到有一条刷新的评论。

　　"请你停止造谣，不管对伤者还是受害人的家属来说这都是第二次伤害。没有人想要看到意外发生，也没有人想背负罪恶和愧疚过一辈子。"

　　不管是白小婧原来的视频底下，还是相关联的好几个发相似新闻的账号底下，都被这样类似的评论刷了好多条。

　　"你是不是读书读傻啦？"许珍贵一眼就看出来是郑家悦发的，一个电话打过去，"对于这种靠噱头要流量的账号，还有闻着腥就来的苍蝇，你跟他说人话有用吗？那就是秀才遇到兵。"

　　"那怎么办？"郑家悦盯着手机干着急，"我就是这样啊，就算在网上骂人，我都打不出脏话来。唉，我太屄了。"

　　郑前程在旁边沙发坐着，抱着电脑不知道鼓捣什么，听他姐说，忍不住笑出声："你现在可不屄，管他啥事，拎菜刀就是干。"

　　郑家悦一个抱枕砸过去。

　　"……只能寄希望于明天就没人看了吧。"许珍贵只好说，"反正这种本地号，也没什么人会看。"

　　余多因为受伤，跟打工的饭馆请了一天假，她不想被扣太多钱，接连几天就都没休假。平心而论，老板娘看她话又少，干活又不挑，对她还是可以的，也从来不问她以前做什么工，家里有什么人。她也几乎从来不和别人闲聊。她就想着，先攒一点零用钱，等到动身去找姐姐的时候，还是不要太窘迫的好。

　　晚班是下午四点钟开始。她到了饭馆之后，正在洗手，老板娘意外地来了后厨，扫视了一眼，看到她之后，就示意她出来。她就跟着到了后门外面。

"你前几天头怎么受伤了？"老板娘问。

"……被电动车刮了一下摔倒了。"她说。

老板娘用审视的眼神看了她半天，叹口气。"不跟我说实话，是吧？"老板娘拿出手机，点开一个视频，递到她面前，"这个是你吗？"

"……"余多脸上没有表情，也没回答。

"你真是……"老板娘问了半句，"嗬，难怪你当时连个银行卡都没有。"

余多沉默着，还是没说话。

"也不是我歧视，姑娘啊，"老板娘有些为难，"实在是吧，我这小本生意，家里有八十岁老妈和上学的孩子，我不想犯这嘀咕。"一边说着，还像重新认识似的打量着她："虽然你这小身板吧，倒也不像那种，你知道吧……但是我们家还是有点……老人家忌讳，觉得不吉利。"

"明白了。"余多说。

她转头要走，老板娘又把她叫回去，结清了工资，请了假的那一天也没扣。

"实在对不住，姑娘。"老板娘显得有点不好意思，"你找下一家做工，可千万别提这茬儿哈，都介意。"

"知道了。"余多说。

第十七章　罪名

"来到这个世界上，才是我最大的罪名。"

1

郑家悦发了好多条评论，但也还是发不过来，沮丧地放下手机。"世界上怎么会有这么多无聊又犯贱的人呢？能不能关注点有意义有价值的事？十年了，因为几分钟的视频，就把陈芝麻烂谷子的事都翻出来说来说去。还让不让人活了？……"

郑前程从电脑上抬起头，看了她一眼："老姐，我觉得你真是跟以前不一样了。"

"滚。"郑家悦眼皮都没抬，"我是不一样了，我是经历过重生的人，动过那么大一个手术呢！你是不能理解，女人可是无比坚韧强悍的生物。等我离婚了，我就更不一样了。"

"……你看，这就不一样了。以前你从来不会跟我们说你自己的这些事。"郑前程说，"好像你跟咱家没什么关系似的。"他想了想："也不止咱家，好像这世界上就没啥人跟你有关系似的。"

那可不就是以前的她吗？

"认真的，"郑前程坐近了点，问，"你到底怎么打算的？缓兵之计缓完了呢？还有啥计？咱们可不能再由着李楷他们家祸害了。"

郑家悦迟疑了一下："嗯……其实，还真有一个，呃……计。"

这个"计"是她和许珍贵晚上睡不着的时候打电话闲聊聊出来的。但她心里认为格外离谱，如果不是因为是许珍贵提出来的，而且她又永远相信许珍贵一定是为她好，她肯定会觉得被坑了，所以还没有想好要不要采用。

"真的假的？又是小许姐姐想的吧？"

"嗯。除了她每天替这个担心替那个担心，还有谁？"郑家悦感叹道，"你说人的个体差异性真的千差万别啊。我们这些所谓的朋友呢，全都只会给她添麻烦。她呢，对谁都只会付出不求回报。一个人到底得到过多少爱和保护，才会有这么随意又强大的力量呢？"

"那你说她这样的人，是不是也不会在乎别人对她的，呃……"

"……什么？"

"没有什么。你那个计是什么？可别又惹得别人倒霉，还不赔钱。"

郑家悦看了他一眼，手还没有拿到抱枕他就立刻弹开了。她注意到他扔在沙发上的电脑屏幕："鼓捣什么呢？"

"没鼓捣什么，课件。"

"胡扯，你什么时候用过课件？带一帮小孩每天蹦还需要课件？"

郑前程立刻抱起电脑进屋去了。

下午郑家悦又晃去了许珍贵店里。白天郑家悦爸妈基本都在外面跟牌友什么的消磨时间，不在家，他们在家的时候她就尽量躲出去，等晚上他们早早睡了再回来。郑前程说她像做贼，不就是没有工作在家待一段时间吗？又没有啃老，有什么不好意思的？但她心里还是别扭。她从来也没有，也不敢真的把自己放在跟弟弟一样的位置。

"你说，她俩不会看到吧？"郑家悦正在路上跟许珍贵发信息，群里祝安安就说话了："下午在店里吗？我过去找你们。"

郑家悦顺路过去陪祝安安一起过来。三个人见了面，祝安安就说她看到了。看另俩人一脸担忧，她故作轻松地说："我又没什么，视频里又没有我，没人认识我。余多不会看到吧？"

"还好她不怎么看手机。"许珍贵说。那天之后，她们又一次把余多拉进了群，她还是不说话。她们在群里问她伤恢复得怎么样了，她一句也没回。

"你也别看了。"郑家悦劝祝安安，"看了平白无故心里添堵。"想了想又担心道："严老师不会看见吧？她会再去找余多麻烦吗？她知道余多打工的地方吗？"

"你现在怎么像我，每天跟个老妈子一样操心别人家的事。"许珍贵说。

郑家悦忍不住笑："因为我的事你在帮我操心。"

"得了吧，你可别指望我，"许珍贵说，"我再操心，你的事也是你说了算。"两个人说着话，见到康芸进来。许珍贵说："不信你问康芸，问她怎么把她老公和婆婆拿捏的。"

康芸熟练地一手抱小孩，一手提着折叠的婴儿车，进了屋就放下来打开，把孩子放进去。"啊，小许姐跟我说，你也想找大师算一下？"

"……我不想。"郑家悦连忙摆手。

白小婧也来了。上课时间还没到，许珍贵和康芸都在前台处理学员的事，郑家悦过去帮忙。白小婧看到祝安安一个人坐在那里，就凑过去好奇地问："哎，你们当年到底是怎么一回事啊？"

许珍贵是知道余多打工的地方的。那天之后她问了余多，发现也并没有余多说的那么近，近到天天碰巧能路过。于是她知道了那天余多是特意想来找自己，才会被拍下视频的。至于找她什么事，余多说，只是想为当年的事道歉。

"我觉得很对不起，"余多说，"当年你那么好心，让我可以待在你家的老房子里，结果我们惹出那么大的事来。我知道你对那个家很有感情。那真的不是我的本意。"

"我知道，那也不是贺尧的本意。"许珍贵摇摇头，表示真的已经不介意了，"好啦，都过去了。那片的楼都推没了，前几年建了商场，不过好像效益并不好。我已经很久不去了，都快忘了。"

余多一直没有回复，许珍贵在回家吃晚饭的路上，绕路去了她打工的饭馆，这才知道她被辞退了。辞退了她住哪里呢？在家里吃晚饭的时候许珍贵一边吃一边玩手机，想问余多一句，又怕她多心，就说："郑家悦现在不在我店里住了，这边也空着，你如果攒钱，想省点房租的话，可以来我这里。"

"你最近店里还行？"许珍贵她妈问了话，她才把眼睛从手机上抬起来，看到自己的米饭上放着刘一念啃剩的排骨。

自从上次因为店里被砸跟她妈吵架后，许珍贵就不怎么回来吃饭了。时间长了她妈面子上也抹不开，又想找个台阶下，就跟她说刘一念过生日，叫她回来一起吹蜡烛。结果刘一念放学回来看到生日蛋糕，就着急非要吹蜡烛切蛋糕，许珍贵又比答应的时间晚了半个小时到家。她妈只好给她留了一小块，切在盘子里拿盖子盖着。

许珍贵说不吃了。然后刘一念因为生日礼物得到的不是自己想要的游戏机而发了一顿脾气，好不容易安分下来上桌吃饭，又不断地恶作剧，把不爱吃的骨头和皮扔在许珍贵碗里。

"店里还行。"许珍贵把筷子放下，平静地回答。

"你那天在广场上办活动，是不是见到严瑾了？"她妈问。

"……"许珍贵没想到她妈关注着她的每一个动向，直播都看到了，就点点头。

"她没再去找你们麻烦吧？"她妈问，"她恨的只是那个被判刑的女孩，不会迁怒到你头上。"

"嗯。"

她妈问："转眼都半年了，你真打算一直把店做下去，不回上海了？”

“都半年了，你还惦记我回不回上海呢。”许珍贵故意说。

她妈看出来这话她不乐意接，就转而提起了另一个她更不乐意接的话题。

“那个谁，你要是不回上海，你俩就没可能复合了吧？”

说实话，她妈说出那个谁的时候，许珍贵心里愣了一下，花上一点时间，才能想起她妈指的“那个谁”的名字。自从她从上海回家之后，之前的一切好像被她那么轻松地就放下了，好像潜意识里一直希望自己这样做一样。

“不是妈妈打击你的积极性。”她妈说，“你不是说上海大城市单身的多吗？你留在咱们这个小地方，周围又都是女孩子，怎么找对象呢？就算是妈妈和你刘叔叔认识的朋友的孩子，都没有你这么大年纪的了。你不能留在家自暴自弃呀。”

许珍贵一边沉默地听着她妈说话，一边盯着刘一念继续恶作剧，糟践她面前这碗米饭。等放满了，她就把这碗米饭端到刘一念面前放下。

“吃了。”许珍贵说。

刘一念叼着筷子嬉皮笑脸。

“我让你吃了！”许珍贵啪地把他的筷子从嘴边打掉，“一粒都不许剩，给我吃了！”

她妈和刘叔叔看出来许珍贵生气了，在这里拣软柿子欺负，都没帮刘一念说话。刘一念求助失败，瘪了瘪嘴，挑挑拣拣地吃起那碗饭来。

“我留在这里，不是因为自暴自弃。如果我有一天选择回上海了，那也不是为了找对象。”许珍贵一字一句地说，“妈，你还记得爸还在的时候，你们跟我是怎么说的吗？你们说，你们把我保护得很好，是为了让我好好找一个人，继续保护我。”

她摇了摇头："那个时候我其实不太明白，人到底会因为什么才喜欢上一个人。可能直到今天我都不算明白。但我至少明白了我会因为什么才不喜欢一个人，有很多原因，可能是因为我们最在乎的东西不一样，可能是因为我们各自的兴趣无法沟通，可能是因为我们对人生的规划不同，可能是因为我在对方身上找不到值得寄予期待的东西。当然也可能因为，我并没有把找一个保护我的人当成我的人生目标。我很感谢爸爸妈妈把我保护得很好，所以我有勇气去喜欢，也有勇气去不喜欢，我不害怕结束一段我认为不对的关系，也不害怕放弃以后我说不定会后悔的选择，我可以保护我自己，也不会担心以后没有人来保护我。"

　　说完，她盯着刘一念吃掉碗里的最后一个饭粒，然后站起来离开了饭桌。

　　平心而论，她理解她妈担心她的理由。她已经不属于这个家了，她妈希望她能尽早结束一个人漂着的日子。不管是嫁一个在上海有房有户口的人，还是一个本地知根知底的朋友的孩子，总归是希望能把她妥帖地安排进另一个家，就好像这样下半辈子就有了依靠，可以高枕无忧，从此幸福美满一样。就好像她妈自己找了刘叔叔，组建了另一个家一样。可无论是哪一个家，不都是别人的家吗？她的家没有了，早在爸爸离世的那一刻就没有了。再怎么妥帖安排，除了她自己，没有人能保证她的下半辈子高枕无忧。就算是她自己也不能保证，也不会把这个权力交给除了自己以外的任何人了。

　　许珍贵晚上回到店里，刚到楼下就听见大姐叫她。她探头往店里看，竟然看到余多坐在里面。

　　"这姑娘来找你的，我告诉她你出去了肯定回来，她就要走。我留她吃夜宵她还不好意思，跟我扭扭捏捏的。"大姐招呼她，"快进来，闺女，没吃晚饭呢吧？"

　　"没有呢！"许珍贵连忙说。反正刚才在家里确实也没吃饱。

"你去找我了？"余多问她。

"你怎么知道？"

"……那个老板娘告诉我的，她人还挺好的。"余多说，"反正，换了谁也不会想雇用我这样的人吧。"

"要不你在我这儿待几天？给我帮把手？"许珍贵问，"反正你也看到过，我就这么俩人，也忙不过来。"

"……我不太会。"余多有点犹豫。

"没有什么不会的，"许珍贵说，"晚上就住在这儿吧，给我做个伴。郑家悦现在不来了，我一个人挺孤单的呢。"

吃饭的时候，许珍贵一边想着怎么劝余多别介意网上乱讲的那些东西，一边点开手机，不出意外地还是看到越来越多的乱讲的东西。并且现在网络发达，有相当一部分已经不算是乱讲。当年的新闻、严老师的教师身份，包括后来案子的审判，有心的话都能查到，几乎就能拼凑出一个事实真相。但真相哪有八卦狗血的故事那么让人上头？加上"心机女""高才生""状元陨落""校花情敌""未成年杀人"之类的关键词，才会导致越来越多的人自以为正义地在那里评价和审判。

晚上睡觉前许珍贵看到余多在看手机，说："我还以为你都不怎么看手机呢。"

"如果你是担心我看到网上那些话，那没关系。"余多说，"我怎么可能会被那些影响？"

"嗯。"许珍贵想，可能一直以来余多才是心理最强大的一个人。当然也可能是因为，虚无缥缈的言语上的伤害，可能是她曾受过的伤害中最轻微的一种。

"你说，人真的挺有意思的，对着从来没见过也不认识的人，随便就能找出那么多罪名。"许珍贵盯着手机，无奈地说，"他们怎么知道一个人喜欢另一个人，得不到就要毁了他？他们怎么知道一个那么优秀的孩子，其实早就想结束自己的生命？他们怎么知道……一件事情怎么可能那么简单就定性呢？"

"罪名就罪名吧。"余多说，"其实活到今天，我也知道我最大的罪名是什么。"

她平静地看着模糊的视频里，一遍一遍回放着的自己被严瑾暴打的画面，淡淡地说。

"来到这个世界上，才是我最大的罪名。"

2

"怎么会？！"

仅仅过去两天，不知道是谁把祝安安的直播账号圈了出来："这个主播就是当年的另一个受害人。"

虽然每每出现热点新闻，总有真真假假的账号突然出现蹭热度蹭流量，但也禁不住大家又一窝蜂地纷纷涌进这个账号去辨别真伪。

"你真是当年的受害人吗？"

"有人说你是当年状元意外案的幸存者，真的假的？"

"这不是新号，是个等级很高的主播。小姐姐长得还挺漂亮的，粉丝挺多，骗关注的吧，大家散了吧。"

"不是这人吧？这不是好人一个吗？据说当年那个受害人摔残了。"

"你当年也跳楼了吗？"

"到底是不是啊？你证明一下。"

"开个直播澄清一下吧，不残废就不要蹭热度了。"

"……"

祝安安之前帮许珍贵她们宣传过，还提过她们是从小一起长大的。而最初白小婧直播里也是圈出店名，很多人顺着找过来，连点评平台上都有人留言问，这是不是那个意外案家属打人的地方啊？那个杀人犯跟你们什么关系？

"这太离谱了。"郑家悦说，"从头到尾白小婧只是不小心拍到，这个事是怎么跟你这里牵扯上的？当年的案子里又没有你。"

许珍贵没回答，一直抱着手机琢磨了半天，欲言又止，岔开了话题："我说的那个事，你考虑好了没有？"

"什么？"郑家悦还在为她愤慨，看她故意打岔，莫名其妙，"现在不是在说你的事吗？你别给我转移话题。"

"我没事。"许珍贵说，"他们爱说什么说什么，当没看见，拉黑就是了。被狗咬了难道你还咬狗一口吗？"

她起身收拾东西："咱俩走。我下午没课。"

郑家悦警觉起来："我不去。"

"走。"

"……我说了我还没考虑好呢。"

"出了门再考虑。"

时隔几个月，郑家悦没想到自己竟然会再次主动找来这里。医院附近，两条街之隔，指示往楼下走的箭头还贴在那里，经过了风吹日晒有点斑驳。附近没有人，只有她和许珍贵两个人探头探脑。

"……要不咱们回去吧。"郑家悦开始打退堂鼓，试图逃走，"我觉得这样不好。"

"怎么不好？死马当成活马医，神棍说不定比魔法管用。"许珍贵拖住她。

"我怕这样太……"

"太什么？你不是说你都重生了吗？怕这干啥？来都来了，问一下嘛。"许珍贵说，"说不定管用。"

"……"

当天晚上，李楷收到了郑家悦发来的照片，是她开的药，然后是医院开的几张诊断。他们以前为了备孕跑各大医院的时候都存了厚厚的一摞病历，这些没什么稀奇。

"我这段时间恢复好之后，去全面复诊了一次，这些是诊断结果，我觉得你有资格知道，毕竟我们还没离婚，你还是我的丈夫。"面对着手机镜头，真诚地说出开场白的时候，即使排练了很多遍，郑家悦心里还是控制不住地泛上反胃的感觉。她努力控制住自己脸上的表情，心里想着如果自己扭曲的表情看起来很像痛苦和悔恨，那也算是歪打正着。

"这段时间，我想通了很多事情。我之前太任性了，做错了很多事，现在想想，我心里很不好受，可能，这都是报应。"她说着说着，还真的眼眶红了，流下眼泪来。

"医生诊断了，说我以后可能不会再怀孕了。诊断的单子我拍给你了，你帮我看看。"她说，"我去看了那个有名的老中医，他也是这么说的，还给我开了药，我每天都在喝。我妈还陪我去找我们这边的一个大师算了，她说我的命格变了，妨碍这几年生小孩，怀了也会流产。这些她都不知道，但都说准了……"

"你说他能信吗？"跟许珍贵商量的时候，郑家悦怀疑地自言自语，"这些话，一看就是给智商不怎么高又病急乱投医的人说的。"

许珍贵摇摇头。"不会信。但是，"她说，"你不是说他们家信吗？你去问问王秀菲，他们信的那个大仙还是啥的，是怎么说的，有没有活动空间。"

一句话提醒了郑家悦，她就去问了王秀菲。王秀菲也没有想过之前给她一步步算好了嫁进李家的那位大仙，竟然也是可以买通的，一开始还不相信，郑家悦拜托她私下里去问。大仙收了钱非常给力，后来不仅帮王秀菲两口子算了三胎的可能性为零，还帮李家算了新的宅基地的风水，说不适合绵延子孙，建议孩子成年以前不要住在那儿。

于是也不负郑家悦期望地算了李楷，让他们一家人都成功地坚信他俩命里相克，出生的孩子就会夭折。只要她是他们李家的媳妇一天，他们就不会再添孙子了。

"但我们毕竟是夫妻。"郑家悦在视频通话里用尽她毕生所学，表现出委屈而难过的模样，一边在心里重建三观，一边祈祷李楷醍醐灌顶，"咱们的婚姻是两相情愿的，是领了证的，受法律保护的，怎么可能被这种封建迷信影响呢？！"

李楷在视频里没说话，眉头紧锁，甚至还安慰了郑家悦几句。"不信，不信。"他说，"我爸妈都是老糊涂了，咱们俩在北京过得好好的，不要信那种东西。"

"我也不会信的，他们都是胡说的，咱们都是高级知识分子，我一个字都不会信。"郑家悦哭道，"大仙还给我们家算了，说我弟弟马上就能找着媳妇了，我爸妈一听，就让我给他凑钱当彩礼。我哪有钱啊？我的钱是咱俩的共同财产，怎么可能给郑前程那个小王八蛋娶媳妇？！"

"……"本来在一旁观赏他姐演技进阶公开课的郑前程听见了，差点没气得背过气去。

该算的命都算了，该演的戏都演了。没过多久，王秀菲就偷偷告诉她，李楷他爸妈已经开始为他重新物色命格相配的新儿媳。

"什么魔法都打不过老祖宗的传统智慧啊。"许珍贵不由得感慨，"我从来没有想过封建迷信还能这么利用。"

只有被当作工具人的郑前程表示委屈。郑家悦做戏要做全套，他负责三天两头给李楷打电话，说自己要娶媳妇了，他姐当年的嫁妆都被李楷克扣了，现在必须负责他的彩礼钱。

这对于比他姐还不擅长演戏的郑前程来说无疑是煎熬和折磨，每次打完电话他都要跟他姐抱怨。

"别抱怨，"郑家悦说，"你要是有一天真的娶了媳妇，爸妈可能真的会希望我支援你的彩礼。咱们这代人，看似和老一辈的封建糟粕没什么关系，但落到婚姻这种绕不开传统观念的实事上，谁也躲不过。"

郑前程说："你离了婚不就躲过了？以后你别支援我，我不也躲过了？"

"你以为那么容易呢？爸妈会放过你？"郑家悦说，"还不是因为他们觉得你年纪没到。不过你放心，我可不支援你。你要是因为这个找不着对象被爸妈念叨，也别来跟我哭。"

"我才不会。"郑前程说，"咱家的封建糟粕，到咱们这一代为止了。"

"那如果将来你喜欢的人因为你没有钱拒绝你，怎么办？"郑家悦挤对他。

郑前程不吭声。

"……不会吧？你真有喜欢的人了，人家没看上你？"郑家悦察言观色问。

"我没有。"郑前程否认。

3

"我有一件事，想征求你们的意见。"

一大早祝安安就过来了。现在她反而很自然地每天来店里找她们聊天，好像丝毫没有受到网上那些随意乱骂，或是让她出来自证是不是受害人的言论影响。

连劳驾人帮她上二楼都变得那么理所当然。许珍贵就算马上要上课，看她来了，也得跑下去接她。有一次正好碰上郑前程过来，他看许珍贵要背祝安安，就说他可以连人带轮椅一起端。许珍贵像看傻子一样看他："你能别现眼了吗？"

"我哪儿又现眼了？！我卧推随便也能推个八十公斤，二头弯举都能举个……"

"这是个人，不是你的铁。"许珍贵打断他，白了他一眼。

祝安安轻笑一下，说："真不好意思，又要劳烦你的小许姐姐了，别心疼哈！"

"……"这话倒是让他不知道怎么接。

"我以后还得继续劳烦，麻烦你当没看见。"祝安安继续笑笑说。

"……"

郑家悦正好下楼来，奇道："怎么，我也背过啊，没看你心疼过你亲姐呢？"

"……"

安顿好之后，祝安安说了她今天的来意。

"我想见一个网友。"

"……啊？"

好友加回来之后，她和他还是像以前那样聊天，但他问起之前突然断绝联系的原因，她只说那是一个误会，把他误认为是生活中认识的熟人了。

他听起来接受了这个解释。"那看起来你生活中的熟人很多。"他说。

"不多，"她说，"很少。"

"网上呢？"

"网上的熟人，也只有你算是吧。"她说。

"那，你有没有想过，如果有一天，可以把网上的熟人，也变成生活中的熟人，你会考虑吗？"

她吓得下线了。隔了一整天都没上线。

等她再上线，俩人还是七七八八闲聊，这个问句就像从来没出现过一样。但她翻了一下聊天记录，这句话还在，确实是说过，可能是看她装没看见，他没有再问了。

"如果……你们觉得，我应该考虑吗？"祝安安犹犹豫豫地问。

许珍贵和郑家悦两人对视了一下。

"我知道你们又要笑我恋爱脑了。"祝安安有点心虚地低下头，抠着自己的手指，"其实真的还远远没有到恋爱那一步，我连他长什么样子都不知道。他……"她顿了顿："他只见过我直播里的样子。"

"那你们还了解对方什么呢？了解到觉得可以见面的程度吗？"

"……了解什么？了解对方喜欢的电影、动漫、喜欢吃的东西、小时候的糗事……这些算吗？"

这样一总结，好像确实还是没有达到可以见面的程度。就算不像查户口一样，姓名、身份证号、家庭住址、征信记录查一遍，但至少得知道个大概吧。天马行空地聊了这么久，正经事一点都没聊过。

"……我觉得，也不是不可以考虑。"许珍贵说，"既然你们都聊了这么久了，如果心血来潮想'奔现'见个面，也很正常。不过要注意安全问题，如果你真的想见面，但又担心的话，我们可以一起陪你去。"

"……"祝安安没有想到许珍贵的建议这么淡定又轻易，"我以为你会像我妈一样，臭骂我一顿。本来我今天来，是想让你们骂醒我的。你们骂我，比我妈骂我，我更能听进去。"

这种想法必然是一丁点端倪都不可能让她妈发现，否则又是一次全面爆发的家庭战争。在家人眼里，她就永远是这样一个根深蒂固的形象，没有脑子，没有心眼，即使是一个废人了，还痴心妄想能谈一段正常人都不一定有机会谈的恋爱。但他们说的也没错，是她咎由自取。

许珍贵笑笑："反正看你咯，你要是想见面但是没见面，就这么错过了，以后每次想起来你都会后悔，那还不如就去见一面。不管结果是好是坏，至少不留遗憾。"

"真的吗？"祝安安听在心里，却仍然踌躇。

"万一他是个戴小天才电话手表的未成年熊孩子呢。"许珍贵逗她，"或者是个八十岁的网瘾老年人。"

祝安安忍不住扑哧笑出声。

"或者是个女孩。"许珍贵也笑，"或者是只猫。我那天看一个视频，有个人家里的猫会发语音，还会自拍，真的。评论都说让主人赶紧送那只猫去念书，别给孩子耽误了。"

三个人大笑起来，祝安安也笑，心里没那么沉重了："没有啦，至少我知道他是个成年异性。确切年龄不知道，但从他读书和工作的时间来推，应该大致算得上同龄人吧。"

郑家悦也说："我觉得吧，虽然99%的概率不会是你想象中的结果，但总要见一下再死心吧？不用当成网恋'奔现'，就没有那么大压力，也不会失望。我结婚之前，也不知道嫁个人渣的概率有多大。现在不也自己一步一步收拾烂摊子吗？也认了。吃一堑长一智嘛。"

"……不要这么说。"祝安安说，"你们至少还是一个正常的人。可是我现在这个样子，根本没想过可以过正常的生活。"

一时间郑家悦和许珍贵都沉默了，也知道她们本质上无法对祝安安的心情感同身受。不过祝安安倒是并没有兴致低落，看起来很轻松，说她再考虑考虑，然后转头问大家要不要点奶茶外卖。一会儿上课的学员陆续来了，话题也就戛然而止。

晚上回到家，祝安安在惯常的直播时间之前打开平台，不出所料地还是刷出来一堆问她是不是当年受害者的评论。她坐在屏幕前一动不动，一直到直播时间提醒弹出来。

打开直播的前一秒，祝安安在心里问自己，到底有没有必要这么做。她躲在家里独自痛苦了十年，有没有必要把伤疤撕开在外人面前再痛苦一次。但下一秒，她就果断地点击了屏幕。她今天没有化妆，也没怎么调灯光，把轮椅往桌子外面稍挪了些，看到自己的脸出现在屏幕上，就开口了。

"今天是个闲聊的直播，聊我自己。"她说完，笑了一下，"不过好像每次都是在聊我自己，你们肯定听得腻了。今天聊一点不一样的我自己。"

然后她伸手把镜头架调低，把轮椅往后挪动，直到自己的全身都出现在镜头里。

"对。"她说，"这才是我自己。"

就像是多年以来心口郁结的痛苦一吐而出，她觉得说话都畅快了许多。

"我是十年前那场意外的受害者。我选择在今天重提这件事，不是为了辩解当年到底谁对谁错。去了的人已经去了，接受惩罚的人也已经接受了，而我，以后的人生也要一直这样度过了。活下来的人也承受了十年的痛苦，这些胡编乱造的风言风语其实已经不会伤害到我们了，但不代表我们就要一声不吭地接受。所以我今天要把我知道的都在这里原原本本地公开说出来，从此以后我就不会再做噩梦，也不会再接受任何无端的臆测和指责。"

"不是什么情杀，不是什么仇恨，也不是一个让你们可以高高在上地嘲笑的幼稚闹剧，那只是几个十八岁的孩子走投无路的艰难决定。"

内心深处，她总不愿意用简单的善意或是恶意去揣测贺尧。就像余多说的，恨一个喜欢过的人很难，更多的其实是恨那个喜欢过他的自己。后来她想，那时贺尧的精神状况已然堪忧，只是大家都不知道，在窗边的一刹那，他突然拽住无辜的自己一起，或许就像是溺水濒死之人，很容易就把来救援的人也活活拖下水底溺死一样。

她没有掉下去，幸好还有人抓住她的手。

4

活在过去的人多少都有点逆行性遗忘的症状，失去儿子十年的严瑾必然如此。余多凭印象站在严瑾家门口的那一刻，发现自己也是一样，越久远的事记得越清楚。十年前都从来没来过的这个地址，贺尧说过几次，竟然也还记得。伤都还没好，严瑾对她的深仇大恨这辈子也不可能一笔勾销，但她还是来了。

余多敲门敲了很久都没有反应。她想着可能自己把地址记错了，或者严瑾早就搬走了，毕竟已经过去了这么久的时间。就在她准备离开时，门打开了。

余多沉默地站着，等着严瑾发现是她后再一次的暴怒或是暴打。严瑾确实辨认了一下，表情似乎还来不及气愤，就被惊疑取代了，似乎根本不相信刚被她暴打过的余多竟然敢独自找上门来。

余多看着她的时候，她就会想起十多年前她第一次从网吧把那两个孩子拎出来的场面，这女孩就是这个眼神，没有怕，也没有恨，反而像是怜悯一般，轻蔑又漫不经心。那么多孩子，她教过的、没教过的，骂过的、没骂过的，他们都怕她，只有眼前这个女孩从来都不怕。这个女孩让她因为儿子而转嫁的所有的仇恨和愤怒都像拳头打在了棉花上，儿子走了，她连恨都找不到去处。

看到自己暂时没有挨打，余多小声清了下嗓子，开口了。

"有一件事，我总是想着，你应该知道。"她说，"虽然这可能不是他本意，但我还是决定告诉你。"

严瑾死死地盯着她："你说的每一个字，我都不想听到。"

不管她是说话、眨眼、呼吸，还是什么，只要她还存在于这个世界上，对自己儿子来说就不公平。他在最好的十八岁夭折了，他才应该好好地存在于这个世界上，说话、眨眼、呼吸。夺去他生命的这个杀人犯不配活着。

可这个杀人犯有话说。儿子生前到底想说什么，想做什么，他走了十年了，她这个当妈的都不知道，还没有一个杀人犯知道得多，简直可笑。

　　简直可笑。十年都过去了，她现在才关心儿子当年想说什么，想做什么，是不是也太晚了。

　　她脸上的纠结被余多都看在眼里。

　　"你……进来吧。"

　　余多从来没有来过贺尧的家，但他口中描述过很多次。他说他需要安静，家里特意做了隔音；他需要整洁，他的房间里从来没有多余颜色的家具；他需要营养，每天回来屋中间的餐桌上一定摆好四菜一汤，都是荤素搭配、营养均衡。他需要，因为他妈说他需要，他就需要。他妈说的是对的，是为他好，所以他没有理由反驳，也没有理由不感恩，但凡有不想感恩的念头都是一种罪。

　　老房子还是十年如一日地保持着从前的样子，贺尧房间的门关着，就好像他还在里面写作业、复习、准备高考一样。柜子上摆的相框，还是他高二的时候参加竞赛的获奖纪念照。在这个家里，在严瑾的心里，永远都住着一个马上要高考的优秀的儿子，好像明天他就可以金榜题名，给他妈带来让她骄傲一辈子的喜讯。

　　"我以前挺嫉妒他的。"余多说，"他跟我，一个天上，一个地下，你们都这么说。但我觉得我们俩其实也很像，本来以为自己很幸运，但后来发现，还是宁可不要来到这个世界上比较好。"

　　余多站在屋中间，环视四周。严瑾没有看她，一个人在餐桌边坐下。

　　"你当年说得对。"她对严瑾说，"你说他不敢，他不是一个会自杀的人，是我推了他一把。他很害怕，说觉得自己有罪，因为身体发肤受之父母，他没有权利结束自己的生命。如果他这样做了，你不会放过他。"

严瑾的嘴角抽动了一下，想说什么但还是没有说。

"但是他有一天突然跟我说，他敢了。"余多走近柜子，看到那张单人照的左下角还夹着一张非常小的老照片，是贺尧很小的时候和妈妈的合影，泛着黄，卷了边。她伸手轻轻抽出来，拿近了端详。

"你知道为什么吗？"余多说。

严瑾还是沉默。余多的话是问话，但她也不可能回答得出来。十年前不可能，现在也不可能。

"他说，他被锁在家里那几天，你跟他说了很多话。平日里你跟他说话，他扛不过去的时候，都会想着，以后就好了，高考完就好了，长大就好了，你就不会再这样了，他就不会再这样了。"

锁在家里，跟他说话，什么时候？太多时候了，严瑾自己也不知道是哪一次，说了什么话。

"但那天，你跟他说，等他考上大学，你就会辞职。他考到哪里，你就跟到哪里。他念大学，你就在他学校找份工，照顾他。他将来工作，你就在他附近找份工，照顾他。你给他规划得那么详细，说不管他去到哪里，妈妈都会把他照顾得很好，就像现在一样。

"他就知道，以后也不会好了。你会永远这样，他也会永远这样。他知道你不会原谅他，但是他也没有别的办法了。

"所以他才敢了，再不敢的人都敢了。

"是，我是那个推他下去的人。

"但你也是。

"你一直都是。"

事情说完了，余多把那张小小的老照片轻放在严瑾面前，转身轻松地离开。门在她身后沉重地关上，屋里再一次安静下来，恢复成她来之前的样子。

严瑾一个人坐在桌边，盯着面前那张照片。那是贺尧四周岁生日时拍的，她记得很清楚，生日前的几天她刚刚带着他接受了电视台的采访。她给他打扮得很好看，穿着那时候不多见的小西装，打着小领结。他也很乖，妈妈告诉他大声念书，他就大声念书，告诉他算算数，他就算算数，念的一个字都没错，算的一个数都不差。所有的人都啧啧称奇，说这辈子第一次见到这么神的神童，一声接一声的"神童妈妈"叫得她整个人都快飘到天上去了。

那时候的她是真的意气风发、踌躇满志，庸庸碌碌半辈子，终于有了值得骄傲的资本。她可以不用是不争气的女儿，不用是低眉顺眼的儿媳，不用是那个一事无成的人的妻子，她可以是一个这么优秀的孩子的妈妈。她觉得她的下半辈子都被照亮了，从此不管多累多苦都浑身充满干劲。她拼了命地去爱他、保护他，给他一辈子的坦途铺路，赴汤蹈火在所不惜。

可是从什么时候起，她的爱换来的就只剩下恨？

他有多恨她，才会那么坚定地筹谋着怎样放弃自己的生命？他有多恨她，那么胆小的人，都敢站在没有窗的顶楼上往下跳？他有多恨她，才会不惜以他能想到的最决绝的方式离开，留她一个人浑浑噩噩，从此生不如死？

她一直骗自己，不想相信他有多恨。她把所有的怨气都积攒在余多身上，好像这样就可以不需要去面对他们母子之间从来不曾和解的矛盾；不需要在每一个突然醒悟过来他已经不在了的深夜里，去艰难地猜想他到底为什么会变成这样；不需要意识到，自己一直都是那个最先推他下去的人。

如果说他真的有罪，可能生为她的孩子才是罪。

或许直到生命的最后一刻，他还在为妈妈不会原谅他而感到恐惧和懊悔。其实十年来，躲在这个早已死气沉沉的家里，活在假象中不敢接受现实，只能在潜意识里乞求一个原谅的，只有她自己。

第十八章　道别

"再见。"

1

下了播，祝安安痛痛快快大哭了一场。神清气爽之后，她重新上线，看到他给她发来了一条消息，只是简短的几个字："还见面吗？"

她知道他一直在线，他看了刚才的直播，也看到了真实的她。原本她想，要么他就像她惯常的反应一样，吓得直接下线，然后默默地删除拉黑，也不失为一个好的解决办法，至少让她不用再纠结要不要见面了；要么他看了她的遭遇，同情怜悯，写一堆长篇大论来安慰她，说不定他们还可以像以前一样，停留在线上的交流，聊一些无关痛痒的东西。然后就像网上那么多看过她直播的陌生人一样，可能不知道哪天注销账号或是换了平台，就从屏幕上悄无声息地消失了。

但是他没有被吓跑，也没有同情她。好像她刚讲完的事情就像她平日里化妆或者闲聊的内容那样稀松平常。这反倒让她手足无措了。

"还在线？"

她正盯着上一条留言发愣，又来一条。

"没关系，等你想好再告诉我，什么时候想好都可以。"

余多根本就没有看到祝安安的直播，她手机里没有那些五花八门

342

的App，也不在意谁骂她杀人犯。许珍贵让她留在店里，她也试着做点力所能及的事。来上课的学员大多知道那天户外直播时的事，也多多少少注意到了平台上的留言和疑问，看到她在，心里难免犯嘀咕，碍于许珍贵的面子，没有直说。有两个学员上课前去问白小婧："小许老师为什么要留她在这儿啊？"

许珍贵离得不远，清楚听见白小婧漫不经心地说："还能为什么？圣母呗，要不这样的人上哪儿能找着工作。"

她站起来走过去："你刚才说什么？"

"夸你呢，圣母。"白小婧还是笑嘻嘻的，并不觉得有什么不妥，在前台慢吞吞地收拾自己的东西，然后转身往更衣室走，被许珍贵拦住了。

"你是在夸我吗？"许珍贵直视着她，"为什么我觉得你阴阳怪气的？你觉得'圣母'不是个好词吧？"

白小婧低下眼神，尴笑了一下，没回答。

"我理解你，不管什么事都是优先维护自己的利益，别人的任何事跟你无关，这也没错，很多人都是这样的。但是希望你可以理解，这个世界上也有我这样的人，会把朋友放在第一位，会觉得别人的事不是跟自己无关，不管什么时候我都会尽自己所能去做我想做的事，帮我想帮的人。如果你觉得这就是圣母的话，我倒希望能更圣母就好了，让意外不要发生，让网络暴力都消失，让家人团聚，我还能让世界和平呢！如果现在这样影响到了你，我没有少你一分的课时费，你是我雇来的老师，她也是我雇来的，请你不要再在这里阴阳怪气。再让我听到的话，我就要把你请出去了。"

白小婧慢条斯理地收拾好东西，没生气，也没反驳，说："不用请，我自己走。我辞职。"

下课之后，许珍贵按之前问白小婧的那两个学员的要求，给她们办了退卡，然后给白小婧办了解约。

"是你发的吧？"手上一边处理转账，许珍贵一边说，"祝安安，还有我们店，跟余多的事都没什么关系。那些故意引导的留言，是你弄的吧？"

白小婧低头玩手机，装作没听见。

转账转完了，课时费也没有少她。白小婧收拾了储物柜里的东西就走了，出门看到康芸一手抱娃一手提着车过来，还给她留了门。"你去哪儿啊？"康芸问了句，她也没说话。康芸又看向许珍贵，许珍贵摇摇头。

"……她走就走吧，现在开课开得也不多。"许珍贵说。

康芸在旁边坐下来，问："所以余多当年到底发生了什么？"

许珍贵还没回答她，余多也进门来了。康芸的小孩坐在推车里把手上的玩偶扔出来，扔到余多身上，又落在地上。余多蹲下去给他捡起来，放回他推车里，冲她俩点了点头，就去整理学员课后扔得到处都是的瑜伽垫了。

"祝安安直播里说了。"许珍贵说，"如果你想知道的话。"

许珍贵看到祝安安的直播，是一个学员给她发信息告诉她的，她虽然关注了祝安安，但平时也没怎么看她直播。这个学员只来上过两次课，加进群之后都没说过话，一个腼腆内向的小姑娘，连课后一起合影都会提前跑开觉得不好意思，许珍贵根本都还没记住她怎么称呼。

"她很勇敢，你们都很勇敢。"小姑娘说。

这也是许珍贵第一次知道当年那一瞬间的真相，好像自己也卸去了压在心上的一块石头。十年过去了，她也不再像十八岁时那样迷茫和孤单，她的朋友也和她一样都努力生活着。虽然每个人的人生都走向了十八岁那年不曾料想的方向，但她们兜兜转转都还在身边。

虽然事情已经被澄清了，但总还有不想善罢甘休的人兴趣被八卦勾起来。祝安安每天都会收到私信和评论询问她的隐私，还有人扒出了贺尧当年的成绩和采访。再有人在许珍贵的视频号和商家平台上刷评论，大家看到了都会提醒她删掉。

余多意识到自己的存在影响不太好，没过几天，晚上趁许珍贵上课前下楼买东西，自己偷偷收拾了要走。结果许珍贵提前回来把她堵个正着。

"你要走？"

"……"余多还没来得及编理由，许珍贵就一副看穿她的样子说，"除非你是要去找你姐姐了，否则我不放你走。"

"……"余多倒也没有撒谎，"……我会去的。反正我留在这儿也是给你添麻烦。我就是个扫把星，谁沾上我谁倒霉。你本来也不赚什么钱，我不能这样。"

"你这是看不起我了。"许珍贵故意说，"来我这儿的怎么可能因为你在就不来了？她们都是被我迷人的舞姿吸引的，怎么可能轻易脱粉？"

"那可不！"说话间陈莎和姜尔尔先后进来，"来欣赏小许老师迷人的舞姿了！"

"好嘞，来了！"许珍贵点了点余多，就去忙了，"你可别跑哈！"

没过几天，许珍贵就在平台上看到了一家刚注册不久的新店，也有吊环课，还有普通的瑜伽课软开课。因为是新店，没有评论和介绍，她点开商家页面，瑜伽老师那一栏赫然挂着白小婧美美的职业照。

"所以她是早就打算自己开店了。"郑家悦和祝安安听说了，都很气愤，也为许珍贵打抱不平，"这也太过河拆桥了吧？当初你还给她介绍最好的教培，现在可好，老学员被她带走了一半多。"

"没办法，她选的地段比这儿好点，"许珍贵点开看商家地址，说，"新区那边有大学，还有好多好小区，比咱们这里的老城区确实要方便多了。那边房租挺贵呢，差不多面积的铺面我估计租不起。"

"看来也是下血本了。她不是家里条件不太好吗？为了自己创业也太拼了。"

"自己拼又没什么，但不能对别人没良心吧？亏你还对她那么好，转身就挖墙脚，不觉得亏心吗？"

"算了。"许珍贵说，"我又不能规定全市除了我别人不许挂吊环。她要开店是她的事，以后各走各的路，谁也不碍着谁。"

话是这么说，但方寸大点的地方，同样的目标客户，明摆着就是来抢客的。那边新商家狂刷新评论揽客，许珍贵这边的视频号和商家主页还是每天被无关的留言刷屏，她在平台上一遍遍投诉也无济于事。有些学员原本是不介意放上课的视频和照片给店里做宣传的，现在渐渐觉得影响不太好，跟许珍贵说让她把图撤了。平台上的新动态越来越匮乏，学员又只能靠已有的维系，拉新变得更加困难。

交第三个季度房租的时候，房东大婶过来了。那天预报有雨，天阴沉沉的，唯一一个约课的学员又取消了。余多也出去了，不需要她帮忙的时候她经常一个人出去，就剩许珍贵自己坐在窗边吊环底下发呆。大婶站门口看了一眼，好奇地问："姑娘，你开这店也有半年了，有人来吗？"

"……"许珍贵哭笑不得，"……还是有的。人多的时候，对面跳广场舞的阿姨都来了不少呢。"

"哦。"大婶进屋转了一圈，摸摸看看，"这洗手间弄得还挺好的，打扫得也干净。这些柜子干吗用的？定制的还是成品柜？不知道好不好拆。"

"墙面重新刷漆了吧？维持得还行。"大婶又走到窗边，"这玻璃，半年没擦了吧？你当时不还说看上这落地窗了，看看，都埋汰成什么样了。"

"阿姨，您有什么事吗？"许珍贵忍不住问。

"啊，"大婶点点头，"你还打算租满一年不？"

"怎么了？"

"我儿子打算回来把这间房卖掉，他今年生意不好，缺钱周转。我跟他说，人家签租签了一年的合约呢，我一个老太太，也不能跟人家说话不算话，是吧？我就过来看看。要不这样，也没说现在就让你搬走，给你点时间，咱们租满三个季度？你看你这也不赚钱，别忙活了，回家去找个正经工作，考个公务员啥的，再不济嫁个人带带孩子，不比现在强吗？要不成天也没有人来，你租着也是白费钱。"

"怎么没有人？"许珍贵回头一看，郑前程从门口进来。

"我不是人吗？"

大婶一脸疑惑："你是干啥的？"

"阿姨，你不说没有人来吗？"郑前程走过来，露出温良无害的笑容，"我是VVVIP客户，我都在这儿学半年了，要不你看我给你表演一段？"他蹿上吊环："你看，我一下就能上来。"

"……不用了。"大婶像看神经病一样看看他，"那姑娘你再考虑考虑啊，赶紧告诉我，我这儿马上挂牌卖房了，等不了你多长时间。"

大婶下了楼，在楼下门外还跟烧烤店老夫妇俩多唠了一会儿。许珍贵到窗边往下看，看他们一边唠还一边冲着她二楼窗户指指点点的，不知道在说什么。

"刚才那是房东吗？"郑前程也过来往楼下看，问，"要涨你房租？"

"要赶人。"许珍贵沮丧道，"不打算继续租给我了，要卖。"

"这是违约啊，你才租了不到半年。"郑前程说。

"……如果一直这样下去，租满一年，不过就是亏满一年。"许珍贵自嘲道。

说话间大婶走了。楼下的夫妇俩抬头看到许珍贵，就跟她比画："牌子！"

"什么？"

许珍贵下楼去看，这才看到他们刚才指的什么——她的圆形logo招牌不知道什么时候歪下来了，半吊在那里，可能是当时螺丝安装得没那么牢固，一侧的卡布也从铝材边框里脱落出来了。

本来被房东雪上加霜地挤对一顿，她心情就不太好。这下脾气上来了，回店里拎了工具箱，问老夫妇店里借了把梯子，就要爬上去修。

"我帮你。"郑前程给她扶着梯子，"还是我上去吧，不安全。"

"哪有不安全？"

"你看你这上去梯子晃的。"

"那是因为我踩了一边，不平衡。你去踩那边。"

郑前程只好踩着另一边爬上来，帮她拿着工具箱，递了扳手。她先拧紧松动的螺丝，然后再把卡布塞回边框里去。还没搞定，头顶上小雨却渐渐下起来了。

老夫妇出来撤店门外的桌椅，叫他俩："还修啥，下来避雨吧。"

许珍贵看雨也没多大，就没管。阿姨转身进店里递了把伞上来，郑前程接过来撑开，勉强挡住一个招牌和她的头顶。

雨声淅淅沥沥地敲在伞外面，两个人默默地配合，一时间都没说话。

过了好久，他问："如果这里不做了，你还会留在老家吗？还是回上海去？"

看她没回答，他就自顾自地说："我今天跟家里吵架了。"

起因是他妈听到了他躲在自己房间里线上面试。跟郑家悦一说，她就想起那天看到他电脑里的PPT，不是什么课件，是他在偷偷找新工作。一问，offer都已经收到了，但地点在深圳。他妈当时就发火了，骂了他一顿之后又哭了一晚上。

"都翅膀硬了，这个家还要不要了？！还去深圳，你是不是又怪我当时不让你毕业去深圳，非让你回来，现在故意气我？一个个的，作的时候回家作，作完了拍屁股就走……"

"我又没作，我什么时候作了？我姐才……"郑家悦瞪了他一眼，他才没继续拱火。

"其实我心里还是觉得，挺对不住我爸妈的。"郑前程跟许珍贵说，"毕竟他们对我已经要求很低了，唯一的条件就是能留在老家，留在他们身边。"他顿了顿："你说的，要是真想做的事，肯定有办法平衡对父母的孝心和自己的决心。所以我还是想趁爸妈现在还没老，家里也没有别的负担，去尝试自己想尝试的事。我不能永远躲在家里好吃懒做，我想变得更好一点。"

许珍贵看了他一眼："好吃懒做不至于，好吃可能是有一点。"

两个人都笑了。

"是你想要的工作吗？"许珍贵问。

"是我大学同学在创业的公司，因为品类是运动营养学方向，跟我读师范时的专业也算相关。"郑前程说，"虽然可能要试一试才知道我到底合不合适，但不试怎么知道呢？"

许珍贵点点头："那很好啊。"

"嗯……所以我今天来，是想跟你说一声，可能下个月，我就要去深圳了。"

"所以你是来道别的？"

"我……不全是。"他犹豫着，问，"你呢？以后怎么打算？"

她抬头看看，又把手伸到伞外面。

"雨很快会停的。"她笑笑说，"不需要你的伞了。"

傍晚的时候她一个人在空荡荡的窗前练习，瞥见有人进店，以为是余多或者郑家悦，就没有停下来，继续练了好一会儿。进来的那人也没动，就站门口看着，她这才转头一看，是她妈站在那儿很久了。

"妈，你怎么来了？"她奇道，"我在这儿半年你都没来过。"

她妈拎了个提兜，兜里有个保温饭盒，放在前台桌上。"我就……附近溜达，过来看一下。"她说，"新蒸的包子，你爱吃的。"

许珍贵跳下吊环，走过来，迟疑着没说话。她妈从来没来过，突然驾到自然也不是为了给她送包子吃。

"你不是招了别的老师吗？"她妈四下打量着，"怎么没有人？"

"有课才来。"许珍贵说，"没课她们不用来。"

"你那个号，"她妈又问，"这几天怎么不发新的视频了呢？你以前每天都发你们小姑娘们跳舞的视频。"

"……最近拍得少。"许珍贵只好说。

她妈转了一圈，也不知道坐哪里，就走到她们平时换衣服的长凳上坐下。许珍贵也过来，犹豫着坐在她旁边。

等了一会儿她妈还没开口，许珍贵只好说："妈，你有话就直说吧。反正我想说的，我那天已经说完了。你说什么我都听着。"

她妈看了她一眼，摇头笑道："你听着，听完了该干吗还干吗，左耳朵进右耳朵出，是吧？"

看她妈没有生气的样子，许珍贵就也笑了："那你都知道，你不还照样说？"

"行吧。"她妈叹口气，"道理你也都明白，妈也不是老顽固，不想总唠叨你。你能顾好自己，妈就放心了。要不，我怕你爸将来怪我，没把你照顾好。"

提到爸，许珍贵沉默着没接话。

"你那天说的话，妈也想明白了不少。"她妈说，"你长大了，能自己为自己负责。你爸刚走的那时候，你总安慰我让我走出来，我那时候还觉得你是小孩儿故意装成大人说话。现在我才觉得，你这些年是真的长大了。如果你爸还在，不管你做什么决定，他应该也会支持你的。"

她妈这样说，许珍贵反倒有点愧疚了。"妈，我知道我混到现在，在你们看来还是一事无成，我也没办法做到让你和我爸骄傲。但是我走到今天已经很知足了，我很幸运，也很珍惜。所以我也希望你能相信我，我能照顾好自己，也能过好自己的生活。你不用担心我，你们一家人好好的就够了。"

母女俩坐了一会儿，她妈就起身要走，临走又提醒了她一遍："包子还是热的，趁热吃了。"

等她妈走了，许珍贵正好也有点饿，就伸手去提兜里拿饭盒。饭盒拿出来，把兜刮掉在地上，她俯身捡起来，发现兜里还有一张卡。

"妈，你东西落这兜里了。"想着她妈还没走远，许珍贵赶紧打电话给她妈。

"密码是你生日。"她妈在那边说。

"啊？"

"……最近你要是手头困难，妈这里还有一点。不多，你凑合凑合。"她妈说。

"……"许珍贵哽住。"妈，我……还没到马上就要吃不上饭靠人接济的程度，"她说，"你不用这样的。你们家里用钱的地方多，我就我自己，实在不行就关门呗！"

"你啊，想一出是一出，干的时候风风火火顾头不顾尾，现在又说关门就关门？"她妈在那边笑，"收着吧，给你备着。当妈的，什么时候都得给闺女备个后盾嘛。"

电话挂了，许珍贵看着手里的银行卡，一时间百感交集，鼻子又酸了。

2

北方入秋早，夏天过去后，瑜伽店人流量和营业额锐减。很多老学员课时用完之后都不再续了，拉新拉不来，开课都成了三天打鱼两天晒网的事情。许珍贵改变计划,只要有一个人就开课。从大课到小课再到一对一,课是能上就上了,但钱仍然亏着,并且越来越亏。

康芸也没有课上,但还是经常过来,没课就带着孩子去路口广场玩。许珍贵叫她回店里,她以为有课上,回来看到店里除了许珍贵也没别人。

"怎么了?"她问。

许珍贵拉她坐下来。

"跟你商量个事吧。"许珍贵说,"我想了有一段时间了。"

康芸就猜到她要说什么了。"别啊,"她苦起脸来,"生完小孩以后,你是第一个让我有钱赚的人。你干不下去了,我去哪儿啊?"

许珍贵苦笑:"你看,我还没说呢,你就知道我现在干不下去了,说明我是真的干不下去了。我马上就要雇不起你了,你哪儿来钱?"

"你真的这么打算吗?"康芸问,"不做了?"

许珍贵摇摇头。"我不想再亏下去了,何况房子马上也不能租了。"她笑道,"我本来以为我怎么也能撑过一年吧,没想到现在就投降了。"

她看康芸闷闷不乐,就安慰道:"你也不用担心,以后你也一样赚钱。"

"啊?"

"你去白小婧那儿吧。"许珍贵说。

"……我不去。"康芸立刻说。

"没什么的,我跟她又没仇,"许珍贵说,"你再找别人家也费心费力,她人不坏,也挺有心思努力赚钱的。你去的话,她也肯定愿意。"

"……"康芸沉默了半天,问,"那你呢?不在这儿了,你去哪儿?"

"我还不知道。"许珍贵说,正看到余多进来。她招手叫余多过来,但余多好像没看见一样,不知道在想什么出了神,径直进了里间。

"我们有个计划。"许珍贵故作神秘地说。

祝安安把计划透露给祝宁宁的时候,她差一点尖叫起来,吓得祝安安连忙捂她嘴。被爸妈听见就完蛋了。

"姐,你真的要出门?"祝宁宁压低了声音,手拢在姐姐耳朵上,满脸不可置信,"还出远门?这……行吗?爸妈要是知道了,会不会拿我开刀?"

"怎么会?我是因为跟你好才告诉你,你就装不知道就行了。"祝安安说。

"……你跟我好为啥不带我去呢?"祝宁宁反问。

"因为你要上学。"祝安安说。

"才不是,"祝宁宁小声说,"因为你网恋。"

"别瞎说!"祝安安吓得又去捂她嘴。

从那天起,祝安安每次直播都会大方地拍自己的样子。拍化妆视频,她也会在最后把镜头拉远一点,搭一身好看的衣服,甚至可以坐着轮椅转个圈给大家看。

她刻意忽略掉恶意的评论,看都不要看,当那些评论不存在。只看那些夸她好漂亮、化妆好美的。直到有一天她收到一条私信,是一个患有小儿麻痹症的十八岁女孩。

"姐姐,家人给我看了你的视频。你好勇敢,好漂亮,我好羡慕你。我十八岁了,从来没有一次,没有任何心理负担地,迎着别人怪异的眼光走在街上,更不用说出现在直播镜头里了。你是我的榜样,可是我没有你漂亮,也不会化妆。在外面,只要别人跟我说句话,我都会觉得他们是在笑我,连看着他们我都不敢,更不用说开口回答了。我怎么才能像你一样勇敢呢?"

这段话祝安安在心里想了好几天，后来回复她："我没有你想的那么勇敢，所以我也不知道要怎么帮你。我从十八岁到现在，花了十年时间，才迈出了第一步。你现在还只有十八岁，总会迈出这一步的，希望你能比我勇敢。"

那天她在直播里说："十八岁以前，我在乎的只有我自己，觉得地球都应该围着我转，所有人都必须夸我爱我宠着我。十八岁以后，其实我在乎的还是只有我自己，因为全世界都欠我的，所有人都欠我的，我有充足的理由自暴自弃，躲在自己的小窝里自生自灭。但是最近这段时间，我觉得自己改变了很多。我开始在乎朋友们的想法，也开始结交新的朋友了，他们给了我很多帮助，让我觉得这世界上值得我在乎的人和事越来越多。我的改变可能没那么快，但是慢慢来，尽量每一天都更坦然，更坚定，更勇敢。"

晚上和他聊天的时候，她问："看到我今天直播了吗？"

"当然看到啦。"他说。

"如果我现在回答你关于见面的问题，算晚吗？"

"什么时候都可以。"他说，"所以你的回答是？"

"见面吧。"她说。

那边过了好半天没回复，一直正在输入。输入了好久，才发来一句话。

"其实第一次问你要不要见面，也是我做过的最勇敢的事了。"

祝安安看着手机屏幕，释然地笑出声来，也更加坚定了自己的想法，她想要勇敢一次。她在自己的小窝里躲了十年，现在既然终于鼓足勇气走出去了，那就再试着走远一点吧。

知道她不方便出门，起先为了就近，他自然提议要来她的家乡。她犹豫了一下，他以为她是觉得被看轻，便改口道："你想在哪里见面就在哪里见面。"

祝安安去跟许珍贵和郑家悦商量："我不想让他特意来见我，显得我真的很废物，挪不动道儿，也出不了门。但我又不想去他那儿，觉得会不会不安全。怎么办呢？"

"那好办啊，选个你俩都想去的地方去呗！"许珍贵说。

"要出门的话，有点担心到处的无障碍设计，万一不方便……"祝安安说。

"我陪你去。"郑家悦说，"我马上就要回北京了，正好可以陪你去。"

"我也去。"许珍贵说，"我马上就要倒闭了，正好可以陪你去。无障碍设计万一不方便，咱们一起不就没障碍了吗？"

祝安安哭笑不得："你们这样像保镖一样，更显得我废物。"

"必须陪，我们不放心你。"许珍贵说，"就这么定了，不许有意见。"

郑家悦突然想起来："余多不是也说她要走了吗？什么时候走？走之前咱们要聚一下吧，祝贺她和姐姐团聚。"

余多跟许珍贵说，她跟姐姐联系上了，很快就要动身去姐姐生活的地方团聚。大家听说了，也都真心为她感到开心。

"顺便祝贺我关张大吉。"许珍贵说。

郑家悦叹了口气："唉，我的大后方马上就要关门了，我还挺舍不得的。这半年多，要不是因为常往你这儿跑，我可能也熬不过来。"

"别丧气嘛，"许珍贵说，"能当你们半年多的大后方，我荣幸得很呢。"

大家也懒得舍近求远，就还是老传统，在楼下大姐的店里聚餐。

"郑前程呢？"郑家悦一边看手机一边奇怪道，"这家伙没事就爱往这儿跑，我今天特意告诉他你请客聚餐，他反倒不来了。"

吃饭的时候，大家有一句没一句地闲聊，就问余多是怎么联系上她姐姐的，她就大概说了。

"所以你就直接给她打电话啦？"她们问，"她听到是你，一定好开心吧？她怎么说的？"

余多一边吃，一边默默地点头，但还是一脸平静，并没有什么高兴的神情。"你们就别让她描述了，"许珍贵替她解围，"人家姐妹俩久别叙旧，咱们跟着高兴高兴不就得了，难不成给你们重新表演一遍啊？"

大家就笑。

"哎，"许珍贵跟余多说，"我有一个想法。"

"嗯？"

"我们一起去吧。先陪祝安安'奔现'，然后我们一起送你去姐姐那里。"许珍贵兴奋地举起筷子比画，就差没手舞足蹈起来了。

"……那你呢？"余多问，"你的店不管了？"

"管什么？反正现在没课，开门关门都一样。"

郑家悦忍不住笑："你啊，还跟小时候一样，缺心眼。"

祝安安也笑："她才不是缺心眼呢，她是我们的福星。福星不管走到哪里，做什么事，都会一直是福星的。"

余多不愿意跟她们一起去，但架不住另外俩人被许珍贵说服了。大家都想一起，而且也都是真心替她高兴，她没有理由，也不好意思拒绝，显得对大家的友好和热情过于冷漠了。

"以后你不在这边了，我们就算回老家来，也很难见到了。"许珍贵说，"原本我以为当年毕业就是最后一次见面了，没想到今年回来还能见到你们，还有了这么多重新相处的时间。"她笑嘻嘻地，眼里闪着快乐的光："我觉得我好幸运。从爸爸走了以后，我第一次觉得，好像我的幸运又都回来了。或者，一直都在身边没有丢。"

在大家的建议下，祝安安选择了一个两人之间居中的城市，高铁过去很快，也很方便。又订了接下来去余多姐姐那里的票，说走就走的旅行就这么决定了。

祝安安觉得自己已经很久没有这么激动过了，好像回到了十八岁那年，第一次独自坐火车去北京的时候。她兴奋得好几天晚上睡不着觉，但白天又得表现得很正常，以免被她爸妈发现端倪。还好最近祝宁宁成绩有点下降，她爸妈成天回来分析到底是老师还是同学，还是哪一科的影响，没有空注意她。

"其实爸妈对你的期望还是很高的。"她跟宁宁说，"当然希望你健康平安是第一位，但如果你能尽自己所能，做一个优秀的小孩，爸妈会非常高兴。"

"我以为我可以不用优秀。"宁宁说，"反正，我们俩将来好好的，不就达到他们的期望了吗？"

"不要这么想。"祝安安耐心道，"爸妈很爱你。虽然你出生之前，他们那样想过，好像我需要有一个妹妹，这才有了你。但你出生之后，对我们来说，你就是这个家里不可缺的一员，你将来做任何你想做的事，姐姐都会支持你，你不用有顾虑。"

"是吗？"宁宁若有所思地想了想，皱起眉头，"可是我还不知道我想做什么呢。"

"没关系。"祝安安拍了拍妹妹的脑袋，"你有的是时间想。你离长大还有那么久，要好好享受。"

她充满憧憬地等待着这一次见面。两个人也开心地计划着，要先去风景不错的地方逛一逛，要去吃一家看起来口碑不错的餐厅，还要一起看一场电影。她还买了新衣服，有空琢磨着要化一个什么样的妆。

出门的前一晚，她都已经在床上坐好，玩着手机准备睡下了。她妈突然来敲她房间的门，手里还拿着个什么东西。

"安安，我能进来吗？"看她点头，她妈就过来在她床边坐下。

祝安安表面上云淡风轻，无辜地看着她妈，心里却在突突打鼓，心想不会完蛋了吧，难道我都已经这么大年纪了，还会因为偷摸计划离家出走被家长抓个正着？这种糗事我这辈子不想再经历第二遍了。

然后她妈就一样云淡风轻地，把手里的东西放在她腿上。是一个小小的充电暖手宝。

"入秋凉得早。你们年轻人火气旺，人家都没事，但你不是每年一降温就早早备上吗？家里那个太大个儿，不方便，我给你买了个小的，出门带着，轻巧。"

"……"祝安安一时间愣了，竟然半天不知道说什么。

"我知道你不是去许珍贵家里住。"她妈说。她之前的说辞一直是要去许珍贵家里住几天。

"别这么看着我。"她妈说，"不是宁宁告诉我的啊，她一直都跟你一条心，不那么容易收买。"

"……"祝安安嗫嚅，"……我也没说是她告诉你的。"她又不是十八岁的小孩了。当年一露馅就诬陷许珍贵告密，现在可没脸诬陷自己妹妹告密。只不过难免心里有点挫败，觉得自己活了这么些岁数，在爸妈眼里，果然还是没有自理能力的废物。

"明天我跟你爸送你到高铁站。"她妈装作没看出来她的窘迫，拍了拍她手里的暖手宝，说，"出门去玩就好好玩，跟你的小姐妹们友好相处，不要闹。最重要的一点，保证安全。爸爸妈妈等你回家。"

说完她妈就起身出去，把房间门给她带上了。

手机里弹出信息："明天见。"她躺在床上，闭上眼睛，想偷偷地笑，却不小心笑出了眼泪。

"你说她会不会生气啊？"

第二天，另外三个人准备先去祝安安家接她，再去高铁站。郑家悦问许珍贵："她最讨厌别人跟她父母告密了。"

"我也不知道，但是她状况特殊，我们要为她负责，就不能不让她爸妈知道。再说，她都这个年纪了，她爸妈也不可能真的限制她出门，那她以后就真的没办法融入正常人的生活了。"许珍贵说，"她生气我就认了嘛，反正高三的时候，她就是那么跟我生气的，又没怎样。"

话没说完，祝安安就在群里发信息："不用来接我啦，车站见。"加了一个飞吻的表情包。

她们仨先到的，帮着祝安安办了重点旅客服务，从进站到上车坐下都很顺利。为了祝安安的轮椅她们特意买了车厢最后的无障碍位置，够宽敞，也可以放行李。

认识这么多年来，她们好像也没有一起出行过，快乐得就像十八岁的时候一样。

"……不像吧。"郑家悦第一个反驳，"我十八岁的时候，也不咋快乐。"

"我也是。"祝安安说。

余多没说话。她一路上都很沉默。

"……行，就我快乐。我缺心眼，行了吧。"许珍贵说。

女孩们叽叽喳喳地聊天，过道另一边坐着的一个姐姐好奇地问："你们是去毕业旅行吗？这也不是毕业的时候呀。"

许珍贵扑哧一笑。"是毕业旅行。"她说，"只不过我们毕业得比较晚。"

几个人相视大笑。

快乐的时光流逝得太快了。祝安安都没觉得旅程有任何不适，一直在吃东西聊天，她笑得妆都有点花了。许珍贵看了一眼时间，跟她们说快到站了，她才想起来她是来"奔现"约会的。连忙从包里摸出小镜子来补妆，左照右照，摸摸头发整整衣服，不断地问她们："还可以吗？我还可以吗？"

"可以可以，真的特别可以。"许珍贵和郑家悦哄着她。余多不会哄，蹲在她旁边默默地把她扑散粉扑到了的头发丝一根一根抈干净。

"……真的吗？你们认真的吗？没有哄我吧？"

"没有没有。"

祝安安很谨慎，她把他们见面的地方约在了一个人潮如织的商业街，并且跟他约在晚上六点钟，而她们不到五点钟就到了。许珍贵嚷嚷着饿了，先去找个地方吃东西，祝安安却一点都不饿，整个人都被即将见面的兴奋与期待充斥。

　　几个人选了一家位于临街二楼的店，角度很好，坐在窗边的角落里可以看到她的目标地点。他们约在一家再普通不过的，随处可见的便利店门口见面。"这样显得……没那么正式。"祝安安有点忐忑地解释道，"就像普通朋友随便约个见面一样。"

　　话是这么说，但随着约好的时间越来越近，她开始越来越紧张。

　　"我们真的就这样见面吗？"出发之前她问过他，"你会不会放我鸽子？"

　　"那你会不会放我鸽子？"他发了一个笑哈哈的表情，问。

　　"那如果，我先到了，你看到我的样子，就反悔了，不想现身跟我见面了，转身就走了，怎么办？电影里很多都是这样的。"她问。

　　"……你的样子我在直播里都看到了啊，也没有什么意外的。"他说，"还是你比较容易反悔吧，你连我照片都不要看，万一我见光死，你就转身走了。"

　　"……"

　　"你确定你能认出他吗？"她们问，"这么多人从那个便利店里出来进去的。"她们指着窗外，刚坐下没到十分钟，已经进出好几个人了。

　　祝安安点点头。他会穿白色T恤和米色衬衫，因为他俩都喜欢的一部老港片里男主角这样穿很好看。她穿了普通的白色衬衫和黑色长裙子，没有像女主角那样穿，因为那个片子里男女主角最后也没有在一起。她躲在窗里面，把遮太阳的百叶帘拉下来，只留下一条窄窄的缝，像做贼一样偷偷地从缝隙里往外看。

　　"你不用这么挡，他看不到的，这一条街那么多店，这个方向玻

360

璃反光，站那儿肯定什么都看不见。"她们说。

她不管。从五点到五点四十五分，在便利店门口停留过的有十几个人，男女老少都有，但没有他。她们并不知道他穿什么衣服，兴致勃勃地一边吃着喝着一边观察。

"是这个吧？这个人穿得还挺嘻哈的，戴个帽子。"

"这个挺帅的，看起来年纪小，不会还是学生吧？"

"不是这个，那是他女朋友。你看，走了。"

"那个那个。站门口打半天电话了，也没进去，肯定是他吧？"

"像吗？我怎么觉得不是，这个人看起来跟刚加完班似的，弯腰驼背的。你看他背的那双肩包肯定很沉，背着电脑呢吧。"

她们叽叽喳喳猜了大半天，六点钟已经到了，门口也没有人。

"迟到了？要不要问问他是不是堵车了？"她们七嘴八舌出主意。

祝安安不说话。

她注意到了一个背影。他早早就来了，一直站在便利店隔壁咖啡馆的屋檐下面，可能也是怕来太早了尴尬，站的位置也正好能看到便利店门口。他不住地低头看手机，但她并没有收到他问她为什么还没到的信息。

看她一直不说话，她们顺着她的目光看去，总算看到了那个身影。

"是那个吗？"

"是吧？他也站得远了一点等你吧？"

"是吧是吧？"

看她们纷纷激动起来，拉她胳膊："走啊走啊，人家都到了，我们快过去。"好像"奔现"约会的是她们一样。祝安安觉得好笑，又心生忐忑。"再等一下吧。"她说。

六点十五分，他走了几步，从隔壁径直到了便利店门口站定，不时左右张望。她也看到了他转过身来的样子，正穿着白色T恤和米色衬衫，高高瘦瘦，戴着眼镜，头发很短，皮肤不白，身板挺得很直。看起来很年轻，也很有精神，是走在人群里看到会忍不住多留意一眼的模样。

不是她想象中的样子，但其实她并没有想象过他具体的样子。她觉得他这个样子也很好，或许，甚至，有点过于好了，好到她不敢见面了。

他转过去举起手机，没过几秒钟，图片就传到了她这里。拍的是便利店的门口。

他什么都没说，知道她一定到了，也一定会看见。

祝安安一直坐在原处，往窗外看着，一动没动。许珍贵和郑家悦有一搭没一搭地聊天，余多安静地听，偶尔插一句话。她们默契地没有再催问祝安安，只是等她自己决定。

六点半过去了，六点四十五分过去了，七点钟过去了。从傍晚等到天黑，她一直望着那个来回踱步不停张望的身影。她本来以为他等个十几分钟，看到没人就会走，或者发信息来问她。但他还在那里等。

如果这时候她出现在他面前，今天就会是她人生中最快乐最雀跃的一天。但她还是退缩了。即使出发前再期待，再兴奋，再信心满满，她还是在和他最接近的这一刻，退缩了。

终于，他不再踱步张望，转身进了便利店。没过一会儿就出来了，在门口外墙的角落里站了一会儿，好像放下了一个什么东西，然后走了，头也没有回。

看到他走了，许珍贵和郑家悦有一点着急，忍不住问："真的不去了吗？"

祝安安咬着牙，摇了摇头。

能来到这一刻，已经是她做过的最勇敢的事了。但是然后呢？以后呢？在网上他们可以无话不谈，但真的走进生活，他们还能谈什么呢？她想都不敢想。他太正常了，正常到她不敢跟他做现实中的朋友。

看她一再坚持，她们便也不再问了。等到时间又过去了很久，一行人才出来下楼，走到刚才那条街上。

路过便利店门口，祝安安自己挪过去，靠近了刚才他站着的那个角落，竟然看到那里有一枝玫瑰花。是他刚才放下，留给她的。

她拿起那枝花，忍不住委屈地哭了起来。哭自己的懦弱、自卑、胆怯，哭自己把本应该最快乐最雀跃的一天亲手毁了，哭自己把充满希冀的见面变成连道别都没敢的尴尬局面，哭自己终究还是没有勇气和能力开始全新的人生。

3

"她没事吧？"

再次坐上高铁，祝安安一直望着窗外发呆，也不说话。郑家悦只能坐远了跟许珍贵小声说。本来只有余多一个闷葫芦，现在最叽叽喳喳的一个也沉默了，剩下俩人也没了心情。

"会没事的。"许珍贵看着祝安安，笃定地说，"我觉得她这次出行的意义已经达到了。以后她也会越来越好。"

失约之后，他一直没有再给她发任何消息。她也没发，两个人对这次单方面放了鸽子的"奔现"，默契地选择不提。她偷偷地点开他的信息，想看看他是不是已经把她删除拉黑了，但也没有。

就到这里吧，可以结束了。她心里想，给我脆弱的自尊留一点最后的脸面吧。

没过多长时间，祝安安就恢复正常了。她叫余多过去，絮絮地问她姐姐住哪里，怎么联系上的，咱们要不要给她买礼物，离车站有多远的路。许珍贵和郑家悦对视一眼："我就说吧。""嗯。"

"你还没告诉她你几点到吗？"祝安安问余多。

余多愣了一下，摇摇头。

"啊，你想直接过去，给她一个惊喜吧？"祝安安说。

余多只好又点点头。

姐姐不仅不知道她几点到，也不知道她今天到，甚至连她要来都不知道。

她从李静老师的家人那里拿到了姐姐确切的现居地址和电话，也打过去了，听到那边一个"喂"字。她太想念那个熟悉的声音了，从小到大，保护她关心她，骂她训她的这个声音，就算十年都没听到过也不会认不出。但她的声音堵在了嗓子眼，辣得眼泪都流出来，没敢吱声就挂断了电话。

一开始她觉得自己这样贸然决定来找姐姐，会不会太唐突了。但她又觉得有些话，只有在面对面重逢的时候，她才有勇气问出口。而且，她想亲眼看看姐姐现在的生活。

下了高铁，又要转汽车。余多担心祝安安不方便，跟许珍贵和郑家悦说，要不她们别再送了，回家去。但三个人都坚决不同意。

"一定要送你到家我们才放心。"她们说。

她拗不过她们，只好一起按着地址找过去。不怎么发达的小城，这个地址还算不太偏僻，小区看起来有点老旧，交通还算便利。周围也挺热闹，挺有人气，菜市场旁边挨着幼儿园。赶上了下班高峰，还有点堵车。

她们找到了地址上的楼栋，在小区靠边最里面，还没往街对面路口里拐，余多就站住了。

"不是吧？"祝安安说，"你可别跟我一样尿啊。我告诉你，我这么废物的人，非要跟着来，就是必须亲眼看你回家。你跟我的情况可不一样，那可是你亲姐，别在这儿磨蹭，赶紧的。"

话还没说完，余多就看到路口另一侧，有一对看起来很默契的夫妻俩，手里提着刚从市场买的菜。两人走到旁边幼儿园门口接孩子的家长堆里，站在那里一边等，一边有说有笑。

姐姐比她印象里胖了，头发剪短了，看起来也没化妆，穿着灰扑扑看不出颜色的素净旧衣服，几乎已经看不出十年前的样子了，但她还是能认出来。姐姐站在那里，跟相熟的家长打着招呼，脸上笑容满面，一边说话一边用双手比画着什么。她身旁的男人很自然地把装着菜的袋子从她手上挪到自己手上，以便她比画得更自如一点。

没过一会儿，幼儿园又放了一个班的孩子出来。有个小女孩一蹦一跳地跑过来，一头撞进姐姐怀里。

小女孩把书包递给爸爸，然后一手一个牵着爸爸妈妈，一家三口沿着路口拐进了小区。

她心里是很欣喜的。和她料想的一样，姐姐有了陪伴她的人，有了自己的家，也有了自己的小孩，生活看起来平淡而满足。然而越欣喜，她越觉得似乎自己不该去打扰。

许珍贵看出了她的窘境，拉她到一边，小声说："你是不是没告诉姐姐你要来？"

余多没说话。

"要不这样吧，"许珍贵说，"咱们都累了，今天也不回去。我们找地方住下，明天一起陪你去姐姐家。好不好？"

看余多没说话，许珍贵又说："其实我觉得，你现在回来了，来跟姐姐见个面，也不算打扰。毕竟她有她的伴侣和孩子了，你也有你的生活，但亲人总要来往的嘛。先见面，以后再做打算。"

祝安安在一边等着，小声跟郑家悦说："还是许珍贵比较善解人意，我现在就想抽醒她。十年没见的亲姐姐，都到门口了，在这儿磨蹭什么呢？！……我现在有点理解昨天你们对我的心情了，是不是想抽死我？"

"……也没有。"郑家悦说。

祝安安看了她一眼。她说："……有一点。"

"……"

"好啦。你们俩处境不一样。"郑家悦说，"但是也没关系，不管怎么决定，我们都陪着你呢。"

她站在祝安安轮椅后面，伸出手来握着她的手。祝安安说："我觉得我比小时候好很多了，小时候你肯定更想抽我。"

"……彼此彼此。"

"……"

一路奔波，大家都累了，吃了饭，找了一家旅馆开了一间多人间，晚上一边聊天一边休息，各自给家人报了平安。余多一直沉默不语，趁她们各自拿着手机，语音的语音，视频的视频，说想出去透透气，就开门出去了。许珍贵从手机上抬了下眼睛，看到余多拿了随身的包，觉得有点奇怪。

"她干吗去？她说要出去透气？"她问坐得离门口最近的郑家悦。

"好像是。"

"出去透气干吗要拿包呢？"许珍贵纳闷道，"我们又不会偷。"

过了一会儿，三个人陆续都结束了通话，余多还没回来，许珍贵就给她发了信息，问她在哪里透气，注意安全。余多一直没回，许珍贵怕不安全，又给她打了电话，她也没接。

三个人一时间都觉得不对劲，难道出门透气这么短的时间手机就丢了？许珍贵和郑家悦两个人决定出门找找看，留祝安安在房间等。

"可能她在附近想自己安静一下。"祝安安说。

"可能吧，但还是早点回来的好。"许珍贵说，"要不我总觉得不放心。"

两个人下楼到前台，问服务员有没有看到余多出去，她们说没注意。两人就到门外想随便转一转看看。出了门来到街上，天色已经很晚了，人也很少，周围很安静，不见余多的影子。许珍贵一边走，一边又拿出手机来拨通余多的电话。

没想到她俩突然同时听到余多的电话铃在附近不知道哪里响了起来。声音不大，但绝对是她们听过的她的电话铃声。走了几步，她们发现旁边的垃圾桶里就扔着余多随身的包。

包完好无损。提出来一看，手机还在里面响。

"这也不是被偷被抢了啊。"郑家悦一头雾水，"怎么把包给扔了？她人呢？"

俩人回到门口的灯光底下，打开余多的包翻了翻。除了一些路上她们给的零食和随身用品之外，还有一沓不知道什么文件。她俩对视了一眼，拿出来打开。

天彻底黑了，隔着街就能看到住宅楼里星星点点的灯光亮着。姐姐家住在一楼，窗帘还没拉，透过窗户，能看到一家三口其乐融融地吃着晚饭。小女孩咧开嘴大笑，妈妈宠溺地帮她把脸上粘着的饭粒拣掉，爸爸端着盘子过来，给她的碗里又添了什么食物，真是阖家团圆的温馨场面。

余多知道，这样的生活是十年前的姐姐做梦都想要的。那时候她们都不知道会不会实现，现在姐姐实现了，但这个梦里却没有她，也不应该有她。

来之前，她爸的那个远房侄子意外地主动联系她，说要见面。她觉得很奇怪，但想想自己一穷二白，也没有什么可被剥削的，就去了。结果他侄子一见面就拿出一份文件，让她签字。

"我只是坐了十年牢，我不是傻子，你让我签什么我就签。"她看都没看就说，"我当年认罪都没有这么痛快。"

"你先看一下。"他倒是没急躁。

她仔细一看，是一份放弃继承权声明。大概意思就是她爸将来如果死了，她自愿放弃遗产和房产什么的。

"是怕我去抢你的钱吗？"她说，"我姐当年走的时候，你也逼她签了这个？"

"没有。"他淡淡地说，"她不用签。"

"为什么？"

"你说为什么？"他倒是有点诧异，"她走了都没告诉过你？"

"告诉我什么？"

"告诉你她不是你姐姐。"

…………

原来，原来一切都说得通了。

为什么姐姐总是说不记得妈妈离开前的事。为什么姐姐总是说不知道妈妈去了哪里。为什么姐姐比她大这么多岁。为什么姐姐有小时候在农村的记忆，而她没有。

为什么他总是暴打姐姐，但姐姐总护着她。为什么他总骂姐姐不检点，到处勾引野男人。为什么他连一根头发丝儿都不许在家里出现。

他侄子说，他当年结不成婚是因为他有弱精症，他到处求医问药大受打击之后，心灰意冷，跟家人说，要领养一个孩子。但是没过几年，他家人就发现了沈英的存在，还有刚出生的余多。他对外说是他领养的姐妹俩。可他家人都知道，年龄差距过大的沈英和余多，根本就不是姐妹，而是母女。

但他又觉得他自己不能生，就认为余多一定是沈英跟野男人乱搞生下来的。他害怕余多是他亲生的，又害怕余多不是他亲生的。在余多没满周岁的时候，沈英曾经偷了他的头发想去做亲子鉴定，被他发现了打个半死，告诉她如果再被他发现，他就把余多从窗户丢出去。从那天起，家里只要出现头发丝儿或者指甲，他就会暴揍她一顿，渐渐地演变成了他近乎变态的洁癖。

原来她的噩梦不仅因为他，还因为这个孩子的到来。

原来她隐瞒身世，是因为耻辱，或者不想让这个孩子觉得自己的由来是如此恶心。

原来她不仅是姐姐。

原来她也是妈妈。

临走前，余多去养老院再看了他一眼。在他浑浑噩噩不知道她过来要干什么的时候，她走上前，戴上手套，拿出塑封袋，然后拔了一撮他的头发下来，在他眼前晃了一下。

"害怕吗？"她问他。

他有点混淆，还没认出她来。但看她拿着一撮头发，突然就激动起来，咿咿呀呀地大喊，口水从闭不上的嘴里流到身前的围兜上。

"我也害怕。"她冷冷地说，"我害怕你不仅恶心了我十八年，还要恶心我今后的半辈子。"

亲子鉴定的结果很快出来了，她再恶心，也不得不接受这迟到了多年的真相。他可能这辈子都想不到，他嫌恶了这么多年的，在他眼里低贱得死不足惜的这个女孩，真是他的亲生女儿。

看到沈英和家人一起买菜接孩子回家的时候，余多在心里想，她有点理解为什么沈英会那样义无反顾地离开生活了十八年的地方，马不停蹄地开始新生活。可能在沈英心里，她作为一个没有权利选择自己是否成为母亲的人，既然成为，就要承担起这个孩子十八岁成年以前的看顾的责任。而在那之后，她就谁也不欠了，拼了命也要逃出那个噩梦一样的家。

这样想着，她甚至有点开始佩服沈英了。佩服沈英没有彻底在那个家里挨打等死，佩服她说到做到，真的陪伴自己到十八岁，佩服她可以冷漠到十年都没再来看过自己。毕竟，沈英所有的痛苦其实都是她带来的，但还是那样努力地保护了她，然后毅然决然地离开了她。

"不要回头看，不要后悔。往前走，才有希望。"

她如今做到了，自己再也没有理由出现在她的生活里了。可能从一开始她再也不写信来的时候，她就该意识到的。

多有趣啊，她从来没想过自己竟然有一天真的找到了亲生父母，然后在同一天又失去了。

对面的窗户里，一家人已经吃完了晚饭。爸爸在洗碗，妈妈牵着小孩坐到一旁摆着小黑板的角落里，开始读绘本，小孩不知道看到了什么，咯咯咯地笑得停不下来。

她不想再看到人家家里灯火通明的欢乐场景了。再看她会更舍不得，会忍不住冲过去敲门，问她为什么把自己丢下了，问她为什么当了别人的妈妈，却从来不告诉自己妈妈是谁。

不想再问了，那样自己最后的尊严也没有了。不能再想了，再想就更舍不得了。她觉得好笑，十年后，她还是这么舍不得，真没出息。

就这样吧，这里就是道别了。

"妈妈，"她轻声说，"再见。"

这个陌生的小城，她哪里都不认识，两手空空，也只能漫无目的地到处走。

她走上了过街天桥，在中央停下来。夜已经深了，桥下没有什么车了，但还是很高的。她探头出去看了看，没有安防护网，就爬了上去，坐在上面。

有点似曾相识的时刻，她想起了十年前那个满是窟窿的窗，又想起了当时贺尧跟她说的最后一句话："谢谢。"

十年后，当她终于舍得的时候，可没有人来帮她了。

她闭上眼睛，耳边只有安静划过的风。

"多多！"

她以为是幻觉，但回过头睁开眼，沈英就站在天桥边离她几步远的地方。她再往后看，许珍贵她们也站在远处，焦急地望着她。回头往另一边看，是她们叫来的警察。

"多多。"沈英泪流满面，"你下来。"

她想叫姐姐，可是却叫不出声。"我应该叫你什么？"她只好问。

“你先下来。”

她没有动。“我下来干吗呢？”她说，“我没有家了。以前我总以为等有一天我知道我亲爸亲妈是谁了，说不定就有家了。我现在知道了，更没有家了。”

“你先下来，好不好？”沈英哭道，“你跟姐姐回家。”

“你不是我的姐姐，”余多摇头，说，“你也不是我的妈妈，你是别人的妈妈。你有你的家了，你回家吧，你走吧。”

“多多，你听我说。”沈英说，“李老师前几天才给我打过电话，我知道你出来了，但是之前一直脱不开身，我本来打算等孩子和她爸爸都有时间，我们一起去找你的。我从来没有不要你，你先跟我回家，以后的打算，我们慢慢商量，好不好？你想怎样都行……”

余多还是一再摇头：“你不要这样说，你会后悔的。我已经拖累你十八年了，好不容易你解脱了，你不要再管我了。”

“多多，”沈英一边哭，一边抖着手从自己的衣袋里翻出什么东西，远远地举给她看，“多多，你看。”

余多转过头去看。

那是两张皱巴巴的褪了色的粉红纸片。

“多多，不管什么时候，不管去哪里，我都想跟你一起的。这两张车票，我一直留着，我知道我一定会接你回来的，你相信我好吗？我没有把你丢下，以后也不会把你丢下，你也别丢下我好吗？”

余多看着那两张当年的旧车票，神色终于软下来，眼泪也掉了下来。她转过身，抽泣着嗫嚅道：“可是，我以后叫你什么呢……”

另一边的警察抓住时机上前把她从桥栏上拉了下来。沈英冲过去抱住她，两个人一起倒在地上，号啕大哭。

残破的旧车票被风吹走，她们也不再需要逃离了。

第十九章 日常

"这是我的日常啊。"

1

房门敲响的时候，许珍贵妈妈正在气急败坏地辅导刘一念写作业。他爸没在家，每次轮到他妈看他写作业他就不那么听话，气得他妈头疼，一边去开门一边告诉他等会儿再收拾他。

一开门她就愣住了，门外站着的是严瑾。

两个人对视了许久没有说话，却也没有剑拔弩张的情绪。她看到严瑾不像上次在墓园见到的时候那么精神恍惚了，就把她让进屋来坐。

"好久不见了。"她说。虽然上次见到了，但没办法交流，反而现在严瑾看起来情绪稳定了很多，甚至小心翼翼地打量了她的新家。沙发旁边放着两个相框，一张一家三口的合影，一张许珍贵的单人照。严瑾盯着看了好一会儿，又小心翼翼地收回了目光。

"我一直想着去看看你。"许珍贵妈妈说，"孩子不让我去。她说你心情不好，不让我提起以前的事，怕刺激到你。我就是想看看你现在过得怎么样，想帮帮你。"

严瑾缓缓地摇头："我凭什么要求别人帮我呢？是，我什么都没有了，但我是咎由自取，不是吗？"

"不要这样说。"她说，"为人父母，也难免做错事。只是我不希望看你永远活在过去的错误里，如果孩子知道了，他也不想看到你这样的。"

"……他？"严瑾愣了片刻，苦笑一声。

"他恨我。"她双手绞在一起，微微颤抖着，泪水沿着眼角的沟壑流下来，"所以他走了，让老天来惩罚我，罚我就这么生不如死地活着。我不配当一个妈妈，更不配当他的妈妈。我不配活在这世上。"

"可你们已经母子一场了，后悔只会让你更生不如死。"许妈妈说，"试着走出来吧。让孩子看到你变了，或许他在天上，会不那么恨你了，试着原谅你了。"

"会吗？"她喃喃地问，"他原谅我，他也不会回来了。"

许珍贵回来后，还没想好先回家还是先回店里，就突然接到了她妈打来的电话。但那边却是刘一念的声音。

"就怪你！"刘一念不知道吃错什么药了，拿着他妈的手机对许珍贵大喊大叫，"都怪你！都是因为你！我爸我妈从来都不吵架，都是因为你！"

他呜哇呜哇喊了半天，许珍贵才听清楚原委——她妈和刘叔叔正在家里吵架，刘一念说是因为她。她赶回家，果然家里是暴风骤雨过后短暂的宁静。两个人吵了架各自窝着火，最直接导致的结果就是刘一念下课回来没人给他做饭。他饿得要命，问他爸要零花钱下楼买汉堡又被他爸骂了。因为他们话里话外提到许珍贵，他就气得拿他妈手机给许珍贵打电话。

既然刘一念说他们提到自己，许珍贵立刻就猜到怎么回事了。她进了屋，看两个人脸色阴晴不定，就也没说话，从包里翻出了那张卡，放在桌上。

"如果我没猜错的话，"她淡定地说，"是因为这个吧。"

她妈抿了抿嘴，没说话。

"里面的钱我一分没动，也没打算动。"她看了一眼刘叔叔，"如果你们是因为这个吵架的话，那可以到此为止了。"

她妈起身拿起卡往她手里塞。她躲开，她妈就往她包里塞。

"妈给你的，怎么能往回要？"她妈说，"你拿着，赶紧回店里去，家里没你事，跟你没关系。"

"跟我没关系吗？"许珍贵问，"连刘一念都知道，你们从来不吵架，就是因为我。"

她妈手上的动作顿住，良久没吭声。

刘叔叔看她直说了，就也没拐弯抹角："孩子，我跟你妈呢，其实也没有什么别的事。但是既然是一家人，一起生活，钱呢，总得一起花，账也一起算。我跟你妈也有十来年了，不管我退休前还是退休后，这钱可从来没藏着掖着，都是清清楚楚地归在一家人的花销里面，你妈也一样。刘一念还小，以后上初中、高中、大学，用的钱都得从我俩牙缝里省出来。你呢，工作这么多年了，有在大城市生活的能力，将来什么时候成家，也是你自己决定。你创业也行，我们不干涉你。但是我们老两口啊，可是没有这个额外的钱来给你贴补了。我们年纪大了，就算不考虑刘一念，也得考虑将来的棺材本吧？今天不是我不讲道理，是你妈瞒着我做决定，所以我们才需要重新沟通一下，也不是针对你，你别放在心上。"

"我是她妈，我给自己女儿钱，天经地义。"她妈反驳，"她也是我养大的，在我这儿跟刘一念没有任何区别，怎么我现在给她我自己的钱，还要经过你同意了？"

"那你不是没经过我同意吗？你提前跟我商量了吗？"刘叔叔问。

"我提前跟你商量你能同意吗？她一开始回来说要开店，你前前后后给我打了多少回预防针，生怕我私下里挪钱给她！"她妈情绪又上来了，忍不住抹起眼泪，"就算给她，我能有多少钱？我的钱都是有数的，就算从牙缝里省，除了留给家用的，我还能剩下多少钱？你自己算算！我们家许珍贵，她爸还在的时候，半点委屈都没受过。她懂事，这些年都不想花我一分钱，怕我在家里落个不是，在你这儿理亏。但凡我能贴补她，你以为我想让她在外面漂这么多年吗？我想让她早早嫁人吗？我巴不得我自己能养我女儿一辈子！将来到了底下，她爸都要怪我亏待了他闺女的……"

"妈，你不要这样说。不需要因为我这样。"许珍贵语无伦次地劝着，"你不要这样。爸以前对你那么好，他也不想看到你现在这样……"

"我对你不好了？"刘叔叔不满道，"你不能拣着陈芝麻烂谷子的事来跟我算账啊，她爸对她好，你让她爸贴补去，别从我家里薅羊毛！"

她妈哭天抹泪，转身就要甩手出门。许珍贵上前拉住她妈想要安慰，刘一念却冲过来，像他小时候那样，拼命地把她从她妈身边扯开。

"妈你别走！你别走！"他拉住他妈，却推着许珍贵往门外。"你走！你走！"他鬼哭狼嚎，"你不要在我家里！你走！"

许珍贵不想跟他撕扯，就被他推出了家门外。门关上了，但还能听到屋里她妈哭的声音和刘叔叔训斥刘一念的声音。她靠在门外蹲下来，待了很久，从天亮到天黑，直到屋里的哭闹喊叫平息下去，一切归于寂静。又过了好一阵，屋里隐约响起了灶台锅碗碰撞的声音，随即飘出了饭菜的香味。刘一念大声抱怨着他饿得肚子都瘪了，不知道他爸妈说了句什么，全家又都笑起来了。

可能在他幼小的心里，许珍贵就是那个恶毒地闯进他家里，想要离间他们一家三口的坏人吧。她真的很嫉妒刘一念，他还那么小，还有那么长的时间和世界上最爱他的两个人相处，还可以为所欲为毫无顾忌地惹他们生气，还可以义正词严地把任何一个试图分裂家庭的外人赶出家门。坏人赶跑了，矛盾解决了，皆大欢喜，一家人又可以和和美美地一起吃饭了。

可她呢，因为没有爸爸了，所以才有了他，因为有了他，她连妈妈都没有专属的资格了。妈妈的委屈、不满、反对，都建立在他们一家人的基础上，不包括她了。

她突然好想回到小时候，回到爸爸还在的时候，回到她也可以无限任性的时候，回到每天回家都可以坐在她的窗前发呆的时候。那时候她也可以因为无谓的小事闹情绪，但还没气够时间，就会被饭桌上的香气吸引，然后忘了自己为什么生气；那时候爸妈也会因为鸡毛蒜皮的原因莫名拌起嘴来，最后总会因为她爸说了句笑话，她妈没憋住笑而不了了之；那时候她们家的烦恼都永远不会过夜，因为她相信窗外的魔法世界会保护她，所有的不开心在她做梦的时候都会消失得一干二净，明天早上起来她依然是全世界最幸运的小孩。

童年的那扇窗早已不复存在，小孩的魔法世界也总有失灵的一天。往后漫长的一生里，不会再有人为她的幸运保驾护航了。

不知道在黑暗里待了多久，等她起身的时候脚都麻了。摸索着下楼时，她收到郑前程发来的一条信息："在哪儿呢？怎么没回店里？都等你呢。"

等她回到店里已是夜里，还没上楼就看到二楼窗里没开灯。她还在奇怪，不是在店里等我吗？连灯也不开？上楼推开门也是漆黑一片，但门又没锁。她正在疑惑，突然灯光啪地大亮，数个彩带喷筒在她面前砰砰炸开，把她吓了一大跳。

"Surprise！"郑家悦和郑前程笑着冲她大喊。陈莎和姜尔尔也在，还有很多一直很少缺席的经常来玩的女孩子都来了，祝安安姐妹俩也来了。大家人手一个喷筒，每个人头上身上都落满了彩带碎屑，笑得嘻嘻哈哈。

"干什么？！又不是我过生日！"许珍贵大吃一惊。

"陪你庆祝啊！"郑家悦笑道。

"庆祝什么啊？"

"庆祝你关门大吉！"大家异口同声。

"……"许珍贵哭笑不得。

女孩们还像以前一样，吃喝，跳舞，聊天，碰杯，在她的关门派对上玩得很是尽兴。祝安安还开了直播，郑家悦拍了好多视频发给没来的余多。不断有人兴致上来，跳到吊环上即兴来一段不知所云的舞蹈，惹得大家笑得东倒西歪，就像这半年多以来每天的日常一样。

许珍贵坐在窗边，看到郑前程不知道什么时候穿起外套下了楼准备离开，就起身跟了上去。

"怎么这就走了？"她问，"今天这些不都是你的主意吗？"

郑前程笑着挠头："是我的主意。我姐说让我想个法子让你开心，不希望你关门的时候冷冷清清的。我想，只有你们女孩玩得开心的时候，你才最开心。我在这儿不适合，我就先走了。"

许珍贵扑哧一笑："还记仇呢？记着我们不让你来？"

"没有没有。"他笑，"你的地盘，你说了算。"

"以后就不是我的地盘了。"许珍贵笑道。

"以后还会有的，"他说，"是这里配不上你。"

这话听着受用，许珍贵满意地点了点头。

"你什么时候去深圳？"她问。

他反问："你来送我吗？我这回走了，你很快也走了，可能很久都见不到面了。"

"你家人不去送你？"她说。

"他们生气还来不及呢。我才不想他们送我。"他说。

"那你想我送你？"

"嗯。"

"为什么？"

"你不是全世界最幸运的人吗？我也想沾一点你的好运气，以后可以顺顺利利。"他大言不惭地答。

两个人相视大笑。

2

"就这样？"

"就这样。"

祝宁宁疑惑地问："可是你不是去约会的吗？你讲了一堆你们坐火车的事，还有余多姐姐的事，你没有讲你怎么约会的啊？"

"你现在还小，长大以后你才能听约会的事。"祝安安一边收拾电脑屏幕桌前的杂物，一边敷衍道。

"……我不信，你又哄我。"祝宁宁一屁股坐在她床上，摆出她不讲实话就不走的架势，"以后你再偷偷跑出去约会，我不会再替你保密了。"

"我为什么要偷偷出去约会？我要是出去，就光明正大地出去。"

"……"

"你还不走？我要直播了，你要是想出镜的话我也不介意。"

祝宁宁不满地看了她一眼，只好起身挪出门，又不死心地探回脑袋来，问："他帅吗？"

祝安安回头瞪她，她一溜烟地闪人了。

在直播里，她预告说，以后会经常用别的方式来和大家分享日常。

"先保密。"她笑眯眯地竖起手指在嘴边。

祝宁宁躲在门边听到了，一头雾水地摇摇头走开。

378

第二天周末，祝宁宁体能课刚下课，就看到她姐端正地坐在门口休息区等她，化着全妆，手里举着手机云台。

"我现在来接我妹下课。她每周末都来上体能课，因为爸妈觉得她瘦得像根黄花菜，发育不良，担心她以后长不高个儿，所以逼她锻炼身体……"

"姐！你怎么瞎说我呢？谁像黄花菜了？"祝宁宁冲过来，不满地叫道，伸手去挡镜头。

"别动别动，不拍你，我直播呢！尊重你的隐私权，未经你允许不会让你出镜的。我直播我自己。"

"你上这儿来直播干什么？"

"这是我的日常啊。我跟妈说了，以后周末我来接你，这样可以顺便去对面吃你喜欢的那家火锅。"

"是吗？那好吧。"祝宁宁明显高兴起来。她刚要帮着推轮椅，她姐就转了个圈，让她在前面走，"你不是不想入镜吗？不用你推。"

"……好吧。"

"我呢，平日里的生活很枯燥，别人再枯燥都是几点一线，我呢，只有一个点。所以从今天开始，我会尽量多出去走走，也给大家看看我的生活，我长大的地方，这个鸟不拉屎的破地方。"祝安安一边说，一边把镜头翻转过来，对着面前的街道，"给你们看一下轮椅视角，可能只有一米二，哈哈哈哈。"

那个一直安静无声的聊天框，有一天又发来了新消息。她点开，是一张图片。有点模糊，是在很远的地方拍的，但她看出来，是那天在便利店门口，她拿起那枝花的时候。

原来他都看到了，即使她以为他走了，他还是一直等到她出现。但为了尊重她的决定，他没有打扰她。

"我理解你的决定，也希望你看到我的心意。"他发来一句话，"我们都好好生活，如果有下一次见面的机会，我还会出现的。"

她没有回复，但是忍不住轻轻地笑了。结果又被路过门口的祝宁宁看个正着："我就说你骗我，笑成这样，你到底是不是去约会了啊？"

"秘密。"

她也去过白小婧的舞蹈教室，是白小婧邀请的，俩人还一起直播了。康芸、陈莎、姜尔尔也都在。虽然许珍贵没在，她也跟她们成为可以经常见面聊天的朋友。

"我知道我欠你一个道歉。"白小婧找她聊过一次。坦诚说自己确实不应该那么做。"我不解释，也不找借口，如果你觉得我就是这样的人，那也确实是。"她说。

白小婧的出发点固然自私，但祝安安其实并没有怨恨。不管别人做了什么，当年的事都已经过去，再煽风点火，也不过就是在过去的伤疤上撒盐，而她们都早已经在学着治愈自己了。

郑家悦的离婚比她做梦时想的都还要顺利。李楷爸妈找到了新的儿媳妇人选，一切都很合适，人家要求在房本上加自己名字，才能尽快结婚，于是李楷同意尽快离婚。那个家郑家悦没有再回，李楷很慷慨地说要把她的东西给她寄回来，她也没有要。旧的她已经死在那里了，那个家里任何东西都已经不值得她留恋。而且又是别人要加名字的房子，仿佛她在那房子里再出现多一秒钟，就是对别人的不尊重。

她一边欣喜，一边却又觉得自己无比罪恶。

"我觉得我们想的这个计策太害人了。"她跟许珍贵说，"我是从这个火坑里出来了，可是他们总要找新的人来给他们家做儿媳妇，不是吗？就像王秀菲一开始对我一样，她们都是受害人，都在这个家里被吃干抹净，都被算命的算着给他们绵延子孙，我凭什么呢？如果因为我的陷害，重新把另一个无辜的人拖进火坑，我因为我的不幸，就嫁祸于她，那我不也是罪人吗？"

她的这个问题，许珍贵也不知道要怎样开解。王秀菲跟她说，李楷新找的媳妇是他们老家那边的。因为家里的原因，一直想去北京读书生活但是没能去成，所以心有遗憾，一心想嫁一个在北京读书工作的白领精英。李楷正是她的完美选择。看起来又是一桩各取所需、两相情愿的完美婚姻，不需要郑家悦这样站着说话不腰疼的人来替她喊冤。

李楷工作很忙，时间安排得天衣无缝，在同一个民政局预约，上午离下午结。郑家悦在等他的时候跟工作人员聊天，他们说倒是见过不少这样的，效率非常高。

离婚办得很快，而郑家悦带着好奇，更多的是悲悯和愧疚，也见到了下午来跟李楷办结婚的女孩。女孩长得挺好看，也挺年轻，在传统婚姻观的标准里，应该也会找个不比李楷条件差的人，可能是对北京白领精英的执念太大。

"你好，你就是他前妻吧。"女孩挺友好地跟她伸出手，"我听他说你们因为生不出孩子离婚，挺遗憾的。"

"嗯。"郑家悦忙不迭地点头，一时也没想到该说什么来着重描绘一下自己的遗憾。之前练过的演技，不用很快就忘光了。

看两个人挺和谐地进去办理了，郑家悦就转身离开。她用手机叫了车，要前往她接下来新工作面试的地点。但因为堵车，车好长时间都没来，她就在门外一直等，却看到女孩一边大声嚷嚷着什么一边冲出来，李楷在后面追上她，两个人激烈地争吵。

"你说过房本要加我名的！"

"……加不加其实没区别的，新婚姻法都写了。咱们都是知识分子，咱们得守法懂法。你别跟我在这儿闹啊，快点办完我还要回去上班呢。"

"那你说凭什么不加？既然都没区别，你凭什么不加？"

"……加了不好。我爸妈给我算过，说那房子风水不好，不适合。"

"你们不是知识分子吗？知识分子还信那些封建迷信？你不守法懂法吗？"

…………

郑家悦的车到了。她坐进车里，隔着车窗看两人争吵的身影逐渐远去，心里不由得暗自祈祷，如果那个女孩能大彻大悟，不往火坑里跳，她就没那么有负罪感了。

四个人的群里，每个人都时常更新着自己的生活进度，无聊的日常在互相分享中也有趣生动起来。余多留在了姐姐身边，新租了房子，在姐姐工作的地方附近，也在找新工作了。

"姐姐说最好还是再读点书，但我还是想工作。"余多在群里说。

"别信，读书没用。"郑家悦开玩笑，"你看我现在还是废人一个。要不是严老师不记得我了，真想让她看看，看她教出了些什么学生。"

"严老师还好吗？"过了片刻，余多问。

"我妈最近陪着她去看病了。"许珍贵说。这件事她妈没有瞒她，也征求了她的意见。她妈说："她已经失去了一个有心病的孩子，我不希望她带着这心病过完这辈子。"有时候许珍贵觉得，她们一家人其实挺像的。虽然她妈总是抱怨，但其实她跟她爸，还有她，他们家的人都一样，就是喜欢管别人家的闲事，改不掉了。

"你都没有告诉过我，你自己去找过严老师。"许珍贵埋怨余多，"我还有一点后怕。"

"有什么怕的呢？怕她打我吗？"余多说，"她打我也是应该的。当妈妈的，为了自己的孩子，什么事都做得出来。姐姐也一样，她为了她的小孩，也什么都可以做。"

许珍贵就也笑道："还是习惯叫姐姐吗？"

"嗯。"余多有点不好意思，"不叫姐姐，好像很奇怪。我也从来没有叫过她家小孩，还有她小孩的爸爸，不知道要叫什么，就索性不叫。那个小孩，她也不叫我，都是叫，哎，哎，哎。"

现在她的日常很大一部分和姐姐一家有关。姐姐忙的时候，会让她帮着接一下孩子。她不喜欢，也很怕接触小孩，但没办法，只能硬着头皮跟那小家伙交流。小家伙也不太明白这个突然出现的人跟她家有什么关系，跟她也没有什么沟通。

有天晚上他们两口子加班回来晚，余多只好负责在他们家哄睡小家伙。小家伙不喜欢亮光，她就把屋里灯都关了，但小家伙还是吵着不睡觉，非要余多给她讲故事。

她想破脑袋，讲了一个她很小的时候姐姐给她讲过的故事，记不太清了，讲得前言不搭后语，漏洞百出。小家伙很生气，四脚挥舞着在床上不断纠正她的错误。

"这是妈妈讲过的故事，妈妈讲了那么多遍，你都记不住！我生气了！"

然后磕磕绊绊地亲自给她讲了一遍。

"这样记住了吗？"小家伙气呼呼地教育她，"不能再忘了，这是妈妈讲过的故事！妈妈讲的故事，我们都要记住的。"

小家伙闹累了，终于睡过去了。她坐在一旁，仔细地回忆着妈妈讲过的故事，泪流满面。

那一刻，她才终于放下心里的负担，相信妈妈就在她身边，不会再离开了。

第二十章　幸运

"你给我们每个人都带来了幸运。"

关店后，许珍贵陆陆续续地处理了器材，卖二手的卖二手，扔废品的扔废品，都清理得差不多了。陈莎不久之后要换新工作，离这边远了，正好推荐她去了白小婧那里。姜尔尔为了远离父母，找了另一个城市的工作，准备先适应一段时间再考在职研究生，马上就要走了。

该处理的都处理掉了，许珍贵把房子打扫得干干净净，只留下了最开始的那个挂在中间的吊环。她把手机支架架好，放起自己最喜欢的音乐，在吊环上跳了一段随意又开心的舞，然后把视频发在朋友圈。

"是永远的大后方，是我们专属的回忆，是我最幸运的事情。"她说。

最后一个晚上郑家悦和祝安安来陪她，三个人在空荡荡的窗边喝酒聊天，许珍贵看着本来热热闹闹、满满当当的屋子，现在只剩下一个空空的吊环，突然有些伤感。她想起刚租下这里的第一个晚上，也是什么都没有，满屋都是装修前的破烂，只能在纸壳箱上吃饺子。

"时间过得好快啊！"她想着，突然觉得有点委屈，也有点失落，"我折腾了半年多，好像一直在忙活，又好像什么都没干成。"

"我也是。"郑家悦跟她碰了个杯，说，"原来我觉得三十岁是一道不可逾越的坎儿，我要是没有紧赶慢赶地结婚生孩子，就跨不过去了，这辈子就完了。没想到这半年，我紧赶慢赶地，放弃了孩子，还离了婚。现在我反倒觉得，没有什么坎儿是过不去的了。这半年是改变了我人生的半年。"

"我也是，"祝安安接着碰了个杯，"我都出门了！"

郑家悦笑道："就是，你都出门了，这么大的事，太棒了。"

"我也没有什么坎儿是过不去的了。如果有的话，只能拜托我的轮椅帮我跨过去。"祝安安笑着说。

"你看，你们都有改变。我呢，折腾一圈，折腾得一无所有。"许珍贵说。

"我们的改变也是因为你。"祝安安笑着对许珍贵说，"你给我们每个人都带来了幸运，你真的特别棒。"

"……但我什么都没做。"许珍贵摇头道，"我就只是……"

"你就只是你自己啊。"祝安安说，"你做你自己，对你的朋友来说，就是幸运了。"

许珍贵对这个回答并不满意，说："幸运是什么？能当饭吃吗？能当钱花吗？看得见摸得着吗？有什么用呢？我还是一无所有……"

"有的。"祝安安说，"你是这个世界上最幸运的人，你分给别人越多，你得到的幸运就越多，不管以后你干什么，好运气会一直保护着你、陪着你的。"

"以后干什么呢？"许珍贵嘴上说着，心里却有些许犹豫。她虽然乐观，却也不是每时每刻都无比坚定："就这样折腾下去吗？折腾到什么时候呢？"

"这样折腾下去也没什么不好的。"郑家悦若有所思地说，"勇于折腾，说明我们还年轻，还敢试错，还有机会去寻找自己到底想要什么样的生活。虽然现在我也还不知道，但至少我知道我不想要什么样的生活了。你不是也知道了吗？而且你有你热爱并且想坚持的东西，我以后也会找到的。"

"所以你就不用担心。"祝安安对许珍贵说，"我们也相信你。你对别人的好，会悄悄地回报在你自己身上，给你的人生保驾护航。"

"是吗？"许珍贵说，"小时候我爸就这么跟我说的。我都这个年纪了，怎么还信呢？"

"……你缺心眼呗。"

几个人忍不住齐声大笑，酒洒了一身。

"好啦好啦。"她们哄道，"你不是缺心眼，你是我们的吉祥物。"

等到许珍贵决定动身的时候，家乡已经过早地下起了初雪。

她在朋友圈发的消息被杨婷看到了，来问她是不是关店了。原来杨婷回老家开店也不顺利，又经历了患病亲人的离世，应朋友邀请，决定重新回大城市碰碰运气，看许珍贵也偃旗息鼓的，就问她要不要同行。

"可是我没有钱了。"许珍贵说。

"不就是一次从头开始吗？"杨婷说，"有手有脚，有头脑，我们只是差一点点运气而已。"

"这你可就找对人了。"许珍贵说，"运气我可不差。"

郑前程离开家乡去深圳的当天，在机场值机的时候，竟然看到了许珍贵，他还有点不相信自己的眼睛。

"我做梦呢吧？"他走过去，手足无措，"我那天说着玩儿的，没想让你来送我。虽然我已经跟我姐说过一百遍我的航班了，让她务必告诉你一百遍，时间也不能记错了。"

许珍贵笑："为什么他们每个人都说你脸皮薄，不会表达？我怎么不觉得呢？"

郑前程立刻又不好意思了。"所以……"他正要问，看到了许珍贵的登机箱，惊讶道，"你不是特意来送我的？"

"当然不是。"许珍贵笑。

"哦。"他表情掩饰不住的失望，"你也要走了。"

"嗯。"许珍贵说，"人生贵在折腾，我又要开始新一轮的折腾啦！"

"彼此彼此。"

"所以，我也算是来送你了吧？"她笑着问，"有没有接收到我的好运气？"

"有，特别有。"他点点头，心满意足地说。

两个人相视而笑。

那天晚上郑家悦其实问过她。

"郑前程要去深圳了。"郑家悦说。

她很奇怪："所以呢？"

郑家悦就笑。"这个小屁孩。"她摇头道，"我其实都看出来了，我也知道你看出来了。但既然你不想回应，那一定有你的原因，我也不用知道，毕竟怎样都是你的决定。"

"决不决定也在以后，至少不是在什么都无法确定的当下。不过既然有以后，那就有很多种可能。人都是会变的，对吧？"许珍贵说。

"嗯，果然。"郑家悦说，"他说他猜到你肯定会这么敷衍我。"

"没有敷衍。"许珍贵笑道，"我就是这样的人啊，我自己都不知道我将来会喜欢什么样的人，又怎么能跟别人解释清楚呢？"

想到这里她忍俊不禁，登机的广播也响起来了。

"行，那我去登机了。"郑前程说，"你注意安全，落地发个信息。"

他上了飞机落座，看到舷窗外飘着小雪，突然想起刚才许珍贵穿得不多，就又给她发："我都忘了问你飞哪儿了，多穿点。虽然不像咱家这样下雪，但是也不暖和啊。"

等了两分钟她没回，可能关机了，他正准备关机，身旁有人过来，把登机箱往头顶一放，然后在他身边坐了下来。

"我去的地方挺热的。"她笑嘻嘻地说，"跟你去的地方一样热。"

他惊得差点弹起来，刚扣了安全带，又坐了回去。

"你怎么？！"

"怎么，我去深圳啊，只能你去，不能我去？"

"能能能。"他说，眼睛都亮起来。

她扣好安全带，然后和他一起看向舷窗外的雪。

"我觉得，今天可能是我最幸运的一天了。"他小声说道。

透过小小的舷窗，家乡的一切又再一次在她眼前退后消失。不管以后要面对的是怎样全新的世界，她还是会永远好奇，永远勇敢，永远寄予希望。

毕竟她可是这个世界上最幸运的人呢！

"一切顺利。"

"一切顺利。"

"愿我拥有美好的前程。"

"愿我拥有珍贵的幸运。"